DE ZWEEDSE AFFAIRE

Eerder verschenen van Karen Swan bij Xander Uitgevers

*Een Noorse winternacht* (2019)
*De Spaanse belofte* (2020)
*De Ierse erfenis* (2020)

KAREN SWAN

# De Zweedse affaire

Uitgegeven door Xander Uitgevers
www.xanderuitgevers.nl

Oorspronkelijke titel: *The Hidden Beach*
Oorspronkelijke uitgever: Pan Macmillan
Vertaling: Ireen Niessen
Omslagontwerp: ZeroMedia
Auteursfoto: Alexander James
Zetwerk: Michiel Niesen, ZetProducties

Copyright © 2020 Karen Swan
Copyright © 2021 voor de Nederlandse taal:
Xander Uitgevers bv, Haarlem

Eerste druk 2021
Derde druk 2022

ISBN 978 94 0161 705 5 | NUR 302

De uitgever heeft getracht alle rechthebbenden te traceren. Mocht u desondanks menen rechten te kunnen uitoefenen, dan kunt u contact opnemen met de uitgever. Niets uit deze uitgave mag openbaar worden gemaakt door middel van druk, fotokopie, internet of op welke andere wijze ook, zonder voorafgaande schriftelijke toestemming van de uitgever.

*Ter liefdevolle nagedachtenis aan Sophie Lowry*

'Ik droomde dat ik wakker was,
en ik ontwaakte en merkte dat ik sliep.'
Stan Laurel

# PROLOOG

*Stockholm, maart 2012*

Tijdens de laatste momenten van zijn leven werden zijn gedachten vervuld van haar gezicht. Er draaiden beelden rond en rond, van het licht dat op haar blonde haar scheen, haar hoofd achterover zodat haar lange hals zichtbaar was, haar ogen samengeknepen van bedwelmde vreugde. Ze was een en al glans en engelachtigheid, alsof ze geen vast lichaam was, maar een hemelse vinding, een fonkelend cluster van sterrenstof dat in een kunstige, volmaakte vorm uit de lucht was komen neerdalen...

Bij het zien van dit alles was er veel wat hij miste – de plas die in de vroege herfst donker, diep glinsterde, de zachte elektrische zoem van de tram achter hem, die ene schreeuw die omhoogschoot en door de lucht boven de stad scheurde. Hij nam er niets van waar.

Voor hem was er alleen maar licht.
En daarna duisternis.

# DEEL 1

# 1

*Stockholm, december 2018*

Bell passeerde het stoplicht, staand op de pedalen, met haar broekspijpen in haar sokken gestopt en nog half buiten adem van de vorige helling. Ze was een van de weinige fietsers op de weg die daadwerkelijk trapten; overal om haar heen zaten forenzen op hun elektrische fiets of scooter, en zij zagen er heel wat bedaarder uit – en minder te laat. In elk geval was de Baltische wind die zo koud aanvoelde toen ze haar appartement tien minuten geleden had verlaten nu amper nog voelbaar; haar wangen vertoonden een blos van het harde zwoegen.

Ze zwenkte naar rechts, een smalle straat in, en begon, nu zwaarder leunend op het stuur, aan haar beklimming van de korte maar steile helling die ze straks lopend weer zou afdalen. De straat werd geflankeerd door glimmende zwarte auto's, sommige al met een chauffeur op de bestuurdersstoel – want dit was ambassadegebied. De fraaie herenhuizen waren geschilderd in diepe tinten loodrood, omber en terracotta.

Ze bereikte hijgend de top en stond zichzelf eindelijk toe weer op het zadel te gaan zitten, in de wetenschap dat ze van hier af aan naar beneden kon zoeven. Het gonzende achtergrondgeluid van het spitsverkeer werd gedempt, de vogelzang en het gesnor van haar draaiende wielen werden versterkt nu de straten breder en lichter werden. Er stonden Volvo's, Audi's en Jaguars voor eenvoudige maar royale herenhuizen, een indicatie van de gezinswijk die ze binnenreed, net als de speeltoestellen op de hobbelige bult midden op het plein: een stenige massa die de bulldozers niet hadden kunnen platdrukken toen de stad werd aangelegd, zodat men zich gedwongen had gezien om eromheen te bouwen. Bell hield van deze curieuze onregelmatigheid – de gladde, ordelijke oppervlakken van de stad werden hier onderbroken door een grillige uitstulping van iets wat ouder en ruiger was. Ongetemd. Het was waarschijnlijk de reden waarom gezinnen in dit gedeelte waren komen wonen. Er was geen kind in Stockholm dat er niet graag overheen rende en klom; tieners rookten er hun eerste sigaretten, kregen er hun eerste zoen...

Ze fietste eromheen en zag het huis dat tegenwoordig haar tweede thuis was. Het was een hoekhuis en je kon het niet missen – een vierkant gebouw van vier verdiepingen met vooruitstekende erkers met kleine ruitjes, die een middenkolom vormden. De in de loop der tijd donker gekleurde stenen stonden in contrast met het groene patina van het koperen mansardedak en de regenpijpen. Een hoge tuinmuur verborg de verrassend bladerrijke en mooie binnenplaats. Oddjob, de cyperse kat van de familie, zat erbovenop en overzag zijn koninkrijk. Toen ze dichterbij kwam, zag ze dat het hek in de tuinmuur openging. Zij was dus niet de enige die zich vandaag had verslapen? Er zwaaide een elektrische scooter tevoorschijn, gevolgd door een bebrilde man in een halflange marineblauwe duffeljas, met een gestreepte Missoni-sjaal om zijn nek en een bruine schoudertas voor zijn lichaam; zijn met een vleugje grijs doorregen donkere haar was grotendeels bedekt door een gebreide ribbelmuts.

'Hoi, Max,' hijgde ze. Haar remmen piepten lichtjes toen ze haar linkerbeen optrok en terugtrapte om te stoppen.

'Goedemorgen, Bell,' zei hij, en hij hield het hek voor haar open. Ze dook erdoor met kordate, geoefende efficiëntie, alsof dit een dans was.

'Hoe gaat het vandaag daarbinnen?' vroeg ze terwijl ze de fiets tegen de tuinmuur zette en haar muts met pompon aftrok; haar lange donkere haar stond meteen rechtovereind, zo statisch was het.

Hij schudde zijn hoofd en sloeg zijn ogen ten hemel. 'Het is een gekkenhuis. Ik maak me uit de voeten nu ik nog bij mijn volle verstand ben.'

Ze lachte. 'Dat verklaart waarom ik het hier naar mijn zin heb. Ik ben dat van mij al jaren kwijt,' zei ze grijnzend. Ze rende de trap naar het huis op en opende de glazen achterdeur. De begane grond van het huis lag een stuk boven de grond om licht in het souterrain binnen te laten.

'Goedemorgen allemaal,' zei ze opgewekt terwijl ze de keuken in liep en haar haar tot een knot op haar hoofd draaide met het elastiekje dat ze om haar pols bewaarde. Haar ogen gleden automatisch over de vuile ontbijtbordjes in de gootsteen en het pak sinaasappelsap dat warm stond te worden op het keukeneiland. Zonder erbij na te denken zette ze het terug in de koelkast.

'O, Bell, godzijdank, je bent er. Ik moet meteen weg. Er heeft net een cliënt een spoedafspraak gemaakt en die wacht nu op mij.' Waar Hanna's stem misschien nog urgentie suggereerde, deden haar bewegingen dat niet. Ze trok een framboeskleurige jas aan die prachtig afstak tegen haar lichtblonde haar en keek in de spiegel. Zoals altijd was haar bescheiden make-up vakkundig aangebracht en zat er geen haartje verkeerd. In de bijna drie jaar dat ze nu voor de familie Mogert werkte, had Bell haar nooit anders dan onberispelijk gezien. Haar keuken daarentegen...

Bell voelde dat er aan haar enkels werd getrokken en keek omlaag naar Elise, de oudste van de tweeling, negen minuten eerder geboren dan haar zusje, die met een afkeurend pruilmondje haar broekspijpen uit haar sokken tevoorschijn haalde. Zelfs op de prille leeftijd van drie jaar had ze al haar moeders ingebakken gevoel voor stijl.

'Dank je, Elise,' zei ze glimlachend. 'Dat scheelt mij weer een klusje. Nou, heb je je tanden gepoetst en je gezicht schoongemaakt?'

Elise knikte.

Bell bukte en veegde met een vinger een likje jam van de mollige wang van het meisje. Ze liet het haar zien en trok er een verwonderd gezicht bij. 'Echt waar?'

Elise hapte naar adem en draafde de keuken uit, nauwelijks gelovend dat Bell haar had doorzien.

'Wat een deugniet, hè,' grinnikte Hanna terwijl ze haar dunne leren aktetas van de kruk pakte. 'Je weet toch nog dat Max vanavond niet thuis eet?'

'Ja. Ik maak gehaktballetjes, dus ik vries wel in wat er eventueel overblijft,' zei Bell, die in de koelkast keek of ze alle ingrediënten had. Zo te zien was er niet veel vossenbessenjam meer.

'Super. En ik zou vanavond naar de ouderavond van Linus gaan, maar dit spoedgeval gooit misschien wel het hele schema in de war. Kunnen we eromheen improviseren en wil jij in het ergste geval in mijn plaats gaan?'

'O...' Ze had vanavond een afspraak met Ivan. Het zou hun derde date worden en, verwachtte ze, dé nacht. Bell keek naar de negenjarige jongen die aan de andere kant van de tafel naar hen beiden zat te kijken. Hij had het gezicht van een engel – zachte, matblonde krullen, grote grijsgroene ogen en wat sproetjes op zijn neus. Hij was een vriendelijk jochie dat hield van dieren, een echt buitenkind, maar met een ondeugend gevoel voor humor dat vaak ook in zijn ogen blonk, en de eerste tekenen van de puberteit begonnen zich aan te dienen: hij wilde een skateboard, coolere sportschoenen, een Snapchat-account...

Bell gaf hem een knipoog. 'Ja, natuurlijk.'

Ze keek hoe Hanna haastig naar hem toe liep en hem een luide kus op zijn wang gaf, waarop hij zijn gezicht in een blik van vrolijke verachting samenkneep. 'Ik hou van je, mijn Liney... En dank je, Bell, je bent geweldig!' zei ze met een waarderend vingergebaar voordat ze Linus nog een kusje toewierp en elegant de achterdeur uit snelde.

Die klikte achter haar dicht, maar pas nadat Blofeld, de andere kat van de familie, naar binnen glipte en over de keukenvloer trippelde. Bell sloeg Linus gade en zag hem kijken hoe Hanna van de trap af uit het zicht verdween. Een vertrek voelde altijd meteen anders als zij het verliet, alsof de zuurstof-stikstofbalans in de lucht veranderde; ze was op de een of andere manier alles tegelijk – elegant en chaotisch, mild en toch dwingend.

'Oké, kanjer, klaar om te gaan? Een van ons tweetjes is vanochtend door de wekker heen geslapen en jij hebt vandaag je rekentoets. We kunnen maar beter niet te laat komen,' zei ze, en ze begon meteen de laatste vuile bordjes van tafel te halen en in de gootsteen te zetten – buiten het zicht, die kwam ze later dan wel weer tegen.

'Ik wil niet naar school,' zei hij, terwijl Bell met een stuk keukenpapier een klodder honing van het aanrecht veegde.

'Natuurlijk wel.' Het was elke woensdagochtend hetzelfde liedje; rekenen was niet zijn sterkste kant. 'Hoeveel is acht keer vier?'

'Tweeëndertig.' De aarzeling duurde maar een fractie van een seconde. Ze hadden deze week elke wandeling naar en van school de tafel van acht geoefend.

'Negen keer acht.' Ze keek hem even aan en pakte het pak havermelk, zette het in de koelkast, samen met de jam, kaas en het tafelzuur.

'Tweeënzeventig...'

Ze knikte, onder de indruk. Hij had een hekel aan de hogere cijfers. 'Elf keer acht.'

'Te makkelijk,' wees hij haar terecht. 'Dat is een flauwe.'

Ze haalde haar schouders op. 'Als je dat vindt, ben je er helemaal klaar voor. Je gaat het helemaal maken, jíj bent vandaag de beste van de klas.'

'Nils is beter. Dat is-ie altijd.'

'Deze keer niet. Jij gaat met de eer strijken. Híj piekte op de tafels van vier, zeven en drie, maar jij hebt die van vijf, zes en negen gewonnen. En nu ga je hetzelfde doen met de tafel van acht.'

Hij keek haar aan. Kon dat waar zijn? Kon hij echt zijn oude tegenstander verslaan? Ze knikte zwijgend ter bevestiging en hij gleed van zijn stoel. 'Goed zo, schoenen aan. En zeg tegen je zusjes dat ze hun muts op moeten doen. Geen gemaar. Het is bitter koud buiten.'

Hij holde de keuken uit en riep door het trapgat naar de tweeling boven terwijl Bell de melkopschuimer van de koffiemachine afspoelde voordat de melk een koppige korst zou vormen. Twintig seconden later klonk het gestamp van kleine voeten op de trap.

'Laat me eens kijken,' zei Bell, en ze bleven voor haar stilstaan, hun monden grijnzend opengesperd om hun glimmende melkgebit te laten zien. 'Heel goed.' Met een glimlach veegde ze een beetje tandpasta uit de mondhoek van Tilde en pakte de haarborstel uit haar hand. 'Wie wil er vandaag vlechten?'

'Ikke!' Elises hand schoot als eerste omhoog.

Hanna en Max vonden het prima dat de meisjes hetzelfde gekleed gingen – zoals ze vaak deden – maar ze wilden wel graag dat ze hun haar verschillend droegen omdat er dan toch iets van onderscheid tussen hen was. Het idee erachter was het bevorderen van de individualiteit, maar het was ook nuttig voor de buitenwereld om het verschil tussen de twee meisjes te kunnen zien: ze waren echt identiek. Toen ze net was begonnen, had Bell er een paar weken over gedaan om zeker te weten wie welke helft van de tweeling was, maar nu zag ze het met gemak. Beiden hadden wat Max zijn 'bolle' blauwe ogen en lange benen noemde, maar Elise had de beheerste, zelfverzekerde monalisaglimlach van hun moeder, terwijl Tildes grijns links een tikje scheef was en de tenen van haar linkervoet licht naar binnen gekeerd waren – een zweempje van een verlamming? Dat scheen wel meer voor te komen bij tweelingen.

Behendig borstelde Bell vlug de in bed gevormde klitten uit Elises witblonde haar, waarbij ze haar theatrale gilletjes van protest negeerde, en vlocht het in twee staarten. Tilde kreeg een gedeeltelijke paardenstaart met een blauwgeruit haarlint. 'Oké, keurig. Laarsjes aan. Muts op. Handschoenen aan. Snel-snel-snel.'

Linus kwam weer binnen, helemaal aangekleed en met zijn rugtas al over zijn schouders gehangen. Zijn lippen bewogen terwijl hij voor zichzelf de tafel van acht weer doornam.

'Vijf keer acht?' vroeg Bell, die de meisjes ieder hun sjaal om bond.

'Achtenveertig.'

Ze fronste een wenkbrauw en trok ondertussen hun muts over hun oren.

'Veertig! Vijf keer acht is veertig,' corrigeerde hij zichzelf vlug, de paniek duidelijk hoorbaar in zijn stem.

'Goed zo. Maakt niet uit. Een vergissinkje. Blijf rustig ademhalen.'

Hij wierp haar een geërgerde blik toe. Negenjarige jongens stelden het niet op prijs eraan herinnerd te worden dat ze rustig moesten ademhalen.

'Oké dan. Hebben we alles?' Ze bekeek ze snel van top tot teen. Allemaal schoon en goed ingepakt. 'Mooi. Voorwaarts, mars. We moeten snel lopen als we niet te laat willen komen.'

'Weer verslapen, Bell?' vroeg Elise.

Bell schonk haar een ietwat beschaamde grijns. 'Brutaaltje... Maar ja, inderdaad.'

'Ik kan wel vast vooruitgaan op mijn skateboard,' zei Linus meteen behulpzaam.

Nu was het Bells beurt om hém een blik toe te werpen. Hij wist heel goed wat zijn moeder daarvan vond, met al die hellingen in hun buurt.

'Ook goed,' mompelde hij, en hij liep naar de achterdeur om die open te houden voor de tweeling die volgde – een jonge heer met tegenzin, maar toch een heer.

'Twaalf keer acht,' zei Bell, die de deur op slot deed terwijl de meisjes de trap af renden om te gaan kijken of de vogels van de zaden hadden gegeten die ze gisteren op het bistrotafeltje hadden gezet. Het vroor nog steeds hard, en alle vier waren ze ontdaan geweest toen ze een paar dagen geleden een dode mus op de grond hadden aangetroffen.

Binnen begon de telefoon te rinkelen, precies op het moment dat Bell de sleutel uit het slot trok. Ze zuchtte weifelend en keek de oppervlakkig opgeruimde keuken weer in – hiervandaan stonden de vuile bordjes uit het zicht en waren de kruimels op het aanrecht te klein om te kunnen zien. Maar de tekenen van een rommelig, onordelijk leven waren alom aanwezig: een mand met was die uit de bijkeuken in het souterrain mee naar boven was genomen, klaar om gestreken te worden; een regenjas die na de buien van gisteravond over de rug van een met grof linnen beklede stoel was gegooid en dus niet aan de haak hing waar hij hoorde, zodat hij ongetwijfeld een vochtplek zou achterlaten. De kranten van het weekend waren vanuit de woonkamer naar de keuken gebracht; ze hadden de doos met oud papier bijna maar niet helemaal gehaald. Er zat geen water meer in de glazen vaas met lelies, zag ze, die moest meteen worden bijgevuld...

Ze aarzelde terwijl ze de telefoon hoorde, aan de andere kant van het glas. Ze zouden te laat komen als ze opnam, maar een telefoon die overging had altijd iets urgents, iets aanhoudends. De ringtoon van haar mobiel was ingesteld op 'leeuwerik', veel minder... dringend. Wat als het Hanna of Max was? Misschien had een van hen iets vergeten? Hanna had voor haar doen haast gehad, met dat spoedgeval...

'Vierennegentig.'

Hè? Ze keek achterom naar het tafeltje buiten. De meisjes zaten met hun knieën op de bistrostoelen de zonnebloempitten uit hun vastgeklemde positie los te pulken. Ze mocht niet vergeten ze eraan te herinneren dat ze hun handen moesten wassen als ze naar

de kuikens gingen die onlangs waren geboren in het kippenhok. Nu die een paar weken oud waren, mochten de kinderen ze aaien. 'Twaalf keer acht is vierennegentig...' Linus fronste. 'Nee, wacht...'
'Ik ga even snel opnemen,' zei ze met een ongeduldige zucht, en ze stak de sleutel weer in het slot. Het zou een minuut vertraging opleveren, maar je zou net zien dat Hanna inderdaad iets nodig had, en dan moest ze daar later misschien nog extra voor terug.
'Het zou mama kunnen zijn.'
Ze deed de deur open en rende weer naar binnen, haar ogen op de handset en het oplichtende blauwe schermpje gericht. Hij zou elk moment naar de voicemail...
'Hallo?' hijgde ze net op tijd.
'Hanna? Hanna Mogert?'
Ze liet haar schouders zakken. 'Nee, het spijt me, die is niet thuis. Met wie spreek ik?' vroeg ze in haar beste Zweeds.
'Met dokter Sorensen van de Larna Klinik.' De vrouwenstem klonk informeel en helder. Als psychotherapeut werkte Hanna met veel verschillende inrichtingen en instellingen samen, hoewel deze voor Bell nieuw was. 'Ik heb haar mobiel geprobeerd, maar ze neemt niet op.'
'Dat kan kloppen, ze is onderweg naar haar werk. Ze zal hem wel niet hebben horen overgaan in haar tas. Kan ik iets aan haar doorgeven?' Ze probeerde niet zo ongeduldig te klinken als ze zich voelde. Ze keek achterom en zag Linus met een licht paniekerige blik op zijn mooie gezicht op de bovenste tree staan; hij had zijn lippen weer in beweging gezet en dacht zichtbaar na. 'Zesennegentig,' zei ze met geluidloos bewegende mond voor.
'Ik zou haar liever zelf spreken. Het is dringend.'
Bell onderdrukte een zucht. 'Nou, u kunt het blijven proberen. Maar ze is op weg naar een spoedgeval, dus ik weet niet hoe goed ze vanochtend bereikbaar is.'
Er viel een stilte aan de andere kant van de lijn nu er opties wer-

den overwogen, verworpen, aangenomen. 'En met wie spreek ik?'
'Ik ben haar nanny.'
'Al lang?'
Bell fronste. Was dit een sollicitatiegesprek of zo? 'Drie jaar.'
'Goed dan.' Dat leek ermee door te kunnen. 'Nou, zou je zo vriendelijk willen zijn een boodschap aan haar over te brengen?'
'Zeker. Dokter Sorensen, zei u...' mompelde ze, en ze pakte een pen die naast een half afgemaakte kruiswoordpuzzel was achtergelaten en schreef de naam op de bovenste rand van de krant. 'Van de...'
'Larna Klinik. Ze heeft mijn nummer.'
'Oké.'
'Het is echt heel dringend. Wil je alsjeblieft aan haar doorgeven dat...'
Linus stapte over de drempel met grote ogen die zich met tranen dreigden te vullen. 'Bell, ik weet het niet meer. Het is allemaal weg.'
'... dus hoe sneller ze hier kan zijn, hoe beter.'
Wat? Bell knipperde verward naar Linus terwijl de twee gelijktijdige uitspraken in haar hoofd kletterend op elkaar botsten en om haar aandacht streden. Ze wendde zich van hem af in de overtuiging dat ze de stem aan de telefoon niet goed had verstaan.
'Het spijt me, dat slaat nergens op. Ik denk dat u het verkeerde nummer hebt...' Maar terwijl ze het zei, fronste ze; de dokter had duidelijk naar Hanna Mogert gevraagd. 'Hallo? Dokter Sorensen? Bent u daar nog?'

# 2

De dag leek een eeuwigheid te duren. Op de een of andere manier was het haar gelukt de kinderen slechts een paar minuten nadat de bel was gegaan op school en de peuterspeelzaal te krijgen; op de een of andere manier was het haar gelukt de keuken op te ruimen, vossenbessenjam te kopen, eten te koken en het strijkgoed weg te werken, waarna ze de meisjes had opgehaald en ze hun middageten had gegeven. Op de een of andere manier was het haar gelukt om liedjes met ze te zingen en ze voor te lezen, en had ze – verbazingwekkender nog – hen zover gekregen dat ze hun slaapkamer opruimden. Maar het was haar niet gelukt om Hanna te pakken te krijgen.

Ninny, haar secretaresse, had haar in vertrouwen verteld dat Hanna met een patiënt te maken had die midden in een psychotische crisis zat, maar als er iets met de kinderen was, kon ze haar wel bereiken voor Bell. Met tegenzin had Bell dit afgeslagen. Er was niets met de kinderen en ze dacht niet dat haar bericht – hoe verbijsterend ook – kon concurreren met de behoefte van iemand die in acute geestelijke nood verkeerde. Bovendien kon het een vergissing blijken te zijn. Misschien had dokter Sorensen toch geprobeerd om een ándere Hanna Mogert te spreken te krijgen, een Hanna op wie dit scenario heel goed van toepassing kon zijn.

Max had even geleden gebeld om de kinderen te spreken voordat hij naar het diner met zijn cliënt ging, maar hoewel het bericht al in haar keel gereedstond, klaar om te worden gedeeld, afgezwakt en verdreven, uitgelegd, verklaard en weggelachen, had Bell gezwegen. Het kon zijn dat hij nou net de laatste persoon was aan wie ze het zou moeten vertellen.

Met een kop koffie tussen haar koude handen geklemd wierp

ze voor de duizendste keer een blik op de keukenklok. Maar het maakte niet uit hoe vaak ze keek, ze kon die kleine wijzers er niet toe bewegen sneller te gaan. Vijfentwintig over vijf. Linus zat beneden in de speelkamer mismoedig televisie te kijken. Hij had de tafel van acht niet verloren van Nils, maar van de kleine, stille Brigitte Carlsson.

Het gesprek met zijn juf zou over iets meer dan een half uur beginnen, en aangezien ze nog niets van Hanna had gehoord, had Bell zich erbij neergelegd dat haar plannen voor de avond niet zouden doorgaan. Ze had Ivan al een berichtje gestuurd om hun date te verzetten, maar de meisjes na het eten meenemen en stil laten zitten wachten terwijl zij luisterde naar het verslag over Linus' vorderingen op school, was niet iets om naar uit te kijken. Ze zou iets moeten bedenken om ze bezig te houden – Elise was enorm beweeglijk en Tilde werd na het eten vaak heel moe.

Haar hand gleed over de grijsgroene leuning terwijl ze in sprongetjes de trap af ging, langs de uitgebreide galerie van zwart-witte familiefoto's die zorgvuldig waren ingelijst maar waarvan er altijd een of twee scheef leken te hangen. Ze stopte en hing een kleine van Hanna en Linus recht, die was genomen toen Linus nog een peuter was. Ze zaten op een zandstrand met hun wangen tegen elkaar gedrukt, hun blonde haren golvend in de wind, hun ogen samengeknepen tegen de felle zon. Het was een vreugdevol kiekje, en alle andere foto's vertelden hetzelfde verhaal: dat dit een gelukkig gezin was.

Toch?

Ze fronste en liep door naar het souterrain. De wasmachine in de ruimte links stampte rustig door, schuddend en draaiend en soppend en spoelend om de kinderkleren van hun modderige spel in het park gisteren schoon te wassen.

Door de deur naar de wc, die op een kier stond, zag ze een glimp van de gedessineerde Marokkaanse tegels waar Hanna verliefd op was geworden op een reisje naar Marrakesh met Max.

Ze tuurde om de deur van de speelkamer. Die had ramen bovenin, zodat er weliswaar geen daglicht binnenstroomde, maar toch zeker wel sijpelde; de witte muren en een lichte larikshouten vloer hielpen ook. Tot haar opluchting was het er nog netjes. Ze had meer dagen van haar leven dan haar lief was besteed aan het beteugelen van deze ene ruimte, maar vooralsnog stonden de verfkwasten en potloden nog in hun potten op de limoengroene knutseltafel van Ikea; boeken en dozen met legpuzzels lagen kleurrijk en keurig op stapels in de boekenkast, die een hele wand besloeg; er lagen geen Sylvanian Families-poppetjes tussen de bonte patronen in het tapijt te wachten op een blote voet die op ze zou trappen.

Linus lag op de rode zitzak met een zakje perziksnoep op zijn buik en zijn krullen uitgewaaierd. Er lag alleen maar een hoop legosteentjes naast hem, bedoeld voor een half afgemaakte F1-wagen waarvan de maak ongetwijfeld was vertraagd door het ontbreken van een essentieel onderdeel.

Hij keek naar *Doctor Who*, de oorspronkelijke Engelse versie. De kinderen waren tweetalig en hadden nauwelijks een accent, en Bells eigen Engelse afkomst was een van de redenen geweest waarom ze haar graag in dienst hadden willen nemen, ook al had ze geen ervaring gehad als nanny. Hanna en Max hadden haar gevraagd om altijd Engels te spreken met de kinderen, hoewel ze zelf goed Zweeds sprak. Haar oma kwam uit Göteborg, aan de westkust, en tot de dag dat zij overleed, toen Bell twaalf was, had ze erop gestaan met haar in haar moedertaal te praten.

'Hé.'

Linus draaide zich om en keek haar aan. Zijn ogen leken groter dan ooit nu ze hem zo achterstevoren zag liggen.

'Ben je klaar? We moeten zo weg.'

'O... Ja hoor.' Hij wendde zich weer af en ze las de teleurstelling af aan de stijfheid van zijn kleine lichaam. Hij was een perfectionist en een piekeraar en hij leek altijd heel veel van zichzelf te verwachten.

Ze liep naar hem toe en probeerde zo zacht als ze kon op de zijkant van de zitzak neer te strijken, maar die steeg toch als een soufflé onder hem omhoog. 'Het komt helemaal goed, hoor,' zei ze, en ze wikkelde voorzichtig een van zijn haarlokken om haar vinger. 'Maak je geen zorgen over vandaag. Je bent een van de slimste jongens van de klas en juf Olsson is dol op je. Vanavond naar je juf gaan is alsof je... met jonge hondjes gaat spelen. Een echte feelgoodsessie.' Linus wierp haar een sceptische zijdelingse blik toe. 'Je ondeugende zusje echter...'
Ineens was hij een en al aandacht. 'Wat heeft ze nou weer gedaan?' vroeg hij nieuwsgierig. Hij hoefde niet te vragen wélk zusje.
'Beloof je dat je niets zegt?' Door het leeftijdsverschil van vijf jaar tussen hem en de meisjes, en de sterke onderlinge band van de tweeling, had Bell vaak het idee dat hij zich het vijfde wiel aan de wagen voelde: te groot en sterk voor bepaalde spelletjes, te verveeld bij andere, en dan was hij ook nog eens een jongen. Af en toe deelde ze stukjes informatie om zijn leeftijd een voordeel te maken en een band met hem te smeden 'als volwassenen onder elkaar'.
'Ja, dat beloof ik,' zei hij gretig.
Ze begon zachter te praten voor een samenzweerderig effect.
'Nou, je weet toch dat de kippen kuikens hebben gekregen?'
Hij knikte. Hoe zou hij dat ook kunnen vergeten? Het was in het gezin de afgelopen weken bij het ontbijt of het avondeten zo ongeveer het enige gespreksonderwerp geweest.
'Toen ik tussen de middag de meisjes ophaalde, werd ik apart genomen en kreeg ik te horen dat Elise een kuikentje in haar zak had meegesmokkeld...'
Hij opende verbaasd zijn mond, ergens tussen afgrijzen en geamuseerdheid in tot hij wist hoe het met het kuiken was afgelopen.
'... het groen heeft geverfd...'
Zijn mond viel verder open.
'... en de veertjes met glitter heeft bestrooid.'
Er was een moment van onzekerheid tot hij concludeerde dat

het kuiken – in de zin van levend of dood – ongedeerd was gebleven, waarna zijn ogen plotseling glommen van plezier. 'Niet waar!' lachte hij.

'O jawel. Ze schijnt gedacht te hebben dat het liever een zeemeerminkuiken wilde zijn.'

Hij lachte nog harder en Bell glimlachte om zijn pret. 'Dus dát wordt nog een interessante ouderavond. Maar die van jou?' Ze haalde haar schouders op. 'Niet zo erg.'

'Ze is gek!'

'Ze is in elk geval niet saai.' Ze kietelde zijn buik, zodat hij weer lachte en kronkelde. 'Kom, kanjer. Laten we gaan aanhoren hoe geweldig je bent.' Met een zucht van inspanning stond ze op van de zitzak. 'Ik haal de meisjes als jij de Lego nog even opruimt.'

Ze holde terug naar boven en hing bij het passeren nog een foto recht – nu een van Linus en de tweeling in bad, met hun ronde, roze gezichten boven de emaillen rand.

'Elise, Tilde!' riep ze. Ze liep de gang in en keek omhoog door de smalle opening van de wenteltrap. De kamers van de meisjes lagen op de derde verdieping en ze wilde liever niet helemaal naar boven rennen om ze te halen. 'Kom, het is tijd om...' Haar ogen werden groot van verbazing. 'Hanna! Je bent terug.'

Hanna tuurde naar beneden vanaf de overloop van de eerste verdieping. Haar haar hing los als een massa gesponnen vlas. 'Nog maar net.'

'Ik... Ik heb je niet horen binnenkomen.'

'Ik geloof dat je in het souterrain was. Ik hoopte dat er tijd zou zijn om vijf minuten te rusten, maar...' Ze haalde haar schouders op. 'Nou ja, ik neem het wel over. Ga jij maar. Je dag heeft al lang genoeg geduurd.'

Die van haar ook, zo te zien. Bell keek haar aan, zag de vermoeidheid op het gezicht van haar werkgeefster en vroeg zich af hoe het was om met iemand om te gaan die midden in een psychose zat. Dat klonk als waanvoorstellingen, geweld, woestheid, scheermesjes, bloed… Deze ouderavond was slecht getimed.

'Dank je, Bell. Tot morgen.' Hanna draaide zich om en verdween weer in haar slaapkamer.

'Hanna, wacht,' zei Bell. Ze rende met twee treden tegelijk de trap op en liep snel naar de deur. Ze tuurde de kamer in. Die was groot en had iets wat Bell altijd als een masculiene energie beschouwde. De muren waren auberginekleurig en afgewerkt met een of ander glanseffect, en op de vloerplanken, die in vrijwel het hele huis onbedekt waren, lag een groot grafietkleurig schapenvel. Hanna stond bij het voeteneind van het bed – een fraai zwart hemelbed met zware ivoorkleurige linnen draperieën – haar schoen met haar andere voet uit te trappen en haar blouse uit haar broek te trekken. Zo recht van voren zag ze er nog vermoeider uit dan zojuist vanaf de benedenverdieping.

'Ik heb je de hele dag geprobeerd te bereiken.'

'O, sorry.' De uitputting drong door tot in haar stem en maakte dat die zwaar en traag klonk. 'Ik moest mijn mobiel wel uitzetten.' Ze keek plotseling op met een bezorgde uitdrukking op haar gezicht. 'Is er iets?'

'Nee, nee, het gaat prima met de kinderen,' zei Bell vlug, en ze kwam de kamer in. Het leek haar beter als de kinderen niet konden meeluisteren. 'Maar ik heb vanochtend een dringend telefoontje aangenomen, kort nadat jij was vertrokken.'

Hanna ontspande weer. 'O?' Ze knoopte haar nette broek open, stapte eruit en liep door de kamer om hem op een kleerhanger in de kast te hangen. Ze trok haar jeans aan.

Bell keek er niet van op. Ze was gewend geraakt aan het gebrek aan gêne van de Zweden. Hanna en Max wandelden gewoon rond – zeker boven – in hun ondergoed, en ze zwommen allemaal naakt in zee bij het zomerhuis (hoewel Bell zich meestal excuseerde met als voorwendsel dat ze toch echt een pak melk moest kopen. Of brood. Of hazelnoten).

'Ja, ene… eh… dokter Sorensen belde voor jou,' zei Bell zacht, en ze zag hoe Hanna abrupt stilstond bij het horen van die naam.

'O?' Maar haar stem klonk nu weifelend. 'Wat wilde ze?'

Ze? Ze wist dat dokter Sorensen een vrouw was? Dus Hanna kende haar wel. Het was geen toeval of een vergissing. Het zou... Het zou wáár kunnen zijn?

Bell deed haar mond open om iets te zeggen, maar er kwam niets uit. Hoe kon ze het bericht herhalen, die woorden uitspreken, al sloegen ze nergens op?

Hanna draaide zich om en keek haar aan, maar de uitputting die ze nog maar een paar seconden geleden had uitgestraald, was ineens verwisseld voor een huiverende intensiteit. Haar mond was tot een streep vetrokken, de pezen in haar hals stonden strak, maar haar ogen waren zeer gefocust. 'Bell? Wat wilde dokter Sorensen?'

'Ze wilde je laten weten...' Maar de woorden kwamen niet. Ze kon ze geen vorm geven. Het was belachelijk. Onzinnig.

Plotseling stond Hanna voor haar. Ze was lang, minstens tien centimeter langer dan Bell. Ze legde haar handen op Bells armen, alsof zíj degene was die troost nodig had. 'Vertel nou. Wat wilde ze me laten weten?'

Bell keek haar aan, voelde de verandering, een soort aardverschuiving. 'Dat je man is wakker geworden.'

# 3

Kris keek op van zijn lievelingsplek bij het fornuis, zijn schort met kreeftenprint leek uit een andere tijd te komen dan het vale, rafelige Metallica-T-shirt dat hij droeg. De geur van chorizo, garnalen en paprika vulde het kleine appartement. '*Hej!* Wat ben je laat!'

Bell, die haar fiets in het rek achter de voordeur zette, schopte haar sportschoenen uit, trok haar muts van haar hoofd en liet haar hand tegen haar dij vallen. 'Ja,' zuchtte ze, en ze schudde haar jas lusteloos van zich af en sjokte naar binnen. 'O... hoi.'

Tove, die languit op de bank lag, zwaaide naar haar en blies rook van haar sjekkie naar het plafond. 'Hoi, lieverd. Ik ben er niet. Je hebt me niet gezien.'

Dat was gemakkelijker gezegd dan gedaan. Met haar ruim een meter tachtig en benen tot aan Bells oksels was Tove niet eenvoudig te negeren. Maar Bell knikte, ze wist hoe het zat: haar slungelige, oneerbiedige vriendin, die twee verdiepingen lager in de Star Bar werkte, ontsnapte vaak hiernaartoe als ze pauze had. En ze zat er steevast langer dan de officiële twintig minuten.

Kris fronste naar Bell, die naar binnen slofte. 'Je ziet er belabberd uit,' zei hij liefhebbend. 'Rotdag gehad?' Hij was klaar met het snijden van een puntpaprika en schoof de repen van de snijplank in de pan. Het siste meteen en hij schudde een paar keer met de pan, waarbij zijn biceps zich spande onder het felle licht van de tl-buizen onder de keukenkastjes.

'Dat kun je wel zeggen,' zei ze na een ogenblik, terwijl ze zich op de afgeleefde zwartleren bank tegenover Tove liet zakken en zich met haar voeten bungelend over de armleuning uitstrekte. Ze sloot haar ogen alsof ze zo haar hoofd tot rust kon brengen, maar de gedachten bleven stromen als een rivier die buiten zijn oevers was getreden.

'Hier.'

Ze keek op en zag dat Kris voor haar stond en een gekoeld flesje bier naar haar uitstak. Ze zuchtte tevreden. 'Je bent een schat,' zei ze met een glimlach. Zijn donkerblonde haar was omhooggebonden in zijn kenmerkende knotje en hij was behoorlijk bruin voor de tijd van het jaar, dankzij een recente opdracht voor een of ander surfmerk in Sydney. Zijn klussen als model betaalden meer dan genoeg om de huur van te betalen, maar koken was zijn echte passie. Hij was aan het sparen om een eigen bar te kunnen openen – een klein lokaal met als specialiteit ambachtelijke biertjes en de Hawaïaanse keuken.

Ze duwde zich omhoog om rechtop te gaan zitten en kruiste haar benen zonder geneigd te zijn haar zwarte broekspijpen uit haar paarse sokken te trekken, zoals Elise vanochtend had gedaan.

'Ik dacht dat je vanavond met Ivan had afgesproken?'

'Ja, dat dacht hij ook. Maar Hanna had een spoedgeval op haar werk, dus ik moest langer blijven.'

'Alweer?' zei Tove klaaglijk. Ze hield een wakend oog op de staat van Bells liefdesleven, dat zij als 'treurig' bestempelde. 'Hoe vaak heb je hem nu al laten zitten?'

'Ik weet het niet.'

'Vast vaker dan dat je hem wél hebt gezien.'

'Nou, er viel deze keer gewoon niets aan te doen.'

'En waarom kon Max het niet opvangen?'

'Omdat hij bezig is een grote deal binnen te slepen bij een cliënt, en hij voor vanavond een of ander chic diner op het programma had staan.'

'Dus mag jij het weer opknappen?' zei Tove met een afkeurende zucht. 'Serieus, ik snap niet hoe jij denkt je leven weer op de rails te kunnen krijgen als je jezelf altijd wegcijfert.'

Bell wisselde een blik met Kris en nam een slok bier. Ze wisten allebei dat Tove het goed bedoelde, al had ze de subtiliteit van een sloophamer.

'Maar hoezo was je dag nou zo zwaar, dan?' vroeg Kris, die haar te hulp kwam terwijl hij in hun keukentje bezig was. Het appartement had een oude grenen jarentachtigkeuken tegen de achtermuur die van het woongedeelte met de banken en tafel werd gescheiden door een aanrechtmeubel bekleed met gemarmerd linoleum.

'Eh, als ik het jullie vertel, beloven jullie dan het voor je te houden?'

Voor een van de twee was het een retorische vraag, en Kris antwoordde dan ook met een nonchalant schouderophalen. Hij was niet het type dat graag doorbriefde of roddelde; daar was hij zelf te vaak slachtoffer van geweest. Tove trok met een theatraal gebaar een kruis over haar hart en kuste haar vingers.

Bell zette haar ellebogen op haar knieën, alsof een soort lotushouding haar meer rust zou geven. De knot op haar hoofd zakte opzij, maar dat negeerde ze. 'Nou, ik nam vanochtend de telefoon op…'

Meteen begon Tove te klappen en met haar lange benen te trappen. 'Ja! Jahaa! Ik wíst dat je het kon! Had ik het niet gezegd?'

Kris schudde zijn hoofd met een ironische grijns en schudde weer met de pan.

Bell stak haar middelvinger naar haar op en wierp haar een sarcastische blik toe. 'Het was een of andere dokter die naar Hanna vroeg. Ze zei dat het dringend was en vroeg me of ik iets aan haar wilde doorgeven, maar dat bericht sloeg nergens op, snap je? Echt helemaal nergens op.'

Tove knikte ongeduldig, meer rook naar de hanglamp puffend en met haar handen wapperend dat ze verder moest gaan.

'Maar ik kon Hanna de hele dag niet bereiken – zoals ik al zei had ze een spoedgeval op haar werk. Ik maakte me er niet al te druk over, omdat ik echt dacht dat die dokter het verkeerde nummer had gebeld, de verkeerde Hanna, omdat haar bericht echt nérgens op sloeg.' Ze nam weer een slok bier. 'Maar toen Hanna vanavond thuiskwam...'

Kris schepte de paprikarepen om en keek haar wachtend aan. Anders dan Tove – die altijd ongeduldig en rusteloos was – begreep hij dat ze het in haar hoofd allemaal weer even op een rijtje moest zetten, precies zoals het was gebeurd. Ze keek hem recht aan. 'Maar nu blijkt dat Hanna vóór Max met een andere man getrouwd was.'

Kris fronste. 'En wisten we dat?'

'Nope. Er is nooit over hem gepraat. Er staat nergens een foto van die vent.'

'O, een geheime echtgenoot, wat heerlijk!' zei Tove, die een oneindig lang been in de lucht stak. Bell grapte altijd dat haar benen slierten waren met knopen erin, maar ze wisten allebei dat ze gewoon jaloers was. Terwijl Tove slank en slungelig was – met op haar volwassener momenten een neiging tot elegantie – was Bell gevuld en, zoals Tove het zei, 'sappig'. Ze was een meter drieënzestig en met haar cellofiguur bezat zij rondingen waar Tove rechte lijnen had.

'Nou, er was een reden waarom hij geheim was. Het schijnt dat die arme man de afgelopen zeven jaar in coma heeft gelegen.'

Kris stond stil. Toves been zwaaide omlaag en ze liet haar arm over de rand van de bank bungelen. 'Wát?' vroegen ze in koor.

Bell knikte, verheugd over hun geschokte reactie. Die kwam zo ongeveer overeen met die van haarzelf. 'Ja. En hij is vandaag wakker geworden.'

'Holy shit!' Kris zette de pan weer op het vuur alsof hij hem niet langer vast kon houden. Hij staarde haar aan alsof zij alle antwoorden had. 'Hoe dan?'

'Hoe bedoel je, hoe dan?' vroeg Tove, die nu ook rechtop zat, met haar korte rokje over haar dijen omhooggeschoven zodat je haar onderbroek kon zien – wat niemand in de kamer iets kon schelen,

Tove zelf nog het minst. Bell was alleen maar blij dat ze er eentje droeg. 'Haar echtgenoot heeft heel lang geslapen en nu is hij dus wakker! Hij heeft zijn ogen geopend en is ontwaakt!'

'Nou, als het zo simpel was, zou je denken dat hij wel eerder wakker was geworden, nietwaar?' riep Kris uit.

'Hm.' Tove moest toegeven dat hij een punt had.

'Ik weet niet precies hoe het is gegaan,' antwoordde Bell. 'Het waren allerlei verschillende dingen tegelijk, geloof ik. Hanna zei iets over stimulatie van de *nervus vagus*, een of andere hersenzenuw... Een experimentele behandeling. Ik geloof dat ze niet dachten dat het echt zou werken.'

'Fuck,' fluisterde Tove ademloos. 'De nervus vagus.'

Het was duidelijk dat ze er geen van drieën ooit van hadden gehoord.

'Hoe nam Hanna het op?'

'Ze was enorm geschokt. Ze stortte in, eigenlijk.' Bell beet op haar lip bij de herinnering aan Hanna die was verbleekt en in elkaar gezakt omdat haar benen het begaven. Ze hadden samen op de vloer zitten wachten tot Max thuiskwam.

'Shit,' mompelde Tove, alsof dat de ernst van de situatie onderstreepte. Ze had Hanna maar één keer ontmoet, maar naderhand was ze niet uitgepraat geraakt over haar huid en haar schitterende ring met aquamarijnen en haar mooie schoenen. 'Ze is zo volwássen!' had Tove gedweept, en Bell had haar erop moeten wijzen dat er maar drie jaar tussen Tove en Hanna zat – en zes jaar tussen haarzelf en haar werkgeefster.

'Wat is er met die vent gebeurd? Hoe is hij dan in die coma terechtgekomen?'

'Een verkeersongeluk, geloof ik. Eerlijk gezegd kwam er maar weinig zinnigs uit en ik had niet het gevoel dat ik door kon vragen. Ze was verschrikkelijk van streek. Ik heb haar nooit eerder zo gezien. Hanna verliest nooit haar zelfbeheersing.' Bell nam nog een slok bier.

'Dus is ze naar hem toe gegaan?'

'Dat kan niet. Althans niet vanavond, het is al te laat. Hij ligt in een of andere kliniek in Uppsala en ze hanteren daar strikte bezoekuren. Zij en Max gaan er morgenochtend heen.' Kris legde het mesje dat hij in zijn hand hield neer. 'Jezus, dat zal superverwarrend voor hem zijn, niet? De eerste echtgenoot van zijn vrouw die ineens weer op het toneel verschijnt?'

'Nou, formeel gezien ís hij nog haar echtgenoot. Hanna en Max zijn niet getrouwd.'

Hij aarzelde. 'Ik neem aan dat Máx wel van zijn bestaan afwist?'

'Ja, daar leek het wel op. Hij zat midden in dat diner, maar ik kon Hanna niet in die toestand achterlaten, dus zodra ik hem had gebeld en had verteld wat er was gebeurd, kwam hij meteen naar huis.'

'En de kinderen?' vroeg Tove.

'Die weten er niets van. Nog niet.'

Kris schudde met een zucht zijn hoofd. '*Hell*, Bell.' Dat zei hij wel vaker gekscherend, maar vandaag lachten zijn ogen er niet bij.

'Wat een puinhoop.'

'Ik weet het.' Ze liet zich weer achteroverzakken op de bank, alsof ze doodop was van de mededeling die ze had gedaan, en staarde naar de muur. Maar ze keek voorbij de neonletters LOVE die de verlichting in die hoek van de kamer voor hun rekening namen. Ze probeerde zich voor te stellen hoe het moest hebben gevoeld om Hanna te zijn toen de artsen haar de prognose hadden gegeven... Dat haar echtgenoot nog leefde, maar in praktisch alle opzichten feitelijk dood was. Hanna had verteld dat de artsen hadden gezegd dat er weinig hoop was dat hij ooit uit zijn coma zou komen.

Ze wilde weer een slok bier nemen, maar merkte dat het flesje leeg was.

'Ik haal er nog wel een voor je,' zei Tove met een zucht, en ze stond op en liep naar de koelkast. 'Ik moet toch naar beneden.' Ze wierp een blik op de klok en kromp onaangenaam verrast ineen. 'O, fuck. Niet weer.'

Bell keek ook. Ze kende Toves roosters goed genoeg om te weten dat ze al drieëntwintig minuten geleden weer aan het werk had gemoeten. Ze grijnsde berispend terwijl Tove naar haar toe snelde en haar het nieuwe biertje overhandigde. 'Dank je, mop.'

'*Later, alligator*,' riep Tove in het Engels over haar schouder – een van de beschaafdere uitspraken die Bell haar op haar dringende verzoek had geleerd – en ze liep naar de deur. Die sloeg een moment later achter haar dicht, waardoor de meubels trilden. Tove was niet in staat om wat dan ook zachtjes te doen.

'Nounou,' zei Kris met een vriendelijke frons, en hij liet wat nestjes noedels in een pan met kokend water vallen.

Bell bleef een paar minuten zwijgend op de bank zitten, genietend van haar bier en het momentje rust. Ze keek over de rugleuning achterom naar de keuken. 'Hé, Kris, hoelang is het vanaf hier rijden naar Uppsala, een uur of zo?'

Hij knikte bevestigend.

'Oké.' Ze zuchtte. Het zou dus een extra vroege start voor haar worden. Hanna had haar gevraagd om morgen goed op tijd te zijn, zodat zij en Max naar de kliniek konden rijden voordat het spitsuur zou beginnen.

Ze had er tegenover haar vrienden vrij luchtig over gedaan, maar ze was in feite behoorlijk van slag door wat er vandaag was voorgevallen. Het beangstigde haar als het leven zomaar ontspoorde, als de rechte tramrails van verwachtingen plotseling werden gekaapt door een te scherpe bocht die alles overhoop gooide. Alles kon in één keer veranderen, dat wist ze maar al te goed – de hele reden waarom ze hier in Zweden woonde wás zo'n bocht – maar het was net zo verontrustend om het van kleine afstand te zien gebeuren. Ze was dichtbij genoeg om het zich aan te trekken, maar ze bevond zich net buiten de cirkel van betrokkenen.

'Toe. Eet wat,' zei Kris, die de noedels afgoot, waardoor de stoom in wolken naar zijn gezicht omhoogrees. Hij schepte het gerecht in kleurige, kunstige hopen in twee kommen en schoof haar een kom toe over het aanrecht.

'O, ik weet niet of ik dat wel moet...' Het was bijna tien uur. Zo laat nog eten was niet erg bevorderlijk om dat bikinilijf te beeldhouwen dat ze voor ogen had.

'Jazeker moet je dat,' zei hij streng. 'Je kunt niet de hele dag voor anderen zorgen en jezelf verwaarlozen.'

'Ik heb mezelf niet verwaarloosd toen ik de kinderen hun avondeten gaf,' zei ze, maar ze stond toch op, want haar maag knorde. Ze pakte haar kom met een dankbare glimlach en ze gingen samen aan het ronde tafeltje zitten dat slechts aan twee mensen plaats bood, of aan een grote plantenpot. Elke derde vrijdag van de maand, als het weer tijd was voor Kris' beroemde en gewilde supperclubavond, verplaatsten ze het naar de badkamer en zetten het in het bad, om plaats te maken voor zes schraagtafels met lange banken. De overige meubels werden dan in de slaapkamers verborgen of tegen de muren geduwd.

'Ik dacht dat Marc zou komen?' zei ze met haar mond vol terwijl ze op het eten aanvielen, de ellebogen opzij, de hoofden gebogen, het bier bruisend in hun flesjes.

'Klopt.' Kris' blik flitste even naar de oude stationsklok aan de muur. 'Na zijn dienst, hopelijk over twintig minuten.'

'Ah.' Marc was arts-assistent in het Sankt Görans Sjukhus. Hij was bijna net zo lang en net zo gebouwd als Kris, maar terwijl Kris blond was, met een stoppelbaardje en de uitstraling van een vrije backpacker, was Marc gladgeschoren en zag hij er eerder uit als een kakker. Tove had gezegd dat het was als kiezen tussen Robert Redford en Paul Newman, de eerste keer dat ze hen samen had gezien, waarop Bell haar had moeten vertellen dat ze helaas geen van beiden kon kiezen. 'Heeft zijn opleider nog zijn excuses aangeboden dat hij zo tegen hem tekeer is gegaan?'

'Natuurlijk niet.'

'Belachelijk,' zei ze misprijzend. Marc was te laat geweest voor een vergadering omdat hij bij een terminale patiënt had gezeten en diens hand letterlijk had vastgehouden terwijl hij stierf. Ze nam nog een hap en kreunde waarderend. 'O mijn god, wat lékker.'

Zijn ogen glansden verheugd. 'En hoe zit het met jou? Had Tove daarnet gelijk? Saboteer jij je dates met opzet?'

'Kris, níémand had kunnen voorzien wat er vandaag op ons afkwam. Zelfs Hanna niet. Een lang vergeten echtgenoot die uit een coma ontwaakt is nou niet echt dagelijkse kost.'

'Nee, dat is waar,' gaf hij toe, en hij keek haar aan van onder zijn bespottelijk lange wimpers terwijl hij zijn noedels ronddraaide. 'Hoe dan ook, je moet echt vragen of ze je extra betalen als je meer uren gaat maken. Je springt heel vaak bij. Echt heel vaak.'

'Dat weet ik.'

'Dat weet je... maar je gaat het niet doen,' zei hij haar aankijkend. Hij kende haar maar al te goed. 'Je bent een softie.'

'Het is geen kwestie van soft zijn. Ik vind het gewoon... niet erg als de dag uitloopt. Het voelt verkeerd om de zorg voor kinderen aan geld te koppelen.'

Kris barstte in lachen uit. 'Maar dat is nou juist precies jouw wérk!'

Ze moest er zelf ook om lachen. Daar had hij haar tuk. 'Je weet best wat ik bedoel. Die kids zijn zulke schatten.'

'Nou, Elise is niet schattig! Ze is een diva in de dop. Mariah Carey in het klein, en om bang van te worden.'

'Oké, goed, maar Linus... Jij hebt zijn jongehondjesogen niet gezien. Hij heeft de tafel-van-achtwedstrijd vandaag niet gewonnen en hij was er helemaal kapot van. Dikke tranen...' Ze gleed met een vinger langs haar eigen wang naar beneden om haar punt kracht bij te zetten.

Kris zuchtte en schudde zijn hoofd, totaal niet overtuigd, en prikte toen gedecideerd met zijn vork in de lucht. 'Vraag hem gewoon op een seksdate.'

Ze fronste vol ongeloof. 'Linus?'
Hij bonkte met de achterkant van zijn bestek op de tafel. 'Ivan!'
'Ha, juist ja.' Vlug propte ze weer een vork vol in haar mond, in een poging zijn woorden naar de achtergrond te dringen met behulp van een smaakexplosie.
Hij boog zijn hoofd naar voren en keek haar indringend aan. 'Luister, ik weet dat je gek bent op die familie, maar je moet écht grenzen gaan stellen. Jongehondjesogen of niet, Tove heef gelijk: je hebt ook een eigen leven. Je moet ook eens nee leren zeggen. Behalve als het gaat om een leuke jongen – dan moet je leren já te zeggen.' Hij legde zijn hand over de hare. 'Je begrijpt wel wat ik bedoel.'
Ze knikte. Ze begreep precies wat hij bedoelde.
Hij gaf haar een tedere knipoog die haar even uit balans bracht. 'Vergeet niet dat het maar een baan is en dat jij alleen maar de nanny bent, Bell.'

Het was precies 5.28 uur 's ochtends toen ze de deur rillend achter zich sloot, met het stuur van de fiets stevig in de ene hand terwijl ze met de andere hand haar broekspijpen in haar sokken stopte. Ze keek links en rechts de smalle straat in, maar er was niemand anders te zien. Er stonden wat opgestapelde kratjes, klaar om opgehaald te worden, en het met de hand beschilderde bord waarop de ambachtelijke biertjes van de Star Bar werden opgesomd, stond tegen de muur. Ze stapte snel op het pedaal, zwaaide haar been over het fietsframe en gleed stil langs de kleine, smalle antiekwinkel waar keramiek en glaswerk werden verkocht, langs de oude houten deur van de zeldzamestripboekenzaak die zich meters onder de straat in een voormalige wijnkelder bevond.
De klinkers glinsterden van de regen van de afgelopen nacht. Haar banden wentelden steeg na steeg door ondiepe plassen en over de voetgangersgebieden die snel zouden vollopen met toeristen op zoek naar houten dalapaardjes en bakkerijen waar ze

van een *fika* konden genieten. In deze lange, smalle stegen werd ze beschermd tegen de wind die recht van de Oostzee aan kwam waaien, maar zodra ze links af zou slaan naar de Stora Nygatan en even later over de brug zou rijden, zou ze hem tegen hebben, de hele weg naar Östermalm, tot ze het tuinhek van de Mogerts achter zich sloot.

Er was niet veel verkeer, want er waren nog naar weinig forenzen onderweg. Er stonden kleine groepjes elektrische scooters bij de brug, buiten het hoofdstation, op straathoeken en naast fietsenrekken. Er zaten zelfs nog geen chauffeurs in de ambassadeursauto's terwijl Bell zich door de kleurrijke straat een weg omhoog zwoegde, en ze had het gevoel dat alles nog even stilstond, alsof de stad zijn adem inhield – op het punt uit te ademen, weer op te starten. Wat zou deze dag brengen?

Ze had goed geslapen, was languit liggend op haar tweepersoonsbed wakker geworden, maar ze had toch graag nog een uurtje of vier willen blijven liggen. Eén blik op de gezichten van haar werkgevers toen ze binnenliep vertelde haar dat zij een heel andere nacht hadden gehad. Ze waren allebei bleek en gespannen, en ze zaten stijfjes en zwijgend aan de witgeverfde keukentafel toen ze de achterdeur zachtjes achter zich sloot.

'Hej,' zei ze zacht, deels om de kinderen niet wakker te maken, maar ook uit eerbied voor de zwaarmoedige stemming in het huis. Ze trok haar muts af en draaide haar haar automatisch in een knot boven op haar hoofd. Ze zag dat ze alleen koffie hadden gehad: het keukeneiland was smetteloos schoon en netjes.

Hanna was aangekleed, maar Max zat nog in zijn pyjama. Zijn ogen volgden zijn partner toen zij opstond om haar kopje om te spoelen.

'Bell, bedankt dat je zo vroeg hebt kunnen komen. Dat waardeer ik zeer.' Hanna's houding stond in sterk contrast met het geschokte ongeloof van de vorige avond, maar Bell zag hoeveel moeite dit dunne laagje beheersing haar kostte. Haar mondhoeken krulden

omlaag en de pezen in haar hals waren aangespannen.
'Het is het minste wat ik kan doen. Hoe gaat het met jullie?'
Ze betrok Max bewust bij de vraag, gezien het feit dat Hanna haar goede manieren als masker droeg. Hij reageerde met een vermoeid knikje dat haar in zijn fragiele zwijgen meer vertelde dan woorden zouden kunnen.
'Hebben jullie überhaupt kunnen slapen?'
Er volgde een stilte. Ze leken allebei te verwachten dat de ander het antwoord zou geven.
'Niet echt,' zei Max ten slotte. Zijn stem, gewoonlijk energiek met de suggestie van een onuitgesproken grapje, klonk dof en zwaar.
'Nee.' Ze beet op haar lip en keek hoe Hanna het koffiekopje driftig schoonmaakte voordat ze het onmiddellijk begon af te drogen en het terug in de kast zette. Bell dacht niet dat er in deze keuken ooit een stuk servies op zijn plaats was teruggezet zonder minstens vier dagen op het afdruiprek te hebben doorgebracht. Ze keek naar Hanna, die een ogenblik wezenloos naar het kastje bleef staan staren, haar schouders minstens vijf centimeter hoger opgetrokken dan gewoonlijk, waarna ze zich omdraaide met mogelijk de meest ongeloofwaardige glimlach die Bell ooit had gezien – maar ook een van de dapperste.
'Juist. Nou, dan gaan we maar. Het verkeer zal wel traag worden als we in het spitsuur terechtkomen.'
'Klopt,' beaamde Bell, en ze toonde de meest geruststellende glimlach die ze in zich had, hoewel ze een schuldbewuste golf van opluchting voelde bij het vooruitzicht hun verstikkende zwaarmoedigheid kwijt te zijn. 'En ik zorg hier voor alles. Maak je wat dat betreft maar geen zorgen...'
Hanna rechtte haar rug. 'Nou... Max en ik hebben het erover gehad en wij denken dat het beter is als jíj met me meegaat.'
Bell knipperde beduusd met haar ogen. 'Ik?'
'Naar Uppsala, ja.'
Ze keek naar Max, die in zijn koffiekopje zat te staren.

Hanna bleef stijfjes staan. 'Het zou te... verwarrend kunnen zijn.' Haar stem was zo breekbaar als gebrande karamel.

'O ja,' mompelde Bell. 'Dat begrijp ik... Maar hoe zit het dan met...'

'Max werkt vandaag vanuit huis. Hij brengt de meisjes naar de peuterspeelzaal.'

'En Linus?'

'Die gaat met ons mee.' Hanna kromp ineen, alsof ze de besluiteloosheid in haar stem niet kon verdragen. 'Maar we weten nog niet of... nou, of hij echt naar binnen moet gaan. Daarom heb ik jou nodig.' Haar ogen flitsten even naar Max zonder op hem te blijven rusten, en Bell begreep dat ze het hier niet over eens waren.

Bell viel even stil toen het kwartje viel. Linus was negen. De ex had zeven jaar in coma gelegen. 'Hij is... Linus' vader?' Ze keek van de een naar de ander. Max knikte.

Bell was verbijsterd. In de drie jaar dat ze hier nu werkte, was er nooit over gesproken. Ze had het natuurlijk gisteravond al kunnen bedenken, maar ze had er simpelweg niet bij stilgestaan en er geen rekensom op losgelaten. 'Weet hij dat?'

Hanna draaide zich om en keek haar met een scherpe blik aan. 'Nee. En ik wil graag dat dat zo blijft tot we daar zijn en... ik weet waar we mee te maken hebben.'

Bell knikte en keek opnieuw van Hanna naar Max. Hij zag er aangeslagen uit.

'Hij is ontwaakt, maar we weten nog niet hoe bewust hij zich is van wat er met hem is gebeurd. Het kan zijn dat het hem van streek maakt als hij ziet hoe Linus is veranderd – die was niet veel ouder dan een baby toen het ongeluk plaatsvond.' Haar stem klonk broos en stug, vol blinkende karteltjes waarmee ze op elk moment kon uithalen. Ze was een moeder in verdedigingsmodus. 'Het kan ook zijn dat hij weer de man is die hij was – en dan zal zijn zoon de eerste persoon zijn die hij wil zien.' Ze haalde hulpeloos en pathetisch haar schouders op en vertrok met tranen in haar ogen haar mond tot een grimas. 'Ik heb geen flauw idee wat we zullen aantreffen.'

'Een goede reden om Linus voor de zekerheid hier te houden tot je de situatie in ogenschouw hebt kunnen nemen,' zei Max tegen haar rug.

'Hij heeft zeven jaar in coma gelegen, Max!' snauwde Hanna, die zich snel weer omdraaide, en Bell hoorde aan de klank in haar stem dat ze hier uren over hadden gediscussieerd. 'Wat als Linus het enige is wat hij wil? Wat als hij overstuur raakt als ik hem niet bij me heb? Dat zou zijn toestand kunnen verslechteren.'

'Ik betwijfel ten zeerste of hij zo helder zal zijn.'

'O, want jij bent de expert?'

Max zuchtte en keek hoofdschuddend voor zich uit.

Hanna keek Bell weer aan. 'Ik moet de optie hebben, Bell. Ik moet eerst zelf naar binnen gaan om te kijken hoe hij eraan toe is. Als hij kalm en helder is, kan Linus binnenkomen. Maar niet als hij in de war is, of van de kook of... niet in orde.'

Bell knikte. 'Oké.'

'En als hij wél alert en in orde is, wat ga je dan tegen Linus zeggen?' vroeg Max met gesmoorde stem. 'Ga je hem echt vertellen, in de deuropening van een ziekenhuiskamer, dat de man die hij gaat ontmoeten zijn echte vader is?' Hij staarde zijn vrouw met glinsterende ogen aan. 'Hoe denk je dat hij daarop zal reageren? Ik bedoel, jezus, wat een schok. Dat arme kind! Hij zal tijd nodig hebben om de informatie te verwerken voordat hij met de realiteit wordt geconfronteerd! We hebben altijd gezegd dat we het hem samen zullen vertellen, als hij oud genoeg is... Wij tweeën, wij samen...'

'Maar die luxe hebben we nu niet! Hij is bijgekomen en er is geen tijd te verliezen. Hij is nog steeds dichter bij de dood dan bij het leven en we moeten zijn behoefte voor die van ons stellen – zelfs voor die van Linus. Dat is wel het minste wat hij verdient.'

Max slaakte een heftige zucht, zijn lichaam stijf van boosheid en spanning, terwijl Hanna plotseling haar hoofd in haar handen liet vallen.

'God, wat een onmogelijke situatie,' zei Bell zacht. Ze liep snel naar haar toe om haar een troostend kneepje in haar schouder te geven. De rollen waren op een vreemde manier omgekeerd. Hoewel haar werkgeefster slechts zes jaar ouder was dan zij, voelde Bell zich door hun verschillende levenstijl vaak bijna een tiener in haar gezelschap.

Hanna tilde haar hoofd weer op. 'Ik heb gewoon opties nodig, Max, tot ik weet wat het beste is.'

'Tja, jíj bent zijn moeder,' reageerde Max snauwerig. 'Dus ik heb er niets over te zeggen. Ik ben niet eens zijn adoptievader. Als het erop aankomt, heb ik totaal geen rechten.'

'Dit is geen juridische kwestie.'

'Nee, nog niet,' zei Max somber.

Hanna's mond viel een stukje open. Die van Bell ook. Wat stond hun in hemelsnaam te wachten?

'Eh, luister, ik hou Linus wel bezig tot jij hem hebt gezien en je weet wat je moet doen,' mompelde Bell. Hanna knikte, maar Bell voelde de spanning in haar armen, en haar huid was ijzig koud.

'Maar het is wel handig voor mij om te weten... wat jullie precies tegen hem hebben gezegd over vandaag? Ik neem aan dat hij het raar vindt, de vroege start en dat hij niet naar school hoeft?'

'Ik heb hem gezegd dat wij met z'n drieën een uitstapje gaan maken, om wat tijd samen te kunnen doorbrengen.'

'Oké.' Het was niet het meest overtuigende verhaal dat Bell ooit had gehoord. Ze wierp weer een blik op Max. Zijn arm lag uitgestrekt op de tafel en hij zat achterovergezakt tegen de rugleuning van zijn stoel. Hij zag er... verloren uit. Verslagen, bijna.

Ze verstijfden bij het geluid van voetstappen op de trap. Hanna maakte zich haastig los en wreef met haar handen over haar gezicht en door haar haar, alsof ze zich klaarmaakte voor een gewone werkdag.

'Liney, ben je klaar?' vroeg ze, met haar rug naar hem toe gekeerd. Ze probeerde afwezig en druk te klinken terwijl hij de keuken in sjouwde. Zijn rugtas puilde uit en hij had zijn schoenen al aan.

'Ja.' Hij zag er nog slaperig uit, zijn oogleden waren zwaar. Bell wist dat hij in de auto meteen weer in slaap zou vallen.

'Goed, met het oog op de speciale gelegenheid wil je misschien de iPad wel meenemen?'

De jongen fronste, door de onverwachte vraag uit zijn halfversufte toestand wakker geschud. 'Hè? Ik mag de iPad nooit ergens mee naartoe nemen.'

'Maar vandaag...' Hanna's stem haperde en ze toverde snel nog een geforceerde glimlach tevoorschijn. 'Vandaag is een bijzondere dag. Ga hem nu maar halen.'

'Ik mag hem meenemen?'

'Dat zei ik, nietwaar? Maar wel opschieten. We gaan zo weg.'

Linus slaakte een opgetogen kreet.

'Sst!' zei Hanna, om zijn opwinding wat te temperen. 'Graag zachtjes de trap op lopen. Je zusjes slapen nog.'

'Jahaa!' fluisterde Linus luid, en met een vuist in de lucht stotend. Zijn blik gleed naar Bell. 'Heb je het gehoord, Bell? We gaan op avontuur, wij met z'n drietjes.'

'Jazeker!' Bell schoot met een verheugde zucht in haar rol en legde een hand over haar hart. 'Hebben wij even geluk!'

'Het wordt een superleuke dag!' zei hij, en hij liet zijn rugzak op de vloer vallen, rende de keuken uit en rende als een op hol geslagen antilope de trap op.

Bell keek achterom naar Hanna en zag dat zij en Max elkaar in een gepijnigd zwijgen aankeken.

Nee, een superleuke dag zou het beslist niet worden.

# 4

Ze zoefden rustig de stad uit, de waterwegen en koperen daken van Stockholm achter zich latend terwijl ze noordwaarts over de E4 reden, onder grote groene plaatsnaamborden en een rozige lucht door totdat ze omgeven werden door eindeloze bossen met naaldbomen. Linus bleef wakker en hield zich bezig met de tabel op zijn schoot, een geheel nieuwe ervaring. Bell en Hanna spraken niet met elkaar.

Bell zou heel veel vragen willen stellen, maar dat was onmogelijk met Linus op de achterbank. Om de zoveel tijd keek ze even opzij naar haar werkgeefster en zag ze dat Hanna's knokkels wit waren van het omklemmen van het stuur en dat haar blik met de focus van een laser recht vooruit was gericht, ook al was er weinig verkeer op de weg. Hoe moest het voor haar zijn om naar een echtgenoot te rijden met wie ze zeven jaar niet had gesproken – naar een vader wiens zoon zonder hem was opgegroeid? Wat zouden hun eerste woorden zijn? Hallo? Hoe gaat het met je? Wat voor weer is het buiten? Heb je je haar laten groeien? Heb je je haar laten knippen? Ze fronste. Zouden de fysieke veranderingen in Hanna hem wijzen op de tijd die hij had verloren? Wist hij dat er bijna een decennium van zijn leven aan hem voorbijgegaan was?

Een hoop vragen en niet één antwoord. Het waren haar zaken niet, maar toch werd ook zij meegesleurd in dit verhaal.

Ze waren al voor acht uur in Uppsala. Hanna reed de auto zonder zoekend rond te kijken een parkeerplaats op, wat suggereerde dat ze hier bekend was. Bell keek een tikje nieuwsgierig om zich heen terwijl ze uit de auto stapte. Kris had haar verteld dat dit de vierde stad van Zweden was, maar de plaats had een pittoreske uitstraling, met een skyline die werd doorboord door de gotische torens van een kathedraal aan de westkant. Ze zag meteen overeenkomsten met Stockholm: de gekleurde gebouwen in rood en geel, met de vele ramen om maximaal te profiteren van het noordelijke licht, de gewelfde mansardedaken. Maar anders dan de brede, lichte wegen van de hoofdstad waren de straten hier beklinkerd en werden ze beschaduwd door massa's bomen, en de stad werd niet door de zee doorsneden, maar door een rivier met cafés langs beide oevers.

Linus, die zich op wat te eten verheugde, liet zich door Bell bij de hand pakken, en samen volgden ze Hanna, die hen met kordate passen naar een klein café leidde, met een glazen serre achterin waar ze uitzicht op het water hadden. Ze bestelden snel een ontbijt en Linus haalde gretig zijn iPad tevoorschijn zodra ze zaten. Normaal gesproken zou Bell erop hebben gestaan dat hij hem zou opbergen als ze aan tafel zaten, maar alleen omdat Hanna hem er eerst op zou hebben aangesproken – en dat deed ze vandaag niet. Er golden nu even speciale regels, die voor iedereen soepeler waren.

Hanna staarde door het raam naar een paar eenden die langs de rivieroever zwommen. Er jogden twee jonge vrouwen voorbij, met oortjes in en allebei een zwiepende paardenstaart.

'Je lijkt het hier goed te kennen,' droeg Bell als gespreksonderwerp aan. Ze wilde Hanna's gedachten niet verstoren, maar ze wilde ook niet dat Linus steeds meer vraagtekens zou plaatsen bij het vreemde verloop van de dag. Ze had hem al een paar keer een licht verwonderde blik op zijn moeder zien werpen, en hij had ongetwijfeld opgemerkt hoe stil ze tijdens de rit waren geweest.

Het duurde even voor de woorden tot Hanna doordrongen. 'Ja, ik heb hier gestudeerd. De universiteit is die kant op.' Ze maakte een vaag gebaar met haar kin over Bells schouder heen en haar stem klonk zo zacht dat Bell zich moest inspannen haar te verstaan. 'Daar hebben we elkaar leren kennen.'

'Jij en M...'

Hanna's bijna onmerkbare hoofdschudden hield haar tegen.
'O,' mompelde Bell, die zichzelf wel voor haar kop kon slaan. Hanna en Max waren in haar hoofd het vanzelfsprekende stel. Hanna's ogen staarden in de verte, naar het verleden, naar een leven dat hun door de vingers was geglipt, als een koord dat wegkronkelde in het water en rimpelingen achterliet, nog lang nadat het was verdwenen.

'Hoe hebben jullie elkaar ontmoet?'

'Op een feestje.' Hanna trok ironisch haar wenkbrauwen op. 'Ik had op dat moment verkering met een vriend van hem.'

'O.'

'Ja, het was een lastige start.' Haar blik schoot heen en weer als een libel, nerveus en ongedurig, zonder ergens op te blijven rusten. Bell vond haar net een hologram: ze was er en ook weer niet. 'Maar je weet hoe dat gaat op de universiteit. Mijn vriendinnen en ik werden wel een paar keer per week verliefd. Ik denk dat we vooral verliefd waren op het concept van de liefde.'

'Wat maakte hem anders? Wat viel je aan hem op?'

Hanna schonk haar een flauw glimlachje dat alleen maar droefheid leek te bevatten. 'O, het was onmogelijk dat hij níet zou opvallen. Het was voor hem nooit een optie om in de massa op te gaan. Als hij ergens binnenkwam, werd hij het middelpunt. Iedereen wist wie hij was.'

Bell zag Hanna's ogen over Linus glijden – zijn hoofd was gebogen en hij was verdiept in een of ander puzzelspel dat Max er voor hem op had gezet.

De serveerster kwam hun ontbijt brengen. Hanna staarde weer door het raam, opnieuw afwalend naar het verleden, en Bell keek omlaag toen haar telefoon begon te trillen en er een berichtje verscheen.

*Vanavond? Ik wil je mooie gezicht weer zien.* Ivan. Die haar nog een kans gaf.

Ze zette het schermpje snel op zwart en legde de telefoon ondersteboven neer. Deze afleiding kon ze nu niet gebruiken. Maar Hanna wilde niet praten – of ze kon het niet opbrengen – dus zaten ze zwijgend te wachten, terwijl de minuten zich voortsleepten, tot hun eten kwam. Bell at alsof ze een wedstrijdje deed met Linus, want ze hadden allebei geweldige trek na de vroege start en de autorit, maar Hanna hield haar kop koffie vast alsof ze die alleen gebruikte om haar handen te warmen, haar starende blik op de stromende rivier gericht.

'Goed, waar spreken we af?' vroeg Bell haar toen ze naderhand met z'n drieën terug naar de auto liepen. De wijzers op de kerkklok gaven bijna negen uur aan.

'Dat weet ik nog niet. Hou je telefoon maar bij de hand. Ik bel je zodra ik weet hoe en wat.' Hanna's ogen gleden behoedzaam in Linus' richting. Hij leunde tegen de auto, zijn wang vermoeid tegen het raam gedrukt. Hij zag er verveeld uit. Hem was tenslotte een avontuur beloofd. 'Het kan zijn dat jullie een taxi naar de kliniek zullen moeten nemen,' zei ze zachtjes. 'En anders kom ik hier wel naartoe. Hoe dan ook, ik bel je.'

'Oké.' Bell knikte.

Linus trok automatisch het achterportier open toen ze de sloten ontgrendelde.

'Nee, Linus,' zei Hanna. 'Ik wil graag dat jij met Bell meegaat en dat je lief voor haar bent, goed?'

Zijn gezicht betrok. 'Maar waar ga jij dan heen?'

'Ik moet nog een paar dingen doen, maar ik zoek jullie later weer op.'

'Maar ik wil bij jou blijven.'

'Nou, dat kan even niet,' zei Hanna kortaf, haar lichaam verstijfd terwijl hij zijn hand naar haar arm uitstak. 'Nog niet.' Ze leek elk moment in huilen te kunnen uitbarsten.

Bell hurkte naast hem neer. 'Linus, heb je weleens gehoord van een "spoiler"?' Hij keek haar stuurs aan en ze fronste haar voorhoofd en tikte nadenkend met een vinger tegen haar lippen. 'Nou, is er niet binnenkort iemand jarig...' Zijn ogen werden groot. Hij was de afgelopen negen weken aan het aftellen geweest. Eindelijk in de dubbele cijfers. 'En zou het niet jammer zijn als een speciale verrassing zou worden bedorven...'

Er verscheen een brede glimlach om zijn mond toen hij begreep wat ze zei, en ze glimlachte terug, inwendig vloekend omdat ze nu voor zijn verjaardag nog een of andere verrassing namens Hanna zou moeten bedenken.

Hanna wierp haar een dankbare blik toe en gaf Linus een vluchtige knuffel. 'Ik blijf niet lang weg, oké? Wees lief voor Bell, en tot later. Zo snel mogelijk.'

Ze keken hoe ze in de auto stapte en wegreed, haar gezicht bleek achter het glas.

'Mama ziet er sip uit,' zei Linus, die de auto in het spitsverkeer zag verdwijnen.

'Nee, ze is niet sip,' zei Bell, die hetzelfde dacht. 'Ze is alleen maar moe, meer niet.'

'Door het heel vroeg wakker worden?'

Bell keek hem aan terwijl hij zijn hand in de hare liet glijden. 'Precies. Door het wakker worden.'

Hij staarde recht voor zich uit, maar het zicht verdween telkens weer even. Zijn ogen gingen open maar ook steeds weer dicht, alsof de duisternis die hem had opgeslokt een taaie substantie was die hem niet helemaal kon loslaten. Hij voelde een angst die hij niet kon uitleggen, die op handen en knieën door hem heen kroop, uitwaaierend naar elk hoekje en gaatje. Hij wist nu wat ze hem hadden verteld: dit lichaam dat nu bewoog en reageerde als hij het wilde, was jarenlang een gevangenis geweest – zijn gevangenis. Het was een proeffabriekje geweest, een laboratorium. Ze hadden erin gesneden en geprikt en geknepen, het aangespoord, gemanipuleerd, gewassen en omgedraaid, ermee geëxperimenteerd...

Hij had geluk, zeiden ze, maar zo voelde het niet. Er hingen niet alleen zwarte schaduwen in de periferie van zijn gezichtsveld, maar ook binnen in hem – daar gaapte een gat dat dreigde te groeien en hem helemaal te verzwelgen. Er ontbrak iets. Hij leefde, hij was wakker, maar toch...

Niemand zei iets. Na alle drukte en het geschreeuw en de lampjes en de piepjes en de gezichten was alles nu rustig en stil. Dat vond hij niet prettig. Stilte vormde een bedreiging voor hem – ze stond voor het land van de slapenden, de bewustelozen, de doden. Hij was toch niet dood?

Maar toen naderde iets zijn oor – een beweging, als een ruisende golf – en een licht bereikte zijn ogen. Het was een licht dat steeds helderder werd naarmate het dichterbij kwam, iets bleeks en goudkleurigs dat zijn wazige gezichtsveld vulde. Twee ogen, licht als poolijs, maakten contact met de zijne, verbonden hem met de wereld en verdreven de schaduwen. Vulden hem.

Nee, hij was niet dood. Dit was het leven. Zíj was het leven. Ze was zíjn leven.

Zijn vrouw.

Ze waren in de Stadsträdgården en keken naar de skateboarders en fladderende duiven toen een uur en tien minuten later het telefoontje kwam. Hanna's stem klonk als porselein: dun, fragiel, maar met licht dat erdoorheen scheen. 'Kom nu maar.'

Ze stuurde een berichtje met het adres en Bell bestelde een Uber. Ze rende met Linus door het park terug naar de straat, maakte er een wedstrijdje van, om er op tijd te zijn. Bell versloeg hem nipt. 'Waar gaan we naartoe?' hijgde Linus, uitgeput maar opgewonden terwijl ze op de achterbank plaatsnamen.

Bell aarzelde. Ze kreeg een knoop in haar maag. Het was niet aan haar om dit kind te vertellen wat hem te wachten stond. 'We gaan nu naar mama. Ze moet je iets laten zien.'

'Jij bent snel,' zuchtte hij, en hij leunde met zijn hoofd achterover

terwijl de chauffeur hen door de stad reed. 'Als je bedenkt....'
'Wát bedenkt?' vroeg Bell quasiverontwaardigd. 'Dat ik een méisje ben?'
'Dat je een volwassene bent. De meesten kunnen niet rennen.'
'Ik zal je een geheim vertellen,' zei ze, en ze liet haar hoofd ook achteroverleunen. 'Ik ben niet echt volwassen.'
Hij fronste. 'Maar je bent oud.'
'Ik ben zesentwintig!' riep ze lachend uit en ze kietelde hem door in zijn bovenbeen te knijpen.
'Dat is oud.'
'Nou ja, goed dan. Maar ik heb nu ook nog langere benen dan jij. Zie je?' Ze strekte haar been naast het zijne. 'Wel vijftien centimeter, denk ik. Dus je gaat me snel inhalen en dan versla je me.'
'Denk je dat ik langer word dan jij?'
'Dat weet ik wel zeker. Je lijkt op je ouders en die zijn allebei l... lang, toch?' Ze stotterde even in het besef dat ze geen idee had hoe lang zijn biologische vader was. En híj had geen idee dat Max dat niet was.
Het was nog steeds een ongelooflijke schok, zelfs voor haar. Ze legde haar hand op zijn hoofd en streek over zijn haar. Het arme kind. Hij had geen idee waar ze naartoe reden.
Ze verzonken in stilzwijgen terwijl ze door de stad zigzagden, langs een roze kasteel en groene pleinen. Bell keek op haar telefoon of er nieuwe berichtjes waren. Er was er een van Kris, die haar eraan herinnerde dat hij vanavond werkte en dat ze de chili con carne die in de koelkast stond kon opwarmen, en een van Tove die vroeg of ze mee wilde gaan hardlopen. Ze bekeek ook weer het bericht van Ivan en baalde dat ze hem ook voor vanavond weer nee moest verkopen. Zelfs als ze op tijd terug kon zijn, zou ze afgemat zijn door de vroege start van vanochtend. Ze eindigde het berichtje met droevige emojigezichtjes, in de hoop dat hij het zou begrijpen, maar ze verwachtte half dat hij nu zou afhaken. Hij had drie nachtclubs in Södermalm, en toen ze hem had verteld dat zij als nanny

werkte, had hij waarschijnlijk niet gedacht dat het háár baan zou zijn die het hun zo lastig maakte elkaar te zien.

Ze drukte net op verzenden toen de taxi tot stilstand kwam. Ze keek op en zag dat ze voor een modern gebouw met een glazen gevel waren gestopt, waar LARNA KLINIK in een grote granieten zuil gegraveerd stond.

'Wat doen we hier?' vroeg Linus toen ze door de automatische schuifdeuren een minimalistisch atrium in liepen, dat werd verzacht met varenachtige boompjes in potten.

Bell bekeek de spaarzaam ingerichte ruimte en liet haar blik over de receptioniste in een zwart mantelpak glijden die op een toetsenbord achter de walnotenhouten balie zat te tikken. Ze zocht naar Hanna's opvallende framboosjkleurige jas tussen de piekfijn geklede professionals die in groepjes met zachte stemmen stonden te praten, of zaten te lezen in de leren stoelen. Het leek eerder de lobby van een zakenhotel dan een ziekenhuis.

'Bell. Linus.'

Ze draaiden zich allebei om bij het horen van Hanna's stem, en zagen haar opgewekt zwaaien vanaf de mezzanine. Ze wees naar de trap en Bell holde achter Linus aan toen die ervandoor ging om zich bij haar te voegen. Hanna had haar jas uitgetrokken en ze droeg een camelkleurige coltrui en broek waarmee ze met haar lichte haar en bleke huid uit de verte een onopvallende en amorfe indruk maakte. Maar er had energie in haar gebaar gezeten, en toen Bell de bovenste traptrede bereikte, zag ze een intense glans in Hanna's blauwe ogen toen die haar zoon omhelsde.

Bell voelde haar eigen spanning een beetje wegebben. 'Alles oké?' vroeg ze luchtig.

'Beter dan oké. Ongelooflijk,' zei Hanna buiten adem. Ze nam Linus bij de hand en gaf een hartelijk klopje op Bells arm. 'Beter dan we hadden kunnen hopen. Het is een wonder.'

'Wauw,' zei Bell stralend. 'Dat is geweldig.' Na het tafereel waarvan ze gisteravond getuige was geweest, en vanochtend in de keuken opnieuw, had ze zich schrap gezet en zich zorgen gemaakt om wat Linus hier vandaag in godsnaam zou meemaken.

Ze liepen vlug door een brede witte gang met aan één kant grote glazen ramen die uitkeken over de hoofdweg die door de stad liep. Hoewel er druk, langzaam rijdend verkeer overheen reed, drong het geluid niet tot binnen door, waar de rust werd gehandhaafd door getemperde stemmen, geluiddichte muren en deuren die zacht dichtgingen.

'Mama, waarom zijn we in een ziekenhuis?' vroeg Linus nieuwsgierig, met een half oog op een blad vol medicijnpotjes op een trolley die langs werd gereden.

Hanna stopte bij een deur en hurkte zodat ze op ooghoogte met Linus kwam. Ze trok de kraag van zijn jasje recht en duwde zijn haar achter een oor, hem liefdevol aankijkend maar ogenschijnlijk ook door hem heen turend, alsof ze een ander gezicht in het zijne zocht. 'Omdat ze hier het beste – het allerbeste – ijs in de stad verkopen.'

Linus keek haar met knipperende ogen aan. Zijn gezichtsuitdrukking was blanco, maar Bell wist dat hij zich perplex afvroeg waarom iemand – zelfs een negen jaar oude jongen – om tien uur 's ochtends op een koude decemberochtend zin in een ijsje zou hebben. 'O. Oké.'

'Wil je een ijsje?'

Hij knikte zonder al te veel enthousiasme. 'Ja hoor.'

De deur rechts van hen ging open en er kwam een verpleegkundige naar buiten, die hun met een glimlach toeknikte, waarna ze door de gang liep met een blad met diverse instrumenten erop. De deur ging meteen weer dicht, maar niet voordat Bell een glimp opving van wat er binnen te zien was: een groep artsen rond een bed. Er waren de gebruikelijke hightechapparaten te zien en er hing – minder gebruikelijk – een grote eigentijdse abstracte reproductie aan de muur.

'Maar eerst...'

Bell draaide zich weer naar hen om nu ze de teruggekeerde spanning in Hanna's stem waarnam. Hoe ging ze dit aanpakken? Hoe zou ze haar zoon laten kennismaken met zijn al zo lang afwezige vader?

Hanna haalde diep adem. 'Er is iemand van wie ik denk dat je hem wel wilt ontmoeten.'

Linus knipperde weer met zijn ogen en bleef stilstaan. 'Wie dan?'

Hanna verstarde even. 'Een oude vriend.'

'Van jou?'

'Van ons beiden. Maar jij was heel klein, de laatste keer dat je hem zag, dus misschien herinner je je hem niet.' Hanna hield haar hoofd een beetje scheef alsof het een vraag was, een aansporing tot een herinnering aan dat lang vergeten gezicht.

Linus wierp een blik naar de brede deur, alsof hij voelde dat de geheimzinnige vriend zich daarachter bevond. 'Vond ik hem aardig?'

'Jazeker, je vond hem heel aardig. Jullie waren...' Haar stem haperde plotseling. 'Jullie waren de beste maatjes.'

'Hoe heet hij?' vroeg Linus.

Hanna knipperde, haar glimlach op haar gezicht geplakt, maar de vrees weer in haar ogen. Bell zag haar moed wegglijden als de zee wanneer het eb was. Haar lichaam leek te verstijven in deze houding, onverbiddelijk en defensief. 'Nou, zullen we gewoon naar binnen gaan, zodat je je kunt voorstellen?'

*Wat?*

Bell fronste. Hanna zou het toch zeker niet aan Linus overlaten om het verband tussen hen te leggen? Maar hoewel haar mond zich opende om te protesteren – zoals Max ook had gedaan – was hij niet háár zoon en moest ze zwijgen terwijl Hanna opstond, zijn hand in de hare. Ze draaiden zich om om naar binnen te gaan.

De deur ging met een zoevend geluid open en de zuiging van de tochtborstels doorbrak de stilte. De artsen om het bed richtten hun blik op de deur. Hun ogen gleden naar Hanna en streken vervolgens neer op Linus.

'Ah, Hanna, je bent er weer,' zei een van hen aan de andere kant van het bed, en Bell herkende de stem van de vrouw die ze de dag daarvoor aan de telefoon had gehad. Dokter Sorensen. Ze had een nadrukkelijke klank in haar stem, alsof haar woorden een verborgen betekenis in zich droegen.

De deur ging dicht en drukte elk geluid van de buitenwereld de kop in, zodat zij hermetisch werden opgesloten in een onberispelijke omgeving. Bell leunde tegen de muur en keek nieuwsgierig rond, waarbij ze onmiddellijk de plakvingers van haar eigen verleden weer aan zich voelde kleven. Ziekenhuiskamers waren haar helaas niet vreemd, maar deze was compleet anders dan ze ooit had gezien. Als ze 's nachts haar ogen sloot, zag ze vaak nog de metalen bedframes, de linoleumvloer en de blauwige tl-buizen voor zich, en dan rook ze bijna de ontsmettingsmiddelen. Maar hier stonden ingelijste foto's op een kastje naast het bed, was het bedlinnen duur, met de camelkleurige 'H' van Hermès op de kasjmieren dekens, stonden een treurvijg in een pot en een comfortabele, met rood linnen beklede leunstoel in een hoek, en er hingen kunstwerken aan de muren die eruitzagen alsof ze goed verzekerd moesten worden. Ging het zo in de langdurige zorg? Werd de omgeving gepersonaliseerd voor het geval iemand wakker zou worden, gedesoriënteerd, verward? Zij zou haar geluk al niet op kunnen met zo'n slaapkamer thuis, laat staan in een ziekenhuis.

Hanna en Linus stonden bij het bed, geflankeerd door de artsen alsof ze hun bodyguards waren, zodat zij alleen maar de omtrek van een been onder een laken zag en een glimp opving van een geschoren hoofd met donkere stoppels op de verbijsterend witte schedel. Ze zag het hoofd bewegen terwijl de verantwoordelijke arts de arm van de man aanraakte – hij reageerde dus, was alert. Er werkten functies die eergisteren kennelijk nog onmogelijk leken.

'Ik heb een speciale bezoeker voor je meegebracht,' hoorde ze Hanna zeggen, met een iets andere stem dan anders. 'Weet je nog dat ik net zei dat ik een heel speciaal iemand zou meenemen?'

Als op commando zette Linus een klein stapje naar voren. Zijn hoofd was gebogen en zelfs van achteren zag Bell dat hij verlegen en terughoudend was.

Er deinde een stilte door de kamer, slechts onderbroken door de ritmische geluidjes van de machines die de bloeddruk bijhielden, en het zuurstofgehalte... Een ervan begon te flitsen en de dichtstbijzijnde arts draaide zich om en begon op knopjes te drukken. In de opening die ontstond, zag Bell het gezicht van de man en profil. Hij staarde met een wezenloze blik naar zijn zoon. Zijn huid was lijkbleek en de benige knobbel van zijn schouder oogde glad onder zijn ziekenhuishemd. Ze merkte dat ze terugdeinsde. Hij was wakker en in leven, maar hij leefde niet. Nog niet. Zijn lichaam had zeven jaar lang geen daglicht gezien, zijn huid had al die tijd geen zonneschijn of een koude bries gevoeld. Al die jaren had hij ergens in het rijk van zijn onbewustzijn gezweefd, met slechts een haarbreedte tussen de slaap en de dood.

Met hem vergeleken barstte Linus van de levenskracht – stralend en rozig, nog nagloeiend van hun wedstrijdje in het park. Zijn krullen glansden als gouden blaadjes en iets aan de ronding van zijn mollige wangen leek een verwijt te zijn aan het ingevallen gezicht van zijn vader. Er was geen spiegel in de kamer, maar zijn vaders hand had vast en zeker de contouren van zijn gezicht verkend. Hij wist ongetwijfeld hoe hoekig zijn afdrukken in dat bed waren.

'Hallo, ik ben Linus. Ik ben bijna tien.' Zijn arm kwam als een hefboompje omhoog en Hanna stond kromgebogen en onbeweeglijk naast hem als een twijg die vastzat in een bevroren meer. Het moment strekte zich uit – elastisch, uitdijend – terwijl de kleine arm in zijn richting bleef wijzen tot hij hem langzaam weer liet zakken.

Linus keek op naar zijn moeder met het begin van een paniekerige uitdrukking op zijn gezicht. 'Heb ik iets verkeerd gedaan?' fluisterde hij. Bell voelde een steek van bezorgdheid.

'Nee hoor, het is oké,' fluisterde Hanna terug, en ze legde een hand op zijn hoofd.

Een andere arts, een Aziatische vrouw die het dichtst bij hen stond, hurkte neer en schonk hem een bemoedigende glimlach. 'Trek het je niet aan, Linus, je vader is nog heel erg zwak...'

De stilte sloeg toe als een donderslag en een fel wit licht doorsneed de kamer toen de vergissing tot de aanwezigen doordrong. Een paar ogenblikken lang stond alles in de kamer stil. Niemand haalde adem, verroerde zich of sprak. Maar toen begon er een geluid te klinken – een geluid van angst, het moment voor een schreeuw – en de energie in de kamer verschoof als een beer in winterslaap die zich omdraaide in zijn hol, een grote, roerloze massa die plotseling in beweging kwam en een ongemakkelijke houding aannam.

Het holle geluid rolde de kamer in, een kreun die snel een huilende sirene werd – en door de gaten heen, tussen de artsen door, zag Bell dat het uitgemergelde, kwijnende lichaam op het bed met verrassend veel kracht naar alle kanten begon uit te halen.

Linus gaf een angstige gil en begon te huilen, maar Hanna stond als verstijfd en kon haar blik niet afhouden van het tafereel dat zich op het bed ontvouwde.

'Haal ze hier weg!' blafte dokter Sorensen terwijl de artsen allemaal een arm of been beetpakten en probeerden hun patiënt in bedwang te houden. Ze waren met zijn zessen, maar het viel toch niet mee.

Het lukt Hanna op de een of andere manier om Linus tegen zich aan te drukken, waarna ze twee stappen achteruit wankelden en met afgrijzen toekeken hoe er banden om zijn polsen en enkels werden gegespt om de man op zijn plaats te houden. Maar het was niet genoeg. Zijn lichaam kronkelde nog steeds, zijn hoofd bonkte tegen het kussen en zijn getier en gevloek raasden met een beangstigende agressie door de ruimte. De chaos ontsloot zich verder in diepere kleuren, spreidde zijn bloemblaadjes uit zodat alles onbeschut en kwetsbaar werd. Het geschreeuw weerklonk in de spaarzaam ingerichte kamer en regende op hen allemaal neer – kreten en gekreun en gebrul vermengden zich tot een onwezenlijke wirwar.

Bell rende naar de moeder en zoon, die allebei stokstijf bleven staan, Hanna's lichaam verstard.

'Wij moeten hier weg,' zei ze, en ze schudde Hanna stevig door elkaar om haar aandacht los te rukken van de verschrikking in het bed. 'Linus moet hier weg. Nú.' En ze duwde ze allebei met kracht naar de deur, want het leek wel alsof er lood in hun voeten zat.

Ze zwaaide de deur open en het geschreeuw en gevloek ontsnapte met hen naar de gang als een meute zombies. Een verpleegkundige die langsliep schrok van het tumult, maar de stilte keerde als een fluwelen gordijn net zo plotseling terug zodra de deur dicht was.

'Kan ik jullie helpen?' vroeg ze met een blik op hun lijkbleke gezichten.

'Het gaat wel. Maar bedankt,' wist Bell uit te brengen, die zag hoe Hanna beefde. Ze zag net zo wit als de muren. De verpleegster liep verder.

'Kom, ga even zitten, je ziet er zwakjes uit,' zei Bell, en ze trok Hanna aan een arm mee naar een leren kuipstoel. Ze zakte erop neer en staarde voor zich uit, gevangen in haar eigen hoofd.

Bell hurkte en sloeg haar armen stevig om Linus heen. 'Hé, gaat het een beetje?' fluisterde ze, en ze leunde achterover om hem in de ogen te kijken, zijn haar uit dat mooie gezicht te strijken, hem gerust te stellen. Zijn gesnik was afgenomen, maar zijn wimpers glinsterden van de hete tranen. Hij knikte, maar het was een beverig knikje van een kind dat zijn moeder weer blij wilde maken. Zijn ogen dwaalden telkens weer ongerust naar haar af.

'Weet je het zeker?'

Hij knikte nog eens, maar hij bleef steeds naar zijn moeder kijken.

'Hanna?' vroeg ze, en ze draaide zich naar haar om en raakte haar arm lichtjes aan.

Hanna knipperde, haar ogen schoten alle kanten op. 'Ik... Het gaat wel.'

Bell voelde de stilte zwellen nu ze alle drie weer op adem kwamen. Weg van de verwarring en de chaos in die kamer leek de rustige gang gevuld met iets zwaars – iets wat was gezegd en niet meer teruggenomen kon worden. Ze voelde een golf van woede dat Hanna dit had laten gebeuren. Dat ze het zo slecht had aangepakt... Max had gelijk gehad. Linus had hier niet moeten zijn, en als Hanna daar toch op had gestaan, had ze hem de waarheid moeten vertellen voordat ze naar binnen waren gegaan. Ze had moeten uitleggen wie die meneer was en wat er met hem was gebeurd – en wat er zou kunnen gebeuren als hij werd herenigd met zijn zoon, inmiddels een schooljongen, die hij voor het laatst als peuter had gezien. In plaats daarvan had ze het aan het toeval overgelaten en was het verschrikkelijk misgegaan.

'Ze zei dat hij mijn vader was.' Het was een constatering, een vraag, een beschuldiging.

O god. Bell voelde haar maag omdraaien toen ze de niet-begrijpende uitdrukking op Linus' betraande gezicht zag. Hij had de waarheid te horen gekregen en nu moest Hanna het hem uitleggen. Alles gebeurde achterstevoren. Het had nooit op deze manier mogen gebeuren...

Hanna keek hem aan, eindelijk, strekte haar armen naar hem uit en trok hem naar zich toe. Haar handen trilden nog, haar glimlach was oppervlakkig en zwak. Bell slikte. Hoe kon ze het hier verwoorden, in de gang van een ziekenhuis? Max was een kleine tachtig kilometer bij hem vandaan en kon de jongen die hij als zijn eigen kind had grootgebracht niet vertellen dat hij nog steeds zijn vader was en altijd zou blijven.

'Die dokter was in de war, lieverd.'

Linus knipperde met zijn ogen, liet zich niet zomaar voor de gek houden. Hij was bijna tien, bijna in de dubbele cijfers, over een paar jaar zou hij een tiener zijn. 'Maar ze zei...'

'Dat weet ik, maar ze had het mis. Hij is een oude vriend van mij. Hij is je péétvader.'

Bell staarde haar verbijsterd aan. Wat deed ze in godsnaam? Ze kon nog wel begrijpen waarom Hanna Linus niets over zijn echte vader had verteld voordat hij wakker was geworden. Ten tijde van het ongeluk was Linus nog maar een peuter, en als de prognose slecht was geweest... En Max was een geweldige vader voor hem. Ze had nooit enig verschil opgemerkt tussen zijn genegenheid voor Linus en die voor zijn zusjes. Maar dat deed er allemaal niet toe nu de man daarbinnen wakker was en op welke manier dan ook weer deel zou gaan uitmaken van hun leven. Linus had recht op de waarheid. Die konden ze niet bij hem weghouden. Maar toch...

'Je weet zélf toch wel wie je papa is.'

Linus keek beduusd. Natuurlijk wist hij wie zijn vader was. Max. De man aan tafel bij het ontbijt en het avondeten, de man die op zaterdag een balletje met hem trapte in het park, die naar elk schoolconcert en elke toneeluitvoering kwam. De man die het lekkerste slordig belegde broodje van de wereld maakte en hem kietelde tot hij buiten adem was, die hem nog nooit had verslagen met Fortnite en toch zonder mokken weer meedeed, die hem meenam naar handbalwedstrijden in de Eriksdalshallen en offpiste met hem ging skiën terwijl de meisjes van de oefenhelling gleden, die in één week alle Bond-films met hem had gekeken toen hij zijn been had gebroken. Hij had er nooit over getwijfeld.

Hij keek achterom naar de kamer, waarvan de deur nu stevig dicht was en waar geen enkel geluid vandaan kwam. 'Dus hij is mijn peetvader?'

Hanna aarzelde en haalde haar schouders op, een achteloos en koud gebaar. 'Ja.' Ze pakte zijn hand en gaf er een kus op. Ze had haar besluit genomen en haar vastberadenheid groeide. 'Zoals ik al zei, hij is een goede vriend van vroeger.'

Linus ontspande, accepteerde de leugen, de onrust gleed uit zijn gezicht. 'Kunnen we dan nu ijs gaan eten?'

Er viel nog een stilte en Bell zag een paar onzichtbare deuren naar de waarheid dichtslaan en op slot klikken.

'Zeker.' Hanna glimlachte, stond op en begon – ze had zijn hand nog vast – zijn arm heen en weer te zwaaien terwijl ze zich omdraaiden en door de gang liepen, alsof ze in het park waren.

Bell stond aan de grond genageld en zag ze vertrekken zonder een blik achterom te werpen naar de kamer waar een uitgeteerde man lag, vertwijfeld, overstuur – en nu achtergelaten. Hij had hier zeven jaar lang op het randje van de dood gebalanceerd, gevangen in wat je amper een leven kon noemen, maar zijn letsel had hem van veel meer beroofd dan alleen zijn bewustzijn. Hij kon het nu nog niet weten, maar, dacht Bell terwijl ze zijn vrouw en zoon in zwijgende ontzetting volgde, hij zou snel beseffen dat wakker worden nog niets voorstelde vergeleken met wat hem te wachten stond.

# DEEL 2

# 5

*Zes maanden later, juni 2019*

'Het poppenhuis? Seriéús?' vroeg Bell, en ze keek omlaag naar het roze plastic gevaarte. Het had een paars handvat in de vorm van een haarborstel. Er was een te grote pop in een van de kamers gepropt; de beentjes hingen vervaarlijk uit het raam.

'Mama zei dat het mocht!' protesteerde Tilde, en ze keek haar smekend aan.

'Nou ja, als mama zegt dat het goed is...' Bell blies zuchtend de lucht uit haar opgebolde wangen terwijl ze om zich heen keek naar de groeiende stapel speelgoed rond de bagage op de vloer.

Max kwam weer naar binnen rennen, klaar om de volgende vracht in de auto te laden. 'Oké, we zijn bijna... O!'

Bell schonk hem een dat-dacht-ik-nou-ook-blik.

'Dat stond er zojuist nog niet, toch?'

'Mama zei dat het mocht!' herhaalde Tilde, net op het moment dat Hanna zelf de trap af kwam met een mild vragende uitdrukking op haar gezicht.

'Nou, als mama zegt dat het mag, dan mag het.' Max haalde zijn schouders op, pakte het poppenhuis met zijn ene hand en Linus' nieuwe skateboard plus oprijplaat met de andere, een paar tassen onder zijn armen geklemd.

Hanna wierp hun allemaal een verstrooide glimlach toe en liep de keuken in. Daar heerste de gebruikelijke chaos ondanks Bells inspanningen de boel netjes te houden. Het gebruikte wapentuig voor Linus' haastige sandwich lag nog op het aanrecht, Max' mappen lagen over de tafel uitgespreid en de kostuums van de tweeling voor het aanstaande midzomerfeest waren uit de verkleedkist getrokken en over de vloer verspreid om 'bruiloftje' mee te spelen.

Bell snelde naar binnen en raapte de kledingstukken op, vouwde ze kundig in keurige stapeltjes en begon de kruimels weg te vegen en het vuile bestek in de vaatwasser te zetten, die Max vanavond aan zou doen. Hij had een deadline voor zijn nieuwe cliënt en zou zich pas aan het eind van de week bij hen voegen.

'Heb je de badhanddoeken gevonden?' vroeg Hanna, die naar iets op zoek was in haar portemonnee.

'Ja. Ze zaten in die grote blauwe Ikea-tas die op de kledingkast in de logeerkamer lag.'

Hanna stopte even alsof ze hierover moest nadenken. 'O ja. Daar heb ik niet gekeken. Hm.'

'En Linus neemt zijn project mee,' zei Bell half over haar schouder terwijl ze de glazen die nog in de gootsteen stonden afspoelde.

Ze stopte opnieuw. 'Wat was dat ook alweer...'

'Smeltende gletsjers op de poolcirkel.'

'O ja.' Hanna ritste haar portemonnee dicht en borg hem weer op in haar tas. Ze trok de tickets tevoorschijn en bekeek ze nog eens rustig, hoewel Max daarnet al met rode wangen en een lichtelijk wilde blik in zijn ogen heen en weer liep. Ze moesten namelijk over precies zes minuten weg als ze de ferry wilden halen.

Bell draaide de kraan dicht en schudde haar handen droog, zich te laat realiserend dat ze was vergeten om de roos die Hanna als dank van een patiënt had gekregen in de tuin te planten.

'Zijn jullie klaar? Waar is iedereen?' Max' stem klonk door het huis, zijn schaduw lang en hoekig in de heldere poel zonlicht op de vloer in de hal. 'Die boot gaat zonder jullie als jullie niet opschieten!'

De stampende voeten op de trap kondigden de weer in actie gekomen tweeling aan, en de trage bons die vanuit de speelkamer omhoogkwam, luidde de komst van Linus in, met een veeg jam in zijn mondhoek.

'Heb je alles?' vroeg Hanna hem, die zag dat hij de iPad in zijn handen had. Dat ding en zijn skateboard waren in toenemende mate alles wat hij wilde. 'Heb je een boek meegenomen?'

'Nee, moet dat?'

'Móét dat?' zei Hanna afkeurend. 'Kom op, Linus, we hebben het hierover gehad.'

'Dan ga ik er nog wel snel eentje halen.'

'Opschieten!' Max' stem weerklonk opnieuw, nu ongeduldiger. 'Haast je nou toch! Jullie moeten nu allemaal de auto in. Nu, nu, nu.'

Hanna zuchtte geërgerd, zowel door Max als door haar zoon. Ze zwaaide haar handtas over haar schouder. 'Dan zul je iets moeten lezen wat ze daar hebben, hoewel ik me afvraag of ze er iets hebben wat een tienjarige jongen interesseert. *Moby-Dick* misschien?' Ze legde haar hand op zijn schouder en leidde hem mee naar de vierkante hal en de voordeur. 'Misschien leert dat je om de volgende keer te luisteren naar wat ik zeg.'

Bell pakte haar eigen tas – een rugtas van Sandqvist – en keek nog eens goed rond. Het was maar goed dat Max later zou komen, want ze hadden vast en zeker de helft vergeten van wat ze nodig hadden en dúbbel meegenomen wat ze níét nodig hadden.

Ze pakte de elektrische scooter die ze tegen de regels in binnen had gezet – je mocht ze niet in je privédomein meenemen, maar ze had niet willen riskeren dat iemand anders hem zou pakken. Er waren er niet veel meer over in Östermalm en er was geen ruimte voor het hele gezin én hun bagage én haar in de auto. Ze trok de voordeur achter zich dicht. Die arme Max probeerde de kofferbak dicht te krijgen, maar de klep veerde weer omhoog van de uitpuilende inhoud. Hij had er drie pogingen en al zijn lichaamsgewicht voor nodig om hem uiteindelijk met een klik te kunnen sluiten.

'Ik zie jullie daar,' zei ze opgewekt, en ze stapte op de treeplank en spoedde langs de auto, maar niemand merkte haar op. Linus zat alweer op zijn scherm te turen, het hoofd gebogen in die kenmerkende hoek die de komende generatie van chiropractors ongetwijfeld rijk zou maken, en de meisjes hadden het te druk met ruziemaken om een Pippi Langkous-pop om haar te zien vertrekken. Hanna zat in de verte te staren, haar mond een klein stukje geopend, alsof ze televisie op de voorruit zat te kijken.

Bell reed de hoek om, blij dat ze wat kostbare minuten voor zichzelf had – ze voorzag dat ze daar de komende vier dagen weinig van zou hebben – en liet de bries om haar hals fluiten terwijl ze soepel door de straten snelde. Er waren al veel families vertrokken. De vele lege parkeerplekken waren het kenmerk van de zomer in de hoofdstad. De paardenkastanjes, elzen en beuken hadden volle kruinen en wemelden van het leven: eekhoorns die van tak naar tak sprongen, vogels die uitbundig zongen, verborgen door de bladeren. Bloembakken voor de vensterbanken toonden hun fleurige kleuren, tulpen en lavendel, en iedereen liep met het lichte huppeltje dat gepaard ging met warme, zonnige vakantiedagen. Overal waren mensen – toeristen in cafés, studenten op lage muurtjes – maar er was niet veel verkeer toen ze zich vanuit de woonwijk bij de hoofdstroom in het centrum voegde.

Met de scooter bereikte je het hart van de stad in slechts vier minuten, maar terwijl ze door de breder wordende straten reed, leek het wel een kameleon die van kleur veranderde – hetzelfde maar toch anders. Hoge winkel- en kantoorpanden langs de avenues, museums en bibliotheken in plaats van herenhuizen, bronzen beelden in plaats van speeltuintjes, parken in plaats van tuinen, en om elke hoek de zee, een glinsterend streepje ijsblauw, als het lint om een bruiloftstaart.

De Nybroviken-haven was een hoefijzervormige baai met rondom de grootste luxehotels van de stad. In de lucht cirkelden luid krassende zeemeeuwen. Sommige waren tevreden neergestreken, andere schommelden als dikbuikige zakenlieden in grijze pakken met hun handen op de rug over de promenade. Rijen witte ferry's knikten en stootten zachtjes tegen de havenmuren, hun loopplanken neergelaten als middeleeuwse ophaalbruggen. Er stapten passagiers aan boord, bepakt en bezakt, of soms met alleen maar een krant. De vroegste vogels zaten al op het achterdek te zonnen en geduldig te wachten tot ze naar de archipel zouden worden vervoerd.

Maar niet de Mogerts. Ze hadden haar weliswaar ingehaald, maar Bell glimlachte laconiek toen ze haar aangenomen familie zag, de chaos te midden van de rust: Max stond fout geparkeerd, met knipperende waarschuwingslichten, terwijl hij als een gek zo ongeveer de hele inhoud van hun huis stond over te pakken op een kleine steekkar die een van de bemanningsleden had gebracht. Hanna praatte met de kapitein, die met een hoofdknik reageerde op iets wat ze zei en ondertussen over haar schouders keek naar Max' verrichtingen. Linus leunde tegen een lantaarnpaal, nog steeds verdiept in zijn game op de iPad, en de meisjes leken het goedgemaakt te hebben, want Tilde bestudeerde iets op Elises handpalm.

Bell reed naar Max toe, die inmiddels stond te zweten. Ze zette de scooter bij een bankje neer voor de volgende gebruiker en hielp hem de laatste bagage op de kar te zetten, een visnet en een gitaar.

'Speel je gitaar?' vroeg ze verbaasd terwijl ze over de klinkers achter het bemanningslid aan liepen. Ze had nog nooit iemand in huis een instrument horen bespelen. Het was een creatief gezin, maar niet speciaal muzikaal.

Hij rolde met zijn ogen. 'Ik niet, nee.'

'O, mooi, je bent er,' zei Hanna, die zich naar hen omdraaide, en Bell was er niet zeker van tot wie van hen beiden haar opmerking gericht was.

'Ja,' zei Max met een zucht. Hij deed zijn bril af en wreef het zweet van zijn gezicht. Hij was gekleed in een short en een linnen shirt en hij droeg instappers zonder sokken. Hij zag eruit alsof hij klaar was voor een ochtend op een boot en niet om alleen in een groot, leeg huis te gaan zitten werken aan de keukentafel. Niet voor het eerst de laatste tijd had Bell medelijden met hem.

Ze zag hem een steelse blik op Hanna werpen, alsof naar haar kijken op de een of andere manier ongeoorloofd was.

'Kom, kids, zeg je vader gedag,' zei Bell vlug, omdat ze vond dat de twee privacy nodig hadden, en ze duwde de kinderen naar hem toe voor respectievelijk terughoudende (Linus) en onstuimige (de tweeling) omhelzingen.

'Tot over een paar dagen, Max,' zei ze met een kordaat knikje terwijl de kids over de loopplank voor haar uit liepen. Zij zou zelf vrijdagmiddag weggaan als hij zou arriveren. Ze spoorde de kinderen aan boord van de boot te gaan en zuchtte toen ze automatisch naar de counter holden en vroegen of ze een muffin mochten. In plaats daarvan kocht ze voor ieder een appel en bestelde koffie voor Hanna en zichzelf, achteromkijkend terwijl ze in haar zak op zoek ging naar wisselgeld. Hanna en Max stonden op de loopplank, zijn handen om haar middel, hun ogen op elkaar gericht. Zelfs van een afstand was het duidelijk dat de wereld voor hen even niet bestond. Nog altijd verliefd.

'Mogen we naar het dek?' vroeg Tilde haar opgetogen, haar aandacht opeisend. 'Ik wil de warmte op mijn gezicht.'

Bell kreunde. Zo zaten háár dagen in elkaar. 'Nou, niet té warm, mag ik hopen,' zei ze, maar ze liet zich meetronen naar de trap. 'We willen niet dat het smelt, toch?'

De ferry vertrok en liet de maritieme stad onverbiddelijk achter zich, waarbij de koperen daken en de kleurrijk overhuifde ramen van Gamla Stan plaatsmaakten voor eigentijdse flats en twee-on-der-een-kapwoningen, en vervolgens voor de steeds grotere en fraaiere huizen van de buitenwijken. Bell voelde het evenwicht snel verschuiven, de solide stedelijkheid die langzaam werd ingeruild voor de veranderlijke massa van de reusachtige zee, het land dat tot kruimels werd verbrokkeld tot het water werd – water zover het oog reikte. Onder de heldere hemel van vandaag was het van een idyllisch, stralend blauw, maar ze had de archipel vaak genoeg anders gezien – bruin en kolkend – en ze wist dat dit een kwetsbare kalmte was.

Ze vonden een tafeltje aan het uiteinde van het bovenste dek, net buiten het overdekte gedeelte, waardoor ze aan de elementen waren overgeleverd en de wind vrij spel kreeg om door hun haren te woelen. Het was een mooie dag, dus ze hadden het niet koud, maar Bell wist dat ze, als ze over twee uren van boord zouden gaan, eruit zouden zien alsof een stel kraaien onderweg een nest op hun hoofd had gebouwd – en dat ze verbrand zouden zijn. Ze haalde de zonnebrandcrème tevoorschijn en begon die op Elises gezicht te smeren.

Hanna zat beneden om wat werk te doen op haar laptop, en Bell moest de meisjes ervan weerhouden om elke tien minuten naar haar toe te rennen. Ze brachten een groot deel van de tocht door met het spelen van 'ik zie, ik zie wat jij niet ziet' en 'wat zou je liever', waarbij Elise iedereen aan het nadenken zette met haar dilemma 'wat zou je liever doen, een hele rauwe ui eten of mosterd drinken'?

Bells blik bleef ronddwalen over de archipel, het was onmogelijk om dat niet te doen. Er waren heel veel kleine, bijna fragmentarische eilanden en eilandjes – Kris had eens gezegd dat het er zo'n dertigduizend waren – zodat ze er op een landkaart uitzagen als kapotgevallen glas op een stenen vloer. Sommige eilandjes waren alleen kleine rotsplateaus die als witte dolfijnen door het glasachtige oppervlak braken; andere bevatten bossen en struiken, en oogden uit de verte meer als donkere kluiten mos die op het water dreven.

Dit zou haar derde zomer in de archipel worden. Hier had ze haar hart aan het land verloren, hier had ze besloten dat ze zou blijven. Stockholm was geweldig – kleiner dan Londen, vriendelijker dan Parijs, rustiger dan Rome, nog cooler dan Berlijn –

maar de levensstijl die de Zweden er in de zomer in hun huisjes op de eilanden op na hielden, was voor Bell een echte eyeopener geweest. De zomers van haar eigen jeugd had ze doorgebracht aan de noordelijke kust van Norfolk, waar ze zeilde en krabben ving en tenniste, maar deze versie was nog eenvoudiger, ruiger. Puur. Sommige eilandjes waren zo piepklein dat er amper genoeg ruimte was voor één enkel zomerhuisje op de rotsen. Het was duidelijk dat elektriciteit, verwarming en stromend water daar geen optie waren. Er was voor de bewoners werkelijk niets anders te doen dan lezen aan het water, vissen, zwemmen en kijken naar de langsvarende boten en bootjes.

En er waren heel veel boten. Met name de zaterdagochtenden leken wel regatta's, met jollen, tweemasters en sloepen met gehesen zeil, speedboten die over het water raasden, soms met opblaasbootjes of waterskiërs erachter, jetskiërs die strakke bochten namen en probeerden om over de hekgolven te springen.

Bell genoot altijd van de twee maanden die ze hier met de Mogerts doorbracht. Hun eilandje – binnen het gezin Summer Isle genoemd – was nog steeds klein vergeleken met sommige andere. Je kon er in een kwartier omheen wandelen, terwijl dat op de grotere misschien een uur was en op de allerkleinste slechts een paar minuten. Maar ze hadden wel enkele buren, onder wie Gustav Persson, een oude man die tien maanden per jaar doorbracht in een bijna demonstratief sober huisje op de noordelijke punt. Het was behoorlijk verweerd en diverse malen opgelapt met golfplaten, zodat het oogde als patchwork. Er stond nog een ander huis, verder van de hoofdsteiger aan de oostelijke kant, dat eigendom was van een stel van middelbare leeftijd, de Janssons, uit Halmstad. Het was geschilderd in het traditionele bruinrood, met vierkante witte ramen, en in de voortuin hing een Zweedse vlag te wapperen aan een paal. Geen van de tuinen had een duidelijke begrenzing en het had even geduurd voor Bell gewend was aan het idee dat het eiland collectief bezit was. De mensen toonden over het algemeen respect voor elkaars privacy zonder dat er schuttingen, muren of hekken nodig waren.

Haar eigen accommodatie was een piepklein huisje dat zo'n twintig meter achter het grote huis van de familie stond. Beide waren zwart geschilderd, alsof zo de connectie tussen de twee voor passanten of indringers werd getoond. Maar het grote huis stond in het midden van de bocht van een privéstrand, terwijl haar huisje in een bebost gedeelte stond, langs een pad dat door het mos naar een smalle inham in de rotsen leidde. Daar kon ze zo het water in stappen, en het was haar eigen privéritueel geworden om elke avond in de middernachtzon te gaan naaktzwemmen.

De ruimte was zo klein dat ze zich er bijna geen voorstelling meer van kon maken – net groot genoeg voor een bed, tafel en stoel en een piepkleine kitchenette die verborgen zat in een kast. Het toilet bevond zich in een aanbouw aan de achterzijde, zoals vroeger gewoon was. De met gammele houten panelen omgeven douche was buiten – en de straal sputterde. Het was bepaald geen luxe manier van leven, maar het grootste deel van haar tijd bracht ze toch door in het comfort van het huis van de familie en ze was dankbaar voor de korte adempauze van stilte en rust aan het begin en eind van elke dag.

In feite kon ze nauwelijks wachten tot ze er weer zou zijn, en haar hart maakte een sprongetje toen ze elementen uit de omgeving begon te herkennen. Vorig jaar had ze vooral veel tijd doorgebracht met Linus, rondvarend langs de naburige eilandjes, terwijl de meisjes – toen nog maar twee jaar oud – op het strand speelden en middagdutjes deden met hun ouders. Zij en Linus hadden bijna elke dag langs de baaitjes gekajakt, uitgekeken naar orka's en reigers, de mooiste huizen en boten bewonderd, dus de oriëntatiepunten van die avonturen sprongen nu meteen in het oog: de lichtgele met mos bedekte rots op de eilandpunt met het zoetwatermeertje in het midden, de rafelige vlag bij het vervallen huis, de door een storm verwoeste steiger drie eilanden verderop, de diepe inham waar ze een dode meeuw in het water hadden aangetroffen. En vervolgens, in de verte, de spits van de toren van Sandhamn die door de bomen stak en zich aan passerende zeilers en reizigers liet zien. Hij stond op een hoge stellage, een beetje als een gigantische duiventil.

Max had haar vorig jaar verteld dat hij van oorsprong had gediend als uitkijkpost voor de loodsen, in de tijd dat loodsdiensten – die schepen door de zee-engten naar Stockholm leidden in een tijd dat de handel opbloeide – het voornaamste inkomen voor de eilanders genereerden.

Het land verbreedde zich en welfde weer terug in dynamische rondingen, en de huizen stonden steeds meer in groepjes bij elkaar op de rotsen, als eendenmosselen. Ze zag dat ze het ferrykanaal naderden, een huiveringwekkend smalle doorgang, aangezien de kust van Sandhamn die van buureiland Lökholmen bijna aanraakte. Ze voeren er langzaam door, om een landtong heen, en plotseling was daar de kleine haven, die zich uitstrekte voor een minimetropool in de Baltische weidsheid.

Ze waren er.

'Oké allemaal, hebben jullie je spullen?' vroeg Bell, die erop toezag dat de rugzakken werden dichtgeritst en er niets op hun stoelen achterbleef. 'Laten we naar beneden lopen, naar mama. Nou, denk eraan dat jullie geduldig moeten zijn terwijl we de bagage van de boot halen. Linus, jij let op je zusjes, goed?'

Hij knikte nonchalant.

'Dat hoeft niet,' protesteerde Elise. 'Ik ben al groot, hoor.'

Linus en Bell maakten even oogcontact maar zeiden niets. In plaats daarvan gaf ze hem een knipoog.

Ze liepen met zijn vieren de trap af, terug naar binnen, waar Hanna met haar laptop dichtgeklapt en haar handen op elkaar uit het raam zat te staren. Bell gaf haar geen ongelijk. Ook vanaf deze plek was het uitzicht schitterend. De toegangsroute langs de naburige eilanden, Telegrafholmen, Lökholmen en Korsö, was zo smal dat het Bell verwonderde dat de grote boten erdoorheen pasten.

Ze zou bij wijze van spreken met gemak een steen van het ene naar het andere eiland kunnen gooien, en zelfs als je 's ochtends met het motorbootje kwam voor brood en de krant, deed de passage behoorlijk nauw aan. De rotsen aan weerskanten bolden op als kleine heuvels, zo'n zes tot negen meter hoog, hun onderkant met zeewier bekleed, een lijn die het vloedtij markeerde. Het haventje waaierde vriendelijk uit. Alles kwam er vriendelijk over – verweerd, verdraagzaam, hartelijk. Aan de rechterkant lagen het politiebureau en de brandweerkazerne, met een oranje helikopter die wachtte terwijl een paar geüniformeerde agenten stonden te praten over iets wat waarschijnlijk niets met misdaad te maken had. Het eiland had in totaal negentig vaste bewoners, en hoewel dat aantal in de zomermaanden steeg tot drieduizend – met jaarlijks nog eens honderdduizend bezoekers en dagjesmensen – was het ergste wat gewoonlijk op het eiland gebeurde dat er iemand ergens illegaal afmeerde of afval weggooide.

Er waren een café, het supermarktje Westerbergs, een bakkerij, een cadeauwinkel, een kunstgalerie, een kledingboetiek en links van de haven het grote Yacht Hotel, dat ooit het hoofdkwartier was geweest van de Koninklijke Zweedse Zeilvereniging. Dit was verreweg de stijlvolste plek van het eiland, met een uitstekend restaurant voor etentjes en een beachclubsfeer bij het buitenzwembad met barbecuegedeelte. Bell kende het hier goed, want vrijwel alle grote zomerfeesten werden er gevierd.

Ze keek in de richting van het hotel terwijl ze van boord gingen en hoorde de verre kreten en het geplons vanuit het zwembad, dat je van hieraf niet kon zien. Ze zou willen dat ze er met de kinderen heen kon gaan voor een ijsje, alleen maar om het even weer te zien, maar Hanna was al diep in gesprek met een man die ze al jaren kende, Jakob Cedergren, de havenmeester. Een bebaarde man die mank liep en altijd een lach op zijn gezicht had. Hij was een van de negentig bewoners en hij hield duidelijk van zijn werk, zijn familie en zijn leven. In zijn ogen was zijn wereldje misschien niet groot, maar wel zo goed als perfect. Bell had aan het eind van de vorige zomer het stadium bereikt dat ze vrolijk 'hej hej' tegen elkaar zeiden, maar zou hij haar nog herkennen? Ze zou nooit tot de ingewijden behoren zoals Hanna en Max, die hier al hun hele volwassen leven kwamen.

'Linus, ga jij daar maar zolang staan met de meisjes,' zei ze, en ze nam ze mee naar een kiosk waar frisdrank, ijs en kranten te koop waren. 'Dan haal ik ons boeltje van de boot.'

'Jij bent niet de baas over mij,' hoorde ze Elise hooghartig tegen Linus zeggen terwijl ze de loopplank weer op snelde. Er stond een bemanningslid naar niet zozeer hun bagage als wel hun hele huishouden te kijken. Hij krabde verbijsterd op zijn hoofd. Alles was vervaarlijk opgestapeld naast een deur die naar de lenspompen leidde.

'Maak je geen zorgen, dat is van ons. Ik ben er al,' riep Bell, naar hem toe hollend en bukkend om de eerste lading mee te nemen. 'Ik haal het van boord.'

'Hoe ga jij dat voor elkaar krijgen?' vroeg hij, fronsend bij de aanblik van haar en alle bagage. Met haar een meter drieënzestig was ze niet héél klein, maar ook bepaald geen boomlange krachtpatser. 'Je weet dat we over een uur weer vertrekken?'

'Geen probleem. Onze boot ligt... daar,' pufte ze, en ze hees een volle zachtleren reistas onder elke arm, waarbij ze ook nog drie tennisrackets, het poppenhuis en de gitaar meepakte. Ze gebaarde met haar kin naar het dichtstbijzijnde raam en de een stukje verderop gelegen bescheiden boot van de Mogerts, de Nymphea. Ondanks de naam was ze geen schoonheid: ze had een sjofele witte romp, oude rode meertouwen, een halfoverdekte hut en net genoeg ruimte om voorin te zitten, plus bankjes aan de achterzijde. Max' vader had de boot gekocht toen hij een tiener was, en Max had hem 'geërfd' toen de tweeling was geboren (en het onderhoud hem te veel werd, zoals Max weleens mopperde). Max noemde haar een zwoeger: ze oogde nogal fantasieloos, maar was betrouwbaar genoeg om het gezin en kleine groepjes mensen van hun eiland naar andere in de buurt te brengen, en natuurlijk weer naar de haven. Sandhamn was hun poort terug naar de echte wereld. Hier kwamen ze voor brood, kranten en medische bijstand.

Het bemanningslid keek haar met een sceptische blik aan. 'Laat mij maar even helpen.'

'Echt?' vroeg ze met een dankbare glimlach.

Hij haalde zijn schouders op. 'Ik kan het je toch niet in je eentje laten opknappen? Er bestaat vast een wet tegen dit soort slavenarbeid.'

Ze grijnsde. Hij was jong, zag er goed uit... Hanna ging nog op in haar gesprek. Het was kennelijk niet in haar opgekomen om Bell te helpen de boel uit te laden. 'Nou, graag, dank je,' zei ze, terwijl ze zich in een bocht wrong en een sprongetje maakte om de tassen weer hoger onder haar armen te hijsen. 'Ik ben Bell, trouwens.'

'Aangenaam, ik ben Per.'

Samen droegen ze de eerste lading spullen naar de boot, waarbij Bell om de paar passen naar de kinderen omkeek. Ze zaten ineengezakt op een muurtje en leken zich enorm te vervelen.

De Nymphea lag gelukkig dichtbij aangemeerd, op haar gebruikelijke ligplaats aan de meest nabije kant van de steiger. De botenservice had haar een onderhoudsbeurt gegeven en weer op tijd voor de zomer in het water gelegd. Bell liet haar vracht voorzichtig op de grond zakken, maar Per was haar een paar stappen voor en sprong op het dek voordat ze het meertouw zelfs maar kon aantrekken. Hij stak zijn handen uit voor de eerste partij spullen.

'Zet maar ergens neer,' zei ze, rondkijkend over het kleine dek, op zoek naar een geschikte plek. Hanna had de sleutel en de cabine zat nog op slot. Bell probeerde niet te denken aan het feit dat ze het later ook allemaal weer van déze boot moest halen.

Ze liepen nog twee keer heen en weer voordat ze alles hadden opgehaald.

'Eindelijk! Als ik dit allemaal in mijn eentje had moeten overbrengen, was ik nu kapot geweest,' zei ze, en ze rolde met haar ogen. 'Bedankt.'

'Graag gedaan.' Hij glimlachte.

Ze voelde zijn belangstelling naar haar toe kruipen als de vloed die opkwam, en ze wist wat hij zou vragen nu ze terug begonnen te lopen naar de vaste wal. Maar ze was afgeleid en haar blik gleed continu naar de kids. Ze was altijd bezorgd als de tweeling zo dicht bij het water was, ook al waren Linus en Hanna in de buurt. De meisjes konden nog niet goed zwemmen en er was vorig jaar een keer een panieksituatie ontstaan toen Elise bij een vriendinnetje thuis in de vijver was gevallen en Max er volledig gekleed in was gesprongen om haar te redden.

Per draaide zich naar haar om nu ze hen naderden. 'Eh, luister, heb je trek? We zouden kunnen gaan lunchen, als je tijd hebt?'

'O, sorry, ik ben aan het werk.' Ze gebaarde met haar hoofd naar de kinderen. Die zaten in elk geval in de schaduw. 'Ik heb dienst.' Ze grijnsde verontschuldigend.

'O.' Hij keek teleurgesteld. Zijn hoop werd de grond in geboord.

'Een andere keer misschien?' Ze vond hem attent en hij was ongeveer van haar leeftijd – oké, misschien een béétje jonger, maar wat maakte dat uit?

'Blijf je hier lang?'

'De hele zomer,' zei ze schouderophalend. 'Mijn werkgevers hebben een huis op een eilandje voorbij Korsö.'

'Oké, nou, dan zal ik je vast nog weleens zien. We komen hier elke dag,' zei hij verheugd.

'Ja,' zei ze nonchalant, omdat het haar niet veel uitmaakte. 'En in de weekenden ga ik terug naar de stad, dus... nou ja. We zien wel.' Ze haalde haar telefoon tevoorschijn en gaf hem haar nummer.

'Geweldig. We spreken nog wel wat af.'

'Prima.' Ze keek weer naar de kinderen, wist dat ze zich weer bij hen moest voegen, en ze zag dat Hanna en Jakob nog steeds ston-

den te praten. 'Jemig. Wat hebben ze allemaal te bespreken?'
Per zuchtte alsof hij het gewend was. 'De laatste roddels. Dit is Jakobs favoriete tijd van het jaar. Hij noemt het "bijpraten" met iedereen, maar eigenlijk is hij gewoon een ouwe kletskous. Als we aankomen, klampt hij altijd wel iemand aan.'
'Valt er hier dan wel wat te roddelen?' vroeg ze sceptisch.
'Dat zou je nog verbazen. Een week geleden werd anderhalve kilometer verderop een witte dolfijn gespot; de lokale teruggetrokken miljardair is weer gearriveerd; er is al een schandaal gaande rond de Gotland Cup...' Hij zweeg abrupt en schonk haar een grijns. 'Maar ik zal je niet te veel vertellen. Dat is misschien een stimulans voor jou om eens met me te gaan lunchen. Of iets te gaan drinken.'
Ze keek hem aan. 'Het klinkt alsof er veel is wat ik nog te weten moet komen.'
'O, zeker,' zei hij, haar aankijkend met een flirterige blik in zijn ogen. 'Het zomerseizoen is nu officieel begonnen.'

# 6

Het water lag uitgestrekt en glad voor hen als een lap saffierblauwe zijde, zonder ook maar de kleinste rimpeling op het oppervlak, terwijl de Nymphea uit het haventje de smalle baai in tufte. Ze passeerden de naastgelegen eilanden Lökholmen en Korsö, die als buffers tussen Sandhamn en de open zee lagen, en voeren terug naar de zee-engte.

Summer Isle, officieel Strommskar genoemd, lag er niet ver achter en was onderdeel van een afzonderlijke verzameling semiverbonden eilandjes, sommige zo dicht bij elkaar dat het leek alsof ze onder water elkaars hand vasthielden. Max had het als grofweg het cijfer zes beschreven, met verschillende onderbrekingen in de omtrek van het rondje, waar nieuwsgierige zeilers soms stilletjes tussendoor kwamen glijden op hun weg terug naar de engte.

De kinderen (of Linus, eigenlijk) hadden de eilandjes hun eigen Engelse namen gegeven – Dead Man's Bones vanwege de rotsen waar je over kon hink-stap-springen en die op een drijvend skelet leken; Rockpools vanwege de meertjes waar ze visten naar voorns; Little Summer, dat vlak naast hun eilandje lag; 007 omdat er een groot huis op stond dat vanaf het water niet te zien was, en omdat het hele eiland privébezit was van een geheimzinnige rijke familie; Swan's Nest nadat ze er waren weggejaagd door een agressieve mannetjeszwaan...

Summer Isle, in totaal niet groter dan een vierkante kilometer, was een van de eilanden met meer bos en alleen kale rotsen aan de rand. Er lag een tapijt van mos en dennennaalden op de grond en het licht viel er in gouden scherven door de deinende kruinen. De vorige zomer had Bell urenlang alle hoeken en gaten van het eilandje met de kinderen verkend, ieder met een visnet in hun kleine vuisten geklemd terwijl ze deden alsof de gladde rozeachtige rotsen slapende nijlpaarden waren en ze met z'n vieren op de zonnige open plekken in cirkels ronddraaiden, de armen uitgestrekt en hun gezicht omhooggericht als madeliefjes.

De kinderen zaten nu naast haar op de bankjes, hun zwemvest aan en genietend van de bries op hun gezicht, terwijl Hanna de boot op kundige wijze naar het eiland stuurde. Ze wist intuïtief welke bochten ze moest maken en had de waarschuwingsstokken die haar attent moesten maken op de rotsen vlak onder het oppervlak niet nodig. Max kwam hier al sinds zijn jeugd en hij had het Hanna goed geleerd.

De steiger was al zichtbaar en de zongebleekte vlag van de Janssons wapperde verderop langs de kustlijn. Bell draaide zich net als de kinderen instinctief om op het bankje en keek omlaag naar de steentjes op de zandbodem, het delicate, franjeachtige blad van zeewier en zeegras wiegend in het water, een krab die zich over de zeebodem uit de voeten maakte en stilstond nu de schaduw van de boot over hem heen gleed.

Hanna meerde behendig af en zij en Bell hielpen de kinderen veilig van de boot af. Bell gaf de grote reistassen door, die zij tweeen tussen hen in konden dragen. De rest van het speelgoed en de sportspullen van de kinderen zouden ze later moeten ophalen.

Ze volgden het graspad door de bomen. De meisjes stapten op oude stronken, raapten dennenappels en stopten om blauwe bessen te plukken. Het had Bell de eerste keer dat ze hier was verschillende weken gekost om haar weg door het bos naar het huis van de Mogerts te vinden zonder het hele eiland rond te lopen, op haar passen terug te keren of per ongeluk bij de buren te belanden. Maar haar ogen hadden de herkenningspunten uiteindelijk weten te vinden: kijk uit naar de gebroken tak, ga langs de omgevallen boom, sla links af bij de kwelder waar de kikkers 's nachts zitten te kwaken.

Het was hier nooit donker in de zomermaanden, maar het licht viel slechts in smalle stroken op het midden van het eiland. Het schoot in dunne pijlen langs de bomen terwijl zij in ganzenpas tussen de slanke stammen door laveerden. Linus droeg ook een paar tassen en had de gitaar omgehangen, maar Bell leek de zwaarste last te dragen, en haar spieren brandden van het vasthouden van alle bagage in een langzamerhand ongemakkelijke houding. Het was misschien maar een kleine acht minuten lopen van de steiger naar het huis, maar elke minuut voelde wel vier keer zo lang. Ze voelde een golf van opluchting toen de zee geleidelijk verscheen als achtergrond van de bomen, steeds blauwer en helderder, tot ze ten slotte het beschaduwde bos uit stapten en de blauwe zee de heldere hemel weer raakte.

'Godzijdank,' zei ze kreunend, en ze liet de tassen met een zachte plof op de grond vallen. De meisjes slaakten meteen een kreet bij het zien van hun vertrouwde speelterrein en renden omlaag naar de zachte bocht van zand. Tilde vond een stuk drijfhout en schreef trots haar naam. Linus nam plaats op de onderste tree van het plankier en keek naar de tweeling, een buitenstaander die er overdressed uitzag in zijn jeans en grijze sweatshirt.

Bell keek naar haar thuis voor de komende zes weken, afgezien van de weekenden, waarin ze terug naar de stad kon om de broodnodige tijd met haar vrienden door te brengen. De vakantiewoning van de Mogerts, gebouwd op de plek van het oorspronkelijke huis dat had toebehoord aan Max' grootouders en ouders – en dat was bezweken na een storm – was een vrij groot, modernistisch huis met een zwarte houten bekleding en enorme glazen schuifwanden. Het werd rondom omgeven door een groot plankier op een ondergrond van gladde rotsen. Hun ondiepe baaitje lag aan de luwe kust aan de zuidwestelijke kant van het eiland, een eind bij de belangrijkste vaarroute vandaan. Goed voor de privacy, minder goed voor de heersende wind.

Hanna liep de treden op en over het plankier, waar ze in een sleetse, rafelige vismand reikte die tegen de achtermuur stond en totaal niet paste bij het smetteloze minimalisme van de rest van het huis. Het was een erfstuk, zoals wel meer dingen hier – gerepareerde visnetten, zongebleekte emmers, handgemaakte hengels –, maar in het nieuw gebouwde huis was alles licht en wit, met stijlvol houten meubilair. Het was zo sober ingericht dat het effect in de winter koud en streng zou zijn, maar de familie kwam hier nooit eerder dan juni, en voor de zomer was het perfect.

Hanna schoof de deur open. Ze had het huis in een weekend in mei al samen met Max 'gelucht' en het gecheckt op eventuele benodigde reparaties. Ook hadden ze de voorraadkast al gevuld met niet-bederfelijke levensmiddelen. 'Home, sweet home,' zuchtte ze, en ze stapte met een intense uitdrukking op haar gezicht naar binnen voordat ze de rest van de wanden openschoof.

Bell pakte de tassen voor een laatste keer op en sjouwde ze naar binnen. Nu alle deuren aan drie kanten geopend waren, blies de bries heerlijk door het huis met de prikkelende, zilte lucht van de zee, schoten libellen nieuwsgierig naar binnen en hoorde je de ruis van het getij dat in het zand zonk, het gebabbel van de meisjes... Buiten werd hier binnen, het was allemaal één geheel.

Linus ging meteen naar zijn kamer. Hanna's ogen volgden hem terwijl ze de kranen liet doorstromen. Ze zag er moe uit.

Bell bracht de tassen van de meisjes naar hun slaapkamer en begon meteen hun kleren uit te pakken. Die waren zo klein dat ze zelfs twee aan twee amper ruimte in beslag namen. Ze opende het raam, klopte de dekbedden uit en schudde de kussens op, ze controlerend op spinnen of andere zaken die een hysterische aanval zouden kunnen veroorzaken.

'Heb je hulp nodig met uitpakken?' vroeg ze met haar hoofd om de deur van Linus' kamer.

Hij lag op het bed naar het plafond te staren. Zijn bed was opgemaakt met een rood-met-blauwe sterrenprint en er lag een donkerblauwe deken over de onderste helft gedrapeerd. Bij het schuifraam stond een zitzak van nepbont waarvandaan je uitzicht had op de bomen, er was een neonkleurige dinosaurus op de muur afgebeeld – waar hij inmiddels een paar jaar te oud voor was – en er hing een gestreepte badhanddoek met capuchon aan een haak op de achterkant van de deur.

'Linus?'

Hij schrok. 'Hè?'

Ze fronste. 'Gaat het wel?'

'Ja hoor.'

'Ben je moe?' De ruim twee uur durende tocht op de ferry was verbazend vermoeiend in de wind en de zon.

Hij haalde zijn schouders op in een gebaar dat nonchalant zou moeten zijn maar het niet was. 'Misschien.'

Ze sloeg hem gade en zag dat hij met een bestudeerd intense blik naar het plafond staarde. Ze liep naar binnen en zeeg op de grote zitzak neer. 'Wat is er?'

'Nou ja, ik verveel me gewoon.'

'We zijn er nog maar net!' zei ze lachend.

Hij groeide nu heel snel – de jeans, die hem met de kerst nog paste, was nu alweer te kort – en hij leek vaak in een stuurse en weerbarstige stemming te zijn.

Bell liet haar hoofd achterovervallen op de zitzak en draaide het opzij om het bos in te kijken. Sommige van de wat grotere eilanden hadden konijnen en vossen, reeën zelfs. Zij hadden al geluk als ze een korhoen door de struiken zagen scharrelen. Ze bleven zwijgend liggen, beiden starend in het niets, luisterend naar alles: Hanna die keukenkastjes opendeed en weer sloot, flessen en potten die op het aanrecht werden gezet, het zuigende geluid van de koelkastdeur. Bell wist dat ze eigenlijk zou moeten opstaan om te gaan helpen. Dit, liggen op een zitzak, kon je in principe niet als 'werken' definiëren.

'Vertel eens, wat wil je het liefst gaan doen nu we hier zijn?' vroeg ze, met haar ogen weer op Linus gericht, die maar naar het plafond bleef staren. 'Heb je zin om vanmiddag naar Blind Man's Bay te roeien?'

'Misschien.'

'We zouden de netten kunnen uitzetten en kijken wat we kunnen vangen voor het avondeten?'

'Ik wil pasta.'

'Oké. Nou, heb je zin om een wandeling te maken en te kijken of er iets is veranderd?'

'Wat dan? Hier verandert nooit iets.'

'Linus, hoe kun je dat nou zeggen?' zei ze, theatraal naar adem happend. 'Alles verandert hier. Summer Isle is het zenit van verandering.'

'Het wat?'

Ze glimlachte. Ze wist wel dat het onbekende woord zijn interesse zou wekken. 'Je weet maar nooit, de grote es kan zijn omgevallen in een storm. Of het krot van de oude Persson is weggeblazen, zodat hij nu onder een palmblad woont dat vanuit Oost-Indië is komen aanwaaien.'

Linus liet een piepklein glimlachje zien. 'Of hij is zeven maanden geleden doodgegaan en zijn lichaam ligt nog onontdekt op de vloer.'

Bell trok een grimas. 'Ieuw, ik hoop van niet!' Ze knipoogde. 'Maar we moeten het waarschijnlijk wel even checken. Geheime missie?'

'Wat is onze dekmantel dan?'

Ze dacht even na. 'Brandhout verzamelen.'

Er verscheen een iets bredere glimlach op zijn gezicht, maar die stierf weer weg. 'Nee. Ik heb geen zin.'

'O Linus! Waarom niet?'

Hij wierp haar een blik toe. 'Omdat ik nu tien ben en het kinderachtig is.'

Ze slaakte een gefrustreerde zucht. Ze gaf het op. 'Goed dan. Nou, als je te oud bent om iets leuks te gaan doen, kun je me hel-

pen met wat klusjes. Kom mee, ik moet de rest van de bagage van de boot halen. Dan kajakken we daarna terug naar Sandhamn. We zijn vergeten melk mee te nemen. Neem je skateboard maar mee, dan kun je daar een poosje skaten.'
'Maar het duurt beide kanten op twintig minuten.'
'Ja. Wat wil je daarmee zeggen?'
'Dat het superveel tijd kost.'
'Precies,' zei ze kordaat met een klopje op zijn knie, en ze kwam overeind. 'Er zit niets anders op, toch? We leven nu in eilandtempo, kanjer.'

Haar huisje lag er nog net zo bij als ze het had achtergelaten: het smalle grenen bed bedekt met een luchtig dekbed en een grof gebreide deken; een trendy antracietgrijs geknoopt wollen kleed over de houten vloer; een replica Egg Chair in de hoek; een zwart-witposter van dennen die afstaken tegen een bevroren meer; boeken in het Engels en Zweeds – voornamelijk thrillers – op de vensterbanken, lichtjes kromgetrokken van het vocht; de keukenunits – gootsteen, koelkast – aan de achterkant uit het zicht in wat eruitzag als een kastenwand.

Bell zette haar tas neer en liep meteen naar de koelkast. Met een zucht van opluchting zag ze dat de fles wodka die ze de vorige zomer had laten staan nog steeds in het kleine vriesvak lag, ook stond er een blikje cola in de koelkastdeur. Binnen enkele seconden had ze zichzelf een ijskoude beloning voor het harde werk van vandaag ingeschonken.

Ze liep naar buiten de vlonder op, liet zich op de houten Adirondackstoel neerzakken, trok haar voeten op tot aan haar billen en leunde met haar kin op haar knieën om over de zee uit te kijken. Ze zaten aan het uiteinde van het eiland, waar de rotsen een onregelmatige ellips vormden, en ze had gedeeltelijk uitzicht op het oosten, de baai en het tegenoverliggende eiland, dat zo'n tweehonderd meter van het hunne verwijderd was. Dat was het eiland dat Linus 007 had genoemd, in de hoop dat er een rijke schurk woonde. Iedereen wist dat de eigenaren rijk waren. Maar waren het ook schurken? Linus hoopte van wel. Het was het grootste eiland in hun kleine groep, en het was dichtbebost. Anders dan veel van de andere eilanden en eilandjes hier was het privé-eigendom, en hoewel de Zweedse wet tamelijk ontspannen omging met eigenaarschap en verboden toegang – iedereen mocht op elke gewenste plek kamperen voor een tijdsbestek van maximaal vierentwintig uur – leek niemand er ooit aan te meren. De steiger was altijd opvallend leeg, een dreigende vinger die naar het water wees, een waarschuwing om uit de buurt te blijven.

Verder naar links kon Bell de Oostzee in een grote bocht zien uitwaaieren, de horizon ver weggeschoven, de volgende eilanden van de archipel slechts wazige vlekjes, voordat het uitzicht terugleidde naar het halvemaanvormige strand met daarachter het moderne huis van de Mogerts. Dat stond maar een meter of twintig bij haar vandaan, maar de strook bomen aan het uiteinde van het strand bood beide zijden de nodige privacy. De rotsige ondergrond aan haar kant was grotendeels vlak, hoewel het hier en daar licht golfde, zodat de regen zich in kleine plassen verzamelde, maar via een zachte glooiing naar de waterkant stroomde.

Ze wist dat ze haar tas moest uitpakken en de boel voor zichzelf op orde zou moeten brengen zoals ze dat voor de familie had gedaan: nadat ze met Linus de melk had gehaald terwijl Hanna wat patiëntendossiers bijwerkte, had ze de rest van de middag tassen uitgepakt, speelgoed opgeborgen en chili con carne gemaakt (waar ze vaak op terugviel als ze aangewezen was op de vriezer en de voorraadkast), ondertussen de spelende meisjes op het strand in de gaten houdend, die gelukkig zo opgetogen waren dat ze de hele tijd op de achtergrond te horen waren. Maar ze kwam niet in beweging. Dit was het eerste moment van de dag dat ze voor zichzelf had. Het was al na negenen en de kinderen lagen eindelijk rustig in bed, maar de avondhemel straalde nog, met alleen een diepe blozende gloed om het einde van de dag te markeren. Ze hoopte dat ze eraan had gedacht om haar slaapmasker mee te nemen.

Ze nam nog een slok van haar wodka-cola en begon het ontspannende effect te voelen. Achter haar was het bos schemerig en stil, je hoorde zelfs geen muisje door het gras scharrelen. Haar ogen gleden over de toefjes gele sedum die door de kieren van de rotsen kwamen piepen, en ze keek naar een stern die vanuit de lucht omlaagzwenkte en een keurige streep door het glasachtige wateroppervlak trok. De avond was bleek en kalm nu de wind was gaan liggen. De hitte van de dag was voorbij, maar het was nog klam en haar huid voelde plakkerig aan van het opgedroogde zweet. Haar haar zat in warrige lokken om haar gezicht heen, hoewel ze het al herhaaldelijk naar achteren had geduwd.

'Je zou het hier heerlijk hebben gevonden, Jack,' fluisterde ze naar het hemelgewelf, met haar vingers tegen het koude glas tikkend. 'Je had moeten blijven.'

Er vormde zich een snik in haar keel en er prikten tranen in haar ogen, maar ze kneep ze stijf dicht en vertrok haar mond tot een vlakke, boze lijn. Nee... Ze voelde een tegenstrijdige golf van vermoeidheid en onrust, en ze strekte haar benen in een poging te wennen aan het gevoel van ledigheid – ze hoefde niets te doen, nergens te zijn. De aanpassing aan het andere tempo op de eilanden duurde altijd even. Linus was niet de enige die met zijn ziel onder de arm liep. De gebruikelijke afleidingen waren afwezig – ze had natuurlijk geen televisie in haar kleine huisje, alleen maar stroomgeneratoren en gas. Een klein zonnepaneel op het dak was voldoende om de koelkast aan de gang te houden, maar zelfs een waterkoker was een luxe die ze in haar optrekje niet had. Een kop thee betekende een tripje naar het grote huis. Als ze haar telefoon wilde opladen gebruikte ze een zonnelader (die natuurlijk de hele dag in haar tas had gezeten) en op dit moment was ze te moe om te lezen. Ze zou misschien een douche kunnen nemen...

Ze keek naar het primitieve hok dat Max lang voordat zij voor de familie kwam werken in elkaar had geflanst – oude koperen leidingen die omhoogliepen naar een douchekop die naar alle kanten sproeide behalve naar beneden, terwijl de verweerde planken die privacy moesten bieden begonnen te barsten en krom te trekken.

Of...

Ze keek weer naar de zee. Die zou ongeveer dezelfde temperatuur hebben als de douche en omdat het zilt was, gaf het water hier haar altijd een schoon gevoel. Kon ze iets perfecters bedenken om na haar lange dag de zinnen te verzetten dan een verkoelende, verkwikkende duik in het zijdezachte water voordat ze languit op het bed zou neerploffen?

Ze stond op en kleedde zich ter plekke uit. Haar kleren vielen in een hoopje aan haar voeten. Ze nam nog een grote teug van haar wodka-cola en liep behoedzaam, spiernaakt, over de rotsen naar het inhammetje in de buitenste ronding van het eiland. Het leidde in smalle, brede richels omlaag naar het water, dat er helder en uitnodigend uitzag, maar haar adem stokte toch even toen het koud om haar voeten sloot. Ze snoof diep en spande haar spieren om aan de kou gewend te raken. Het was hier smal maar diep. Ze zwaaide haar armen boven haar hoofd en dook kopje-onder. Ze voelde de ijzige greep en toen de bevrijding van de omarming van het water. Ze gleed verder en kwam boven met haar gezicht naar de lucht gekeerd, zodat haar haar naar achteren stroomde, waarna ze aan een fanatieke borstcrawl begon om op te warmen.

Ze voelde de stad van zich af spoelen, de vertrouwde dreun van het verkeer op Stockholms Centralbron, die altijd op de achtergrond te horen was, werd vervangen door een weldadige stilte. Ze voelde dat haar ziel begon te veranderen, dat de rust van Summer Isle als een handschoen over haar blootliggende zenuwuiteinden werd gelegd.

Ze voelde zich thuis.

# 7

Ze wende snel aan de nieuwe routine. De eerste paar dagen waren een aaneenschakeling van sandwiches maken, zandkastelen bouwen en getijdenpoeltjes verkennen. Ze gingen eropuit in de kleine boot, met hun picknicks in een blauw-wit geruit tafelkleed gewikkeld, de kinderen wat ongemakkelijk gehuld in hun logge gele zwemvesten, hun gezichten al roodbruin, hun haar zoutig en steeds warriger. Ze verkenden de baaien en inhammen van de nabije eilanden in de archipel, waar het water het warmst en beschutst was. Maar hoewel hun wereldje hier afgelegen en klein was, was het niet vrij van incidenten – met tot nu toe een spinnenbeet met allergische reactie (Elise), een bloedende teen door een stap op een glasscherf (alweer Elise) en een helderrode zonverbrande streep op een rug (Tilde) die per ongeluk was overgeslagen in een van de vele smeersessies.

Elke ochtend leek de zon met nog meer intensiteit te branden, elke dag werd warmer dan de vorige, zodat ronddobberen, baden of duiken in het water de enige verlossende activiteit was. En als hun huid gerimpeld was, zochten ze hun toevlucht tot de gespikkelde schaduw van de dennen, waar ze naalden uit elkaar zaten te trekken terwijl Bell de meisjes na de lunch voorlas tot ze soezerig werden en op de deken in slaap vielen, wat haar, Hanna en Linus – die dit jaar al wat meer bij de volwassenen leek te horen – een paar kostbare uurtjes rust gaf.

Ze konden niet vast genoeg slapen, leek het, hun lijfjes ontwaakten te vroeg en vatten de slaap te laat vanwege het bijna eindeloze zonlicht, en ze vergat steeds Hanna te vragen om Max te vragen of hij de verduisteringsgordijnen mee wilde nemen als hij in het weekend zou komen.

Zelf werd ze ook moe door de lange dagen, en na de aanvankelijke uitdaging van een plotselinge digitale detox raakte ze eraan gewend geen wifi te hebben. Ze hoorde het nieuws via haar oude radio en las heuse papieren kranten, en ze was afhankelijk van appjes – op momenten dat het mobiele bereik dat toeliet – van Kris en Tove om op de hoogte te blijven van wat er in Stockholm speelde. Om nog maar te zwijgen van het organiseren van haar sociale leven.

Vanavond had ze een date met Per van de ferry. Hij had haar uitgenodigd wat met hem te gaan drinken in de pub. Hij was vanmiddag aangekomen en had zich laten aflossen zodat hij vannacht in Sandhamn kon blijven. Bell staarde naar zichzelf in de spiegel, een beetje verbaasd door wat ze zag. Ze had de hele week amper tijd voor zichzelf gehad, laat staan om zich met haar uiterlijk bezig te houden. Het was 's ochtends al heel wat als ze een borstel door haar haren kon halen en een droge bikini kon vinden. Maar ze had de afgelopen vier dagen behoorlijk veel uren in de zon doorgebracht – haar hazelnootbruine ogen staken levendig af tegen haar gebruinde huid en op de brug van haar neus ontwaarde ze wat sproetjes.

Ze borstelde haar haar tot het glansde, bracht het omhoog in een paardenstaart en bond er een dun zwartfluwelen lint omheen. Afgezien daarvan waren een paar oorringen de enige accessoires. Ze knoopte haar korte spijkerbroek dicht en trok haar rood-wit gestreepte topje aan. Ze wierp nog een korte blik op zichzelf in de spiegel – sportief, fris, natuurlijk, niet overdreven. Het was niet zo dat ze helemaal weg was van Per, maar ze zag het best zitten om een tijdje met hem om te gaan. En het zou alleen al fijn zijn om met een andere volwassene over iets anders te praten dan sandwichbeleg en zonnebrandcrème.

Ze liet haar voeten in haar Birkenstocks glijden en ging op zoek naar haar telefoon. Het was tien voor acht en het zou ongeveer tien minuten duren om naar Sandhamn te varen en daar aan te leggen, waarna het nog een paar minuten lopen was naar de pub aan de andere kant van de haven.

Waar had ze hem gelaten?

Ze keek weer op het bed, in het keukenkastje, rende naar buiten om in het toilet te kijken, ze checkte de Adirondackstoel, de vensterbank, de rots waar ze soms zat om bereik te krijgen, opnieuw het bed... Maar ineens herinnerde ze zich dat ze hem op het aanrecht in het grote huis had laten liggen.

Ze moest op weg naar de boot – waar ze van Hanna vrij gebruik van mocht maken – toch langs het huis. Weg was de paniek. Ze sloot de deur van haar huisje achter zich en begon door de bomen terug naar het kleine strand te lopen. Het pad was smal, met mos aan weerskanten, en er waren stukjes rots zichtbaar als naakte huid onder het platgetreden gras en de dennennaalden.

Hanna was niet op het plankier, zag ze toen ze de open plek in stapte, hoewel er een halflege fles wijn en een glas op het tafeltje stonden.

'Hanna, ik ben het maar,' fluisterde ze luid terwijl ze de deur openschoof en de open woonruimte in liep. Er zat ook niemand op de banken en de televisie stond uit, maar ze zag haar telefoon op het aanrecht liggen, naast de fruitschaal. 'Mijn mobiel lag hier nog.'

Ze pakte haar telefoon en wachtte even, in de verwachting dat ze de blote voeten van haar werkgeefster op de houten vloer zou horen klinken.

'Hanna?'

Nog steeds niets. Was ze in de badkamer?

Ze draaide zich schouderophalend om en vertrok weer, waarbij ze de deur zachtjes achter zich sloot. Ze liep naar het strandje en checkte haar telefoon op gemiste berichtjes en voicemails. Alleen haar kapper had gebeld, die een afspraak wilde verzetten waarvan zij was vergeten dat ze die überhaupt gemaakt had. Aan de waterkant trok ze haar sandalen uit, en ze hield ze in haar hand terwijl ze door het water begon te waden. Plotseling stond ze stil.

*Wat?*

Ze fronste en knipperde één, twee keer naar de horizon. Die werd in zijn perfecte curve niet onderbroken door een boot. Ze bleef ernaar staren en probeerde de situatie te begrijpen. De boot lag er niet. Hij lag er echt niet. Maar alleen Hanna en zij hadden een setje sleutels.

Ze hapte even naar adem en draaide zich om naar het huis. De nooit helemaal ondergaande zon werd schitterend weerspiegeld door de schuifdeuren, alsof het de rozegetinte brillenglazen van een Ray-Ban-pilotenbril waren die de wereld weerkaatsten.

Ze rende terug over het strand, waar het zand tussen haar natte tenen drong, en ze holde de treden naar het plankier op. Ze moest eigenlijk haar voeten schoonspoelen in de gele emmer bij de deur voor ze naar binnen ging – dat was een belangrijke regel in het zomerhuis van de Mogerts – maar ze rende meteen door zonder zich druk te maken over de zanderige voetafdrukken die ze achterliet.

Ze keek in de badkamer. Niemand.

Hanna en Max' slaapkamer.

Niemand.

Met hamerend hart controleerde ze ook de kamers van de kinderen – maar die lagen alle drie vast te slapen, hun dunne benen boven de dekens vanwege de hitte.

Buiten adem bleef Bell in de gang staan. Ze probeerde te begrijpen wat er aan de hand was, een andere verklaring te vinden voor wat de feiten haar vertelden. Maar er was maar één waarheid. De boot was weg. Hanna was weg. En haar kinderen waren alleen achtergelaten in dit huis op dit eiland.

Was er sprake geweest van een noodsituatie? Dat moest haast wel. Aan de andere kant, waarom had ze dat Bell dan niet verteld en haar gevraagd om terug naar het huis te komen? Want om ze zomaar... alléén te laten? Onbeschermd, kwetsbaar, slapend?

Bell werd een ongemakkelijk gevoel gewaar dat in haar maag rondwentelde, een klein monster dat in een rusteloze slaap viel.

Ze liep het plankier weer op en speurde het donkere, vlakke water af naar tekenen van een kleine boot die weer in zicht kwam tuffen, maar ze zag alleen die grote, blozende, lege hemel en het uitgestrekte, ononderbroken oppervlak van de zee.

Ze kon niet weggaan, dat sprak vanzelf. Sowieso kon ze zonder de boot niet weg, maar ze kon ook de kinderen niet achterlaten... Met een zucht van ongeloof zakte ze in een stoel en stuurde een berichtje met het slechte nieuws aan Per, starend naar de half leeggedronken wijnfles en het glas met een veeg lipstick op de rand. Ze kon zich de commentaren van haar vrienden al helemaal voor de geest halen als ze zouden horen dat ze wéér een date had afgezegd.

Ze bleef in de toenemende schemering zitten wachten. Er speelde slechts één vraag door haar hoofd.

Wat was er in godsnaam gaande?

Het was al twee uur geweest toen ze het geluid van de motor hoorde, haar hoofd van de bank tilde en uit het enorme raam keek. Het was buiten nog steeds licht, maar de donkerte hing als een gazen sluier over de nacht, eerder een suggestie dan een feit, en Hanna was een inktzwart silhouet dat in het zilverige water sprong en naar de kant begon te waden. Haar bewegingen leken overdreven. Haar armen staken net te hoog boven haar hoofd uit, haar benen maaiden wat al te zwierig door het water.

Bell ging rechtop zitten, duwde haar haar naar achteren en probeerde haar woede terug te dringen. Er was vast een goede reden. Hanna zou haar kinderen – haar kleintjes – niet zonder toezicht hebben achtergelaten als ze daar geen verdomd goede reden voor had.

De deur schoof open, bijna geluidloos.

'Bell!'

Bell zag dat Hanna's knieën knikten van schrik toen ze haar op de bank zag zitten, met een deken over haar benen. Maar er klonk geen opluchting door in haar stem. Geen 'godzijdank dat jij er bent'.

'Wat doe jij hier nou?'
Bell wachtte een ogenblik voor ze reageerde. Hoe kon ze antwoord geven zonder dat het beschuldigend zou klinken? 'Ik had mijn telefoon op het aanrecht laten liggen,' zei ze rustig, zacht, om de kinderen niet wakker te maken. Hanna's stem klonk echter net wat te luid. En te... lijzig. Ze was dronken. 'Ik kwam hem ophalen voor ik weg wilde gaan en ik zag dat... hier niemand was.'

Ze gaf Hanna een moment om te antwoorden, maar die knikte alleen maar met open mond en keek rond in het huis alsof ze enigszins verbaasd was dat ze zich er nu zelf bevond. 'Aha.'

'Dus ben ik hier maar gebleven. Bij de kinderen.' Ze wachtte weer om Hanna nog een kans te geven het uit te leggen, om dit alles in orde te maken. 'Ik veronderstelde dat er iets was gebeurd...'

Hanna keek haar aan, kennelijk in verwarring, en haar ogen vielen op Bells getinte lipgloss, haar oorringen (overdag een absolute no-go met de meisjes in de buurt). Plotseling sloeg ze met een hand tegen haar voorhoofd. 'O mijn god, jij zou de boot vanavond gebruiken!' riep ze uit.

Bell keek gealarmeerd naar de slaapkamers van de kinderen. Instinctief bracht ze een vinger naar haar lippen. 'Sst. De kinderen slapen.'

Hanna deed haar na, een bijna clownesk gebaar. 'Oeps. Sorry.' Alsof het Bells kinderen waren, niet die van haar.

'Het spijt me. Ongelooflijk dat ik dat ben vergeten. Het was me helemaal ontschoten.'

'Het gaat me niet om de boot, Hanna,' zei ze. Hoeveel had ze eigenlijk gedronken? 'Maar ik maakte me ongerust om de kinderen.'

Hanna hield haar hoofd schuin, en alleen al die beweging leek haar uit balans te brengen, want ze wankelde een aantal passen en leunde met een hand tegen de muur. 'Ach, wat lief van je. Altijd bezorgd om ons. Zó zorgzaam.' Ze slaakte een dramatische zucht en hikte. 'Ik weet niet wat we zonder jou zouden moeten. Echt niet.

Dat zeg ik ook altijd tegen Max. Jij bent onze engel. Een geschenk uit de hemel.'

'Hanna...'

'Laat het me goedmaken.'

'Hanna, de boot kan me niet schelen. Ik was bezorgd omdat de kinderen alleen...'

'Ik stá erop. Morgen ben je vrij. De hele dag!'

Bell keek weer door de gang. Ze was er bijna zeker van dat Linus wakker zou worden. En zijn moeder was straalbezopen, zoals ze daar tegen de muur geleund stond en met haar armen zwaaide.

'Slaap lekker uit. Ga naar Sandhamn. Terug naar Stockholm, als je wilt. Je krijgt een driedaags weekend van me.'

Bell staarde haar aan. 'Hanna, het is dit weekend *midsommar*. Ik zou je morgen helpen met de bloemenkransen voor de meisjes en de dingen voorbereiden voordat ik zou weggaan.'

'Dat kan ík wel doen!' riep Hanna uit met een theatraal handgebaar.

'Sst!' Bell drukte weer een vinger tegen haar lippen, erop aandringend dat ze rekening hield met de kinderen.

Hanna volgde haar voorbeeld weer. 'O ja, ik vergeet het steeds,' giechelde ze, nu weer fluisterend. 'Nou, ga jij maar naar bed en maak je nergens druk over. Alles is oké hier. Toe, ga nou maar en dan zien we je maandag wel. Je werkt te hard. Ga plezier maken. Gá,' maande ze met wapperende handen.

Met tegenzin, en alleen omdat ze niet wilde dat de kinderen hier iets van zouden meekrijgen, draaide Bell zich om en liep langzaam naar de deur. Ze wierp een blik achterom en zag hoe Hanna door de gang wankelde, met haar armen aan weerszijden gestrekt om zich af te zetten tegen de muren, waardoor ze groezelige handafdrukken op de volmaakt witte verf achterliet. Ze stommelde de slaapkamer in en smeet de deur achter zich dicht. Bell kromp ineen en wachtte om te kijken of een verward koppie met haar achter een van de andere deuren tevoorschijn zou komen; maar toen het

een paar minuten stil bleef, stond ze zichzelf toe te ontspannen.
Dan lagen ze dus diep te slapen.
Gelukkig maar.
Ook voor Hanna.

# 8

Het zonlicht bestippelde de lucht door de kruinen van de dennen en zilverberken heen. Er schoten eekhoorns door de lichte vlekken, hun staart fier omhoog, en er kwinkeleerden vogels vanaf de hoge takken. Bell trok haar knieën op tot onder haar kin, met een koffiemok in haar hand, en keek uit over de buurt. Het was er rustig, de meeste mensen sliepen nog in hun laagbouwhuizen met rode daken. Ze stonden dicht op elkaar op de licht glooiende heuvel, en ze waren toegankelijk via zilverkleurig verbleekte plankenpaden die door de bomen liepen. De kleine tuinen stonden vol met de benodigdheden voor het zomerse leven op het eiland: barbecues, tafels en stoelen, kajakken, paddleboards, waterski's, emmers en schepjes, opblaasbootjes, fietsen die tegen de muur waren gezet...

Het bood geen deftige aanblik. Als je het met een kritisch oog bekeek, was het in feite nogal een rommeltje. Het was hier bepaald de Hamptons niet. Niets was hier recent opgeknapt, netjes gemaaid of keurig gesnoeid – de mooiste vakantiewoningen herkende je aan het grillige patroon van gesnoeide berkentakken die als heg werden gebruikt – maar dat was precies het punt. Dat rustieke maakte het nou juist zo aantrekkelijk. Deze buurt had een dorpse, vredige vibe die tegengesteld was aan het flitsende stadsleven, en de mensen die hier kwamen, aan de uiterste rand van het land, gingen niet alleen terug naar de natuur, ze keerden terug naar zichzelf.

De eerste keer dat ze hier kwam, had ze het gevoel gehad dat ze vijftig jaar terug in de tijd stapte. Niemand deed zijn deur op slot, kinderen speelden buiten zonder dat er continu volwassenen meekeken, iedereen fietste overal naartoe, ving vis voor het avondeten en bereidde die zelf... Ze vond het heerlijk dat de grond permanent bedekt was met dennenappels en dennennaalden, dat de boomwortels als aderen omhoogstaken, dat het gras bij het strand overliep in het zand en vice versa. Alles leek op het punt staan te verwilderen.

Zelfs Kris en Marc – stadse jongens die zich druk maakten om 'het juiste zwart' en die zich serieus bezighielden met de profielen van de lambrisering – voelden de aantrekkingskracht. Toen ze dit huis kochten, met zijn heldergele gepotdekselde planken en blauwe kozijnen, waren ze vast van plan geweest om het mat donkergroen te schilderen en een grote glazen wand in de achtergevel te laten plaatsen. Maar twee jaar later waren de primaire kleuren er nog steeds en zelfs de potten met geraniums van de vorige eigenaar hingen nog aan de leuning van het plankier – want als ze hier kwamen, wilden ze alleen maar nietsdoen en zich ontspannen.

Bell had de sleutel op zijn gebruikelijke plek gevonden: in de verbleekte rode Croc naast de asemmer, die de vorige eigenaren ook hadden achtergelaten. Vanavond zouden haar vrienden komen. Het was morgen midsommar, wat betekende dat niemand dit weekend zou slapen. Op de langste dag van het jaar – of de kortste nacht, het was maar hoe je het bekeek – werd er altijd feestgevierd. Maar zij zouden er op z'n vroegst vanavond pas zijn, mogelijk zelfs morgenochtend, afhankelijk van Marcs dienstrooster in het ziekenhuis, zodat ze in elk geval een dag voor zichzelf had – en daar was ze blij om. Ze was in alle vroegte hiernaartoe gevaren met de kajak, want hoewel ze uitgeput was geweest, had ze niet kunnen slapen. De gebeurtenissen van de vorige avond waren de hele nacht door haar hoofd blijven spoken.

Ze kon het nog steeds niet geloven – dat Hanna haar kinderen alleen in hun bed had achtergelaten, zonder toezicht. Dat was zo roekeloos, zo niets voor haar. Had ze gedacht dat het oké was omdat Linus tien was, en 'oud genoeg'? Of dat het oké was omdat Bell zich vlak achter de bomen bevond – hoewel Hanna wist dat ze plannen had?

Het was heel vreemd. Ze was een goede moeder. Ja, de laatste tijd was ze gespannen – ze was afgevallen, haar gezicht was vaak vertrokken en Bell had haar en Max verschillende keren achter gesloten deuren scherpe woorden hoorden wisselen. Ze kon wel raden wat de bron van hun stress was; hoewel de ex-echtgenoot niet, zoals die arme Max had gevreesd, in hun leven was gekomen, moest hij toch een figuur op de achtergrond zijn. Die man was tenslotte Linus' biologische vader, en er zou uiteraard gesproken moeten worden over zijn vaderrecht. Maar kennelijk nog niet. Hanna had het niet één keer meer over hem gehad sinds hun terugkeer uit Uppsala, en zij had die dag (net als Linus) vrijwel helemaal uit haar hoofd gezet. Maar om zoiets riskants te doen als de kinderen alleen laten op een eiland... welke kwesties Hanna en Max momenteel ook aan hun hoofd hadden, daar was geen excuus voor. Wat als Tilde wakker was geworden omdat ze naar de wc moest, wat als Elise een slokje water had gewild of Linus een nachtmerrie had gehad? Het had op heel veel manieren fout kunnen gaan.

Ze checkte haar telefoon. Tien over acht. Ze vroeg zich af of Hanna wakker was of haar roes nog lag uit te slapen. Ergens zou ze terug willen gaan en haar erop aanspreken. Maar hoe? Ze kon Hanna niet zomaar beschuldigen van het verwaarlozen, verlaten of in gevaar brengen van haar kinderen – ook al was ze aan al deze dingen schuldig – zonder het risico te lopen dat ze haar baan zou verliezen. Aan de andere kant, wat als Hanna vanavond hetzelfde zou doen? Alleen al van de gedachte werd Bell misselijk, want hoe kon ze de kinderen met een gerust geweten blootstellen aan dat risico? Maar als ze de autoriteiten erop attent zou maken, zou dat een kettingreactie kunnen veroorzaken die voor de kids net zo rampzalig zou zijn. Het was nogal een dilemma: handelen en niet handelen leken allebei even gevaarlijk.

Ze kreeg een idee en stuurde een berichtje: *Hoi Max, kom jij vandaag deze kant op?*

Zijn antwoord kwam bijna meteen; ze wist dat zijn werkdag al

ruim een uur geleden begonnen was. *Ja. Neem de boot van 18.00 uur. Iets nodig?* M
Ze probeerde een reden te bedenken waarom ze normaal deze vraag zou hebben gesteld. *Wil je de verduisteringsgordijnen meenemen? Liggen opgerold in de droogkast, bovenste plank.* Oké, neem ik mee.
Bell slaakte een zucht van opluchting. Max zou daar vanavond zijn. Er kwam geen herhaling van het debacle van de vorige avond. Dat was tenminste iets. Maar het was geen oplossing, alleen maar uitstel van executie. Bell had sterk het gevoel dat Hanna's probleem, wat het ook precies wezen mocht, nog niet voorbij was.

Ze liep door het koor van vogelzang over het achterafpad en plukte onderweg de bloemen die ze zag: vergeet-mij-nietjes, margrieten, boterbloemen, wilde rozemarijn, bloesems van de witte wilg en vogelkers...

'Goedemorgen,' zei ze met een glimlach toen ze een paar oudere heren op het zandpad jeu de boules zag spelen. Een zwart-wit hondje lag in de berm tussen zijn voorpoten door naar hen te kijken.

Het eiland was inmiddels wakker geworden en de bewoners waren druk in de weer rond hun zomerhuizen – planten water geven, lekke banden repareren, de was ophangen. Ze hoorde de ritmische slagen van tennisballen – de club lag vlak achter de bomen – en er renden joggers twee aan twee over het pad dat rond het eiland liep. Zelf had ze een drukke ochtend gehad met het luchten en een lichte schoonmaakbeurt van het huis van Kris en Marc. Slapen lukte nog steeds niet en Marcs voorraad extra sterke koffie – die hem de nachtdiensten door hielp – had haar op de been gehouden. Ze had Kris, Marc en Tove een berichtje gestuurd om ze te vertellen dat ze een dag eerder was aangekomen en alvast aardbeien zou zien te bemachtigen (bij Westerbergs waren ze vorig jaar uitverkocht geweest), en bier. Marc had haar vervolgens gevraagd of ze ook wat tuintouw wilde kopen. Tove had gevraagd of ze haar 'sexy ondergoed' had meegenomen, en zo niet, of zij het dan voor haar moest meenemen? Kris had gevraagd of ze was ontslagen. Haar respectievelijke antwoorden waren 'tuurlijk', 'uiteraard' (flagrante leugen) en 'misschien' geweest.

Ze sloeg af richting het dorp en wandelde heuvelafwaarts. Ze droeg haar geelgeruite Vans en korte jumpsuit met klaprozenmotief, haar haar was zoals gewoonlijk opgestoken in een slordige knot. De zee lag licht en glinsterend achter de rode daken, de zon scheen warm op haar gezicht en blote benen. Sommige locals duwden tassen in een kruiwagen naar hun huis. De ferry zou dus wel net aangekomen zijn.

En inderdaad, toen ze de hoek om kwam en de hoofdstraat in liep, zag ze een massa Stockholmers en toeristen het plein op stromen. Koffertjes werden over de plankenpaden naar het grote Yacht Hotel of naar boten gereden, en je zag overal blote benen met daaronder teenslippers. Het was druk, een vloot van fraaie jachten met hoge mast lag verderop in de diepere wateren voor anker en de haven lag al vol met speedboten voor dagverhuur en kleinere zeilboten waarvan de tuigages zich als spinnenwebben door de lucht weefden. Een kleine, nogal aftands ogende motorboot tufte in een slakkengang door de baai naar wat de enige nog beschikbare aanlegplaats leek, amper een spoor in het water achterlatend.

Ze liep naar de bakkerij en kocht zoete broodjes en knäckebröd voor het ontbijt van morgen. Daarna ging ze naar Westerbergs, het supermarktje dat het brandpunt van het leven op het eiland was – er werden levensmiddelen gekocht, diensten aangeboden en nieuwtjes uitgewisseld. Ze hadden er alles, van batterijen tot planten. Naast het bordes voor de ingang stonden zakken compost, potgeraniums en kleurige gieters. Haar blik viel op een van de kleine bezorgbakfietsen die in de schaduw stond – een zeldzame aanblik. Kris noemde ze dan ook de eenhoorns. Hij was hemelsblauw met roestvlekken en aan de voorkant zat een grote houten ondiepe bak waar van alles in vervoerd kon worden, van boodschappen tot koffers. Dit exemplaar was voorzien van een elektrische motor. Maar er was één probleempje: je kon die dingen niet van tevoren boeken. Het werkte volgens het wie-het-eerst-komt-die-het-eerst-maalt-principe. Ze moest snel zijn!

Ze holde naar binnen. De heldere, functionele indeling van de schappen was toch elke keer weer een verrassing, met kistjes glanzend fruit en groenten uitgestald als op kleur gesorteerde legosteentjes. Het was druk in de winkel, maar er stonden geen klanten bij de kassa, hoewel de schappen al alarmerend leeg begonnen te raken, alsof iedereen al een voorraadje had ingeslagen voor het eigen midzomerfeest. Ze kon de anderen natuurlijk vragen om uit de stad mee te nemen wat ze verder nog nodig hadden, naar ze zou eerst hier haar best doen. Ze pakte twee mandjes en vulde ze met de snelheid van een ervaren local met wat pakken melk en muesli, pasta, haring, aardappels, room, suiker, twee bakjes aardbeien, tuintouw en metalen binddraad. Ze had ook bier nodig, maar het was onmogelijk om dat te dragen met in elke hand een winkelmandje.

'Ik moet ook nog even wat bier pakken,' zei ze tegen het meisje achter de kassa, terwijl ze alles zorgvuldig neerzette. Iemand anders deed hetzelfde bij de andere kassa, maar hij had bijna niets in zijn mandje. Zijn boodschappen zouden in een kleine kartonnen doos passen. Ze rende terug naar het gangpad met de drank. Er waren nog drie sixpacks Evil Twin, het favoriete merk van Kris. Ze had er twee willen halen, maar dat er nog 'slechts' drie waren, veroorzaakte een lichte paniek, dus nam ze ze allemaal.

Het meisje aan de kassa was de barcodes al aan het scannen en pakte alles voor haar in een doos. 'En mag ik de bakfiets die buiten staat alsjeblieft huren?' zei Bell buiten adem, terwijl ze het bier neerzette en haar bankpasje tevoorschijn haalde.

'Het spijt me, die meneer daar heeft hem zojuist al gehuurd,' antwoordde het meisje met een hoofdknik naar de andere kassa. Bell keek om precies op het moment dat de man opkeek, alsof hij gehoord had wat er was gezegd.

Donker haar, verbleekte honkbalpet, een duur uitziende antracietgrijze metalen zonnebril. Hij leek ongeveer halverwege de dertig. Zijn gezicht en onderarmen waren hartstikke bruin, maar zijn bovenarmen, die onder de mouwen van zijn T-shirt uit piepten, waren lichter. Hij knikte zonder te glimlachen en ze keek de andere kant op – het was zo'n typische jachteigenaar van wie je er hier in de zomermaanden veel tegenkwam. Ongetwijfeld zaten zijn vrouw en kinderen bij het zwembad van de Sea Club, of kochten ze Ralph Lauren-truitjes in de dure boetiek aan de haven, die de smaakvolle stijl en onzichtbare rijkdom van het eiland tentoon leek te willen spreiden.

Ze keek nog eens naar zijn boodschappen – een paar flessen wijn, een bewegende zak met kreeften, een pak sap en een krant. Ze fronste. Hoewel de zak kreeften misschien niet fijn was om te dragen, had hij die bakfiets toch niet echt nodig?

'Dat is dan vierhonderdtweeëndertig kronen,' zei het winkelmeisje.

'Hè?' Bell keek haar weer aan.

'Vierhonderdtweeëndertig, alsjeblieft.'

'O.' Ze keek naar haar boodschappen – het meisje had alles voor haar in een doos gedaan, maar met haar mandje met geplukte bloemen en het bier... Ze overhandigde haar bankpasje. Hoe moest ze dit in godsnaam allemaal meenemen naar huis? De extra biertjes waren een vergissing geweest. 'Ik... ik zal later terug moeten komen om het bier op te halen,' mompelde ze terwijl de man langsliep, zijn boodschappen met gemak meedragend. Ze wierp zijn rug een vernietigende blik toe en voelde haar goede humeur in rook opgaan.

'Het spijt me, maar we kunnen vandaag niets achterhouden bij de kassa. We verwachten een grote bestelling voor het weekend. Onze grootste levering van het jaar.' Het meisje maakte een gebaar over haar schouder, in de richting van het raam. En ja, er werden pallets met dozen van de ferry gehaald, bestemd voor de supermarkt.

'O, nee toch!' riep Bell uit toen ze de lange rij zag die zich achter haar vormde. Geweldig! 'In godsnaam...' mopperde ze. 'Nou, kun je me dan tenminste helpen door me de boel aan te geven?' Ze vroeg zich af of ze misschien iemands kruiwagen zou kunnen gebruiken. Er zou toch wel een ondernemende tiener zijn die graag even wat wilde bijverdienen? Het meisje, dat haar een geërgerde blik toewierp, legde de doos in haar naar voren gestrekte armen en plaatste twee van de sixpacks erop, en de derde net onder haar kin, met daarvoor nog het mandje bloemen. Het was een wankel evenwicht.

'Gaat het zo lukken?' vroeg het meisje, toch wat bezorgd nu Bell weg begon te schuifelen. Ze kon nauwelijks iets zien, en haar voeten al helemaal niet.

'Het zal wel moeten, hè?' zei ze korzelig. 'Zou iemand zo vriendelijk willen zijn de deur voor me open te doen...'

Iemand – ze kon niet zien wie – deed wat ze vroeg, en ze liep voorzichtig het bordes voor de winkel af. De mensen die zagen hoeveel ze meedroeg, stapten opzij om haar erlangs te laten. 'Ik lijk wel een pakezel,' mopperde ze zacht terwijl ze de man passeerde die zijn kleine doos en opgevouwen krant in de bakfiets gooide.

Ze liep acht passen, stopte en draaide zich om. 'Mag ik wat vragen?'

Hij keerde zijn gezicht met een vragende blik naar haar toe en het duurde een ogenblik voor hij antwoord gaf. 'Ja?'

'Die bakfiets.'

Hij keek ernaar, alsof hij eerst het bestaan ervan moest vaststellen. 'Ja?'

'Heb je die écht nodig?' Hij fronste, misschien omdat hij de verontwaardiging in haar stem had opgemerkt. 'Want ik zou graag het dubbele betalen van wat je net hebt betaald om hem te huren.'

'O. Het spijt me, maar ik heb hem echt nodig.'
'Net zo dringend als ik?' hijgde ze. Haar armen begonnen al pijn te doen.
'Ja, ik...'
'Het driedubbele dan.'
'Het is geen kwestie van geld.'
'Nee, daar heb je zeer gelijk in, het is een kwestie van nodig hebben, en het spijt me als dit bot klinkt, maar om je de waarheid te zeggen heb ik heb hem heel wat harder nodig dan jij.' Ze veranderde van houding om haar grip op de boodschappen te verbeteren.
'Dus vertel eens, wat is ervoor nodig om je over te halen mij dit in die bakfiets te laten zetten?'
Hij staarde haar even aan. Ze was al niet echt lang, maar ze leek nog veel kleiner onder de stapel boodschappen in haar armen.
'Laat mij maar even.' En hij pakte de biertjes en zette ze in de houten bak, wat meteen verlichting gaf. Ze gaf een kreuntje van opluchting.
'Dank je,' zei ze terwijl hij ook de doos en het mandje van haar overnam, en ze strekte haar armen. Ze waren nu al stijf. Maar de hoop dat hij een redder in nood was, werd meteen weer de grond in geboord.
'Waarom heb je zoveel gekocht als je wist dat je het allemaal niet kon dragen?' vroeg hij.
'Nou... omdat ik de bakfiets zag staan.'
'Wie het eerst komt, het eerst maalt, wist je dat niet?' vroeg hij.
'Zag je niet dat ik voor jou bij de kassa stond?'
'Jawel, maar het leek er niet op dat je de bakfiets nodig zou hebben,' zei ze met een vleugje sarcasme, en ze liet haar blik vluchtig over de weinige, buitengewoon middenklasseachtige boodschappen glijden.
'Ik heb wat gas gekocht,' zei hij, met zijn voet wijzend naar drie grote gasflessen die naast de zakken compost waren neergezet.
'O.' Verdomme. Ze keek hem weer aan, nu gegeneerd. 'Ik begrijp

het.' Er viel een ongemakkelijke stilte. 'Nou, sorry dan. Je hebt de bakfiets duidelijk wél nodig. Ik zal...' Ze zuchtte en bukte om de doos weer te pakken, waarbij ze meteen weer de spanning in haar armen voelde. 'Zou je me dan weer willen bepakken?'

Ze wachtte terwijl hij haar verbluft aankeek. Ze kon zijn gezicht niet goed zien achter zijn zonnebril en onder de klep van zijn pet.

'Waar moet je naartoe?' vroeg hij ten slotte.

O, godzijdank! 'Net voorbij het Yacht Hotel, de eerste rechts op de heuvel.'

Zijn mond vertrok een beetje. 'Daar kom je via een plankenpad.'

'Ja... Maar ik ga gewoonlijk omhoog en achterom als ik de kruiwagen heb.'

'Waarom heb je vandaag de kruiwagen dan niet meegenomen?'

Ze slaakte een wanhopige zucht. 'Nou zeg, omdat hij een lekke band heeft. Maar mijn god, laat maar, ik loop wel terug. Doe vooral geen moeite! Geef me alleen alles weer even aan.'

'Het is geen probleem, ik breng je wel even.'

'Nee, echt, ik heb duidelijk al te veel van je gevraagd!' Het sarcasme droop er inmiddels af.

'Ben je altijd zo bot tegen volslagen onbekenden?'

'Geef dat bier nou maar aan!'

Hij boog zich naar voren en tilde de doos uit haar armen. 'Stap in,' zei hij, zuchtend als de gefrustreerde vader van een puber. 'Zeg maar waar ik langs moet.'

Ze bleef al net zo gefrustreerd staan. Aan de ene kant wílde ze zijn hulp niet meer. Aan de andere kant had ze hem om hulp gevraagd – en had ze gewoon hulp nodig. Terwijl zij stond te dralen, bukte hij en laadde de gasflessen in, die hij met nylon banden vastzette. Hij gooide een been over de fiets en keek haar onderzoekend aan.

Zwijgend en verbolgen klom ze in de bak en ging met gekruiste benen tussen de sixpacks bier, haar mandje met bloemen, de gasflessen en zijn kreeften zitten. Hun scharen waren aan elkaar getapet, maar ze bewogen nog. De zak ritselde en kroop in haar richting. Ze gaf een gilletje en probeerde opzij te schuiven.

'Je kunt het beste daar achterlangs gaan,' zei ze, met haar duim over haar schouders wijzend. Hij zette de bakfiets in beweging en draaide in een cirkel van de jachthaven af. Hij nam de eerste afslag landinwaarts, waar het pad meteen smal en zanderig werd, en ze beklommen de lichte helling tussen tuinen met lage houten hekjes door, die hoorden bij de kleine roodbruine traditionele huizen. Omdat ze zich nergens aan kon vasthouden, spreidde ze haar armen en zette haar handen op de bodem van de bak om haar evenwicht te bewaren terwijl ze over de oneffen grond reden. De fiets had het heuvelopwaarts even moeilijk met de zware vracht, maar eenmaal boven was de rest van de rit een vlak, gemakkelijk tochtje door de bomen.

Er waren nu veel joggers onderweg, van wie sommigen hun een geamuseerde blik toewierpen. Het was ook een grappig gezicht: Bell die met gekruiste benen in de ondiepe bak zat en de wriemelende kreeftenzak probeerde te ontwijken.

'Hier is het,' zei ze ten slotte, wijzend naar het smalle laantje aan het einde met over de hele lengte een plankenpad.

Hij stopte en ze sprong uit de bak.

'Hoe ver moet je nog?' vroeg hij, met samengeknepen ogen naar de daken in de richting van de haven turend.

'Nu gaat het verder wel. Het is niet ver meer.' Ze pakte de doos weer op en wachtte met uitgestrekte armen.

Zonder nog meer hulp aan te bieden zette hij de biertjes en het mandje bloemen op de doos. 'Dank je wel,' zei ze nors. 'Heel aardig van je.' Maar hij was helemaal niet aardig geweest. Hij had zich met tegenzin beleefd gedragen. 'Zal ik je betalen voor je hulp?'

Hij keek haar weer verbluft aan. 'Nee...'

'Oké dan. Nou, bedankt,' zei ze kortaf en ze draaide zich om, voorzichtig lopend en zich afvragend hoe ze het plankenpad moest belopen zonder haar voeten te kunnen zien. Maar ze hoefde zich geen zorgen te maken dat ze zou vallen en zichzelf voor zijn ogen voor schut zou zetten. Ze had haar voet nog niet eens op de eerste plank gezet of ze hoorde dat hij de bakfiets alweer in gang zette en wegreed.

*Sandhamn, 27 juli 2007*

Hij haalde de boodschappen langs de scanner, het bliep-bliep-bliep bijna meditatief terwijl de klanten een voor een voorwaarts schoven in de rij. Het was eind juli en hij was hier al de hele dag. Zijn lichaam voelde stijf van het staan, zijn geest was afgestompt van de monotone herhaling van telkens dezelfde woorden: 'Hebt u een klantenkaart? Hebt u een doos nodig? Wilt u een bonnetje? Dank u en graag tot ziens.'

'Het is goed voor je discipline,' had zijn vader gezegd.

'Dank u en graag tot ziens... Hallo.'

Schnaps. Flessen cola. Sigaretten. Condooms...

Hij keek automatisch op en ze glimlachte naar hem. 'Hoi.'

'Hoi.' Hij keek weer omlaag, wendde zijn blik af, want het leek onmogelijk om lang in die blauwe ogen te kijken. Hij had het gevoel dat hij in één klap onder stroom was gezet. De lucht voelde ineens zwaar, als een dekbed. Hij kon er amper door ademhalen.

'Heb je een klantenkaart?' Zijn stem klonk ook vreemd.

'Nee.'

Hij bleef zijn ogen op de boodschappen gericht houden. De scanner bliepte als een hartmonitor. Regelmatig. Ritmisch. 'Denk je dat je hier deze zomer regelmatig zult komen?'

'Ik hoop het.'

'Dan is een klantenkaart voordelig.'

'Oké.' Hij hoorde een glimlach in het woord, hoewel hij haar niet meer durfde aan te kijken.

'Zou je dit dan willen invullen?' Hij reikte onder de toonbank en haalde een formulier tevoorschijn. Hij kreeg een provisie voor elke nieuwe klantenkaart die hij wist te slijten, maar op dit moment waren zijn gedachten niet bij geld. 'Je naam en adres vul je daar in, en je telefoonnummer daar.'

Haar ogen ontmoetten de zijne. 'Hier dus? Onder naam, adres en telefoonnummer?'

Hij sloeg zijn blik weer neer. Ze plaagde hem. 'Ah, je bent leuk,' zei ze zacht, alsof het een geheim was, en ze schreef haar gegevens in een duidelijk handschrift op. Het rode puntje van haar tong stak tussen haar tanden door naar buiten.

Ze gaf hem het formulier. 'Alsjeblieft. Kun je alles goed lezen? Het is belangrijk dat je mijn gegevens duidelijk kunt zien.'

'Dank je, helemaal duidelijk.' Hij hoefde er nauwelijks naar te kijken om ze in zijn geheugen op te slaan. 'Dat wordt dan tweehonderdnegenenveertig kronen zeventig. Heb je een doos nodig?'

Haar glimlach werd breder terwijl ze hem het geld overhandigde. 'Ja, een kleine alsjeblieft.'

Hij vond er een waarin kauwgum was geleverd.

'Dank je.'

Hij voelde dat ze naar hem staarde. 'Wil je een bonnetje?' vroeg hij terwijl hij haar het wisselgeld gaf en het hem lukte om oogcontact te vermijden.

Ze aarzelde even en boog zich daarna naar hem toe, met haar handen plat op de lopende band geleund. 'Ik denk dat jíj mij graag wilt bellen,' fluisterde ze.

'Waarom?'

Ze lachte en zijn ogen flitsten omhoog naar de hare, heel even maar, en hij voelde die elektrische schok weer. 'Je weet wel waarom.'

Hij keek hoe ze haar boodschappen oppakte en naar de deur liep. 'Dank je en graag tot ziens...' zei hij schor, met een blik op het formulier in zijn handen. 'Hanna.'

# 9

'Kijk! Wat dacht je hiervan?' vroeg Bell, en ze zette de bloemenkrans voorzichtig op haar hoofd.

'Mijn koningin!' zei Kris op zangerige toon, opgetogen in zijn handen klappend terwijl ze opstond en ronddraaide. 'Schitterend. Je zou je haar vaker los moeten dragen.' Ze haalde haar schouders op. 'Niet praktisch met drie kids onder je hoede. Het zou om de haverklap in verf of ketchup hangen.'

'Ieuw.'

'Tada!' riep Tove, die de laatste hand legde aan haar krans. Ze had hem versierd met bindstrips die in elkaar waren gedraaid en naar het midden omlaag krulden, als een koningskroon, die ze met klimop had verweven.

'Mooi!' Kris grijnsde.

'Mooi? Zij wordt koningin genoemd en ik moet het doen met "mooi"?' Ze zette zogenaamd verontwaardigd haar handen op haar smalle heupen.

Ze zaten op het plankier voor het huis, waar ze net hadden geluncht – Kris' voortreffelijke haring met aardappels gevolgd door aardbeienroomtaart. Ze hadden twee van de drie sixpacks bier weggewerkt, en om hen heen gonsde het eiland van de geluiden van midzomervieringen. Uit de huizen in de omgeving klonken gejuich en gezang, kinderen renden volgens traditie verkleed over de plankenpaden en er hingen vlaggen aan palen en stokken. Midsommar was geen officiële nationale feestdag in Zweden, maar voor velen was dit feest net zo belangrijk als, zo niet belangrijker dan Kerstmis. Na de lange, donkere Scandinavische winter was de midzomerzon die niet onderging een nationale viering van licht en

lichtheid, de beloning voor het doorstaan van barre jaargetijden.
'Zullen we dan maar gaan?' vroeg Marc, die naar buiten kwam en zijn handen aan een theedoek afdroogde. 'We willen wel op tijd komen, toch?'

'Maar ik denk niet dat ik nog kan bewegen,' protesteerde Kris met een klopje op zijn buik.

'Je kunt het er allemaal met mij af dansen,' zei Marc, die knipoogde en hem een kus gaf.

'Nou, voor we gaan...' Tove greep de fles schnaps uit de ijsemmer die achter haar stond. Ze schonk vier borrelglaasjes vol. 'Gelukkige midsommar!'

Ze proostten en sloegen de borrels enthousiast achterover.

Net als iedereen deden ze de deur niet op slot en holden ze vrolijk over de plankenpaden, met hun bierflesje in de hand. Ze voegden zich bij de groepjes die allemaal naar het grasveld stroomden waar de meiboom was opgericht. Het lag tussen een aantal huizen in, aan de andere kant van het dorp, en er hadden zich honderden mensen verzameld. Het grote aantal aanwezigen verbaasde Bell telkens weer. Het was een klein eiland met minder dan honderd vaste bewoners – waar ging iedereen hierna naartoe?

Ze stonden een ogenblik toe te kijken, speurend naar gezichten van vrienden en bedenkend waar ze zouden gaan staan. Er speelde een groepje vioolspelers, rond het veld werden smörgåsbords op tafels gezet, jong en oud praatten en lachten. De meiboom – versierd met groen en bloemen – stond al rechtop en iedereen bereidde zich voor op de volgende dans. Bell keek rond in de menigte, op zoek naar Hanna en Max. De kids waren dol op het dansen rond de meiboom – Linus minder nu hij ouder werd, maar zelfs hij kon het lied 'Små grodorna' niet weerstaan, waarin iedereen deed alsof hij een kikker was. Een kíkker. Als niet-Zweedse was dit de enige traditie die ze onbegrijpelijk vond, en ze bedacht altijd een excuus om eronderuit te komen. Dan keek ze verwonderd toe hoe Kris, Marc en Tove helemaal losgingen.

Er verscheen een frons op haar voorhoofd terwijl ze rondspeurde. Waar waren ze? Er waren tientallen kinderen, maar Tilde en Elise waren nog zo klein dat ze verwachtte ze in een menigte van deze omvang op de schouders van hun ouders te zien zitten. Ze zouden gemakkelijk op te merken moeten zijn.

'Och jeetje, daar gaan ze al!' Tove lachte en begon met haar telefoon te filmen nu Marc Kris de kring van dansers in trok en ze naar één kant begonnen te hossen, en vervolgens naar de andere kant. 'Ik ga ze hier later mee chanteren. Ik kan Marc vast overhalen om mij dat spijkerjasje te geven als ik dit niet aan zijn baas laat zien.'

'Ha.'

Tove hoorde dat ze verstrooid klonk en keek opzij. 'Naar wie zoek je?'

'De Mogerts. Ik dacht dat ze hier zouden zijn.'

'O, die komen nog wel. Ze zijn er altijd. Dat ene kleine meisje, dat pittige ding...'

'Elise.'

'Ja, Elise. Ze heeft vorig jaar een hoorntje met twee bolletjes ijs van me losgekregen.'

Bell grinnikte. 'Laat dat maar aan Elise over. Heel doortastend.'

Tove gooide haar hoofd achterover en lachte bij een herinnering die in haar opkwam. 'Weet je nog dat we ze vorig jaar op de boot zagen toen ik net naakt over de steiger rende?' Ze barstte in lachen uit.

'O ja, dat weet ik nog,' kreunde Bell, maar ze grijnsde erbij.

Die arme Max was bijna overboord geslagen en hij leek nog steeds niet op zijn gemak als hij Tove ontmoette. Haar glimlach vervaagde weer. 'Hm, vreemd hoor, ik zie ze niet. Misschien zijn we ze misgelopen.' Maar in haar maag vormde zich een knoop van bezorgdheid. Het was heel ongebruikelijk dat ze hier niet waren. 'Ik ga daar verderop even kijken. Ik ben zo terug.'

Ze baande zich langzaam een weg door de mensen en keek uit

naar de voor de hand liggende kenmerken – Max' nerdbril met zwaar montuur, Hanna's lichtblonde haar, Elises uitroepen. Er holden tientallen kinderen rond. Het was een kinderparadijs, met appelhappen, hoefijzers werpen, aardappel-lepel-lopen, een touwtrekwedstrijd…

'Nope. Ze zijn er niet,' zei ze toen ze een paar minuten later Tove weer opzocht. 'Ik snap er niets van.'

'Nou, laat je dag er niet door verpesten,' mompelde Tove, die de jongens nog aan het filmen was. 'Het is je vrije weekend, weet je nog? Hou eens op je met je werk bezig te houden. Ze hadden vast iets leukers om naartoe te gaan… aardappelstempelen of zoiets.'

'Ja, natuurlijk. Lijkt me heel waarschijnlijk,' grapte Bell, en ze nam een slok van haar bier.

Tove liet haar telefoon zakken en tuurde ergens naar. Toen bracht ze hem weer omhoog. 'Schat, volgens mij is dit je geluksdag.'

'Hè?'

'Nee, niet naar mij kijken… En niet die kant op…'

'Welke kant mag ik dan wel op kijken?' grinnikte Bell. 'En wat mag ik van jou dan niet zien?'

'Niet wát. Wie. Nou, vooral gewoon doen. Ik zag net een vent die jou met zijn blik volgde toen je daarnet rondliep, en nu kijkt hij weer deze kant op…' Ze zoomde in. 'O mijn god, wat een lekker ding!'

'Wie? Waar dan?' vroeg Bell lachend, en ze speurde de menigte tegenover hen af, eerder uit nieuwsgierigheid dan uit echte interesse.

Maar van alle gezichten leek er niet één haar kant op te kijken.

'Hij is… O. O nee, wacht… laat maar.' Tove slaakte een beteuterde zucht. 'Getrouwd. En zo te zien heeft-ie kinderen.'

'Wat? Hoe weet je dat?'

Tove wees. 'Zie je hem? Die vent met die pet?'

Bell keek. De enige man met een pet had zijn gezicht afgewend en luisterde naar wat een keurig verzorgde, bijzonder knappe brunette in zijn oor zei. 'O god,' zei ze kreunend, meteen de andere kant op kijkend. 'Nee hè! Blèh.'

'Hoe bedoel je, blèh? Hij is absoluut niet blèh. Ken je hem dan?'

'Die vent waar ik je over vertelde? Die zo moeilijk deed over de bakfiets, die ik bijna heb moeten smeken om me te helpen?'

Tove trok een gezicht. 'O. Een eikel dus.'

'Ja.'

Ze bleef naar hem staren. 'Blèh. Een lekker ding, maar getrouwd én een rotzak. Jammer.'

'Ik dacht eerlijk gezegd dat jij een betere radar had als het om mannen ging.'

Tove knikte teleurgesteld. 'Dat snap ik. Maar ik liet me afleiden door zijn kaaklijn. Hij heeft een goeie kaaklijn.'

'En een rottige persoonlijkheid. En een trouwring.'

Het lied eindigde en Kris en Marc wankelden naar hen toe, hun armen om elkaars schouders geslagen, allebei buiten adem. 'Dat was heerlijk!' dweepte Marc, die Kris een vurige zoen op zijn wang gaf.

Bell keek naar ze, blij met hun geluk, maar ze voelde ook dat er iets was. Hun ongewone uitbundigheid, zoals ze elkaar steeds weer aankeken...

'Wat... is er gaande tussen jullie?' vroeg ze aarzelend, met een nieuwsgierige grijns.

'Hoe bedoel je?' Kris was de onschuld zelve, maar ze kende hem maar al te goed.

Ze hapte naar adem. 'Er is iets, dat zie ik gewoon.' Ze wees speels met een vinger naar hen beiden.

'Met ons? Nee.'

'Toe, vertel nou. Je weet dat ik niet rust voor jullie het vertellen!'

Tove keek van de een naar de ander, deels opgewonden en deels geïntrigeerd.

'Dat klopt, ze laat ons niet meer met rust,' zei Marc schouderophalend tegen Kris, die ook lichtjes zijn schouders ophaalde, met een blik op Bell.

'Nou…' zei Marc langzaam. 'We wilden het nog niemand vertellen, want we wilden dat het een tijdje ons geheim zou blijven. Maar aangezien jij verdorie een soort spion bent of zo…'
Beide meisjes sloegen een hand voor de mond, want ze wisten al wat er zou komen.
'… Kris en ik hebben besloten dat we gaan samenwonen.'
'O mijn god!' riep Tove uit, en haar armen schoten verheugd de lucht in, waardoor ze onbedoeld haar bier alle kanten op sproeide, waarna ze de jongens om hun hals vloog. Ze begonnen opgetogen met zijn drieën in een kringetje op en neer te springen, maar Kris stopte toen hij Bells gezichtsuitdrukking zag.

Hij stak zijn armen naar haar uit en zij kroop tegen hem aan voor een knuffel terwijl ze allebei hetzelfde dachten. Want nu Marc een partner had gevonden om mee samen te wonen, verloor zij haar huisgenoot. Alles veranderde weer. Het leven verschoof onder haar voeten.

'Het spijt me, ik wilde het je niet op deze manier vertellen. Het kwam voor mij ook best nog onverwacht.'
'Ik ben heel blij voor je,' fluisterde ze in zijn hals.
'Dat weet ik. Maar ik ga je missen, Hell.'
'Niet zo erg als ik jou. Jij hebt straks Marc.'
'En jij hebt mij ook, voor altijd.' Hij hield haar hoofd vast tussen zijn handen en gaf haar een kus tussen haar ogen.
'O god, ik ben dronken,' lachte ze terwijl er gelukkige tranen over haar wangen begonnen te biggelen.
'En je gaat nog dronkener worden!' riep hij uit, juist toen de vioolspelers weer begonnen. 'Maar eerst…' Zijn ogen sperden open met een duivels plezier toen ze de openingsakkoorden hoorden en herkenden.
'O nee!' riep ze uit nu ze zich om haar heen verzamelden en haar meevoerden naar het midden van de dansende kring. 'Nee, nee, nee!'
'Jawel! Eerst gaan we dansen als kikkers!'

Het was middernacht, maar de hemel straalde met een rode gloed waardoor hij in brand leek te staan. De schaduwen van bomen en huizen waren inktzwart, maar aan de waterkant, helemaal rond het eiland, brandden vuurtjes op de stranden, en de jachthaven, waar op veel boten een feestje werd gehouden, gloeide van de lichtjes. De basdreun van verre muziek werd doorbroken door groepjes die in luid gezang of gelach uitbarstten, klanken die opstegen in de nacht als het geblaf van moervossen.

Bell wankelde het Yacht Hotel uit, waar het dansen nog maar net goed en wel was begonnen, en probeerde op adem te komen. Ze had het warm en voelde zich plakkerig. Haar hart bonsde en de bloemen op haar krans waren weliswaar verlept, maar ze had hem nog op haar hoofd.

Ze draaide haar gezicht naar de hemel en ademde diep in. De langste dag van het jaar. De kortste nacht. Ze wist nooit welke beschrijving ze optimistischer vond. Hoe dan ook waren dit de momenten – dag of nacht – dat ze hem het meest miste, dat het bijna ongelooflijk was dat Jack hier niet langer deel van uitmaakte. Haar eenzaamheid was al de hele dag een schaduw die haar achtervolgde, vooral ook na het goede nieuws van Kris en Marc. Tot nu toe was ze die schaduw steeds voor geweest, maar nu liep ze er toch tegenaan. Terwijl ze achteromkeek, door de vele ramen van het hotel, en de mensen binnen zag dansen, lachen en léven, verdomme, omhulde hij haar als een sluier.

Ze wendde zich af, had nu meer nodig dan frisse lucht, ook ruimte. Ze zouden haar niet missen. Tove stond zich op de dansvloer uit te sloven met een vent die zichzelf had voorgesteld door een glas bier over zijn hoofd leeg te gieten om af te koelen. Marc en Kris waren naar huis gegaan, ongetwijfeld om hun eigen feestje te vieren. Ze wilde niet terug naar binnen, maar ze kon ook niet naar huis om naar bed te gaan. Ze voelde zich gevangen tussen werelden, zoals zo vaak. Aanwezig maar op de een of andere manier niet volledig betrokken. Een toeschouwer eerder, gedoemd om toe te kijken van de andere kant van het glas.

Het plankenpad was zanderig. De korreltjes sprongen omhoog en wreven bij het lopen pijnlijk tegen haar zweterige voeten, dus trok ze haar Vans uit en hield ze in de ene hand terwijl ze met de andere over haar nek wreef. De houten planken rammelden zachtjes terwijl ze zwijgend doorslenterde, luisterend naar de vrolijkheid van anderen en nog even omkijkend naar de mensen die dansten op het plankier. Met een glimlach wees ze verschillende beschonken uitnodigingen om zich bij hen te voegen af. Het was in de verste verte geen Cannes met dure superjachten, maar het feestgedruis van vannacht kon zich meten met dat van menig andere Europese hotspot. Niemand zou veel slaap krijgen vannacht, feestganger of niet.

Er brandde licht op vrijwel elke aanlegplaats, behalve de laatste twee van de achterste steiger voor de ferryhaven. Daar, op die ene kleine plek, lagen de boten in het donker en in relatieve – zeer relatieve – afzondering. Ze sloeg af en liep naar het einde, waar ze even naar het donkere water tuurde voordat ze ging zitten en haar benen over de rand liet bungelen.

Ze slaakte een diepe zucht. Soms, op momenten van ontregeling, zoals nu, vroeg ze zich af waar ze vandaag zou zijn als de dingen anders waren gegaan. Had ze eigenlijk ergens anders moeten zijn? Of was ze altijd voorbestemd geweest om hier te belanden?

Ze vroeg zich af wat Jack van haar huidige leven zou vinden, zo anders dan dat van hen samen – het stadse leven, zorgen voor andermans kinderen, haar nieuwe vrienden, nachten als deze... Hij zou verbaasd zijn, veronderstelde ze, mogelijk zelfs teleurgesteld. Ze kon zich hem in elk geval niet voorstellen in deze versie van haar leven. Hij zou dit 'settelen' hebben genoemd en misschien had hij daar dan gelijk in, maar settelen was precies wat ze nodig had gehad toen ze in het gapende gat viel nadat ze hem had verloren. Hij was niet degene geweest die was achtergebleven, maar zíj. Niet één keer, maar twee keer, en er waren zelfs tijden geweest dat ze vond dat hij degene was die geluk had gehad...

Ze snoof zachtjes en drukte haar wijsvinger op haar neus in een poging de tranen tegen te houden. Ze wist wat er gebeurde. Ze was dronken en werd emotioneel, ze voelde zich eenzaam. Het was geen onbekend scenario voor haar, hoewel ze het goed verborgen hield voor haar vrienden, en ze wist heel goed wat ze nu moest doen: teruggaan naar het hotel om weer te gaan dansen, de tranen terugdringen met een lach, de pijn uitschakelen met drank. Morgen was er weer een nieuwe dag en dan zou ze het allemaal weer zonniger inzien, als de kater eenmaal voorbij was. Ze had nu eerst alleen nog maar een paar minuten nodig, hier alleen op het donkerste, rustigste plekje van het eiland...

'Zou een biertje helpen?'

Ze schrok en slaakte bijna een kreet. Haar lichaam stond meteen strak, klaar om weg te rennen, terwijl ze in de richting keek waar de stem vanuit het niets had geklonken. Het duurde een ogenblik voor ze de eigenaar ervan had gevonden – een man die op zijn rug op de bank van de boot aan haar linkerzijde lag. Alle lichten waren er uit, er was geen teken van leven geweest. Ze had gewoon aangenomen dat er niemand aan boord was.

Ze keek naar hem. Hij leek ongevaarlijk. Zijn enkels waren gekruist en hij had zijn ene hand achter zijn hoofd gelegd. Met de andere omklemde hij een biertje op zijn buik.

'O mijn god!' fluisterde ze, vooral tegen zichzelf, haar hand tegen haar hart gedrukt alsof ze het tot rust wilde brengen. 'Ik schrok me halfdood. Ik wist niet dat hier iemand was.'

'Nou, wel dus. Ik wilde eigenlijk niets zeggen, maar je leek van streek te zijn, dus ik dacht... bier is vaak de oplossing.'

'Of in mijn geval momenteel het probleem.' Ze rolde met haar ogen. 'Ik ben nogal een sentimentele drinker.'

'Je leek eerder vanavond anders een hoop plezier te hebben.'

'Eerder vanavond?' Ze fronste en tuurde in een poging hem beter te zien, maar hij bevond zich grotendeels in de schaduw. 'Sorry, ken ik jou?'

Na een aarzeling ging hij langzaam rechtop zitten. Ze merkte dat ze even haar adem inhield toen het geleende licht van de andere boten zijn gezicht onthulde. Hij had knappe gelaatstrekken – fijn gebeeldhouwd, beschaafd – maar zijn blik had iets buitengewoons. Zijn ogen hadden een volle, bijna romige lichtgroene tint, omcirkeld door een donkerder ring en omlijst met dikke wimpers. Het effect was verbluffend.

'Ik geloof niet dat we...' mompelde ze, want ze wist dat ze zich dit gezicht zou hebben herinnerd. Het zou zelfs lastig worden om het te vergeten. Hij bood een biologerende aanblik.

Hij stak zijn hand opzij en hield een zongebleekte honkbalpet omhoog.

'O.' O néé.

'Ja,' zei hij na een ogenblik. 'Nogmaals aangenaam kennis te maken.'

'Ik... Het spijt me. Ik had je niet herkend zonder die pet.'

'Eigenlijk heb ik liever dat mensen me niet herkennen mét de pet.'

Ze glimlachte beleefd. Het was duidelijk een grapje, hoewel zij het niet helemaal begreep, tenzij hij zichzelf beschouwde als een beroemdheid (wat gezien zijn uiterlijk trouwens niet ondenkbaar was).

'Ik herkende jóú bijna niet met je haar los. Ik wist niet zeker of je het was. Ik zag je bij de meiboom.'

'O ja. Jij was met je familie.'

'Ja, het was leuk.'

'Ja.' De bevestiging dat hij getrouwd was. Ofschoon ze hem eigenlijk niet erg aardig vond, vertelde de steek van teleurstelling in haar buik haar dat ze toch had gehoopt dat hij single zou zijn. Ze hoefde hem niet aardig te vinden, een nachtje in die ogen kijken zou precies de troost hebben geboden die ze nodig had. 'Midsommar is echt iets voor familie, nietwaar?'

Hij zweeg even. 'Ja, dat is ook zo.'

'Als er ooit een tijd is om door te brengen met de mensen van wie je houdt, is het vannacht wel,' zei ze zacht, en ze voelde haar eenzaamheid weer over zich heen spoelen, haar meenemen, bij hem vandaan, hiervandaan...

Hij zweeg een moment. 'Maar heb je zin in dat biertje?'

Ze keek weer naar hem en zag dat hij een flesje naar haar uitstak.

'O, ik kan maar beter teruggaan, denk ik...' Haar blik ontmoette die ogen weer. Zelfs als ze alleen maar naar hem mocht kijken...

'Maar eentje kan natuurlijk geen kwaad.'

Ze nam het bierflesje aan en zette een beetje gegeneerd haar bloemenkrans recht. Ineens leek het een belachelijk ding om op je hoofd te hebben, hoewel ze hem al de hele dag zonder enige gêne had gedragen.

'Zijn dat de bloemen die je gisteren in het mandje had liggen? Ze staan mooi.'

Ze raakte de krans weer wat onzeker aan. 'O, nou... het voelt wel een beetje onnozel als er allang geen meiboom meer in de buurt is.' Ze nam een slok van het bier en voelde dat hij naar haar keek.

'Ik heet Emil, trouwens.'

'O. Ik ben Bell.'

Hij trok een wenkbrauw op. 'Als in... ding-dong?'

'Ja,' grinnikte ze. 'Precies. Het is een afkorting van Isobel. Met een o.'

'Boll.'

Ze lachte en merkte dat het ongemak van de ontmoeting van gisteren begon te verdwijnen. Hij was misschien een held met tegenzin geweest, maar zelf had ze zich ook niet als een vriendelijke dame in nood gedragen, zoals ze verontwaardigd had geëist dat hij de bakfiets zou opgeven omdat haar armen het bijna begaven.

Er gleed een briesje over haar heen en ze huiverde. Haar zomerjurkje was na middernacht niet meer afdoende.

'Je mag hier wel komen zitten als je wilt,' bood hij aan met een knikje naar het bankje tegenover dat van hem. 'Ik zweer je dat ik geen seriemoordenaar ben. Het is hier uit de wind een stuk warmer.'

'Zit je daarom hier?' vroeg ze, slechts een seconde aarzelend voor ze opstond en in de boot sprong. Het was een van de minder luxueuze exemplaren in de jachthaven. De meeste waren marineblauw en poenig, met wit leer en drankkasten. Dit was er eentje uit de jaren tachtig, met vergeelde verf en bekleed met een groen-witte zigzagstof die leek te zijn geïnspireerd op Culture Club, en het zou al heel wat zijn als er een eerstehulpkit aan boord was. 'Laag in de boot, uit de wind?'

'Ik hou me in alle opzichten gedeisd.' Hij nam nog een teug bier.

'O jee. Heb je je vrouw boos gemaakt of zo?'

Zijn blik flitste als de lichtstraal van een zaklantaarn haar kant op. 'Mijn vrouw?'

'Ja, die donkerharige dame met wie ik je eerder vandaag zag... Je zei dat je er met je familie was.'

'Klopt.' Er vormde zich een glimlachje om zijn lippen. 'Dat was mijn zus.'

'Ah!' Ze kon de verheugde opluchting die deze uitspraak – hij was niet getrouwd! – bij haar teweegbracht niet helemaal inhouden, en ze nam snel nog een slok. Ze moest haar aandacht van dat mooie gezicht zien af te leiden.

Hij zag dat ze nerveus heen en weer schoof. 'Je komt hier niet vandaan, hè?'

'Nope. Ik ben Engelse.'

'Je spreekt uitstekend Zweeds.'

'Dank je. Zweedse oma.'

Hij knikte.

'Spreek jij Engels?' vroeg ze.

'Alleen als ik probeer indruk te maken op mooie Engelse meisjes,' zei hij in onberispelijk Engels, zonder een spoortje van een accent.

'O mijn god, je spreekt het beter dan de meeste Engelsen!' lachte ze.

'Naar ik heb begrepen geldt dat voor de meeste Zweden...'
Ze lachte. 'Hm. Je deinst niet terug voor een controversiële uitspraak zo nu en dan, begrijp ik.'
'Anders zou het leven heel saai zijn, denk je niet?'
Haar ogen maakten even contact met de zijne en ze voelde de elektriciteit. Er was beslist iets tussen hen gaande, een aantrekkingskracht die een vonk leek te hebben ontstoken. 'Ben je weleens in Engeland geweest?'
'Ja.'
'Waar dan?'
'Cambridge. Daar heb ik korte tijd gewerkt.'
'Als wat?'
'O, ik deed verschillende dingen. Een beetje bio-engineering.'
'Een béétje bio-engineering. Hm.' Het klonk niet als iets wat mensen tussendoor even deden. 'Had je het er naar je zin?'
'Cambridge? Zeker. De universiteit is prachtig.'
'Ja hè?'
'Heb jij daar ook gestudeerd?'
'Wie, ik?' zei ze lachend. 'O nee. Ik heb niet gestudeerd.' Ze schudde haar hoofd en op haar beide wangen verscheen een rode vlek. 'Ik had er helaas de hoge cijfers niet voor. Anders was ik geografie gaan studeren in Manchester.' Ze dwong zichzelf te glimlachen, ze wilde ook aan díe tijd niet herinnerd worden. 'Maar het mocht niet zo zijn. Niet mijn levenspad.'
'Geloof je dat? Denk je niet dat je zelf bepaalt waar je terechtkomt in je leven?'
'Absoluut niet,' sputterde ze. 'Ik denk echt dat je hoe dan ook terechtkomt waar je voorbestemd bent te zijn.'
Er viel een korte stilte. 'Dus jij denkt dat het is voorbestemd dat je met een biertje in de hand op een boot bij een eilandje in de Zweedse archipel zit, op de langste dag van het jaar, met een volslagen onbekende?'
Ze lachte en liet haar hoofd achterovervallen, zodat haar profiel

schuin naar de lucht gericht was. Hij was inderdaad een volslagen onbekende. Een volmáákte onbekende. Ze stopte een lok haar achter haar oor, want ze had sterk het gevoel dat hun kennismaking van afstandelijk beleefd overging in iets met meer nonchalance, meer ontspanning. Minder stijfjes. Of misschien lag dat aan het bier. 'Nou, dit is uiteraard slechts een moment in het grotere geheel,' gaf ze toe. 'Maar of het was voorbestemd dat ik in Zweden zou terechtkomen?' Ze zuchtte. 'Ik denk het wel.'

Hij bleef haar gadeslaan. Het gewicht van zijn blik voelde als handen op haar schouders. 'Maar wat heb je dan gedaan, in plaats van studeren?' Hij nam een slok van zijn bier.

'Ik heb de wereld rondgezeild.'

Hij stopte met de fles nog aan zijn lippen. 'Wat?'

'Ja. We hadden een boot en we zijn gewoon… vertrokken. Zonder specifiek plan, we zagen wel waar de wind ons bracht.'

Hij staarde haar aan alsof ze vlak voor zijn ogen ineens iemand anders werd. 'Wie zijn wij?'

'Mijn verloofde Jack en ik.' Ze slikte. Er leek altijd een kring om zijn naam te zitten als ze hem hardop uitsprak, als een hoorbaar krachtenveld. 'We hebben het een paar jaar gedaan. En daarna, nou ja, daarna kwam ik dus in Zweden terecht en uiteindelijk ben ik hier gebleven,' ging ze vlug verder.

Hij keek haar met samengeknepen ogen aan en ze wist dat hij had opgepikt wat ze niet had gezegd. 'En wat doe je hier precies?'

'Ik werk als nanny.'

'En je verloofde…'

O god. 'Die is dood.'

Het woord klonk als een kogel die alles liet stilstaan. Het flesje dat hij net naar zijn mond wilde brengen bleef in de lucht hangen en hij liet zijn hand zakken. 'Wat spijt me dat…'

'Nee, het is oké.' Ze schonk hem een wat al te montere glimlach en schudde haar hoofd. 'Nou ja, ik bedoel niet dat het oké is. Uiteraard niet.' Haar ademhaling stokte en er ontstond spanning in de spieren rond haar mond. 'Uiteraard niet. Maar het...' Haar been wipte op en neer, besefte ze, en ze legde een hand op haar dij om de trilling te laten ophouden. 'Het is zoals het is.'

Hij keek naar haar en zag de fysieke reactie die met de woorden gepaard ging. 'Wanneer is hij overleden?'

'Bijna vier jaar geleden.' Ze knikte en nam een iets te grote slok bier, haar bewegingen nu breed en krampachtig.

'Het verlies is nog steeds vers.'

'Ja.' Ze vond het een verrassend open opmerking. De meeste mensen keken de andere kant op en veranderden van onderwerp als het ter sprake kwam. Ze voelde dat ze dachten dat ze er nu wel overheen zou zijn.

'En was je daarom zo verdrietig daarnet?'

Ze haalde haar schouders op en beet op haar lip. 'Soms slaat het toe. Vooral op momenten als deze – feesten, jubilea, Kerstmis... Meestal gaat het wel.'

Hij staarde naar zijn biertje. 'Vreselijk. Je bent veel te jong om zoiets meegemaakt te hebben.'

'Jack was ook veel te jong.' Ze wierp hem een blik toe en iets in zijn ogen maakte dat ze hem bleef aankijken. Wat zag ze? Medeleven? Compassie? Begrip? Empathie? Hij had iets ongrijpbaars wat verder ging dan eenzaamheid, iets onuitgesprokens. een onzichtbare mantel van kwetsbaarheid over zijn schouders gedrapeerd. 'Heb jij ook ooit iemand verloren?'

Het duurde een lang ogenblik voordat hij antwoord gaf en ze besefte wat het was dat ze zojuist in hem had gezien. *Pijn.* 'Iedereen. Door een ongeluk... Mijn vrouw, mijn kind, mijn vader... Ik ben ze allemaal kwijt.'

Ze keek hem met open mond aan, de woorden bleven steken in haar keel. Ze voldeden niet. 'O mijn god,' fluisterde ze ten slotte. 'Emil, dat is...'

Hij sloeg zijn ogen weer naar haar op toen hij haar zijn naam hoorde zeggen.

'Ik weet gewoon niet wat ik moet zeggen.'

'Dat weet niemand ooit,' zei hij, en hij trok met een vermoeide glimlach zijn wenkbrauwen op. Ze zag hoe het verlies zich diep in hem genesteld had. Ze voelde een golf van schuldgevoel, want zijn verlies was groter: zijn vrouw, kind, vader... Het was zo gelaagd als een pioenroos met een scheermesje op elk bloemblaadje. 'Woorden voldoen niet.'

Hij had gelijk. Woorden brachten de zielen die waren vervlogen niet terug, woorden waren geen armen die haar 's nachts konden vasthouden.

Ze lieten zich door een stilte omhullen terwijl de verre beat van de dansvloer van het Yacht Hotel als mist over het water naar hen toe kwam zweven. De tijd begon zijn randjes te verliezen. Het was nu ver na middernacht en de hemel was nog rood alsof het beeld op pauze was gezet bij een schitterende zonsondergang – een oneindige schemering.

'Vuurwerk,' prevelde hij, kijkend naar een punt in de verte, achter haar hoofd.

Ze keek over haar schouder, net op het moment dat een uitbarsting van rode rook de lucht kleurde. Het was te licht voor een betoverend vuurwerkeffect, maar het was een laatste schouwspel om de feeststemming erin te houden. 'O, wauw.'

'Je kunt ze van hieraf beter zien, als je wilt,' zei hij, en hij schoof een stukje op terwijl de archipel knal na knal in vuur en vlam werd gezet. Rood, paars, groen.

Zijn blik was op de hemel gericht terwijl zij zwijgend naast hem kwam zitten. Toch werd ze meteen de verandering gewaar die de nieuwe nabijheid voorbracht. Ze raakten elkaar niet aan, maar ze voelde zijn lichaamswarmte. Zo zaten ze de lichtshow te bekijken, twee vreemden voor elkaar, samen alleen in de kortste nacht van het jaar – allebei treurig, gebroken, allebei een beetje dronken.

Ze had haar bier op, het flesje in haar hand was leeg. Tijd om te vertrekken dus.

'Ik hou van midsommar,' mompelde hij voor ze zich kon verroeren, alsof hij haar gedachten kon lezen. 'Als kind vond ik het fijner dan Kerstmis.'

'Mmm, het haalt het niet bij St George's Day,' mompelde ze terug, waarop hij vragend opzijkeek – tot hij haar stalen gezichtsuitdrukking zag.

Hij grijnsde. 'Over controversiële uitspraken gesproken.'

Ze bleven naar de hemel zitten kijken, maar er kwam veel te vlug een einde aan de show. De felle kleuren en begeleidende knallen losten geleidelijk op.

'Wat vind je zo fijn aan midsommar?' vroeg ze, want ze wilde nog niet gaan.

'Toen ik klein was, vertelde mijn moeder me dat het ons troost bood, als tegenwicht voor alle maanden van duisternis die we moesten door zien te komen...'

Troost... Ze keek hem van opzij aan en zag dat zijn ogen al op haar gericht waren.

'En nu, als volwassene, heb ik een hekel aan het donker. Ik zou maar al te graag nooit meer slapen. Ik zou willen dat elke nacht de kortste nacht was.'

De tijd leek zich te vernauwen als ze in die ogen keek. Ze was dronken, maar ze wisten allebei wat hij bedoelde. Ze hadden donkere dagen gekend en deze nacht draaide om het vastgrijpen van het licht... Troost...

Ineens besefte ze iets.

'Je spreekt Engels,' fluisterde ze. Ze zag dat hij naar haar lippen keek en voelde dat het ondefinieerbare wat tussen hen in hing – een instinctieve verstrengeling van zielen – opbloeide.

'Ik weet het. Ben je al onder de indruk?'

Langzaam, heel langzaam, boog ze zich naar hem toe, tot haar gezicht nog slechts centimeters van het zijne verwijderd was. Zijn ogen verkenden die van haar, speurend naar het antwoord op een vraag die ze nog niet kende. Hij legde zijn hand tegen haar achterhoofd, hield haar vast, voordat hij zijn lippen teder op de hare drukte – eerst zacht, daarna steviger – en ze de wereld om hen heen een klein stukje voelde verschuiven.

# 10

'Waar ben jíj geweest?' vroeg Tove, die bijna uit haar stoel viel toen Bell het krakende hek opende, met haar krans scheef op haar hoofd, haar haren warrig alsof ze net uit bed was gestapt.

Bell knipoogde terwijl ze het hek achter zich sloot, en ze strekte haar armen boven haar hoofd. Ze had het gevoel dat ze zweefde.

'Nee! Met wie?' hapte Tove melodramatisch naar adem. 'Je hebt niet eens met iemand gedanst.'

Bell plofte in de andere stoel neer en liet als een lappenpop haar armen en benen recht naar beneden hangen. 'Hij heet Emil en hij kon weleens de mooiste man zijn die ik ooit heb gezien. Ooit.' Ze trok een wenkbrauw op, argwanend omdat het zo stil was – en netjes. 'Waar zijn de jongens?'

Tove kreunde. 'Aan het hardlopen,' zei ze, afkeurend met haar hand wapperend. 'Je lichaam is je tempel en zo. Maar vergeet ze maar even. Emil. Emil. Vertel me alles. Wie is hij? Waar is hij? En wanneer ga ik hem ontmoeten?'

'Weet ik niet, weet ik niet en weet ik niet,' zei Bell grijnzend. 'Hij is vertrokken met zijn boot. Hij kan overal zijn,' zuchtte ze schouderophalend.

'Je weet niet waarnaartoe?'

Bell schudde haar hoofd met een gelukzalige zucht. 'Nope.'

Tove staarde haar aan alsof ze haar verstand kwijt was. 'Wat mankeert jou? Waarom laat je de mooiste man die je ooit hebt gezien wegvaren zonder te weten waar hij naartoe gaat?'

Bell negeerde de vraag en glimlachte tevreden. Ze liet haar hoofd achterovervallen en dacht aan de afgelopen nacht. Ze zuchtte bij de gedachte aan zijn handen, zijn mond in haar hals...

'O mijn god, moet je zien! Ik hoef je er niet eens naar te vragen.' Bell liet haar hoofd schuin hangen. 'De beste seks van mijn leven, Tove. Ik zweer het je, het was alsof...' Ze kneep haar ogen samen en probeerde de woorden te vinden. 'Het was bijna alsof het zijn eerste keer was. Maar op een fijne manier! Ik bedoel, zoals hij naar me keek en me aanraakte... Ik voelde me net een godin.'

Toves mond viel open. 'En dan verwijs ik nu naar mijn vorige vraag.'

Bell trok een wenkbrauw op. 'Nou, ik wil niet verliefd op hem worden, Tove.'

'Ja, dat zou verschrikkelijk zijn. Er zou onvermijdelijk weer een einde aan komen en dan wordt je leven weer klote. Tuurlijk,' zei ze lijzig.

'En dat zeg jij.' Tove had het nooit met zoveel woorden gezegd, maar Bell wist heel goed dat haar vriendin graag degene was die het met haar vriendjes uitmaakte sinds ze had ontdekt dat de man met wie ze een lange relatie had gehad met ongeveer al haar vriendinnen naar bed was geweest.

'Ja, maar jij bent mij niet. Jíj hebt een hart.'

'Nou, dank je, maar ik kan me prima vinden in hoe het nu gaat. Aantrekkelijke man op een boot? Ja graag, en bedankt. Volgende.'

Tove stak haar arm uit en gaf haar een kneepje in haar hand. 'Lieverd, niet iedere jongen van wie je houdt gaat dood.'

'Dat weet je niet,' zei Bell met een zijdelingse blik. 'Bovendien, als jij denkt dat ík er niet klaar voor ben, dan is hij er al helemáál niet klaar voor. Geloof me maar. Zijn vrouw, kind en vader zijn alle drie omgekomen bij een ongeluk. Hij is ze allemaal kwijt.'

'Fuck!' fluisterde Tove.

'Ja. Afschuwelijk.'

'Wat is er precies gebeurd?'

'Dat heeft hij niet gezegd en ik wilde het niet vragen.'

'God, dus hij is mooi én kwetsbaar?' mompelde Tove. 'Geen

wonder dat jullie je tot elkaar aangetrokken voelden.'

'Mmm.' Ze zuchtte bij de herinnering aan zijn starende blik in de verte toen ze vanochtend wakker werd, een oneindig droevige blik. Ze wist niet of hij het ooit te boven zou komen, maar zo ja, dan zou het nog wel even duren. Hij was beschadigd, net als zij.

'En hij had ook nog een boot?'

Bell lachte. 'Geloof me, dat was het minst mooie aspect! Het tegenovergestelde van luxueus. Ik was al blij dat het ding niet lek was.'

'Dat snap ik, met al dat geschommel en gedein...'

Ze giechelden luid.

'En jij?' vroeg Bell met een vragende blik.

'Ach, je weet wel. Zoals gebruikelijk.' Ze haalde haar schouders op. 'Hop-en-klaar-en-dank-je-wel, zo'n type. Ik ben niet blijven slapen. Maar hij was wel leuk. Het was een fijne midsommar.'

Ze vervielen in stilte, allebei moe. Bell liet haar hoofd tegen de hoofdsteun rusten, haar vingers ineengestrengeld op haar buik. 'Jammer dat we het niet over kunnen doen, eigenlijk,' mompelde ze, terugdenkend aan vrijdag en haar onzalige eerste ontmoeting met Emil – het norse knikje in de winkel, zijn ridderlijkheid tegen wil en dank, zijn strakke gezicht gisteren in de menigte. Ze had geen enkel idee gehad van wat er tussen hen stond te gebeuren. Als de Bell van nu naar de Bell van gisteren toe had kunnen lopen om haar te vertellen wat er zou gebeuren, had ze dat niet geloofd. Niets had haar doen geloven dat de kortste nacht uiteindelijk de langste zou blijken, dat ze de hele nacht wakker zou blijven in zíjn armen... En toch was het gebeurd – en zo vanzelfsprekend. Zonder zijn honkbalpet, zodat ze zijn ogen kon zien toen haar jurkje van haar lijf gleed en hij haar rondingen zag... Het was alsof ze elkaar hadden verslonden, beiden gulzig, alsof ze zich niet hadden gerealiseerd dat ze honger hadden.

Ze kreeg kippenvel als ze er weer aan dacht en huiverde onwillekeurig.

'O mijn god,' kreunde Tove naast haar, met gesloten ogen genietend van de rust terwijl de vogels om hen heen kwinkeleerden.
'Spaar me.'
'Sorry,' fluisterde Bell.
'Denk je niet dat het een vergissing was, dat je zijn nummer niet hebt gevraagd?'
'Ja. En dat is precies waarom ik blij ben dat ik dat niet heb gedaan. Nu is het gewoon wat het is. Eén heerlijke nacht.'
Ze hoorden het gestamp van voeten en zwaar gehijg.
'Jullie zijn er weer,' zei Tove, haar ogen nog gesloten, terwijl het krakende hek weer openging.
'Ja,' pufte Kris, met zijn handen op zijn heupen. Hij wierp Bell een onderzoekende blik toe, die ze beantwoordde met een vertrouwelijke glimlach. Hij knipoogde naar haar. Hij begreep het al, het hoefde niet te worden uitgesproken. Er tekende zich een donkere pijl van zweet af op de voorkant van zijn T-shirt, zijn haar zat weer in een knotje en voor de duizendste keer vroeg ze zich af waarom haar zielsverwant gay moest zijn. Hij kwam naar haar toe en gaf haar een kus op haar voorhoofd. Een moment later kwam Marc afgemat door het hek.
'Waar bleef je nou?' vroeg Kris, op haar armleuning gezeten alsof hij al uren geleden was gearriveerd.
Marc gooide een takje in zijn richting.
'Oké... lunch,' kondigde Tove aan, en de jongens begonnen te rekken en strekken. 'Het kan me niet schelen waar we naartoe gaan, zolang ze maar dingen serveren die beginnen met kool- en eindigen met -hydraten.'
'Värdshus dan maar?' Kris grinnikte en stond op. 'Ik wil eerst even douchen, dan gaan we daarna.'
'Ik ook,' zei Marc, die hem volgde.
'Niet samen, alsjeblieft!' riep Tove hen na terwijl ze het gele huis in liepen. 'Ik ken jullie een beetje en we moeten vandaag wel een ferry halen, hè.'

Bell kreunde. 'O jakkes. Is het alweer zondag? Dat was ik vergeten.'

'Hij heeft je echt suf geneukt, hè?' grinnikte Tove. 'Ja, het is zondag. De hele dag.' Bijna tijd om terug te varen naar het echte leven en onze superfijne banen.'

Bell voelde dat haar goede humeur barstjes begon te vertonen. Ze had de Mogerts gisteren niet gezien, wat heel vreemd was. En ze zou morgen met Hanna worden geconfronteerd. Het gesprek waar ze zo tegenop zag naderde. Hoe zou ze het moeten brengen als ze niet ontslagen wilde worden? Ze wist het nog steeds niet.

'Ik geloof dat dit ding zich voorgoed aan me vastgehecht heeft,' mompelde ze terwijl ze de bloemenkrans uit haar haar probeerde te wurmen. Met een scherpe ruk trok ze hem los, waarop ze naar het gehavende, misvormde geval keek, met zijn verwelkte, slaphangende bloemen. Om de een of andere reden voelde het als een totem – haar eerste en laatste link met hem.

'Ga je die voor het nageslacht bewaren?' plaagde Tove, die haar aarzeling zag.

'Nee. Ik ga me omkleden.' Ze stond op, gooide de krans in de afvalbak en hoopte maar dat Tove haar niet ineen zag krimpen.

De pub zat bomvol, elke tafel was bezet en er stond een lange rij. 'We zijn kennelijk niet de enigen die hun koolhydraten willen aanvullen,' mopperde Marc terwijl ze wachtten, vol verlangen naar zowel de schaduw van de appelboom als de koude biertjes.

'En wat erger is: ze gaan allemaal met dezelfde ferry als wij terug,' kreunde Tove.

'Zijn jullie vergeten je antidepressiva te slikken of zo?' vroeg Kris, die zijn geliefde een arm gaf.

'Ach, het is gewoon de zondagsblues,' bromde Marc. 'Waarom gaat het weekend zo snel voorbij? Ik wil nog wat dagen blijven. Dat heb ik nódig.'

'Tja, we kunnen niet allemaal zoveel geluk hebben als Bell, die de zomer hier mag doorbrengen en ervoor betaald krijgt.'

'Nou zeg! Ik wil jullie weleens zien met twee driejarigen en een tienjarige die je tegelijkertijd moet zien bezig te houden terwijl er overal gevaren op de loer liggen. Van het moment dat ik opsta tot ik weer naar bed ga, leef ik op de toppen van mijn zenuwen. Jullie hebben geen idee hoe zwaar het is.'

'En dan te bedenken dat ik ze op mijn werk alleen in leven moet houden,' grapte Marc.

'Dat stelt niets voor. Ik moet ze in leven én tevreden zien te houden!'

Kris lachte. 'Ik zou alleen weten hoe ik voor ze moest koken, maar als Tove de "bloemetjes en de bijtjes" met ze kon bespreken, hun vriendjes zou keuren en ze kon laten zien hoe ze ervoor moeten zorgen dat er niets in hun drankjes wordt gedaan...' Hij stak zijn handen triomfantelijk in de lucht. 'Tussen ons gezegd en gezwegen zouden wij de ideale ouders zijn.'

Er kwam een tafel vrij en ze ploften dankbaar neer. Ze bestelden een rondje bier. Hun tafel stond helemaal in de schaduw en ze deden een paar minuten een stoelendans, waarbij Marc en Tove de risico's van in de zon zitten doornamen en van stoel bleven wisselen met de andere twee, die zich er niet druk over maakten.

Hun bier kwam snel en ze bestelden wat ze hier altijd aten: Tove een quiche, Bell een burger en de jongens maaltijdsalades met reepjes biefstuk.

Bell zat verstrooid aan haar jurk te friemelen, een rood katoenen exemplaar met fladderige korte mouwen. Het rood vloekte met haar geelgeruite Vans, maar dat vond ze juist wel leuk. Haar haar was nog nat van het douchen, maar ze had het zoals gebruikelijk opgestoken om het van haar schouders te houden. Ze had steeds een liedje in haar hoofd – *'If you can't be with the one you love...'* – en ze werd er gek van. Ze vond het niet eens een leuk liedje.

'Pff, wat ben ik moe,' kreunde Bell, die opzij leunde en haar hoofd op Marcs schouder liet rusten. 'Ik ga hier ter plekke in slaap vallen. Niet bewegen, oké?'

'Arme schat. Nauwelijks geslapen vannacht,' plaagde hij. Tove had zich natuurlijk niet kunnen stilhouden en hem en Kris alles over Bells nachtelijke avontuur verteld toen ze hiernaartoe liepen.

Ze stak haar tong uit, maar haar ogen bleven gesloten en haar hoofd bleef op Marcs schouder liggen terwijl ze tevreden luisterde naar het geklets van haar vrienden en het gerinkel van ijsblokjes wanneer glazen werden opgetild en weer neergezet, het gelach van andere mensen, de vogelzang om hen heen... zijn haar stijf van het zout, zijn zongebleekte kleren, hoe hij aanrommelde op die haveloze boot met de te zwakke motor.

Ze opende haar ogen, want ze werd iets gewaar.

De anderen waren diep in gesprek over het festival in Kroatië van volgende maand waar ze tickets voor hadden gekocht, maar zij voelde intuïtief dat ze werd gadegeslagen. Ze keek rond in de tuin, naar alle andere mensen die van hun zondag genoten, tot...

Hij keek haar aan. Hij had zijn honkbalpet en zonnebril weer op, het leek bijna alsof hij zich verstopte. Zijn armen lagen over elkaar op de tafel, er stond een biertje voor zijn neus en de donkerharige vrouw naast hem – zijn zus – praatte geanimeerd tegen twee tieners die tegenover hen zaten en die geen van beiden in de verste verte geanimeerd reageerden.

De schrik sloeg haar om het hart. Toen hij bij de steiger was weggevaren had ze verondersteld dat hij echt vertrok. Dat hij hier alleen voor het midzomerfeest was gekomen, dat hij zou verdwijnen naar waar hij woonde, dat ze hem nooit meer zou zien. Maar nu besefte ze pas dat ze hem vrijdag in de winkel had gezien, waar hij wat boodschappen haalde. Zelfs als hij niet op Sandhamn woonde, dan toch in elk geval dichtbij. Ze zou hem vaker kunnen tegenkomen...

Ze slikte. Haar lichaam reageerde heel anders dan haar hoofd.

Hij boog zijn hoofd een fractie, een klein knikje maar, en zo langzaam dat het niemand die naar hem keek zou opvallen, behalve dan als ze zagen hoe hij haar met zijn blik gevangenhield, hoe zij niet weg kon kijken...

Ze waren klaar met eten, zag ze, en de serveerster kwam afruimen. Hij keek op en leunde achterover om haar meer ruimte te geven, maar zijn blik kwam meteen terug naar Bell.

Ze zat als verstijfd. Na alles wat ze met elkaar hadden gedaan, kwam het haar idioot voor dat ze niet kon opstaan om naar hem toe te lopen en hem te begroeten, dat ze zelfs niet kon glimlachen. Maar ze werden gescheiden door drie tafels, een lapje gras en heel verschillende levens. Ze hadden alleen de afgelopen nacht gemeen, twee volslagen onbekenden die zich een paar uur lieten gaan om de duisternis te verjagen. En toen ze vanochtend aanstalten maakte om te gaan, had hij haar niet om haar nummer gevraagd, en zelfs niet naar haar achternaam. Hij was bij de steiger weggevaren met brandende ogen maar ook met een houding die een einde leek in te houden. Hij wilde net zomin als zij een vervolg geven aan die ene nacht.

En dat was haalbaar, zolang ze hem maar nooit meer zou zien.

Zijn zus stond op. Ze had lange, slanke benen en geföhnd haar. Ze droeg een skinny driekwart jeans, ballerina's met rode zool, een katoenen shirt en een parelketting. Ze was bescheiden stijlvol, maar straalde op de een of andere manier toch 'rijke echtgenoot' uit. Hij droeg echter weer een verbleekt T-shirt, met een gat bij de hals, een donkerblauwe broek en afgetrapte bootschoenen die er al net zo vintage uitzagen als zijn boot.

Ze voelde haar hart ineenkrimpen toen hij ook opstond om te vertrekken, met zijn neefje en nichtje die in verveelde apathie meesjokten, prutsend aan de oortjes van hun telefoon. Ze probeerde iets te bedenken, een reden voor hem om te blijven, een excuus om met hem te praten, maar er kwam niets. Het was voorbij. Hij stond bij zijn tafel en keek haar een ogenblik openlijk aan, waarna hij haar een glimlach schonk die net zo klein was als het knikje van zojuist, en plein public verborgen. Niemand anders zag het. Niemand anders kon het iets schelen. Maar toen hij zich afwendde en zijn familie volgde, de tuin van de pub uit, wist ze dat het haar wél kon schelen.

## Sandhamn, 27 juli 2007

Hij staarde naar zijn onaangeroerde lunch, naar de niet gelezen krant die voor hem openlag, zijn hand gespreid als een gespannen klauw. Hun gelach beheerste de ruimte, verschillende hoofden draaiden zich om naar het levendige groepje. Ze waren jong en knap, ze stonden op het punt de wereld te veroveren.

Hoewel zijn hoofd iets voorovergebogen was, kon hij onder de rand van zijn honkbalpet door vluchtige blikken in haar richting werpen. Hij zag haar vrienden lol maken, hun gesprek open en opgewekt, maar ze keerden steevast terug naar haar – alle ogen streken telkens weer neer op haar gezicht als bijen op een bloem. Haar vingers tikten tegen haar glas terwijl ze praatte, haar lichte haar was omhooggebonden in een steile paardenstaart, waardoor haar slanke hals zichtbaar werd. Hij zag dat ze onder de tafel haar schoenen uit schopte en het gras tussen haar tenen met roze gelakte nagels uit pulkte. Haar lach liet de lucht tintelen toen de jongen naast haar een grap maakte. Ze greep hem proestend bij zijn arm.

Ze was met hém. Zijn beste vriend. Hij dacht aan de inhoud van haar winkelmandje...

Hij keek de andere kant op toen zij een nonchalante, koninklijke blik door de tuin wierp. Was ze zich ervan bewust dat iedereen naar haar keek? Wilde ze dat graag? Ze moest hebben geweten wat ze eerder vandaag in de winkel deed, welk effect ze had op mensen. Op mannen.

Zijn vingers trommelden op de houten tafel. Zijn sandwich begon op te krullen in de middagzon, maar hij kon nog steeds geen hap door zijn keel krijgen. Hij was volkomen de kluts kwijt. Rusteloos. Misselijk. Hij nam een slok van zijn bier en voelde het door zijn keelgat glijden. Hij zei tegen zichzelf dat het koel, verfrissend, ontspannend was...

Hij keek weer in haar richting, en misschien trok de abrupte beweging van zijn hoofd haar aandacht, want het volgende moment maakten hun ogen contact. Ze keek hem recht aan – verrast, maar ook iets anders. Geïntrigeerd? Geïnteresseerd? De glimlach verdween van haar mond, maar niet uit haar ogen.

    Niet uit haar ogen.

# 11

Bell liep over het zachte tapijt van dennennaalden. De zon scheen door de bomen en kondigde weer een verzengend warme dag aan. De lucht was onheilspellend stil, zonder een zuchtje wind, en er zweefden bonte sternen op de thermiek. Ze zou willen dat ze iets van hun elegantie had op de vroege ochtend, maar ze was wakker geworden met een vaag knagend gevoel. Het was niet gelukt om in de diepe, droomloze vergetelheid te vallen waarnaar ze had verlangd. Ze was hier gisteravond in de kajak naartoe gevaren nadat de anderen de ferry terug naar de stad hadden genomen. Het had te triest gevoeld om de enige overgeblevene in het gele huis te zijn, dus had ze de sleutel weer in de Croc gelegd en was ze alvast teruggegaan naar haar kleine huisje. Misschien was het de extra vrije dag geweest, misschien was het feestelijke weekend net iets té fijn geweest, want ze was nog niet klaar voor de realiteit. Ze wist nu al dat die niet zou meevallen.

Ze bleef in de schaduw van de bomen staan en keek hoe de tweeling in de poeltjes speelde terwijl er nog steeds herinneringen door haar hoofd spookten, die vooralsnog weigerden haar los te laten. Het waren maar flitsen, als in een zwart-witfilm: die verbluffend mooie ogen die hij het liefst verborgen hield, de reserve die snel was omgeslagen in overgave, de zachte kreuntjes terwijl hun handen dwaalden, zijn droefheid en profil in het vroege ochtendlicht, zijn stille acceptatie van het onvermijdelijke in de tuin van de pub... Ze hadden tijdelijk hun verstand uitgeschakeld, waren kort afgeweken van het continuüm van de tijd en andere mensen geworden. Rationeel wist ze dat. Het was gewoon een onenightstand geweest. Iets eenmaligs. Ze mocht er niet meer van maken.

Ze zag Hanna het huis uit komen met een kop koffie in haar handen geklemd en haar blik op de horizon gericht. Ze droeg haar witte linnen short en favoriete blauwe blouse, en haar haar zat in een hoge paardenstaart – het toonbeeld van beheerste vrouwelijkheid, onmogelijk in verband te brengen met het dronken wrak dat donderdagnacht als een slons binnen was komen stommelen.

Ze had een boeketje wilde bloemen in een glas naast het bed gezet en een doos van Bells lievelingskoekjes van de bakkerij op de tafel achtergelaten, met een gele post-it erop geplakt waar ze 'sorry' op had geschreven met een treurig emojigezichtje erachter. Bell had gezucht bij de aanblik van de verontschuldiging. Die was bedoeld, vermoedde ze, om hun weerzien minder ongemakkelijk te maken, maar er was nog steeds een verklaring nodig, een reden die 'rechtvaardigde' waarom Hanna haar kinderen alleen in hun bed had achtergelaten. Het moest echt worden uitgelegd.

Hanna draaide zich om en ging het huis weer in, en Bell, die wist dat ze zich niet voor altijd verscholen kon houden, liep met een zucht vanaf haar plek tussen de bomen de flauwe bocht van het kleine strand op. De meisjes waren poedelnaakt en groeven een geul met hun schepjes. Hun hoge stemmen dreven haar kant uit als bubbelend water en er verscheen een glimlach op haar gezicht nu ze hen naderde. Hun fijne blonde haar was ingevlochten, maar de pluizige haartjes rond hun hoofd leken erop te duiden dat dat gisteren of misschien zelfs twee dagen geleden was gedaan. Nog haar eigen werk van voor ze was vertrokken?

'Zo, wat hebben we hier?' vroeg ze hun, met haar schoenen in de hand en sloffend door het zand.

Ze keken haar opgetogen aan. 'We zoeken een schat!'

'Een schat! O, ga vooral door, ik kan best een schat gebruiken,' grapte ze. 'Kunnen jullie wat goud voor me vinden, alsjeblieft? Ik wil heel graag rijk worden.'

'Oké. Maar mama is haar ring kwijt, dus die moeten we eerst vinden!'

Bell voelde haar glimlach vervagen. Maakten ze een grapje? Was Hanna echt... Misschien was het een bedenksel om ze een paar uurtjes bezig te houden. 'Nou... blijf maar goed zoeken, dan. Speciaal voor mama. Ik kom straks bij jullie. Zijn jullie ingesmeerd?' Ze stak haar hand uit en voelde aan hun schoudertjes. Ze voelden plakkerig aan. 'Oké, goed, meiden. Ik ben zo terug.'

Ze liep met gefronst voorhoofd over het zand en stapte – nadat ze haar schoenen in de mand op het plankier had gelegd – door de glazen schuifdeur het huis in. De koffiekop waaruit Hanna net had staan drinken stond op het aanrecht en ze was sinaasappels aan het persen, met haar rug naar Bell toe.

'Hej!' zei Bell vrolijk. Te vrolijk. Het klonk geforceerd.

Hanna draaide zich om. 'Bell, hoi!' Ze schonk haar een al net zo onechte glimlach, maar Bell zag dat haar teint bleek was onder het bruin en dat ze kringen onder haar ogen had.

Er ontstond een moment van spanning nu ze elkaar voor het eerst aankeken sinds donderdagnacht. Bell begreep instinctief dat dit niet de beste tijd was voor beschuldigingen. Haar werkgeefster was weliswaar niet meer dronken en ogenschijnlijk beheerst, maar ze leek nu amper beter in haar vel te zitten. 'Hoe was jullie weekend?'

Hanna streek haar keurig verzorgde haar uit haar gezicht. 'Geweldig! O mijn god, het weer was ook zo prachtig! Ik bedoel...' Ze schudde haar hoofd met een dankbare blik van ongeloof, maar haar hand trilde een beetje.

'Ja hè?' zei Bell instemmend. Ze begon automatisch de pyjama's van de meisjes van de vloer te rapen, een goede afleiding. 'En was jullie midsommar leuk?'

'O, zeker. Absoluut.'

'Ik heb jullie niet gezien. Ik had verwacht jullie te zien dansen. Dat is het favoriete onderdeel van de meisjes.'

'O ja.' Hanna pakte haar kop koffie weer. 'Nou, we wilden het dit jaar liever klein houden, dus zijn we hier gebleven.'

Bell was stomverbaasd. 'Bedoel je dat jullie helemaal niet op Sandhamn zijn geweest?'

'Nee. Max voelde zich niet zo lekker en de meisjes waren erg moe. Je kent ze, het duurt een tijdje voordat ze hier goed kunnen slapen. Tilde klaagt dat de stilte te luid is.'

Bell glimlachte, maar dat was vorig jaar geen probleem geweest.

'Hebben we veel gemist?' vroeg Hanna.

Nou, míjn leven is veranderd, wilde Bell eigenlijk zeggen. 'O, je weet wel. Bloemenkransen, kikkerdansen, te veel aardbeientaart.'

'En te veel schnaps, mag ik hopen?'

'Uiteraard,' zei Bell met een glimlach. Ze legde de opgevouwen pyjama's op de bank en schudde de kussens op, maakte een stapeltje van de weekendkranten en ging op haar knieën zitten om de Sylvanian Families-poppetjes terug in hun doos te doen. Ze was zich ervan bewust dat ze allebei hun best deden om heel bedrijvig en heel monter te zijn. Ze keek op. Hanna schonk het verse sap in een kan. 'Max is dus wel geweest?'

'O ja, je kent hem, hier voelt hij zich als een vis in het water. Niets kan hem tegenhouden.'

'Zijn jullie nog ergens naartoe gegaan?'

'We zijn zaterdag met de boot naar Swan's Nest gevaren en hebben daar gepicknickt. We hebben er het groen voor de kransen van de meisjes geplukt. Het is een prima plek, heel veel veenpluis en hazenstaart als basis voor de bloemen.'

'Ik hoop dat jullie foto's hebben genomen.'

'Zeker.'

Bell zag hoe Hanna naar de vriezer liep en ijsblokjes uit een houder in de kan deed. 'De meisjes zeiden dat je je ring hebt verloren. Zeg alsjeblieft dat je dat hebt bedacht om ze bezig te...' Maar haar ogen vielen op de handen van haar werkgeefster – en het witte streepje onderaan haar ringvinger.

'Helaas niet.' Hanna wrong nerveus in haar handen.

'O, Hanna,' zei ze zacht, want ze wist wat dit betekende. Hanna's ring was speciaal ontworpen met twee peervormige aquamarijnen, die naast elkaar waren geplaatst maar in tegengestelde richting, zodat ze zich samen leken te nestelen. Max had hem haar gegeven toen de tweeling was geboren. Hanna noemde het altijd lachend haar 'geboortering', maar het was – met de inmiddels bekende informatie over haar eerste echtgenoot – duidelijk een vervanging voor een verlovings-, trouw- en eeuwigheidsring in één.

'Ik weet het. Ik vind het vreselijk. En Max... nou, die is enorm van de kook. Die ring had veel sentimentele waarde.'

'Dat weet ik.' Om nog maar te zwijgen van de bom duiten die hij moest hebben gekost. 'God, wat vind ik dat erg voor jullie. Enig idee wat er is gebeurd?'

Hanna slikte. 'Niet echt, nee.'

'Je hebt hem niet ergens afgedaan?'

'Nee.'

'Van je vinger voelen glijden?'

Ze schudde haar hoofd.

'Wanneer heb je hem voor het laatst gezien?'

'Een paar dagen geleden? Ik weet het niet zeker. Ik doe hem nooit af, dus ik let er niet zo op.'

'Nee, dat snap ik. Maar denk je dat je hem misschien op het strandje kwijt bent geraakt?' Bell keek naar buiten, waar de tweeling nog opgewekt keuvelend aan het graven was.

'Het zou kunnen.' Ze haalde gelaten haar schouders op. 'Hij kan overal zijn.'

'Je bent de laatste tijd wel afgevallen,' zei Bell luchtig. Op de een of andere manier had ze het gevoel dat ze met die observatie gevaarlijk terrein betrad. Ze stond op en liep door het vertrek met de opgevouwen pyjama's en het speelgoed, die ze beide op het keukeneiland zette. 'Hij is vast van je vinger gegleden.'

'Ja.' Hanna staarde fronsend naar de hand in kwestie. 'Ik weet dat hij langzamerhand te wijd aan het worden was. Ik had hem moeten... Ik had hem af moeten doen toen het nog kon.' Haar stem klonk gestrest en er lag bitterheid in de woorden.

'Geef jezelf nou niet de schuld. Zulke dingen gebeuren. Is-ie verzekerd?'

'Ja, maar...' Ze zweeg.

'Ik weet het. Het gaat niet om het geld,' mompelde Bell. 'God, wat spijt me dit voor jullie.'

Bij het geluid van blote voeten, die plakkerig klonken op de houten vloer, keken ze allebei op. Linus liep de kamer in, zijn haar heerlijk verwilderd, wat Bell vertelde dat hij het niet had gekamd sinds zij voor het weekend was vertrokken. Zijn slaperige ogen klaarden een beetje op toen hij haar zag.

'Hej, kanjer,' zei ze grijnzend. Ze woelde door zijn haar terwijl hij bij wijze van begroeting kort tegen haar aan leunde.

'Hej.'

'Je ziet eruit alsof je uit een winterslaap komt!'

Hij grinnikte en schudde zijn muesli, die al op het aanrecht stond, in een kom. 'Dat komt omdat het hier zo stil is.'

'Ik weet het. Fijn, toch?' Ze tuurde naar hem met samengeknepen ogen. 'Ben je gegroeid?'

Zijn mond vertoonde een scheve grijns om haar geintje. 'Je bent maar drie dagen weg geweest.'

'Ja, nou ja, ik heb je gemist,' zei ze, en ze woelde nog eens door zijn haar terwijl ze de pyjama's en het speelgoed weer oppakte. 'Goed, ik berg dit even op. Heb je je bed opgemaakt?'

Hij rolde met zijn ogen. 'Nog niet. Ik kom er net uit.'

'Oké dan, als je klaar bent met ontbijten, doe je dat nog even en dan kunnen we de dag gaan plannen. Ik denk dat we mama een dagje alleen moeten gunnen, vind je niet?'

Ze keek naar Hanna om na te gaan of dat oké was, en ze zag dat haar werkgeefster haar aankeek met een dankbare blik die grensde aan wanhopig.

'Super. Nou, bedenk maar eens waar we heen kunnen gaan.'

'Ik wil het verborgen strand zoeken.'

Bell sloeg haar ogen ten hemel. Het vermeende verborgen strand van de archipel. Een terloopse opmerking die Max ooit had gemaakt – dat hij er als kind had gespeeld – had sindsdien geleid tot eindeloze zoektochten door de kinderen (of Linus, eigenlijk). Max was allang vergeten naar welk eiland zijn ouders hem destijds hadden meegenomen en Bell was er persoonlijk van overtuigd dat dat hele strand niet bestond, alleen maar in de fantasie van een klein jongetje en de nostalgie van een volwassen man. 'Oké. Dan mag jij het voortouw nemen. Ik benoem jou tot hoofdverkenner.'

Ze liep door de gang en borg de spullen weg, trok de dekbedden van de meisjes omhoog en opende hun luiken. Linus' kamer zag eruit alsof er een meteoor was ingeslagen. Ze bleef vermoeid in de deuropening staan kijken.

Er lang een blauwe astma-inhaler op de vloer, die ze oppakte. Linus en de meisjes werden soms kortademig als het koud was of als ze verkouden waren, en omdat ze er maar één hadden, bewaarde Hanna hem graag altijd op dezelfde plaats, zodat ze in geval van nood wisten waar hij was.

Ze liep naar de kamer van Hanna en Max en legde de inhaler terug in de la van Hanna's nachtkastje, die ze meteen weer wilde dichtschuiven toen haar oog ergens op viel, een glimp glinsterend ijsblauw onder een oude foto. Ze reikte ernaar, hield haar adem in en schreeuwde het bijna uit van blijdschap. Maar iets hield haar tegen. Ze staarde een moment lang naar het lange, smalle doosje ernaast en alles wat dat impliceerde... Toen sloot ze de la weer zachtjes, liep de slaapkamer uit en begaf zich via de gang en de kamer naar de open keuken. 'Hanna, ik heb de ring gevonden.'

Hanna en Linus keken haar allebei verbluft aan.

'Wát?' Ze keek stomverwonderd terwijl Bell haar de ring toestak.

Linus liet opgetogen zijn lepel in zijn kom muesli vallen. 'Daar heeft mama het hele weekend naar gezocht!'

'Waar lag-ie?' vroeg Hanna schor.

'In de la van je nachtkastje. Ik legde de inhaler erin en...' Ze haalde haar schouders op.

'Je had hem niet verloren, mama!' zei Linus lachend.

Hanna knipperde naar hem alsof ze zijn woorden niet helemaal begreep. 'Och, mijn hemel,' wist ze uit te brengen. 'Wat stom van me. Dan had ik hem daar dus neergelegd. En dat ben ik vervolgens vergeten.' Ze sloeg met een hand tegen haar voorhoofd. 'Ik word oud! Hoe kan ik nou zo vergeetachtig zijn?'

'Wacht maar tot we het papa vertellen.' Linus begon weer te eten.

'Bell, dank je. Niet te geloven. Ik heb me het hele weekend zonder reden druk lopen maken.'

'Ik ben gewoon blij dat-ie terecht is,' zei Bell met een glimlach, hoewel de ring in feite nooit kwijt was geweest. Alleen maar vergeten. Wel gek om zoiets te vergeten.

Ze keek hoe Hanna hem weer om haar vinger liet glijden – *Ik doe hem nooit af* – en ondertussen speelde er een vraag door haar hoofd.

Waarom had ze dat nu dan wél gedaan?

## Sandhamn, 3 augustus 2007

Het was een lange dag geweest en zijn voeten brandden toen hij op de oude boot sprong, al te laat voor het eten. De voorraadopname had twee keer zo lang geduurd nadat de kat van de bakkerij van zijn slaapplek op de bovenste doos was gesprongen en de hele stapel over de vloer verspreid had gelegen. Sommige van de blikken waren gedeukt maar verder onbeschadigd gebleven, maar de helft van de emmertjes haring was opengebarsten en hij had drie keer moeten dweilen om elk laatste vlekje te verwijderen, anders zou de stank ondraaglijk worden als de temperatuur morgen weer steeg.

Hij kon niet wachten tot hij thuis zou zijn en kon gaan zwemmen. De lucht van vis lag op zijn huid en zijn hele lichaam deed pijn van het sjouwen met dozen. Zijn onderrug was stijf van het werk aan de kassa's, die te laag waren voor iemand van zijn lengte.

Om hem heen gonsde de jachthaven van het leven met al die booteigenaren die genoten van hun zomer aan zee – sommigen pakten de laatste zon nog mee op het dek, anderen zaten in vouwstoelen te praten met een glas rosé in de hand, weer anderen spoten de waterproof kussens af of controleerden de zeilen. Hij haalde het eerste meertouw van de bolder, klaar om op het bankje neer te zijgen en de haven uit te tuffen. Weer een dag voorbij...

Er stopte een paar zachte, mooie voeten met rozegelakte nagels voor zijn neus, en hij keek op. Maar er verscheen geen verbaasde blik op zijn gezicht. Hij wist al van wie die voeten waren.

Ze bleven zwijgend staan, alsof ze elkaar al goed kenden, en hij had de rare gewaarwording van de tijd die door haar aanwezigheid in elkaar schoof – de toekomst, het verleden. Ze kwamen samen in het heden. Op dit moment, in het nu. Niets anders deed ertoe.

'Je hebt niet gebeld,' zei ze. Er lag vandaag geen glimlach in haar ogen en er klonk twijfel door in haar stem. Ze was het niet gewend dat iemand haar kon weerstaan, stelde hij vast.

'Nee.' Hij knipperde met zijn ogen, maar bleef blanco kijken, balend van de lichamelijke schok die ze teweegbracht.

'Waarom niet?'

'Dat weet je best.'

'Echt?'

'Je hebt verkering met mijn beste vriend.'

Haar ogen knepen zich tot spleetjes. Ze was niet blij met het antwoord. Voelde ze iets van afkeuring? 'We zijn nog maar een paar weken samen. Ik ben niet met hem getrouwd of zo.'

Hij haalde zijn schouders op. 'Hij is mijn vriend,' herhaalde hij.

Ze schraapte over de grond met een van die mooie roze tenen. 'Wilde je daarom niet bij ons komen zitten?' Ze kon best vinnig zijn als het haar uitkwam.

'Ik zei toch dat ik terug moest naar mijn werk.'

Ze bekeek de oude, opgelapte boot: de blauwe hoosemmer met touw aan het hengsel dat onder het bankje was geschoven, zijn vaders gele oliejas opgerold achterin, zelfgemaakte makreelnetten op een hoop gegooid. 'En ben je nu klaar met werken?' Ze keek hem open en belangstellend aan, hem opnieuw imponerend met de elektrische fonkeling van haar sprankelende blauwe ogen.

'Ja. Maar ik ben al laat.'

Ze lachte vol ongeloof. 'Waarvoor?'

'Het eten.'

Haar mond viel open. 'Met je famílie?' Haar ogen blonken spottend, maar hij zag dat ze probeerde te maskeren dat ze zich gekwetst voelde. Ze bleef haar lokaas voor zijn neus houden, maar hij beet niet. 'Jij bent wel erg... integer, hè?'

Hij haalde diep adem, wilde dat het anders zou zijn. Hij begreep niet wat er tussen hen gaande was. Ze hadden nog geen vijf minuten met elkaar gepraat en toch maakten ze iets in de ander los, iets rusteloos.

'Dag, Hanna.' Hij haalde het laatste touw los, gooide het op de steiger en liet de boot wegglijden van haar en de belofte die ze inhield.

En alle dreiging die ermee gepaard ging.

## 12

'Bell, kunnen we even praten?'
Bell aarzelde bij de deur, ze hoorde de spanning in Hanna's stem.
'Tuurlijk...' Ze hadden de afgelopen dagen behoedzaam om elkaar heen gedraaid, met een tenenkrommende beleefdheid en opgewekte glimlachjes die grensden aan waanzin.
Het was al laat, maar de kinderen lagen nog maar net in bed. Alweer een dag die vroeg was begonnen en ver na hun gewone bedtijd was geëindigd. Het was vermoeiend voor hen allemaal en door de week was de zon die niet onderging een stuk minder prettig.
'Hier.' Hanna stak een glas rode wijn naar haar uit.
'O. Dank je.' Ze liep naar haar toe, nam het aan en ging beleefd op het randje van de bank zitten.
'Het was een leuke dag vandaag.'
'Ja.'
Hanna nestelde zich in de leunstoel naast de bank en trok haar benen op. Haar knalrode nagellak twinkelde in de schaduwen van de kussens. 'De meisjes zijn wég van het waterpistool dat je voor ze hebt gekocht.'
'O, het was een heel goedkoop ding. Het was in de aanbieding bij Westerbergs toen ik de melk ging halen.'
'Nou, hoe dan ook, het was attent van je, zoals altijd.'
Bell schonk haar een strak glimlachje. Complimenten en wijn waren leuk en aardig, maar ze zou de rest van haar avond liever in haar eentje doorbrengen. Ze vermoedde echter dat Hanna zich alleen voelde zonder Max, dat ze verlangde naar volwassen gezelschap.
Hanna staarde naar buiten, de avond in. De zon was een gouden

ballon die bewoog op de horizon en de duisternis sijpelde traag vanuit de hogere delen van hemel omlaag, als een vlek. Ze smakte zachtjes haar lippen op elkaar en keek haar weer aan. 'Bell... Ik hoop dat je weet hoeveel je voor ons allemaal betekent. Niet alleen voor de kinderen, maar... ook voor Max en mij.'

Vreemd om dat zo te zeggen. 'Ik denk het wel,' zei Bell knikkend, wachtend op een 'maar'.

'En je weet dat je de spil bent van...' Ze fronste, zoekend naar het juiste woord. 'Nou, van de dagelijkse praktijk in ons gezin.'

'Dank je.'

'En ik ben me er zeer van bewust dat je tot het gaatje en verder gaat om ons te helpen, heus. Veel verder dan wat in je contract is vastgelegd, en waarschijnlijk vertel ik je niet vaak genoeg hoezeer jouw flexibiliteit en... tolerantie... ons helpen...'

Bell hield haar adem in. Wat er ook zou volgen, het kon nooit goed zijn als ze zo aardig deed.

'... vooral nu we de laatste tijd met zoveel veranderingen te maken hebben gehad.'

Waar bleef dat verrekte 'maar'?

'Zoals je ongetwijfeld weet – hoewel je veel te correct bent om dat te laten merken – hebben we zware maanden achter de rug. Jij hebt van dichtbij gezien hoe het, eh... wonderbaarlijke nieuws van het herstel van mijn echtgenoot en ons rampzalige bezoek aan Uppsala mij in een vrije val heeft gestort.'

Was dat zo? Ja, Hanna was afgevallen en zij en Max waren wel wat kribbiger tegen elkaar. Maar afgezien van het idiote voorval van donderdagnacht ging alles zijn gang. Er was niet meer gesproken over die dag in Uppsala. De familie leek unaniem te hebben besloten om over het incident te zwijgen en het onderwerp was dus nooit meer op tafel gekomen. Bell schaamde zich een beetje omdat ze die arme man alweer bijna was vergeten. Het leven van de Mogerts was gewoon doorgegaan na slechts een klein struikelblok op hun verder egale pad.

Hanna hield haar wijnglas met beide handen vast, de ring met de aquamarijnen glinsterde onder het licht. 'Ik zal de eerste zijn om toe te geven dat ik de situatie niet goed heb aangepakt. En ik weet dat ik niet... de gemakkelijkste persoon ben geweest om mee om te gaan.' Ze keek de andere kant op, door gêne en iets anders – schuldgevoel? schaamte? – gedwongen haar ogen af te wenden. 'Ik sta al een tijdje onder hoge druk, snap je, om het juiste te doen ten aanzien van mijn ex. Zoals je je wel kunt voorstellen komen er veel praktische zaken en papierwerk bij kijken, plus allerlei wettelijke aspecten die we moeten uitzoeken nu hij zo goed herstelt.'

'O. Ja, nou, ik nam aan...' Ze wist niet goed wat ze moest zeggen. 'Maar het is fantastisch dat het beter met hem gaat.'

'O, je zou hem niet herkennen als de man die in dat bed lag,' zei Hanna met enigszins aarzelend ontzag. 'Hij is naar een specialistische kliniek in Zwitserland gegaan en daar hebben ze wonderen met hem verricht. Hij is eigenlijk bijna weer normaal.'

'Bijna?'

'Nou, het fysieke herstel gaat verrassend snel, alles in aanmerking genomen. Het zijn de mentale en emotionele factoren die moeilijker te overwinnen zijn. Hij is niet altijd... rationeel.'

'O.'

'Wat onderhandelen met hem lastig maakt.'

Bell keek haar aan. 'Waar moet je over onderhandelen?'

'Onze scheiding, ten eerste.'

'Hij zal toch wel hebben geweten dat die eraan zat te komen?'

'Nee. Hij wist niets van Max en de meisjes.'

'O.' Bell beet op haar lip en dacht terug. Het was nu... zes maanden geleden dat hij wakker was geworden? En in die zes maanden had Hanna haar nieuwe gezin voor hem geheimgehouden?

'Ik heb hem er vorige week pas over verteld. Ik bleef het uitstellen, begrijp je? Ik kon de woorden niet vinden.'

Bell knipperde met haar ogen. Een beetje zoals ze ook de woorden niet had kunnen vinden om het Linus te vertellen. 'Hoe nam hij het op?'

'Vreselijk.' Hanna kneep haar ogen stijf dicht bij de gedachte. 'Dat was wat er donderdag aan de hand was. Ik had hier wat glazen wijn gedronken en plotseling raapte ik de moed bijeen om naar hem toe te gaan en het hem te gaan vertellen.'

'Maar het ging niet volgens plan?'

Ze schudde haar hoofd. 'Ik denk dat hij merkte dat ik wat drank ophad om mijn zenuwen te bedwingen. Hij bood me nog een drankje aan en dat accepteerde ik... Ik wilde een beschaafd gesprek, ik dacht dat we het als vrienden konden afhandelen. We begonnen herinneringen op te halen aan vroeger, aan Linus toen hij een baby was, aan onze huwelijksreis, hoe we elkaar hadden ontmoet. Maar toen... toen zoende hij me.'

'O!'

'Ja.'

Bell staarde haar aan en hoorde wat ze verzweeg. 'En jij zoende hem terug?'

'Eerst wel, ja.' Hanna knikte en beet op haar lip. 'Het is allemaal zo moeilijk en verwarrend.'

Bell voelde een steek van bezorgdheid om Max. 'Nou, het is begrijpelijk,' wist ze uit te brengen. 'Je was met hem getrouwd, dus er zullen nog steeds veel diepe emoties tussen jullie spelen. En zoals je al zei, je hoeft geen vijanden te zijn als je niet langer samen bent.'

'Dat hoopte ik. Maar toen stopte ik...' stamelde Hanna. 'En flapte de waarheid over Max eruit... Ik denk dat hij geschokt en gekwetst was. Ik denk dat hij zich vernederd voelde.' Ze zuchtte en duwde een hand tegen haar voorhoofd. 'Het was het zwaarste wat ik ooit heb moeten doen. Hij is een goede man die iets afschuwelijks is overkomen, en ik moest hem gaan uitleggen in welke situatie hij feitelijk is wakker geworden – dat het leven dat hij heeft achtergelaten niet meer bestaat. Dat de vrouw die hij heeft achtergelaten niet meer bestaat.'

'Dat moet een enorme schok voor hem zijn geweest.'

'Ik denk dat ik de blik in zijn ogen nooit zal vergeten.' Hanna spreidde haar handen in een vragend gebaar. 'Ik probeerde hem te vertellen dat ik de beste beslissingen had moeten nemen naar de omstandigheden zoals ze waren. De artsen hadden gezegd dat er nauwelijks enige hoop was dat hij zou herstellen, dus ik moest omwille van Linus verdergaan met ons leven. Maar hij kan simpelweg niet aanvaarden dat ik nu met Max ben, dat we de meisjes hebben. Hij wil hun namen niet eens horen.'

Bell kromp ineen. 'God, Hanna, Het spijt me, wat verschrikkelijk.'

Hanna keek haar aan en haalde hulpeloos haar schouders op. 'Verschrikkelijk voor mij, maar erger voor hem. Hij is geen slechte man, maar een droevige. Hij heeft zoveel doorstaan en geleden. Voor hem voelt het als het ultieme verraad dat hij heeft overwonnen wat hem is gebeurd en er vervolgens achter komt dat wij hem hebben achtergelaten.'

Bell knikte meelevend. 'Dat snap ik, maar er is niemand die kwaad in de zin had. Jij bent geen slecht mens, Hanna. Je hebt de beste keuzes gemaakt die je kon maken in ongelooflijk moeilijke omstandigheden. Jullie bevinden je allemáál in een onmogelijke situatie. Jij, Max en hij.'

Hanna keek haar dankbaar aan. 'Weet je, gedurende die zeven jaar ging ik één keer per maand naar die kliniek. Dan vertelde ik hem hoe het met Linus ging op school en las ik zijn rapporten voor. Ik vertelde hem hoe groot hij werd en hoeveel geluk we met jóú hadden. En al die tijd was er geen enkele aanwijzing dat hij me hoorde. Niets. Geen trekje met een vinger, geen trilling van een ooglid.' Plotseling ontsnapte haar een snik. 'Ik heb geprobeerd te doen wat het beste was, ook voor hem, maar nu... nu denk ik dat het beter zou zijn geweest als hij níét wakker was geworden!'

'O Hanna, dat meen je niet echt,' suste Bell.

'Jawel, Bell, ik meen het. Hij wil niet accepteren dat ons huwelijk voorbij is. Zelfs nadat ik hem de waarheid had verteld, bleef hij maar zeggen dat we terug kunnen naar wie we voorheen waren, nu hij er weer is. Alsof Max en de meisjes niet bestaan! Hij zei dat hij zich zijn hele herstel had gericht op het weer worden van de man die hij wás, omwille van óns, en dat hij ons niet wil opgeven, ook al heb ik dat wel gedaan.'

'Nou, dat zal... de schok wel zijn. Het is duidelijk een klap voor hem als jij zijn grootste motivatie bent geweest om te herstellen, maar hij zal zich heus wel neerleggen bij de nieuwe werkelijkheid, hoe pijnlijk die ook is. Je hebt er goed aan gedaan het hem te vertellen. Hij moest er vroeg of laat toch achter komen.'

'Je begrijpt het niet. Hij is boos en gekrenkt, dus nu haalt hij uit.' Hanna keek haar weer aan, haar ogen roodomrand en waterig. Nu zag Bell dat dit niet de eerste keer was dat ze vandaag had gehuild, of zelfs in het afgelopen uur. 'Toen hij eindelijk besefte dat ik echt van plan ben om bij Max te blijven, keerde hij zich tegen me. Hij zegt dat hij de gezamenlijke voogdij wil.'

'Over Linus?' vroeg Bell, met stomheid geslagen.

'Ja.' Het woord kwam eruit als een snik.

'Maar... dat kan niet! Hij heeft zeven jaar in coma gelegen. Zelfs als hij zijn zoon kende – en dat doet-ie niet – hoe kan hij dan ineens voor hem zorgen?'

Hanna staarde haar strak aan en iets in haar ogen veroorzaakte het begin van een paniekgevoel bij Bell. 'Omdat zijn familie machtig is, Bell, en steenrijk. Toen hij in coma lag, kreeg hij de allerbeste zorg die je kunt bedenken – de beste chirurgen, experimentele behandelingen, baanbrekende medicijnen. En vanaf het moment dat hij wakker werd, is er een fortuin besteed aan zijn herstel. Hij heeft acht weken in die specialistische kliniek in Zwitserland doorgebracht, waar hij in feite... heropgebouwd is.' Ze keek somber voor zich uit. 'Hij is nu weer normaal. Hij kan lopen, praten, hardlopen, tillen, dragen, noem maar op, er zijn geen lichamelijke obstakels om hem in zijn eis te belemmeren... En er is geen rechter in het land die hem de toegang tot zijn zoon zal ontzeggen, of dat maar zou durven proberen.' Ze zakte verder onderuit in de stoel, alsof de kussens veiligheid boden.

'O mijn god,' mompelde Bell, die langzamerhand golven van paniek tegen haar ingewanden voelde beuken. 'Weet Linus er al iets van?'

'Nee, niets.' Hanna schudde heftig haar hoofd. 'Ik wilde het bij hem weghouden tot ik de situatie, eh... onder controle had, snap je? Nadat het bezoek aan het ziekenhuis zo slecht was verlopen en die stomme arts...' Ze spuugde de woorden uit, gescheurd, rafelig. 'Ik had haar kunnen aanklagen.'

Bell slikte, want ze herinnerde zich de rampzalige gebeurtenis nog als de dag van gisteren. Ze begreep heel goed waarom Hanna het onderwerp niet meer bij haar zoon had aangesneden.

'Maar ik moet het hem nu wel vertellen. Alles,' snikte ze, wrijvend over haar neusbrug. 'Ik heb geen keus. Zijn vader wil toegang en als ik weiger, gaat hij een zaak aanspannen, zegt hij. Hij zal de allerbeste familierechtadvocaten van Europa inhuren, dus ik maak geen enkele kans. En het komt in de media.'

'Maar als zijn familie zo machtig is, dan zouden ze toch een publicatieverbod kunnen bedingen?'

'Hij wíl juist dat het bekend wordt. Hij is het slachtoffer. Stel je voor hoe het verhaal zal overkomen: de telg van een schatrijke, voorname Zweedse familie wordt wakker na een tragisch ongeluk en een coma en komt erachter dat zijn vrouw het met een andere man heeft aangelegd. Ze zullen in mijn leven met Max gaan graven, onze belastingaangiftes, onze afvalbakken, onze social media... Ze zullen me afschilderen als het onmens dat niet wachtte.'

Bell kromp ineen. Het was een afschrikwekkend vooruitzicht. Ze sloot haar ogen, dacht na en herinnerde zich Linus' angstige reactie in het ziekenhuis. Hoe zou hij reageren als hij hoorde dat die man die zo tekeerging, die hij had horen razen en schelden en vloeken, toch zijn echte vader was? En dat die onbekende vader wilde dat Linus voor de helft van de tijd bij hem kwam wonen? 'Oké, nou, dan zul je een compromis moeten vinden. Als vader heeft hij vanzelfsprekend rechten, dus Linus moet de waarheid te horen krijgen en ze moeten weer aan elkaar worden voorgesteld. En nu op een goede manier.'

'Dat was ook mijn intentie, en ik dacht dat hij ermee zou instemmen. Hij wist dat zijn volgende kennismaking met Linus beter zou moeten verlopen, gezien het desastreuze verloop van het bezoek in het ziekenhuis. Hij was zélf degene die hun ontmoeting uitstelde. En hij zei dat hij sterk voor hem wilde zijn als ze elkaar écht zouden zien. Hij wilde de vader zijn die Linus zich misschien nog herinnert.'

'Maar Linus herinnert zich hem niet, toch?'

'Nee. Maar dat wil hij niet geloven.' Hanna keek haar recht aan. 'Maar ik weet het niet... Er is dit weekend iets veranderd. Midsommar heeft iets in hem aangewakkerd. Hij stuurde me vanochtend een berichtje waarin hij aangeeft dat het contact met zijn zoon hem lang genoeg is onthouden. Hij heeft al meer dan zeven jaar verloren. Hij wil hem meteen bij zich hebben.'

'Wat?'

Hanna haalde diep adem en haar borst zwol op van ongeloof en wanhoop terwijl ze haar hoofd schudde. 'Hij wil dat Linus bij hem komt wonen... vanaf morgen.'

Bell hapte vol afgrijzen naar adem. 'Mórgen? Maar dat kan niet! Geen sprake van! Die man is een vreemde voor hem!'

'Ik weet het. Ik weet het. Dat heb ik hem ook verteld, maar hij wil niet naar me luisteren. Hij zegt dat hij misschien geen recht op mij heeft, maar wel op zijn zoon.'

'Maar...' sputterde Bell, de gedachten schoten te snel door haar hoofd om woorden te kunnen vormen. 'Hij denkt dus alleen aan zichzelf, vraagt zich niet af wat het beste is voor Linus.'

'Dat weet ík, dat weet jíj... maar híj niet! Hij denkt dat het genoeg is dat hij weer kan lopen en praten. Ik heb tegen hem gezegd dat er meer voor nodig is om een vader te zijn voor een kind dat zich hem niet herinnert... dat niet eens van zijn bestaan afweet.' Ze begon weer te snikken. 'O god, hoe moet ik Linus dit allemaal vertellen? Wat kan ik tegen hem zeggen? Die dag in het ziekenhuis raakte ik in paniek, waardoor ik tegen hem heb gelogen.'

Bell keek naar beneden en herinnerde zich hoe boos ze die dag op Hanna was geweest. Ze had het slecht aangepakt, een fout gemaakt en nu... nu werd ze er opnieuw mee geconfronteerd, moest ze haar zoon een waarheid vertellen die niet langer te ontkennen viel. Zou hij haar de leugens en dubbbelhartigheid vergeven? Was 'paniek' een geldig excuus tegenover een jongetje dat net zonder het te weten was voorgesteld aan zijn eigen vader? Een half jaar geleden leek het vertellen van die waarheid een onmogelijkheid, maar nu was het allemaal anders. Erger. Nu was de onthulling van de identiteit van zijn echte vader nog niet eens het grootste probleem, maar het feit dat Linus moest gaan wónen bij de onbekende man die hem de stuipen op het lijf had gejaagd.

Ze staarde de avond in en probeerde haar eigen paniekerige gedachten te kalmeren. Er zwommen twee zwanen langs op het inktzwarte water, schitterend in al hun verhevenheid, maar ze zag alleen maar het jongetje voor zich dat verderop in een kamer lag te slapen zonder enig idee te hebben welke radicale wending zijn leven de komende ochtend zou nemen. 'Oké, luister,' zei ze langzaam. 'We willen hem niet tegen de haren in strijken. We begrijpen allemaal volkomen hoe... wanhopig graag hij op de een of andere manier zijn leven terug wil. Hij weet dat hij jou niet terug kan krijgen, maar Linus is nog steeds zijn zoon en als zijn vader heeft hij rechten. Niemand bestrijdt dat, het is alleen een kwestie van timing. Je moet hem laten inzien dat je hem de toegang niet ontzegt, maar dat je wel graag uitstel wilt zodat Linus aan het idee kan wennen. Het gaat om Linus' welzijn, niet dat van hem. Linus is het kind en wat hij nodig heeft, moet op de eerste plaats komen. Als ouder zal hij dat toch wel begrijpen?'

Hanna schudde moedeloos haar hoofd. 'Hij is ervan overtuigd dat het moeilijker voor hem wordt om hun relatie op te bouwen als wij terug in de stad zijn en de school weer is begonnen. Hij wil de zomer gebruiken om Linus te leren kennen voordat we de woonsituatie formeel gaan regelen binnen het kader van een co-ouderschap.'

'Je bedoelt dat hij deels bij hem en deels bij jullie gaat wonen?'

Hanna knikte.

'Woont hij in Stockholm?'

Hanna lachte smalend. 'Hij heeft overal huizen. Maar ja, Stockholm is zijn thuisbasis.'

'Dus we gaan morgen allemaal terug naar de stad?'

Hanna's ogen flitsten even haar kant op en toen weer naar beneden. 'Nee. Hij is hier voor de zomer.'

Ja, natuurlijk. De hele stad was hier immers. En afgelopen donderdag, toen Hanna hem had opgezocht, toen ze de boot had meegenomen... Dat betekende dat hij relatief dichtbij moest zijn.

'Nou, dat is dan tenminste iets,' zei ze ten slotte, in een poging de zonnige kant op te zoeken. 'In elk geval kan Linus zijn zomer op de eilanden doorbrengen. En als jij steeds bij hem blijft, is het misschien niet zo héél erg.'

'Je begrijpt het niet.' Hanna's stem klonk vlak en mat. 'Ik kan niet met hem mee. Tenzij ik de tweeling achterlaat. En Max.' Ze slikte. 'Hij wil dat ik kies, maar de meisjes zijn nog maar drie. Die zullen het niet begrijpen.'

'Bedoel je dat Linus alléén naar hem toe gaat?' Bells mond vormde een volmaakt ronde, perplexe 'o'. Ze boog zich voorover – dringend, vertwijfeld. 'Hanna, dat kun je niet doen.'

'Ik heb geen keus.'

'Jawel! Laat het maar voor de rechter komen, waag het erop. Je kunt Linus níét bij een volkomen vreemde laten wonen, ook al is hij zijn biologische vader.' Ze stopte even om adem te halen en zag de verslagen uitdrukking op Hanna's gezicht. 'Shit. Wat vindt Max ervan?'

'Precies dat. Hij vindt wat jij vindt. Hij is razend en heeft de hele dag door de telefoon tegen me lopen schreeuwen. Hij zegt dat die klootzak ons maar voor de rechter moet slepen.'

'Dóé dat dan.'

Hanna schudde haar hoofd. 'Geloof me, ik ken mijn echtgenoot. Ik heb dit van alle kanten bekeken en ik heb geen keus. Ik moet hem kennis laten maken met Linus. Als ik weiger, sleept hij me niet alleen voor de rechter, maar loop ik grote kans dat hij voor de volledige voogdij zal gaan, en dat risico kan ik niet nemen. Hij is nu zo woedend op mij dat... ik zal moeten doen wat hij wil om hem niet verder tegen me in het harnas te jagen. Misschien kan ik hem op den duur, als ik hem nu iets geef wat hij wil, laten inzien dat we hieruit kunnen komen en dat hij een gelukkig leven kan leiden náást dat van ons. Met hem meebewegen is mijn enige hoop. Ik weet precies welk onheil hij over ons kan afroepen als hij zijn advocaten groen licht geeft. Ze zullen me kapotmaken.'

Bell snapte er niets van. 'Maar... hoe dan? Ik bedoel, wat valt er op je aan te merken? Je bent Linus' moeder, een uitstekende moeder. Je hebt een carrière opgebouwd, je woont in een prachtig huis, je hebt een liefdevolle partner en een fijn gezin. Wat kunnen ze in godsnaam tegen je gebruiken om hem bij je weg te halen?'

'Ze vinden wel iets.' Hanna staarde voor zich uit.

Bell keek naar haar en voelde haar paniek groeien door Hanna's berusting. Ze was verslagen. Ze zou het laten gebeuren. 'Hanna, luister, ik begrijp dat je bezorgd bent over het mógelijke worstcasescenario van volledige voogdij, maar er ontstaat zéker een rampscenario als je dit laat gebeuren. We hebben allebei gezien hoe Linus eraan toe was toen hij die kamer uit kwam. Dit zou hem emotioneel kunnen beschadigen. Als hij zomaar bij jullie wordt weggehaald, zal hij angstig zijn en nauwelijks weten wat hem overkomt,' zei ze op zachte, rustige toon, voor zover haar dat lukte.

'Vergeet de dreigementen van je echtgenoot, hij probeert je alleen maar te intimideren. Als zijn moeder kun je dit niet toelaten. Linus kan niet in zijn eentje bij die man gaan wonen.'
'Dat weet ik.' Hanna keek haar recht aan.
Bell keek terug en wachtte op meer. Dus wat nu?
'Daarom wilde ik met je praten, Bell. Linus is dol op je. Hij houdt van je. Hij voelt zich veilig bij jou...'
O god. Plotseling realiseerde ze het zich: dit was het 'maar' waar ze aan het begin van dit gesprek op had zitten wachten. 'Je wilt dat ik met hem meega?'
'Als begeleidster. Als iemand van wie hij houdt en die hij voor honderd procent vertrouwt.' Hanna knikte, de wanhoop zichtbaar in haar ogen, haar mond een smalle streep van bittere droefheid. 'Jij bent de enige die ik het kan vragen, Bell. De enige die we vertrouwen.'
Bell slikte. Dit hele idee stond haar tegen, de gedachte aan die man en wat hij wilde. Hij was ook een slachtoffer, dat begreep ze, maar hij zette het welzijn van zijn zoon op het spel met zijn eis, liet zijn eigenbelang voorgaan. Snapte hij dat niet?
'Dat zou ook betekenen...' Hanna klonk weer weifelend en Bell zette zich schrap, want ze vroeg zich af wat er nog méér kon zijn. Wat kon deze situatie in vredesnaam nog erger maken? 'Ik vrees dat het ook zou betekenen dat je de hele zomer hier blijft. Geen weekends in de stad. Linus zou je hier de hele tijd nodig hebben.'
Geen enkele dag vrij? Bell zou haar eigen leven de hele zomer lang in de wacht moeten zetten? Ze kon de reactie van haar vrienden nú al horen.
Hanna slaakte een kreetje toen ze haar gezichtsuitdrukking zag. 'Bell, het spijt me enorm dat ik je dit vraag! Maar ik heb al een nieuw salaris voor je onderhandeld – het driedubbele van nu. Geld is voor hem totaal onbelangrijk. Hij wil elk bedrag neerleggen zolang hij Linus maar bij zich kan hebben.'
'Het gaat me niet om geld,' mompelde Bell, die de andere kant op

keek en tegenstrijdige gevoelens had. Ze had plannen – het festival in Kroatië, een uitstapje naar Kopenhagen met Tove...
'Dat weet ik. En ik weet ook dat ik het recht niet heb om je te vragen je hele zomer voor ons op te geven. Maar het gaat om mijn kind.' Haar stem brak weer, de woorden gebarsten en schor. 'En ik weet dat jij ook van hem houdt. Als jij ons niet helpt, weet ik niet wat ik nog kan doen. Alsjeblieft, Bell.'
Bell keek haar aan en voelde de kracht van de radeloosheid van een moeder. Ze was sowieso al niet goed in nee zeggen. En vandaag was niet de juiste dag om daarmee te beginnen.

# 13

Hij opende de luiken en keek uit over de brede gazonstrook. Hij kon nog net de zee zien flonkeren door de smalle stammen van de elzenbomen. Het water was vanochtend nachtblauw en het lichte briesje kwam uit het zuidwesten. De bloemen wiegden en knikten in hun perkjes en er floot een boomklever in de esp. Ingarso, zijn toevluchtsoord op het eiland, had er nog nooit zo mooi uitgezien en hij voelde een verwachtingsvolle huivering, alsof het een teken was dat de natuur, het universum, vandaag aan zijn kant stond.

Hij draaide zich om en zijn blik viel op zijn eigen schaduw in de zonnige rechthoek op de houten vloer. Die was lang en dun, met nog iets van de kluizenaar in de harde lijnen en hoeken. Was hij voldoende veranderd? Zag hij er nog uit als die razende man in dat ziekenhuisbed? Zou zijn zoon weer van hem weg willen vluchten? Hij sloot zijn ogen en herinnerde zich het goudkleurige haar van de jongen – met de kleur van zijn moeder, maar de krullen kwamen van hem. En die ogen – groen, helder, zoals die van hemzelf…

'Goedemorgen, meneer.'

Hij keek op. Måns droeg zijn ontbijt naar binnen op een dienblad. Zijn grijzende haar was nu sneeuwwit, de kaarsrechte rug verzacht tot een enigszins gebogen houding in de zeven jaren dat hij 'weg' was geweest – zoals de familie het noemde – en zijn hand trilde tegenwoordig licht, maar hij bleef de man die hij zijn hele leven had gekend, kalm en onverzettelijk. Betrouwbaar. Altijd op zijn hand. Alles ziend maar erover zwijgend. De discretie en onverstoorbaarheid zelve. Hun eerste woorden tegen elkaar, na zijn thuiskomst, waren gegaan over de vraag of hij zijn koffie nog steeds met suiker dronk.

'Alweer een mooie dag, meneer.'
'Ja hè?' antwoordde hij, en hij liep het zonnige deel van de kamer uit, terug naar de koelte. Hij en Måns waren de enige dingen in dit huis die veranderd waren. De muren hadden lambriseringen en waren nog steeds zacht parelgrijs, zoals in zijn kindertijd, het steenrode rieten bankje, met rood linnen bekleed, stond nog steeds tegen het voeteneinde van het bed, de sombere olieverfschilderijen van August Strindberg – die hij als tiener graag zou hebben vervangen door posters van Green Day – hingen nog steeds tussen de simpele kristallen wandkandelaars. Hij staarde naar Måns' gepoetste schoenen op het vloerkleed terwijl hij het dienblad neerzette. Er zat een kleine rode vlek in het kleed; het zag eruit als een bloedvlekje, maar hij wist dat het dat niet was. Hij wist precies wat het was en hoe het was ontstaan – een vossenbes die op de knie van zijn jeans mee naar binnen was gekomen nadat hij toen hij zeven was in de tuin had gespeeld. Zijn ogen gleden over het lichte, gestreepte kleed, op zoek naar andere tekenen van lang vergeten momenten – de gemorste koffie nadat zijn vader op een legosteentje was gestapt en struikelde, het kleine brandplekje van de sigarettenas van zijn moeder toen ze hem welterusten kwam wensen voor een feest, Nina's make-up waar ze gekruist op de vloer had gezeten en zich opmaakte terwijl hij vanaf zijn bed toekeek hoe zij haar middernachtelijke ontsnapping via zijn raam (omdat hij, anders dan zij, een kamer boven de veranda had) voorbereidde, haar eigen bed vakkundig met kussens gevuld. Ze had dat jaar vaak een leren jasje aangehad, grijs, met siergespjes. Het was merkwaardig, bedacht hij, kijkend naar de onschuldige vlekken onder de voeten van hun huisknecht, hoe grote delen van zijn geheugen hardnekkig leeg bleven en andere fris en sprankelend waren als de ochtenddauw van vandaag.

Hij keek hoe Måns het dienblad neerzette op zijn gebruikelijke plek – op het bureau, dat nu niet meer zijn kinderlijke krabbels en notities herbergde. Hij staarde naar het bord: ham, honing, brood, abrikozencompote. Als jongen had hij alleen toestemming gehad om in zijn kamer te eten als hij ziek was, en het voelde nog steeds vaag alsof het niet hoorde dat hij hier zijn ontbijt liet komen. Maar hij wilde de energie van dit vertrek nog één keer absorberen voor zijn kind zou komen. Hij had zo'n groot gedeelte van de kindertijd van zijn zoon gemist – hoe kon hij zich met hem verbinden behalve door zich de jongen te herinneren die hijzélf was geweest, toen hij deze kamer bewoonde?

Zijn mond was droog en hij liep door het vertrek om het handgeperste sinaasappelsap in één teug op te drinken. Hij was misselijk van de zenuwen en had amper geslapen. Deed hij hier wel goed aan?

'Ik denk dat hij het hier heel fijn zal vinden, meneer,' zei Måns, die zijn gedachten las terwijl hij een van de luiken helemaal openduwde zodat het plat tegen de muur hing.

'Denk je dat echt?'

'Absoluut.'

'Ik ben bang dat er niet genoeg… gadgets zijn.' Zijn blik gleed over de boekenkasten, de planken vol legpuzzels, bordspellen, bouwdozen… Een oud vliegtuigje van balsahout, handbeschilderd met rode stippen, rustend op één vleugel boven op de kast. Een leren backgammonbord stond klaar met de schijven erover verdeeld alsof een spelletje tijdelijk onderbroken was. Wifi leek op de wereld de belangrijkste levensbehoefte te zijn geworden tijdens zijn afwezigheid. Niet olie of water. Maar bandbreedte, 4G, downloadsnelheid… Deze dingen waren niet gemakkelijk te realiseren op een veredelde rots in de Oostzee. Toen hij ernaar informeerde werd er gesproken over kabels die over de zeebodem zouden worden gelegd, wat hem… overdreven in de oren klonk.

'Misschien niet, maar zelfs tienjarige jongens verwachten tijdens de zomer in de archipel geen gadgets aan te treffen.'

Hij pakte de rode Nintendo die ooit zijn eigen kostbaarste bezit was geweest. 'God, ik was hier weg van op zijn leeftijd. Ik denk dat als ik had moeten kiezen tussen dit ding en de hond...' Zijn vingers bewogen over de knopjes, het spiergeheugen deed zijn werk. 'Doet deze het nog?'

Måns kwam met uitgestoken hand naar hem toe en nam de Nintendo van hem aan. Hij drukte één, twee keer op de knoppen, maar het schermpje bleef donker. 'Ik zorg er wel voor dat hij het weer gaat doen.'

Hij verstarde en voelde de spanning weer stijgen. 'Hij komt over twee uur. Tien uur, heeft ze gezegd. Alles moet perfect in orde zijn.'

'Zeker, meneer. Ik ga hier meteen werk van maken.'

Måns' voetstappen stierven zacht weg over de brede, oude planken. Hij liet zich zakken op de harde bureaustoel en wilde dat het wachten voorbij was. Hij had het gevoel dat hij continu in de wacht stond, dat hij altijd wachtte tot iemand anders ergens welwillend op reageerde of voor hem verscheen. Hij was overgeleverd aan de genade en de grillen van het universum. Zeven jaar lang had hij zelfs geen controle gehad over zijn eigen lichaam, zijn eigen óógleden. Kon hij de ontmoeting met zijn van hem vervreemde zoon wel in goede banen leiden? Wat zouden ze doen? Of zeggen?

Híj was de vader, hij was degene die het ijs moest breken. Hij ging in gedachten het programma voor de dag weer na, oefende zijn rol, de dingen die ze zouden doen, de dingen die hij zou zeggen. Niets was aan het toeval overgelaten. Måns was grondig geweest, zelfs naar zijn hoge maatstaven. Hij keek weer rond in zijn oude slaapkamer in een poging een glimp op te vangen van zijn eigen geest als jongetje, probeerde te voelen wat hij ooit had gevoeld, te kijken met de nieuwsgierige, open blik van een kind, een optimistisch, onbeschreven blad dat ervan uitging dat goede mensen goede dingen overkwamen.

Maar de kamer bleef leeg en stil. Onbewoond. Lang geleden verlaten. Om iets anders na te jagen was een zinloze oefening in hoop boven ervaring, want als het leven hem íéts had geleerd, was het dat er van alles kon gebeuren. Dat het lot wispelturig en wreed was. En dat je niemand kon vertrouwen.

Ze waren veelzeggend stil in de boot ernaartoe, Hanna aan het roer, Bell en Linus op de bankjes, hun reistassen aan hun voeten, de tweeling in hun zwemvesten gehuld. Normaal zat Linus aan de rand met zijn kin op de ene hand terwijl de andere door het zijdeachtige water streek, maar vanochtend hield hij zijn lichaam klein en stil, in een gesloten houding, als het ei van een roodborstje in een reuzenvuist.

Hij had de waarheid nog maar twee uur geleden te horen gekregen, tijdens het 'speciale ontbijt' dat zijn moeder voor hem had klaargemaakt. Bell had zich discreet teruggetrokken in het washok, waar ze de beddenlakens vouwde terwijl Hanna hem met stokkende stem uitlegde dat niet Max zijn echte vader was, maar de man die in het ziekenhuisbed had gelegen. Ja, die heel erg wild en raar had gedaan. Maar hij was nu beter en die niet-langer-rare man wilde dat Linus deze zomer een paar weken bij hem zou komen logeren. En die paar weken zouden nu beginnen. Over twee uur.

Er had een traan over haar wang gegleden toen ze zijn verbijsterde reactie hoorde: 'Wat? Waarom? Moet ik echt? Ik wil niet.' Maar erger nog waren de stiltes geweest, die van elkaar verschilden alsof ze in wisselende kleuren werden geschilderd: geschokt. Onthutst. Angstig. Boos. Bitter. Verslagen.

Bell had grotendeels dezelfde gevoelens, maar zij was tenminste een volwassene. Zij had de keuze dit te doen – of niet. Het was slechts het feit dat Linus zo overduidelijk géén keus had, dat haar had overgehaald. Hoe kon ze hem dit in zijn eentje laten doormaken?

Hun drie gestalten oogden zo stijf als schaakstukken zoals ze in stilte voortgleden. Het water was glad als een spiegel en vlak boven het oppervlak zweefden lange linten van een ingetogen mist. De eilanden van de archipel lagen rondom als grillig getande stroken, de dennenbossen een scherp smaragdgroen in het midzomerlicht. Het geplons van kajakpeddels verbrak de stilte en er lagen al mensen languit op de rotsen.

Bell zag een paar ringelrobben zonnebaden op de gebleekte rotsen van Dead Man's Bones aan hun rechterhand, 007 lag vóór hen. Ze tuurde, zoals ze altijd deed, door de smalle openingen van de beboste kust, hopend op een glimp van het paleisachtige landhuis dat naar verluidt ergens midden op het eiland lag, verborgen voor spiedende ogen. Maar ze zag alleen maar een rotsig pad dat door de bemoste glooiing kronkelde. Bovendien had ze vandaag helemaal geen zin om te speculeren over intriges. Ze richtte haar lusteloze blik dus maar op een reiger die bewegingloos op een ondiepe plek stond, de vleugels samengevouwen, de puntige snavel als een gouden dolk die elk moment de genadeklap kon uitdelen. Ze zag dat de rotsen op het strand bedekt waren met gele sedum, als duizenden gevallen sterretjes. Ze merkte pas dat ze het eiland steeds dichter naderden toen Hanna de motor uitschakelde en naar de steiger voer.

Hier? Hij woonde híér? Het eiland vlak tegenover dat van hen? Was dit een grap of zo? Ze keek achterom naar Hanna – dit kon toch niet waar zijn? – maar haar werkgeefster keek langs haar heen, want ze bereidde zich voor om aan te meren. Ze keek naar Linus en zag dat zijn gezichtsuitdrukking overeenkwam met die van haarzelf – met open mond en vol ongeloof. Zijn vader woonde hier, op 007? Híj was Dr. No?

Ze schonk hem de bemoedigendste glimlach die ze kon opbrengen, hoewel ze – door wat Hanna haar had verteld over zijn dreigement dat hij Linus bij haar zou weghalen – al wist dat hij in alle opzichten de schurk was die Bell en de kinderen zich de vorige zomer in hun rollenspellen hadden voorgesteld.

Ze voelde haar twijfels weer opspelen. Dit was verkeerd. Een kind dwingen om bij een volslagen onbekende te gaan wonen, alleen maar om tegemoet te komen aan de kuren van een tekortgedane rijke man? Alle sympathie die ze misschien nog voor hem had was als sneeuw voor de zon verdwenen.

Hanna meerde de boot af, gooide het touw over de bolder en draaide het er een aantal keren omheen. Ze bewoog met een starre, grimmige efficiëntie. Ze durfde amper een blik op haar zoon te werpen, vermeed het stille smeken in zijn ogen, zijn wens om haar met zijn blik te dwingen van gedachten te veranderen.

Ze stapten de steiger op, precies op het moment dat een paar benen vanuit de schaduwen tussen de bomen door verscheen, snel en vastberaden voortbewegend. Was hij dat? Ze zag dat Hanna haar rug rechtte, Linus' reistas in haar hand, geduldig wachtend alsof ze alleen maar op een taxi stond te wachten.

'Mevrouw Mogert?' De man bleef voor haar stilstaan. Hij leek eind dertig tot midden veertig te zijn en droeg een donkergroene waterproof broek en een poloshirt in dezelfde kleur. Hij zag er eerder uit als een tuinman dan een... wat hij ook mocht wezen. Een bewaker? 'Sta me toe die voor u te dragen. Wilt u mij volgen, alstublieft?'

En met de reistas in zijn hand liep hij terug naar de bomen zonder Linus ook maar een blik waardig te gunnen. Hanna staarde naar zijn rug met een uitdrukking die Bell niet kon duiden, maar wel kon voelen. Na enige aarzeling pakte ze de handen van de meisjes en volgde hem over het pad. Linus liep achter haar aan, stijfjes met zijn armen zwaaiend als een speelgoedsoldaatje, het lijdzame lot van de gevangene ondergaand.

Bell stak haar arm uit terwijl hij langsliep en nam zijn hand in de hare.

'Klaar voor het avontuur?' zei ze met een knipoog en een geforceerde monterheid die ze niet voelde. Omwille van hem moest ze in deze akelige situatie een positieve noot zien te vinden.

Hij knikte onzeker. 'Je laat me hier niet alleen achter, hè?'

'Dat zweer ik je,' zei ze plechtig. 'Nou, kijk maar uit voor de rottweilers, oké?'

Hij keek verbaasd maar er verscheen een klein lachje op zijn gezicht. 'Als jij uitkijkt voor de sluipschutters en voetklemmen.'
'Afgesproken,' zei ze met een gedecideerd knikje, en ze begon te lopen.

Ze baanden zich een weg door het beboste gedeelte, door diepe schaduwen en plotselinge poeltjes licht, waar de zon als een speels elfje over hun gezichten schoot. Voor hen keuvelden de meisjes als twee kwieke vogeltjes. Om de paar meter stopten ze om een bloem te bewonderen of een mooie rechte tak op te pakken die zou kunnen dienen als toverstaf. Hanna liep zwijgend achter hen, zich niet bewust van hun spel. Haar bleke benen schreden over de rotsige grond, rank als de berkenstammen, tot ze na een paar minuten het bos uit stapte en samen met de meisjes bleef staan, badend in het felle licht. Bell en Linus voegden zich een ogenblik later bij hen en vergaapten zich aan het uitzicht.

Het was adembenemend, maar helemaal niet wat ze van 007 had verwacht. Het was geen toonbeeld van perfectie – met keurig in vorm gesnoeide buxus – maar eerder een ouderwetse tuin van het type dat uit de mode leek te zijn geraakt. Zo'n lapjesdeken, een tikje rommelig, was iets wat je in dit landschap net zomin zou verwachten als een giraf op een ijsberg. Klaver, madeliefjes en boterbloemen bespikkelden het gras, er stonden wat verdwaalde hoge bomen, en de oude borders vormden een overvloedige mengelmoes van kleur, met vlinders die afkwamen op Afrikaanse lelies en vlinderstruiken, met torens van frivole ridderspoor, knikkend in de zachte bries, en met roze en gele rozen die langs trellisschermen omhoogklommen. Er bungelde een oude eikenhouten schommel aan dikke scheepstouwen van zo'n vier meter lang.

Het lange, glooiende gazon werd omringd door het dichte bos, zodat de tuin en het huis werden beschermd tegen nieuwsgierige blikken vanaf de passerende boten. Het huis paste bij de tuin als handschoenen bij een jas – een breed buitenverblijf van twee verdiepingen, met een zuilenportiek in het midden, een mansardedak en een rij van zeven grote rechthoekige ramen. Het had een voorname uitstraling, maar was toch te herkennen als een eilandhuis door de verticaal gegroefde houten wanden die zo typerend waren voor de huizen in de archipel. Die waren gewoonlijk bruinrood (en veel kleiner) terwijl dit huis een sappige mandarijntint had. Het was geen schuilplaats voor een Bondschurk. Dr. No had nog niet dood gevonden willen worden in een oranje huis. Het was te... vrolijk.

Bell wilde dat ze het niet mooi vond. Ze zou het allemaal lelijk willen vinden – het elegante huis met zijn ietwat verouderde stijl, de betoverende, licht verwilderde tuin. 'Het zal niet meevallen om op dat gazon te voetballen,' mompelde ze tegen Linus.

'Nee, ik zie het,' fluisterde hij terug.

'Dus ik mag heuvelafwaarts spelen.'

'Dat is niet eerlijk!'

'Jawel hoor. Ik ben veel ouder dan jij. Jij hebt je jeugdige leeftijd mee.'

Hij keek haar met samengeknepen ogen aan, wilde zich verliezen in hun spel, maar aan de flikkering van angst in zijn blik zag ze dat ook hij zich stoerder voordeed dan hij zich voelde.

Hanna sloeg hen gade met een kleine frons in haar voorhoofd, verwonderd door hun rollenspel. Ze hurkte neer naast Linus, met haar knieën in het koele gras. 'Zie je hoe prachtig het hier is, lieverd?'

Linus knikte aarzelend.

'Dit is het huis van je vader. Dus ook dat van jou. Dit is allemaal van jou, is dat niet heerlijk?' Hij staarde haar aan. 'Je kunt in deze tuin spelen. Er is geen enkel ander eiland in de archipel met zo'n tuin, wist je dat? Niet één. Je gaat het enorm naar je zin hebben. En je kunt over de rotsen klimmen, het verborgen strand zoeken...'

'Het verborgen strand is híér?' zei hij ademloos.

'Ik wil naar het verborgen strand!' merkte Elise op, maar Bell legde haar het zwijgen op met een vermanende blik die voor de verandering effect had. De meisjes begrepen instinctief dat alles vandaag anders dan anders was. Dat dit niet zomaar een boottochtje was, niet zomaar een eiland, niet zomaar een tuin...

Hanna knikte langzaam. 'Papa deed alsof hij het was vergeten, omdat dit eiland privébezit is en je er niet mocht komen. Maar nu kan dat wel.'

'Waar is het dan?'

Ze glimlachte. 'Geloof me maar, je vindt het wel. De Sovjets hebben hier in de Tweede Wereldoorlog per ongeluk een bom laten vallen toen ze op weg waren naar een testgebied, en bam! Zo ontstond het verborgen strand. Het is vanaf de zee niet te zien. Daarom weet verder niemand ervan. Alleen de mensen die het geluk hebben gehad hier te verblijven.'

Zijn interesse was gewekt – toch nog iets Bond-achtigs – en Hanna's gezicht lichtte even op door zijn gezichtsuitdrukking. 'De zoektocht ernaar wordt hartstikke leuk.'

Daar was Bell niet zo zeker van. Hoe kon een strand nou verborgen zijn? Het was niet bepaald iets wat je als sokken onder een bed kon wegmoffelen.

'Geloof me, je zult het hier vast heel fijn vinden,' ging Hanna verder, maar haar stem klonk nu gesmoord. 'Het was altijd al de bedoeling dat je in deze tuin zou spelen, lieverd. Toen je nog een baby was, dacht ik er al aan hoe geweldig het voor je zou zijn om dit eiland als grote jongen van tien te gaan verkennen. Je bent een geluksvogel.'

Als haar stem bij dat laatste woord niet in duizend stukjes was gebroken, zou haar uiteenzetting overtuigend geweest kunnen zijn. Maar Linus sloeg zijn armen om haar nek. 'Ik wil geen geluksvogel zijn. Ik wil bij jou blijven.'

In een gekweld zwijgen hielden ze elkaar met dichtgeknepen ogen stevig vast. 'Je komt snel weer bij mij, lieverd. Heel snel. Beloofd.'

Bell nam de eerste tranen waar en zag dat Hanna snel haar zonnebril van haar kruin voor haar ogen trok terwijl ze Linus losliet. Ze probeerde zich te vermannen, keek weer naar het huis en viel stil toen ze daar iemand naar hen zag staan kijken. Bell volgde haar blik. Er stond een man met wit haar, Linus' reistas stond naast hem.

Ze keek hoe Hanna zich weer tot haar zoon wendde. Er was nu iets anders te zien aan haar gezichtsuitdrukking. 'En in de tussentijd heb je Bell. Zij blijft de hele tijd bij je. Je zult hier niet alleen zijn. Bell zal voor je zorgen, net als altijd.'

Linus knikte, zijn groene ogen flitsten tussen hen heen en weer, maar richtte zijn blik toen weer op zijn moeder. 'Beloof je dat je terugkomt?'

'Ik zal me door niets laten tegenhouden.' Ze forceerde een glimlach die niemand overtuigde. 'Nou, ga maar naar het huis, dan zal Måns zich om jullie bekommeren.'

'Wie is Måns?'

'Een heel aardige man die zal helpen voor je te zorgen.'

'Ga jij niet mee?' Deze keer was het Linus' stem die trilde.

'Vandaag is het beter als ik jullie hier achterlaat. Maar ik kom je opzoeken, dat beloof ik. Ik ben aan de overkant, vergeet dat niet.' Hanna stond weer op. 'Nou, ga dan maar. Wees lief voor Bell. En voor je papa.'

Linus keek haar aan en trok zijn schouders op als een hoge golf in de oceaan nu er een storm van ongrijpbare emoties door hem heen rolde. 'Wat als hij weer gaat schreeuwen?'

Hanna opende haar mond, maar de woorden bleven steken.

'Dan schreeuwen wij terug,' zei Bell resoluut. Ze pakte zijn hand weer en wierp hem de licht ironische blik toe die hij van haar kende.

Linus keek geschokt. 'Dat kunnen we niet doen.' Hij keek zijn moeder aan. 'Toch?'

'Het zal niet nodig zijn. Je vader was toen ziek, maar het gaat nu goed met hem. Let maar op.'

Bell trok hem liefhebbend mee. 'Kom. Ik wil onze kamers weleens zien.'

'Echt?'

Nee. 'Absoluut,' zei ze en ze stak haar kin de lucht in. 'Ik hoop dat ik zo'n bed heb dat kan ronddraaien.'

Hij knikte, alsof dat inderdaad wel leuk zou zijn. 'Ik wil een observatorium.'

'Nou, wie weet,' zei ze met een zucht. 'Heb je gezien hoe gróót het huis is?'

'Hopelijk zijn er doorkijkspiegels.'

'Laten we het hopen,' zei ze instemmend. Ze liepen over het gras en vertrapten daarbij onvermijdelijk wat madeliefjes. De grond veerde onder hun voeten. 'Denk je dat ze hier cheeta's houden?'

Hij keek haar aan. 'Waarom cheeta's?'

'Waarom niet?' Ze haalde haar schouders op. 'Misschien kan je vader heel hard rennen.'

'Hij heeft zeven jaar in coma gelegen.'

'Des te meer reden om te gaan rennen nu hij weer wakker is.'

Linus gniffelde. 'Volgens mij ben jij een beetje gek, Bell.'

'Daar zou je weleens gelijk in kunnen hebben, Linus,' zei ze grijnzend.

Ze waren nu bijna aan het eind van het gazon, nog maar een paar meter verwijderd van de witharige man. Hij had geen spier vertrokken. De reistas stond nog naast zijn voeten.

Linus schrok een beetje van zijn plotselinge nabijheid en draaide zich om. Hij realiseerde zich dat hij even afgeleid was geweest en zijn moeder en zusjes bij de bomen had achtergelaten. Maar ze waren er niet meer. Er hupte alleen een konijn door het gras, zijn oren achterwaarts gericht terwijl hij aan een paardenbloem begon te knabbelen.

Bell gaf een kneepje in zijn hand en zorgde ervoor dat hij haar aankeek. Ze schonk hem de langzame blik die ze soms wisselden op het speelplein als hij niet wilde dat ze hem een knuffel gaf waar zijn vriendjes bij waren.

'U bent Isobel?' vroeg de man haar na een ogenblik.

Ze draaide zich naar hem om en greep Linus' hand steviger vast, hoewel ze niet wist of ze dat voor hém of voor zichzelf deed. Ze wist alleen dat ze dit kind tegen deze mensen moest beschermen. 'Ja. Maar noemt u me alstublieft Bell.' Haar stem klonk beleefd maar strak, haar blik was staalhard.

Tot haar verbazing waren de ogen die terugkeken heel vriendelijk. 'Ik ben Måns, de huisknecht van de heer Von Greyers. En jij bent vast en zeker meneer Linus?'

Linus staarde hem aan. Hij leek in zijn afgeknipte jeans en sportschoenen uit een andere tijd afkomstig te zijn dan het statige oranje huis en het keurige kostuum van de huisknecht. 'Prettig kennis te maken.' Zijn stem klonk mechanisch en hij keek alsof hij het liefst wilde wegrennen.

'Heel prettig om met jou kennis te maken, jongeman. Iedereen is opgetogen dat je bij ons komt logeren. Willen jullie mij alstublieft volgen?'

Ze staarden hem allebei een moment lang aan, beduusd door het warme welkom. Bondschurken hadden geen vriendelijke oude huisknechten als sidekick. En geen oranje schuilplaats.

Ze volgden hem het huis in. Het was binnen meteen koel en schemerachtig. De lichtheid van de dag viel in lange stroken door de grote ramen. Ze keken allebei om zich heen. Ze zagen een reeks met elkaar verbonden, open zitkamers, hoge plafonds en oude, versleten parketvloeren. Er leek niet veel meubilair in te staan, maar de meubels die er stonden – stoelen met spijlen, kasten met langwerpige ruiten in de deuren, staande klokken – waren heel oud, grotendeels verbleekt en in oude gustaviaanse stijl, met een barok cachet dat totaal verschilde van de moderne, minimalistische inrichting bij de Mogerts. Bell had het idee dat ze door stof in het licht heen moest turen, hoewel het er duidelijk smetteloos was. Alles was gedempt, getemperd, alsof er een sluier van stilte over het dak was gehangen, in scherp contrast met het heldere, bijna schreeuwerige interieur. Ze probeerde zich Linus hier rondrennend voor te stellen, maar dat lukte niet. Het was niet zozeer dat het voornaam was, maar eerder dat het frivoliteiten op de een of andere manier leek af te keuren.

Ze haalden Måns weer in op de trap – wat niet moeilijk was – en stapten langzaam achter hem aan terwijl hun ogen nerveus over de donkere olieverfschilderijen aan de muren en de kristallen lampen aan het plafond zwierven. Hun handen gleden over de gepoetste elliptische trapleuning. Ze wisselden een zwijgende blik, hoorden elk kraakje van de vloerplanken en voelden zich klein door de grootschaligheid van het huis. Bell had het gevoel dat ze erdoor werden opgeslokt.

De bovenverdieping leek iets huiselijker te zijn, maar dat was een kwestie van verhouding – misschien waren de plafonds er een halve meter minder hoog? Er stonden wel meer meubels, waardoor de ruimte werd aangekleed en het eerder een huis leek dan een museum – er lagen kleden op de vloeren en er stond een antiek houten hobbelpaard te glimlachen.

Måns liep naar een gesloten deur aan het einde van de gang. 'Meneer Linus, je krijgt de slaapkamer waar je vader als kind sliep. Dat is zijn uitdrukkelijke wens. Alles is nog precies zoals het was, inclusief al zijn oude speelgoed.'

Bell trok een vragende wenkbrauw op, maar zei niets. Het was duidelijk dat noch Måns, noch zijn werkgever verstand had van kinderen. Die wilden nieuw en tech, oude Action Man-figuren – of waar die vent als kleine jongen ook mee had gespeeld – zouden zijn zoon-tegen-wil-en-dank niet plezieren.

'Je vader is daarbinnen, hij wacht op je.' Måns wachtte even, alsof hij op het punt stond nog iets te zeggen, maar hij leek zich te bedenken, wendde zich af en klopte op de deur.

Er kwam geen antwoord, maar hij deed de deur toch open en ging naar binnen. 'Uw gasten, meneer.'

Bell en Linus keken elkaar aan terwijl ze even op de drempel bleven staan. 'Gaat het?' zei ze amper hoorbaar.

Hij knikte, maar ze zag de spanning in zijn omlaaghangende mondhoeken. De man die ze op het punt stonden te ontmoeten had tegenover de moeder van dit arme kind gedreigd met een rampzalige rechtszaak, de publieke schandpaal en het verlies van de voogdij. Hoe kon ze hier een positieve draai aan geven?

Ze boog haar hoofd naar hem toe en sprak zachtjes. 'Vergeet niet dat hij je vader is en dat hij van je houdt. Er is iets naars met hem gebeurd en hij is er lange tijd slecht aan toe geweest, maar nu wil hij je alleen maar graag leren kennen. Meer niet. En ik blijf de hele tijd bij je.'

'Beloofd?' fluisterde Linus.

'Absoluut,' fluisterde ze terug met een hand op haar hart. Ze greep zijn hand steviger vast en nadat ze diep adem hadden gehaald, liepen ze samen naar binnen.

Måns stond roerloos in het midden van de kamer. Zijn lange schaduw in het licht van het raam flatteerde zijn licht gekromde houding.

'Waar is hij?' vroeg ze hem, kribbiger dan ze had bedoeld.

De oude man keek haar verward en verbijsterd aan. Ze vermoedde dat deze gevoelens voor hem ongebruikelijk waren; hij had een zeer beheerste en capabele uitstraling. 'Het spijt me, juffrouw Bell. Ik heb geen flauw idee.'

# 14

De dag ging rustig voorbij. Letterlijk. Hoewel Bell en Linus sliepen en fluisterden om de nieuwe woonomgeving niet te verstoren, leek het huis om hen heen te ademen. De verhalen van andere mensen leken in elk schilderij, elk tafelblad en elke stoel verborgen te liggen. Er waren maar weinig foto's van de familie die dit huis vijf generaties geleden had laten bouwen en sindsdien bewoonde, maar de foto's die er wél stonden of hingen, waren oude zwart-witplaatjes van taferelen uit een ver verleden. Met zijn tweeën tuurden ze naar onbekende gezichten, probeerden ze iets van Linus' gelaatstrekken terug te vinden in het vage koppie van een jong meisje dat tegen de zon in keek, zijn loopje in de benen van een jongen die wegliep van de camera, zijn blik in de ernstige frons van een oudere man die viste vanaf een boot.

Måns' gegeneerde mededeling dat ze vooral moesten doen alsof ze thuis waren terwijl hij op zoek ging naar de afwezige heer des huizes – tevens vader – hield niet in, dachten ze zeker te weten, dat er geskateboard mocht worden door de lange, vlakke gangen, hoewel Linus en zij elkaar wel even hadden aangekeken met die gedachte.

Ze hadden een tijdje in de slaapkamer gezeten – die van haar lag naast die van Linus, al waren ze niet met een tussendeur aan elkaar verbonden – en interesse geveinsd in het oude houten en tinnen speelgoed, dat wel de nodige retrocharme had, maar dat was dan ook het enige. Bell had wat paperbacks uit de boekenkast doorgebladerd terwijl Linus gehoorzaam op de vloer zat te spelen met een oud rood modelautootje, een Corvette, en wat bouwde van de legosteentjes die hij in een doos had gevonden. Ondertussen wachtten ze, zetten ze zich schrap, want elk moment konden ze het geluid van voetstappen in de gang horen en kon de deur opengaan... Maar de minuten werden uren en hun stijve maniertjes waren verzacht. Ze hadden allebei even op het bed liggen dutten, vermoeid door de emotionele impact van de dag.

Uiteindelijk hadden ze uit verveling de kamer verlaten en het huis verkend. Voorzichtig hadden ze kamer na kamer bekeken, waarbij ze steeds op de deur klopten voor ze naar binnen tuurden. Boven waren acht slaapkamers, en het was bijna onmogelijk te zeggen welke werden bewoond en welke logeerkamers voor gasten waren. Ze waren allemaal sober ingericht, alsof meer te bezitten dan strikt noodzakelijk beneden alle waardigheid was.

Haar eigen kamer had een frustrerende charme. Het jute behang was handbeschilderd met klimopranken van verschillende lengte die van het plafond leken te hangen en omlaag te kruipen. Haar bed was lichtgrijs met een hoog hoofdeinde en voeteneinde, en het was opgemaakt met een in een groen-roze hoes gehuld dekbed. Tegen een van de muren stond een grote, lang geleden geverfde kleerkast, die vast en zeker toegang tot Narnia zou bieden. Alles voelde gewichtig, solide en imposant.

Haar kamer bood uitzicht op de 'achtertuin', hoewel ze niet zeker wist of er wel sprake was van een 'voor en achter het huis' aangezien het water aan alle kanten lag. Gasten kwamen waarschijnlijk aan waar ze ook maar aanmeerden, toch? Het gazon lag als een groenfluwelen cape om het huis heen, met hier en daar een border, wat lindebomen die er statig en indrukwekkend uitzagen in vergelijking met de bescheiden slanke berken en dennenbomen in het bos.

Beneden hadden ze een eetkamer – of eerder eetzaal – aangetroffen met een prachtige, witgeverfde ovale tafel die misschien wel plaats bood aan dertig mensen, een bibliotheek, een salon met buitengewoon formele, oncomfortabel ogende houten stoelen, een moderne fitnessruimte met alles erop en eraan, een werkkamer, de keuken, een washok en daarachter, in de donkerste hoek van het huis, een kleine gelagkamer met twee knusse banken en een stapel zeiltijdschriften. Hier leek meer geleefd te worden dan in de rest van het gebouw.

Hun nieuwsgierige gezichten om de deur van de keuken waren opgevat als een teken van honger – en van leven – en kort daarna hadden ze een lunch op het terras geserveerd gekregen door een dame van middelbare leeftijd die een aardbei op de rand van Linus' vruchtensap stak en extra jam op zijn wafels schepte. Naderhand, zich ervan bewust dat ze in het oog werden gehouden door het personeel dat het huis als zwaluwen in en uit schoot, hadden ze liggen luieren op het gazon, 'wat zou je liever' gespeeld en met houten strandbatjes een bal heen en weer geslagen. Van tijd tot tijd stapte Måns het terras op met een dienblad sap of fruit, maar zijn kalme glimlach kon de ongeruste schittering in zijn ogen niet verbergen. Zijn blik bleef naar de schaduwen van de bomen rondom de tuin schieten. De enige route hierheen en hiervandaan. Waar was hij? Het was de vraag waar ze allemaal antwoord op wilden hebben.

Uiteindelijk zeiden ze tegen hem dat ze het eiland gingen verkennen om voor de schemering een indruk te krijgen. Het was een uitputtende dag geweest, in anticlimax geëindigd, en hoewel iedereen aardig was geweest, wist Bell dat ze allebei wat tijd weg van de vreemde ogen nodig hadden voordat ze in dit voor hen nieuwe huis naar bed zouden gaan. Linus' stemming begon te verslechteren, wat je hem niet kwalijk kon nemen. Hij was gefrustreerd en boos over de onverklaarbare verdwijning van zijn vader – net als zijzelf. Het was al erg genoeg dat hij hier tegen zijn wil naartoe was gesleept, maar dat zijn vader vervolgens nergens te bekennen was... Dat was niet alleen arrogant, maar ook beledigend.

Ze verlieten de tuin aan de andere kant van het huis dan vanwaar ze gekomen waren en doken via het smalle kiezelpad – dat in lussen rondom het landhuis leek te kronkelen – het bos in. Na een dag in de zon, zonder dat ze hadden gezwommen, was het fijn om in de schaduw te lopen, en ze slenterden in langzaam tempo door de bomen, hun oren gespitst waar kleine schepsels in de struiken ritselden. Beiden gingen ze op in hun eigen gedachten.

De zee glinsterde tussen de boomstammen door en werd steeds blauwer terwijl zij naderden, waarbij ze takken voor hun hoofd wegduwden, tot ze uiteindelijk de waterkant weer bereikten. Ze keken westwaarts nu ze het eiland in de breedte hadden doorkruist. Korsö was zichtbaar achter het water, en daarachter lag Sandhamn – haar enige verbinding met de buitenwereld. Het was moeilijk te geloven dat daar ferry's kwamen en gingen die mensen mee terug naar de hoofdstad namen, dat er kranten werden verkocht, dat er wifi was, dat er pornstarmartini's en biertjes werden verkocht, dat mensen er seks hadden op boten... Het leek een heel andere wereld, veel verder weg dan slechts tien minuten varen, en ze voelde een plotselinge, felle steek van verlangen naar de zorgeloze zomer die daar zonder haar voortging. Ze had niet eens de gelegenheid gehad om contact op te nemen met Tove en de anderen om ze op de hoogte te stellen van haar nieuwe omstandigheden.

Ze bleven zwijgend doorlopen en Linus' boosheid groeide. Hij sloeg met een stok tegen de boomstammen en trapte tegen bloemen. Het land boog af naar rechts. Ze liepen nog maar een kwartier, maar ze hadden de zee weer in beeld. Ze stopten op de rotsen en zagen een man van de punt van zijn boot duiken, die voor anker lag voor Dead Man's Bones. Ze hoorden de plons duidelijk en zagen dat hij bovenkwam en zijn hoofd met een vreugdevolle kreet achteroverwierp. Maar Linus keek niet naar hem. Ergens achter die boot lag Summer Isle en daar was zijn familie.

'Zin om te zwemmen?' vroeg ze hem, en ze legde een tedere hand op zijn schouder.

Hij schudde heftig zijn hoofd. 'Nee.'

Hij liep weg en bleef met boze, stille reuzenpassen over de gladde, grijze rotsen stappen. De grond was vrij vlak, met wat ondiepe hobbels en kuilen, maar verderop lag een wat steilere helling waarlangs ze hoog genoeg konden komen om de omgeving te overzien.

Ze stopten om het uitzicht in zich op te nemen, maar Linus ging weer op zijn hurken zitten op de warme rots en keek opnieuw in de richting van Summer Isle, als een oude verdwaalde hond die thuis probeerde te komen.
De aanblik brak haar hart.
'Wauw!' fluisterde ze in een poging zijn interesse te wekken. Op deze hoogte, misschien zo'n twintig meter hoger, bevonden ze zich boven de kruinen van de meeste bomen. Het dak van het oranje huis was van hieraf duidelijk te zien en de open plek waar de tuin lag, leek een grote kuil. Ook de vorm van het eiland was beter te onderscheiden – het was een ruig, bijna rechthoekig stuk land met talloze kleine inhammen en uitstulpingen, als een lap die aan de randen was verbrand. Ze berekende dat de omtrek ongeveer tweeënhalve kilometer moest zijn, misschien drie. Gigantisch dus! Ze draaide rond, bekeek het allemaal, haar...
'Linus, kom eens kijken.'
Haar toon was voldoende om Linus uit zijn wrokkige gedachtewereld te halen. 'Wat is er?'
'Kom maar kijken.'
'Waarom kun je het niet gewoon zeggen?'
'Omdat ik denk dat je het leuk zult vinden.'
Hij stond op met een geërgerde zucht die iedere zichzelf respecterende puber niet zou misstaan. 'Wat is er nou?' vroeg hij toen hij naast haar stond. Zijn uitdrukking veranderde toen hij zag waar zij naar keek. Zo'n dertig meter landinwaarts was door een krater een halve maan van blauw te zien. 'Dat is de zee.'
'Ja hè?' Ze grijnsde.
'Denk je dat daar...' Hij keek haar met wijd open mond aan. '... het verborgen strand ligt?'
Ze gaf hem een knipoog. In al hun narigheid hadden ze er allebei helemaal niet meer aan gedacht. 'Laten we dat maar gaan onderzoeken. Kom, we gaan kijken hoe we er kunnen komen.'
Samen klauterden ze van de helling af.

'Oké, ga jij maar eerst,' zei ze, en ze gaf hem een duwtje.

'Waarom?'

'Omdat jij sneller bent en als dit inderdááád de plek is waar Dr. No een ondergrondse testfaciliteit heeft verborgen, heb ik iets meer voorsprong nodig om te maken dat ik wegkom.'

Linus lachte en wierp haar een blik toe die een jaar geleden minder ironisch zou zijn geweest. Hij werd ouder.

Ze klommen, holden en klauterden over de rotsen en tussen de bomen door, de zee achter hen, tot de krater zich plotseling vlak voor hun voeten opende. Hij was enorm, misschien wel vijftig meter in doorsnee, bijna een volmaakte cirkel in de rotsen. De kracht van de bom had het strand tien meter de grond in laten zakken, met gegroefde granieten wanden eromheen. Driekwart van de bodem van het bassin was bedekt door de zee, met daarachter een ondiep strand dat alleen midden op de dag zon zou krijgen.

'Hoe komen we beneden?' vroeg Linus vol verbazing.

'Misschien wel niet,' zei Bell onzeker. 'Je moeder zei niets over zwemmen daarbeneden. Alleen maar dat het strand bestond.'

'Maar ik wil er zwemmen.'

Bell rolde met haar ogen. Ja, natuurlijk. Nú wilde hij wel zwemmen. 'Nou, het is te diep om te springen en we gaan beslist niet naar beneden als we niet weten hoe we weer boven komen,' zei ze met een blik op de steile, holronde hoek waarin de rotsen waren weggeslagen.

'Er is vast een weg naar beneden,' mompelde Linus, die langs de rand begon te lopen. 'Misschien hangt er een touw.'

'O ja, want het gaat me zeker lukken om daarlangs omhoog te klimmen!' lachte Bell schamper.

'Kijk!' Hij wees naar iets halverwege de cirkel. Daar was de wand minder ver achteruitgeblazen dan eromheen en het klif liep er als een verdwaalde plooi naar het bassin. In het midden liep een smalle geul waar hemelwater doorheen stroomde. Hij was tegen de dertig centimeter breed.

'Linus, dat is geen trap,' protesteerde ze terwijl hij voorging en er als een berggeit af snelde. 'Linus!' riep ze, maar ze zag dat hij zijn armen gespreid hield, vol zelfvertrouwen voortstapte en een ogenblik later op het zand sprong.

'Godsamme,' mopperde ze, want ze wist dat ze nu zou moeten volgen. Voorzichtig krabbelde ze naar beneden, met heel wat minder behendigheid en flair – en zachtjes vloekend. 'Holy shit!' riep ze niet meer zo zachtjes toen haar voeten het zand hadden bereikt.

Van bovenaf was het al indrukwekkend geweest, maar nu ze beneden stonden en weer omhoogkeken, was het ontzagwekkend. De klifmuren omringden hen als een gewelfde hal, de wanden leken weggeschept als door een bolletjessteker, en de late zon, nog een streep aan het uiteinde van de baai, wierp een gouden vlek op het kalme ondiepe water dat vredig wiegde en deinde op het zand.

'Dit kan niet waar zijn,' fluisterde ze. 'Linus, vergeet je niet adem te halen?' vroeg ze hem in alle ernst. Het zou niet de eerste keer zijn dat hij vergat in en uit te ademen als hij verbaasd was. Hij was eens flauwgevallen toen hij dacht dat hij Lionel Messi langs het raam van zijn school had zien lopen. 'Linus?'

Maar als hij al ademde, luisterde hij in elk geval niet. Hij staarde ergens naar. Ze volgde zijn blik en zag aan de andere kant van het strand een man op een rots zitten die naar hen zat te kijken.

Niemand zei iets. Het was overduidelijk wie hij was. Hanna's echtgenoot. Linus' vader.

Ze voelde haar hartslag versnellen toen hij opstond en naar hen toe kwam lopen.

De man die in dat ziekenhuisbed had liggen schreeuwen. De schurk uit het verhaal die zijn eigen behoefte voorrang gaf.

Ze zag zijn silhouet. Hij haalde een hand door zijn haar. Hetzelfde haar waar haar eigen vingers doorheen hadden gewoeld. Een honkbalpet in zijn hand.

Hij stopte toen hij bij hen was. De laatste persoon die ze weer had willen zien. Die ze hier had willen zien.

Hier.

Bell besefte dat zíj degene was die vergat adem te halen, zo geschokt reageerde haar lichaam op zijn aanblik. Dit was een ramp – het kón niet. Hij kon Hanna's ex niet zijn. Linus' vader.

Zijn ogen gleden over haar heen met dezelfde verraste flits van herkenning, en ook nog iets anders, iets waar ze de vinger niet op kon leggen... Maar hij wendde zich meteen weer af. Dit moment draaide immers niet om haar of hun gestolen nacht samen. Zijn blik vestigde zich op Linus, zwaar als een anker.

Ze voelde het moment zwellen en verstrakken nu vader en zoon elkaar aankeken, allebei zo veranderd en gegroeid zelfs nog na hun laatste rampzalige ontmoeting. Ze zag Linus' schok over het veranderde uiterlijk van zijn vader. Weg waren het geschoren hoofd, de magere ledematen, de holle ogen en de papierachtige huid. De man die voor hem stond was lang en soepel. Hij had spieren en een gebruinde huid, hij had zelfs wat sproetjes op de brug van zijn neus – net als Linus. Zijn broekspijpen waren opgerold maar nog nat, en zijn voeten waren bruin. Hij zag er goed uit. Hij zag er normáál uit, helemaal niet als die half-man-half-beest-verschijning in dat ziekenhuisbed.

Een blik die alleen maar kon worden beschreven als verwonderd bloeide op in zijn gezicht. Zijn ogen glansden, zijn mond stond een klein beetje open terwijl hij zijn kind bijna als een robot bekeek, alle veranderingen in zich opnam, alle ontwikkelingen, gelijkenissen, verschillen... Zijn rechterhand bewoog iets naar voren en ze wist dat hij hem zou willen aanraken. Maar dat durfde hij niet.

'Je bent gegroeid, Linus.' Zijn stem klonk hees.

'Ja, meneer.' Linus leek zich er bijna voor te verontschuldigen. Was het verraad dat hij was gegroeid – opgegroeid – terwijl deze man, zijn vader, al die tijd had geslapen? 'U ook...'

Er verscheen een scheef lachje om Emils mond. 'Ik heb mijn best gedaan.' Hij haalde zijn schouders op. 'Ik hoorde dat jij snel kunt rennen, dus ik heb hard getraind.'

'Van wie hebt u dat gehoord?'

'Je mama. Klopt het?'

Linus haalde gegeneerd zijn schouders op en schopte in het zand.

'Absoluut,' verklaarde Bell, die een hand op Linus' schouder legde en er een kneepje in gaf. Ze zag dat hij zich overweldigd voelde nu de eerste adrenaline wegvloeide. 'Hij is de snelste jongen uit zijn klas.'

Emils ogen knepen zich trots samen en bleven op zijn zoon gericht. Alsof zij er niet was. 'Dat zul je dan wel van mij hebben. Ik was ook altijd de snelste jongen uit mijn klas.'

Linus keek hem aan, maar zette instinctief een stap achteruit. Zijn belangstelling was gewekt, maar Bell wist dat het veel te snel, veel te moeilijk voor hem was zich voor te stellen dat hij 'iets zou hebben' van hem, dat hij biologisch verwant was aan deze onbekende, dat deze man hier zijn vader was en niet Max, de enige vader die hij ooit had gekend. Het kind had nog maar een dag gehad om dat feit tot zich te nemen, dankzij Emils machtstactiek om zo snel mogelijk met hem herenigd te worden, ongeacht de gevolgen. Dat moesten ze niet vergeten. Zíj zou het niet vergeten. Onder dat knappe uiterlijk en dat beschroomde, gereserveerde charisma zat een man over wie Hanna had gezegd dat hij altijd kreeg wat hij wilde.

'Herinner je je mij?'

Linus knikte en keek nu nog onzekerder. 'Van het ziekenhuis.'

'O.' Emil fronste. 'Ik vrees... dat ik me niet veel herinner van vlak nadat ik wakker ben geworden. Nee, ik bedoel... Herinner je je mij van vroeger?'

Linus schudde zijn hoofd. 'Nee, meneer.' Hij keek weer gespannen, alsof zijn antwoord verkeerd was.

Er viel een stilte en Emil leek een beetje te krimpen, alsof hij ineen was gedrukt.

'Nou, je was ook nog heel klein,' zei hij na een moment, starend naar zijn eigen voeten, half onder het zand. Plotseling keek hij op met een levendige uitdrukking op zijn gezicht. 'Je was dol op *Thomas de stoomlocomotief*. Weet je dat nog?'

'Een beetje.' Aan de klank in zijn stem hoorde Bell dat dat 'nee' betekende. Hij wilde het alleen niet nog een keer zeggen.

'Gordon was je favoriet. Hij was de snelste op het eiland. Misschien vond je hem daarom zo leuk. Jullie waren allebei supersnel.'

'Ja, meneer.'

Bell zag de levendigheid uit Emil wegtrekken. Het gesprek liep vast op de overduidelijke behoedzaamheid die zijn zoon jegens hem voelde. Emil wierp haar een blik toe, als een vraag om hulp, en zij dwong zichzelf te glimlachen, maar hij kon toch niet verrast zijn dat het zo verliep? Wat had hij dan verwacht? Dat Linus hem in de armen zou vliegen en dat ze zandkastelen zouden gaan bouwen? Hij had zijn zin doorgedreven, deze ontmoeting geforceerd door de moeder van zijn kind te intimideren.

Desondanks voelde ze toen hun ogen elkaar ontmoetten die vreemde onzichtbare aantrekkingskracht weer bovenkomen, en ze keek snel de andere kant op. Hij leek te blijven hangen aan iets diep in haar, een klein weggeborgen haakje waarvan ze niet eens had geweten dat het er was.

Hij keek ook weg en richtte zijn aandacht weer op zijn zoon. 'Heeft Måns jullie verteld dat ik hier was?'

'Nee, meneer. Hij wist niet waar u was.'

'O. Is hij aardig voor je geweest?'

'Ja.'

'Måns is heel aardig. Hij werkt al heel lang voor onze familie. Als sinds voor mijn geboorte.'

Bell zag Linus ineenkrimpen bij de woorden 'onze familie'. Emil leek zich niet bewust te zijn van de impact die ze hadden op zijn zoon.

'Weet je hoe we deze plek noemen?'

'Het verborgen strand.'

Emil trok een wenkbrauw op. 'Heeft je mama je dat verteld?'

'Ja.'

Hij stopte zijn handen in zijn zakken. 'Hm. Zij is een van de weinigen die hier zijn geweest. Het is een bijzonder privilege, snap je?'

'Ja, meneer.'

'De mensen uit de buurt hebben het weleens over het Verborgen Strand – ze vragen zich af of het echt bestaat of niet.' Er kroop een glimp van een glimlach in zijn ogen. 'Wij vertellen het ze niet en nu jij het hebt gevonden, mag jij het ook niet verder vertellen. Kun je je voorstellen hoeveel mensen anders het eiland op zouden sluipen om het te komen bekijken?'

Linus schudde vol ontzag zijn hoofd. 'Nee, meneer.'

'Heel veel. En voor onze familie kan dat een veiligheidsrisico zijn, en we willen geen situatie met bewakers en waakhonden of schrikdraad, dat soort dingen.'

'Nee, meneer.'

'Daarom proberen we de geruchten erover tegen te gaan. Niemand kan het vanaf het water zien en we nemen onze gasten nooit mee hiernaartoe.' Hij keek rond in de gewelfde open grot. 'Het is alleen voor familie.' Hij knipperde met zijn ogen. 'En jij bent familie, Linus.'

Bell zette een kleine stap naar voren en legde een hand op Linus' schouder. Emil keek haar aan, want hij voelde de waarschuwing in het gebaar, ook al had ze een neutrale glimlach opgezet. Hij reageerde stekelig, begreep het niet, hij begreep niet dat zijn woorden bedreigend voelden voor zijn zoon – elke opmerking was een aanval en een ontmanteling van de notie van de enige familie-eenheid die Linus ooit had gekend. Waarom snapte hij nou niet dat dit te veel was, en te snel?

'Liggen er kiezels onder het water?' vroeg ze, waardoor hij zich overrompeld voelde.

Emil fronste. 'Hoezo?'

'We kunnen gaan keilen. Dat vindt Linus geweldig. Hij is er

waanzinnig goed in.' Ze keek Linus aan. 'Wil je gaan kijken of er geschikte stenen zijn?'

'Oké,' zei hij knikkend, blij iets te doen te hebben, een excuus om zich even uit de voeten te maken.

Emil keek hoe zijn zoon naar de waterkant rende en wachtte tot hij buiten gehoorsafstand was voor hij haar aankeek. Zijn ogen waren koud. 'Is dit een grap of zo?'

'Wat?' Ze keek hem beduusd aan.

'Jij bent de nanny van mijn kind?' siste hij. 'Zeg nou niet dat je dat niet wist!'

'Hoe had ik in godsnaam kunnen weten wie je was? Jij hebt míj verteld dat je weduwnaar was!' siste ze terug. 'Dat je je vrouw en kind had verloren!'

'Nee, ik heb niet gezegd dat ik weduwnaar was. Ik heb je verteld dat ik ze door een ongeluk ben kwijtgeraakt! Maar ík was degene die het ongeluk had gehad, en toen ik wakker werd, waren zij verdergegaan met hun leven.'

Ze staarde hem aan. 'Nou, dat heb je dan niet erg duidelijk uit de doeken gedaan!'

'Omdat ik er niet verder op in wilde gaan!'

'Nee, je wilde me alleen maar je bed in krijgen!' siste ze woedend.

Hij knipperde, maar ontkende het niet. 'Wat er met me is gebeurd, is nu allesbepalend. Het is alles wat de mensen zien als ze mij zien. Dat wilde ik voor de verandering eens níét.'

'O? Nou, dat heeft dan gewerkt, want ik wíst het niet. Ik had geen idee! Denk je nou echt dat ik met de ex-echtgenoot van mijn werkgeefster het bed in was gedoken als ik ook maar énig idee had gehad?'

'Nou, wat moet ik verdomme dan denken als ik je hier aantref met mijn zoon?'

'O, ik weet niet, waarschijnlijk hetzelfde als ík dacht toen ik je naar ons toe zag lopen. Het is voor geen van ons beiden een jofele situatie!'

Zijn ogen vernauwden zich en ze waren terug bij de schurende vijandigheid van hun eerste ontmoeting. 'En ik ben haar echtgenoot, trouwens, niet haar ex. We zijn niet gescheiden.'
Ze trok een wenkbrauw op. 'Nog niet.'
'En het gaat ook niet gebeuren. Hanna houdt nog van me.'
'Ze houdt van Max.' Ze zag dat de woorden hem hard troffen en op dat moment begreep ze hoe moeilijk het voor Hanna geweest moest zijn om hem de waarheid te vertellen. Zijn uitdrukking veranderde, verhardde, en ze zag al hun eerdere hartstocht en speelsheid van de midzomernacht zuur worden en stremmen.
'Bovendien, wat deed je die nacht dan met mij, als je nog steeds zoveel van Hanna houdt?'
Hij keek haar kwaad aan. 'Gelegenheid? Lust? Ontspanning? Zeg het maar.' Ze opende verontwaardigd haar mond om te reageren, maar hij hield haar tegen. 'En zeg nou niet dat het voor jou anders was. Jij houdt nog steeds van je verloofde en jij wilde niets meer van mij dan ik van jou. We waren twee volwassenen met een eigen vrije wil, allebei eenzaam en dronken op midsommar. Meer niet.'
Zijn woorden mochten dan waar zijn, maar ze kwamen aan als keiharde klappen die haar de adem benamen. Haar wereld was in slechts vijf minuten tijd binnenstebuiten gekeerd.
Hij fronste weer, alsof alleen al haar aanwezigheid, haar aanblik, hem ergerde. 'Wat dóé je hier eigenlijk? Zoals ik al tegen mijn echtgenote heb gezegd: hij is tien jaar. Hij heeft geen nanny nodig.'
'Misschien niet, maar wel iemand die hem begeleidt. Die hem beschermt.'
'Waartegen?' schamperde hij. 'Hij heeft mij.'
Bell keek hem effen aan. 'Hij heeft iemand nodig die hem tegen jóú beschermt.'
Nu waren het háár woorden die pijn deden. Hij verbleekte zichtbaar, gekwetst door de suggestie alleen al. 'Ik zou hem nooit kwaad doen.'
'Misschien niet opzettelijk,' zei ze instemmend. 'Maar aangezien

jij dacht dat dreigen met een rechtszaak de juiste manier was om deze omgang met hem af te dwingen, zou ik zeggen dat je beoordelingsvermogen niet helemaal in orde is.'

'Jíj was degene die zei dat midsommar een tijd is om door te brengen met de mensen van wie je houdt!' wierp hij woedend tegen.

'O! Dus dit is míjn schuld?'

'Je weet best wat ik bedoel! Ik heb al te veel tijd met hem verloren.'

'Bell?' Linus' stem bereikte hen en ze draaiden zich om. Hij liep aarzelend naar hen terug met zijn handen vol platte steentjes.

'Oké, Linus, we komen eraan!' riep ze met een geveinsde vrolijkheid, en ze liep vlug zijn kant uit. Hij mocht niet zien dat ze ruziemaakten.

Emil liep in hetzelfde tempo mee. 'Dit gaat niet werken!' zei hij knarsetandend.

'Nou, het zal wel moeten.'

Ze beenden zwijgend door, hun armen nijdig in hetzelfde ritme zwaaiend, en ze voelde zijn woede naast haar groeien.

'Als je maar niet denkt dat wat er tussen ons is gebeurd iets zal...'

Ze lachte smalend en bleef stilstaan. 'O, zeker niet. Wat mij betreft is het al vergeten.' Ze keek hem opstandig aan. 'Het was een grote vergissing, laten we het daarop houden.'

# 15

'Zo. Dat ging best goed, hè?' vroeg ze terwijl ze de dikke linnen lakens instopte en hem een stevige knuffel gaf. Het rode Corvette-autootje stond op zijn nachtkastje. Hij had het in zijn zak gestopt voor ze op verkenning uit waren gegaan. Zijn vingers hadden er nerveus houvast aan gevonden, alsof het een amulet was, toen hij en zijn vader hun eerste woorden wisselden.
Linus keek haar aan, zijn haar over het kussen gespreid. 'Beter dan de vorige keer.'
'Precies.' Ze ging op de rand van het bed zitten en glimlachte naar hem. 'En wat vind je nu dan van hem?'
Hij haalde zijn schouders op.
'Hij lijkt mij wel aardig,' zei ze luchtig, zich nog bewust van de lichte trilling in haar lijf om de manier waarop hij tegen haar had gepraat. Het was weliswaar niet aan haar om deze relatie op te bouwen, maar ze zou de ruimte moeten bieden die tot wasdom te laten komen – veilig. 'En hij heeft op de terugweg hierheen die mooi gevormde steen voor je gevonden.'
'Hij zei dat-ie hem op een mammoettand vond lijken.'
Ze hoorde de licht honende toon in zijn stem. 'Jij niet dan?'
'Nee. En het is kinderachtig om stenen te zoeken. Ik ben tien, niet twee.'
'Nou,' zei ze zuchtend. 'Geef hem een kans. Hij doet zijn best. Het zal wel even tijd kosten voordat hij eraan gewend is geraakt hoe groot je bent. Want vergeet niet dat jij pas twee was toen hij je voor het laatst zag.'
Ze zwegen allebei nu de zwaarte van wat er was gebeurd – wat

verloren was gegaan voor zowel vader als zoon – over hen neerdaalde.

'Ik... Ik weet niet hoe ik hem moet noemen.' Linus' stem klonk weifelend. 'Het maakt me niet uit wat mama zegt. Hij is niet mijn papa en dat wordt hij ook nooit.'

Ze streek met zijn hand over zijn haar. 'Nee, natuurlijk niet. Niemand verwacht dat jij hem de plaats van Max laat innemen.' Ze schonk hem een droevig glimlachje terwijl ze in zijn ongeruste groene ogen keek die gewoonlijk zo levendig waren. 'Maak je geen zorgen, mannetje, het zal op den duur allemaal wel op zijn plaats vallen. Doe gewoon wat voor jou goed voelt. Emil is een volwassen man. Hij weet dat het tijd nodig heeft.'

Ze boog zich voorover en gaf hem een kus op zijn wang, met nog een aai over zijn bol. 'Welterusten. Ik slaap aan de andere kant van die muur, mocht je me nodig hebben.'

'Je laat me hier niet achter, hè?' vroeg hij toen ze in de deuropening stond.

'Zeker niet. Wij zijn een team, knul.' Ze knipoogde. 'Waar jij gaat, ga ik. De hele tijd.'

Ze sloot de deur met een zachte klik en aarzelde op de overloop. Ze had geen idee wat ze nu moest doen. Ze was geen gast in dit huis, maar personeel. Ze werd ook niet geacht met hem te dineren, maar na de dingen die hij eerder tegen haar had gezegd, was ze ook liever in haar eten gestikt dan dat ze samen met hem aan tafel had moeten zitten.

Er was geen wifi op het eiland, dus ze moest zich op ouderwetse wijze zien te vermaken. In de bibliotheek had ze van die boeken met vergulde randjes zien staan, van het type dat niemand ooit las. Maar ze had ook paperbacks zien liggen in die knusse kamer achter de keuken.

Ze daalde snel de trap af en liep stilletjes op haar blote voeten door het huis. Ze hoorde een stem uit een van de zitkamers komen, waarvan de deur gesloten was. Ze liep verder en schoot de kleine kamer in. De sfeer was hier totaal anders, als een klein appartement binnen het huis.

Er lag een trui over de donkerblauwe bank, er stond een paar bootschoenen met de hak platgetrapt onder de salontafel. Het vertrek had een merkwaardige, gedateerde uitstraling. De televisie oogde oud, met een dvd-speler eronder, en in de hoek stond een geluidsinstallatie met een radio, cd-speler en zelfs een pick-up.

Ze liep recht naar de boekenkast en liet haar blik over de titels glijden. Zweeds, Engels, het maakte niet uit, ze wilde alleen maar iets waarin ze afleiding kon vinden om te vergeten dat ze hier vastzat – gevangen in een nachtmerrie met de man van wie ze had gehoopt – en nu nog liever zou willen – dat ze hem nooit meer zou zien.

'O.'

Ze draaide zich verrast om en zag hem bij de deur staan, met een al even geschokte uitdrukking op zijn gezicht, alsof het niet te geloven was dat zij hier allebei waren.

'O,' zei ze terug, terwijl ze net als hij probeerde haar zelfbeheersing terug te vinden. 'Ik was niet aan het rondsnuffelen of zo, ik zocht... iets om te lezen. Måns heeft gezegd dat ik hier mocht komen.'

'Ja, het is goed. Natuurlijk.' Hij knikte, liep na nog een kleine aarzeling naar binnen en zakte neer op de bank. 'Je kunt gaan en staan waar je wilt.' Zijn formele houding stond in groot contrast met hun bittere woordenwisseling van eerder die dag.

'Dank je.' Ze bleef ongemakkelijk staan, voelde het bloed naar haar hoofd stijgen en pakte zomaar, zonder te kijken, een boek uit de kast. 'Nou,' zei ze na nog een stilte, 'ik heb iets gevonden, dus ik zal je met rust laten. Ik wilde je niet storen.'

Zijn ogen vielen op het boek in haar handen. '*De kunst van het vissen*. Serieus?'

'Hè?' Ze keek er verbijsterd naar. Ongelooflijk.

'Ongetwijfeld een favoriet van mijn vader,' zei hij laconiek, met

zijn hoofd achterover tegen de rugleuning. Hij zag er afgemat uit.
'Maar ik zou me kunnen voorstellen dat er iets tussen staat wat je interessanter leesvoer zult vinden.'
'Ik... Nou...' Liefst zou ze volhouden dat ze dol was op vissen, toevállig, alleen om hem op zijn nummer te zetten, maar het vooruitzicht een avond te moeten kijken naar maden, karpers en snoeken was te veel gevraagd. Ze draaide zich weer om naar de boekenkast, zette het boek haastig terug en speurde met haar vingers langs de ruggen naar een geschikte vervanging. Wat dan ook. Als het maar niet over vissen ging...
'Ligt hij in bed?' vroeg hij terwijl ze op haar tenen stond om de titels op de hogere planken te lezen.
'Ja.'
'Dat lijkt me vroeg voor een tienjarige.'
'Hij was doodmoe. Het is een uitputtende dag voor hem geweest.' Ze hoopte vurig dat hij de stekeligheid in haar woorden hoorde. Hij zou zich moeten schamen om de manier waarop hij zich de afgelopen vierentwintig uur had gedragen tegenover Hanna en Linus. En haar.
'Ik zou hem wel graag welterusten willen wensen, maar ik wist niet zeker of...'
'Nee, hij zal nu al wel slapen,' zei ze kortaf. 'Hij kon amper zijn ogen openhouden.' Snapte hij nou niet dat het te vroeg was voor een vaderlijke knuffel?
'Oké...'
'Uw avondsnack, meneer.' Ze wierp een blik over haar schouder en zag Måns binnenkomen met een dienblad. 'Ah, juffrouw Bell, goedenavond.'
'Goedenavond,' antwoordde ze, en ze keek naar de inhoud van het dienblad: een dikke shake, een schaaltje met pillen en een bord Toast Skagen.
'Ik heb geen trek,' zei Emil met zachte stem.
Måns bracht zowel zijn kin als het volume van zijn stem omlaag,

omdat hij automatisch begreep dat ze probeerden het gesprek buiten haar gehoorsafstand te houden. 'U zit zevenhonderd calorieën onder uw dagelijkse minimum, vanwege de lunch die u hebt gemist.'

'Ik zei dat ik geen trek heb.' Hij zei het door opeengeklemde tanden, zijn blik strak op de vloer gericht.

'Voorschrift van de artsen, vrees ik, meneer.' Måns was al even standvastig binnen zijn kenmerkende dienstvaardigheid.

Bell luisterde gegeneerd, maar ook met belangstelling. Dit was geen gewone werknemer-werkgeverrelatie. Måns was op leeftijd en traag, maar hij was op de een of andere manier ook altijd op het juiste moment aanwezig – en hij had zonder meer gelijk.

Met een boze zucht pakte Emil de toast en begon te eten. Hij kauwde en keek zijn huisknecht aan met een sarcastische blik die 'ben je nu tevreden?' uitdrukte.

Måns knikte dankbaar. 'Wilt u iets drinken, juffrouw Bell?'

'Nee, bedankt. Ik wilde net naar bed gaan.'

'Uitstekend.' Hij wendde zich weer tot Emil. 'Christer kan over tien minuten beginnen, meneer.'

Emil knikte alleen maar en slikte elk hap met tegenzin door.

Måns verliet het vertrek net zo stil al hij het was binnengekomen. Bell bleef nog even hangen.

'Hij lijkt me iemand aan wie je wat hebt.'

'De huisknecht van mijn vader,' mompelde hij. 'Hij werkt al drieenvijftig jaar voor ons.'

Dus Måns had Emil zien opgroeien. Hij leek er niet over te willen praten. Ze veranderde van onderwerp, ze voelde zijn vijandigheid door de kamer trekken. 'Je hebt een hoop cd's,' zei ze met een verwonderde blik op het grote aantal hoesjes in een speciale cd-toren.

'Vind je? Het lijkt me een normale hoeveelheid.'

'Ja, ik bedoel als... als je...' Hij leek het verkeerd te begrijpen. 'Stream je dan niet?'

Hij keek haar blanco aan. 'O, juist ja. Dat vergeet ik steeds. Streaming.' Dat vermoeide hoofdschudden, de wrange klank in zijn stem... Ze besefte ineens dat dit een nieuwe technologie voor hem was, een van de veranderingen die de wereld had gezien terwijl hij in coma lag.

'Ja, Spotify. Heb je ervan gehoord? Het is een Zweeds bedrijf.'

'Dat weet ik. Ik geloof dat het van ons is.' Hij scheurde met zijn tanden weer een hap van zijn toast.

Ze lachte verbijsterd. 'Geloof je dat? Dat weet je niet eens zeker?'

'Er is veel... veel om in te halen,' mompelde hij. 'Er is heel wat gebeurd in de tijd dat ik "weg" was. Instagram was nog een onbeduidende fotofilterapp toen ik "vertrok" en het is nu een wereldwijd fenomeen met content door en voor iedereen op de planeet.' Hij haalde zijn schouders op.

'En gaan jullie dat bedrijf ook kopen?' vroeg ze, en ze sloeg haar armen over elkaar.

Hij keek haar niet aan. 'We overwegen het wel.'

Ze lachte. 'Mijn god, wie zíjn jullie?' Ze schudde haar hoofd terwijl hij haar kant op keek. 'Laat maar. Het kan me niet schelen.'

Hij fronste. 'Niet de gebruikelijke reactie,' mompelde hij.

Ze leunde geïntrigeerd tegen de boekenkast. 'En wat is er nog meer veranderd in de tijd dat je "weg" was?' Ze maakte met haar vingers aanhalingstekens in de lucht.

Al kauwend dacht hij erover na. 'Eh, even denken... Toen ik dat ongeluk kreeg, was Obama president, nog bijna niemand had gehoord van Islamitische Staat... Ik had een iPhone 4. Messi had net voor de vierde keer de Ballon d'Or gewonnen... Mandela leefde nog. Prince leefde nog.' Hij keek naar beneden. 'Veel mensen leefden nog in die tijd.'

Ze herinnerde zich wat hij over zijn vader had gezegd. Hij ook? 'Ik kan me nauwelijks voorstellen hoe het voor je geweest moet zijn om terug te komen in zo'n veranderde wereld.'

'Het was gewoon een van de dingen waar ik aan moest werken, zoals de spieratrofie,' zei hij afgemeten, omdat hij duidelijk geen medelijden van haar wilde – helemaal geen verbinding met haar wilde. Hij dronk de shake in één lange teug op, met een grimas toen hij het laatste beetje doorslikte, en staarde naar het lege glas alsof hij er nog een appeltje mee te schillen had.

'Christer wacht op u.' Måns stond weer in de deuropening.

'Oké.' Hij zuchtte en overhandigde Måns het lege bord. 'Tevreden?'

'Buitengewoon, meneer.'

Hij keek Bell weer strak aan, zijn groene ogen nog steeds glinsterend van boosheid en wrok. 'Nou, welterusten dan maar.'

'Welterusten.' Ze ontspande een beetje toen hij de kamer verliet en alle lucht erin met zich meenam. Ze voelde zich ontwricht, ontregeld, niet alleen van streek door zijn aanwezigheid, maar door ook zijn afwezigheid. Haar ogen bleven hangen op de ruimte die hij zojuist nog had ingenomen, alsof hij de lucht had verwarmd. Ze keek abrupt weg, voelde een knoop van verstrikte emoties in haar maag. Waarom hij? Waarom nou net híj? Zou hij hetzelfde effect op haar hebben gehad als midsommar nooit was gebeurd? Ze was voor Westerbergs tenslotte nou niet meteen voor hem gevallen.

Aan de andere kant had hij zich toen grotendeels achter zijn honkbalpet en zonnebril verborgen, en ze wist niet of ze ooit onbewogen kon blijven door zijn ogen en de diepte die ze erin waarnam. Er liep een haarscheur in een zigzaglijn dwars door hem heen, en die herkende ze, want ze had zelf net zo'n scheur. Ze werden allebei door hun verleden achtervolgd, uitgehold door verlies, en dat maakte hen in zekere zin verwante zielen – hoewel ze nu tegenover elkaar stonden.

Ze herinnerde zich zijn gezicht bij haar woorden, de flits van pijn onder de woede. *Het was een grote vergissing.* Het waren de juiste woorden geweest, want ze waren waar – het was een vergissing.

Helaas niet een waar ze spijt van had.

Ze schrok wakker, keek paniekerig door de kamer en probeerde zich te oriënteren. Het duurde een moment voor ze wist waar ze was. Ze lag op het bed, had haar kleren nog aan en de paperback – een thriller – nog in haar hand. Ze was halverwege een zin in slaap gevallen. Linus was niet de enige die uitgeput was door de gebeurtenissen van de dag.

Ze sloot het boek en rekte zich uit. Haar nek voelde stijf aan van de rare hoek waarin ze gelegen had. Ze zag haar telefoon oplichten. Ze pakte hem op – acht sms'jes van Hanna die vroeg hoe hun dag was geweest, een amper verholen paniek in elk berichtje.

Bell antwoordde vlug en deed haar best om haar werkgeefster gerust te stellen, wat betekende dat ze wegliet dat Emil – ongelooflijk! – niet eens de moeite had genomen om ze bij aankomst te begroeten.

*Sorry, was een drukke dag. Het eiland verkend, het verborgen strand gevonden. Eerste ontmoeting met E ging best goed. L stil en verlegen, maar dat was te verwachten. E drong niet te veel aan en was gelukkig behoedzaam. L nu diep in slaap na uitstekend avondeten. Zal ik hem je morgenochtend een sms laten sturen? Bx*

Alle lampen in de kamer waren nog aan, haar ramen stonden open en ze zag dat er nachtvlinders binnenfladderden en dat het plafond was bespikkeld met tientallen onweersbeestjes. Ze stond op en sloot de luiken, maar hield de ramen open zodat er nog iets van een briesje binnenkwam. Het was een klamme nacht.

Ze vroeg zich af wat haar in haar slaap had gestoord. Was Linus wakker? Ze stond even stil en luisterde of ze een geluid door de muur hoorde. Ze hoorde wel iets, fluisterende stemmen, dacht ze, maar die kwamen vanuit de gang. Was hij op weg naar de wc? Of aan het slaapwandelen?

Ze deed de deur open en tuurde door de kier. Linus' deur naast

die van haar was dicht, erachter was het stil en donker, maar achter in de gang zag ze gestalten. Ze opende de deur wat verder en fronste toen ze zag dat er iemand half liep, half werd voortgesleept. Zijn knieën bleven knikken, zijn hoofd viel voorover en de man die bij hem was hield met moeite zijn arm om zijn nek vast.
'Toe, Emil. We zijn er bijna,' hijgde de man. 'Strek die knieën, kerel.'
Ze keek hoe hij ongemakkelijk vooroverboog om de verste deur in de gang te openen. Ze wankelden samen naar binnen.
Bell sloot met bonzend hart haar deur weer. Ze had het gevoel dat ze iets had gezien wat niet voor haar ogen bestemd was. Was Emil ingestort? Fysiek niet in orde? Hij was vrij mager voor zijn postuur, maar hij had haar aardig sterk geleken tijdens de nacht die ze samen hadden doorgebracht. Meer dan sterk... Haar telefoon piepte en ze liep terug om het berichtje te lezen, waarvan ze al wist dat het van Hanna afkomstig zou zijn.

*Godzijdank! Heb me de hele dag ongerust gemaakt. Hopelijk is het moeilijkste achter de rug. Ja, laat hem alsjeblieft een berichtje sturen als hij wakker wordt. Stuur ook een foto als het lukt qua bestandsgrootte. Dank je, Bell, voor alles. Hx*

Bell scrolde snel door de foto's die ze gedurende de dag had gemaakt, voornamelijk van Linus die in de kamer speelde toen ze wachtten tot Emil zou komen, en van hun verkenning in de tuin. Er waren er uiteraard geen genomen op het verborgen strand... Ze stuurde een foto van Linus die met de rode Corvette speelde toen ze opnieuw voetstappen op de gang hoorde. Ze haastte zich terug en tuurde net op tijd de gang in om dezelfde man van even daarvoor de trap af te zien snellen. Ze aarzelde, maar besloot hem te volgen. Ze was hier immers om Linus te beschermen. Ze moest weten of er iets aan de hand was waar hij mee te maken zou kunnen krijgen. Emil mocht niet instorten als ze samen zouden optrekken, niet waar Linus bij was...

De man was een van de kleinere vertrekken achter in het huis binnengegaan, die tegenover de voorname zitkamers lagen.

'Neem me niet kwalijk?' Ze stopte in de deuropening van de kamer, de fitnessruimte. De man was bezig een paar matjes op te rollen. Overal lagen gewichten en kettlebells. Er lag een zwaar uitziend touw als een anaconda op de vloer.

'Hm? O, hoi!' Hij stond op met een atletische veerkracht en liep naar haar toe met zijn gespierde arm uitgestrekt. 'Jij bent vast de nanny? Ik ben Christer, de fysio.'

'Ja, ik ben Bell. Aangenaam kennis te maken.'

Hij zette zijn handen op zijn heupen. 'Ik hoorde dat jullie vandaag zouden komen.' Hij grijnsde. 'Het is belangrijk voor hem, hij praat al maanden nergens anders over. Hoe ging het? Hij heeft vanavond weinig gezegd.'

'O. Nou. Ja, goed, denk ik. Gezien de omstandigheden.' Ze beet op haar lip. 'Het is voor niemand gemakkelijk.' Nam hij het kartelrandje van haar woorden waar?

'Vertel mij wat. Ik weet niet hoe hij het allemaal doet.' Christer schudde vol bewondering zijn hoofd. 'Elke keer als hij te horen kreeg dat hij iets niet kon, deed hij het toch. Toen de artsen zeiden dat hij mank zou blijven lopen, trainde hij zijn linkerzijde twee keer zou hard om het tegendeel te bewijzen. En in de zaal met de gewichten, waar we probeerden de fysieke atrofie en spasticiteit aan te pakken, ging hij langer en fanatieker door dan iedereen daar ooit had gezien. Je merkt het nu bijna niet meer.'

'Nee?'

'Nee, hij heeft doorzettingsvermogen, dat moet ik hem nageven. Ik zou willen dat mijn andere cliënten een voorbeeld aan hem namen. Hij is het wonder, vertel ik hem steeds. Hij is die ene, snap je, die kans van een op een miljoen. Hij is die ene.'

'En gaat het goed met hem? Nu, bedoel ik?' Ze glimlachte bezorgd terwijl hij haar vragend aankeek. 'Ik was namelijk net in mijn kamer en ik dacht dat ik wat hoorde en ik zag dat hij min of meer werd gedragen...'

'Ah, ja,' Christer grijnsde en wuifde haar bezorgdheid weg met een grote hand. 'Maak je daar maar niet ongerust over. Het ziet er erger uit dan het is. Hij doet dat wel vaker, tot het absolute gaatje gaan.'

'Tot hij in elkáár zakt?'

'Yep. Hij wil dan gewoon niet stoppen.'

'Maar jij kunt hem toch wel tegenhouden?'

'Ik kan wel horen dat je hier nieuw bent,' zei Christer lachend. 'Luister, je komt er vanzelf achter dat niemand Emil Von Greyers kan dwingen iets te doen wat hij niet wil doen. Hij is een koppige kerel als hij zijn zinnen ergens op heeft gezet, maar besef ook dat datgene wat hem soms moeilijk in de omgang maakt, hem ook heeft geholpen op dit niveau te herstellen. Het een lukt niet zonder het ander.' Hij haalde zijn schouders op.

'Hij is dus moeilijk in de omgang. In welke zin?'

'Nou, dat hij slecht slaapt is niet bevorderlijk voor zijn humeur, ten eerste,' verklaarde hij, terwijl hij elastische banden om de matjes deed om ze opgerold te houden.

'Hij slaapt slecht?'

'Bijna helemaal niet. Maar ja, zou jij willen slapen na wat hij heeft meegemaakt?'

Ze trok een grimas. Misschien niet.

'En het zou helpen als hij iets kon eten wat hij zou kunnen proeven. Hij valt steeds af omdat hij niet graag eet.'

'Hij is zijn smaak kwijt?'

'En zijn reukzin.'

'O.'

Hij wierp haar een blik toe terwijl hij de halters in volgorde van gewicht aan hun rekken hing. 'Dat wist je allemaal niet?'

Ze schudde haar hoofd. 'Ik weet eigenlijk alleen dat hij door een auto is aangereden en zeven jaar in coma heeft gelegen.'

'Pfft.' Christer fronste. 'Nou, die arme man heeft heel wat meer moeten doormaken dan alleen het terugwinnen van zijn kracht, dat kan ik je wel vertellen.'

'Vertel eens?' spoorde ze hem aan, en toen ze zijn gezichtsuitdrukking zag, voegde ze eraan toe: 'Dit is geen bemoeizucht. Ik ben hier voor Linus. Ik moet weten wat ik kan verwachten, zodat ik Linus erop kan voorbereiden. Het bezoek aan het ziekenhuis, meteen nadat Emil wakker was geworden, was een ramp. Dat heeft veel schade aangericht.'

'O ja, ik heb over dat incident gehoord van het verpleegteam.'

'Het was vreselijk. Hij schreeuwde en vloekte alles bij elkaar en zwaaide en trapte in het rond.'

Christer keek haar aan. Hij hoorde het oordeel in haar stem. 'Je weet dat dat een aandoening is, toch? Een medische toestand, iets wat gebeurt wanneer mensen herstellen van traumatisch hersenletsel?'

'Nee...'

'Oké. Posttraumatische amnesie, heet het. Het komt veel voor bij mensen die uit een coma ontwaken. Ze zijn zeer verward, soms agressief, maar vooral een gevaar voor zichzelf, natuurlijk. Ze herinneren zich er later niets meer van.'

'Niets?'

'Meestal zijn de laatste paar weken van voor het letsel en de eerste paar dagen na de coma volledig verdwenen. Weg. Geen enkele herinnering.'

'En is dat het geval bij Emil? Hij herinnert zich er niets van?'

'Ik vrees van niet. Het is een beschermingsmechanisme, denk ik. Het brein beschermt het lichaam tegen de verschrikking van die momenten.'

Ze wist niet wat ze moest zeggen.

'Wat kan ik je nog meer vertellen?' Hij stelde de retorische vraag aan zichzelf. 'Nou, hij heeft veel last van hoofdpijn, wat hem chagrijnig kan maken. Fel licht is soms een probleem, hoewel dat hopelijk zal verbeteren.'

Ze knikte, denkend aan zijn pet en zonnebril.

'Hij is inmiddels behoorlijk sterk in zijn evenwicht, daar hebben we veel aan gewerkt. Maar hij is nog vergeetachtig – hij kan data niet goed onthouden en zoekt soms naar de juiste woorden, met name als hij gestrest is. Verder heeft hij soms niet echt een filter en dan kan hij heel direct zijn. Dan zegt hij dingen die hij eigenlijk niet zou moeten zeggen, dus vertel zijn zoontje maar dat hij zich daar niets van moet aantrekken.'

Ze knikte. *Gelegenheid? Lust? Ontspanning? Allebei eenzaam en dronken op midsommar. Meer niet.* Zulke dingen?

'Ik weet dat hij er vrij normaal uitziet, en dat is verwarrend voor mensen. Ze denken dat hij helemaal beter is omdat hij loopt en praat. Maar hij heeft nog een lange weg te gaan. Hij heeft heel hard moeten vechten om zover te komen als hij nu is.' Hij wierp haar een glimlach toe. 'Daarom is het geweldig dat zijn zoontje hier is. Hij was sowieso al gemotiveerd, maar ik denk dat hij nu niet meer te houden is, als ik mag afgaan op vanavond.'

'Geweldig,' zei ze kauwend op haar wang. Nu snapte ze waarom Hanna er zo lang over had gedaan om de moed te verzamelen om hem over Max te vertellen, waarmee ze zijn droom – en motivatie – had ondermijnd. Wat moest het moeilijk voor hem zijn geweest om dat te horen. 'Nou, bedankt. Ik zal... daar allemaal rekening mee houden.'

'Graag gedaan,' zei hij schouderophalend. 'En sterkte met jouw kant van het verhaal. Ik hoop dat de komende dagen goed zullen verlopen. Dit huis – dit eiland – kan wel wat leven gebruiken. Een rondrennend jochie is precies wat hier ontbreekt.'

## Grand Hôtel, Stockholm, augustus 2008

'Je verstopt je voor mij.'
Hij keek achterom vanaf het balkon, waar hij met zijn handen op de reling over de stad uitkeek. Haar haar was opgestoken, ze droeg haar parelketting. 'Nou, je bent gewoon ook veel te mooi om vandaag naar te kijken. Het is alsof je naar de zon kijkt.'
Ze lachte, zwiepte met haar jurk en leek de koude avondlucht niet te voelen. 'Dus je vindt hem echt goed staan? Dat zeg je niet alleen maar?'
'Je ziet er oogverblindend uit.'
Ze keek hem aan en hij voelde dat zijn hart in galop begon te kloppen zoals altijd wanneer hij in die ogen keek – maar bijna meteen flitste er een schaduw doorheen. 'Wat is er?' vroeg hij.
'Denk je dat we er goed aan hebben gedaan?'
Hij slikte. 'Natuurlijk. Daar twijfel ik geen moment aan. Waarom zou je je dat überhaupt afvragen?'
Ze keek hem aan en de uitdijende pauzes duwden haar woorden uit elkaar. 'Denk je... Denk je niet dat we overhaast hebben gehandeld? Ik bedoel, mensen hoeven tegenwoordig niet te trouwen omdat ze een baby krijgen. We leven niet in de middeleeuwen.'
Hij glimlachte en liet zijn handen in zijn zakken glijden zodat ze ze niet kon zien trillen. 'Dit is nog maar het begin, Hanna. Dat zul je zien.'
Ze glimlachte terug, ontspande bij zijn woorden. Gesust. Gesterkt. Gerustgesteld.
Achter hen begon de band de eerste noten van 'You're Beautiful' te spelen, en er ging een gejuich op vanaf de dansvloer.
'Kom, dans met me,' zei ze, en ze zette met uitgestrekte handen een stap in zijn richting. Hij rechtte zijn rug en legde zijn handen om haar nu nog slanke, smalle taille. Ze legde zijn armen om zijn nek en ze bewogen zachtjes op de muziek met beneden op de ach-

tergrond de lichten van de stad, de zee donker en glad onder de avondhemel.

Ze dansten weg van de balkondeuren, weg van de lichtjes, de muziek vaag te horen door de dikke muren terwijl de gasten zonder hen feestvierden. Ze zouden voorlopig niet worden gemist. Er waren heel veel mensen aanwezig, meer dan hij kon – of wilde – tellen.

Hij deed zijn ogen dicht, voelde de zachte deining van haar lichaam tegen het zijne, de haakjes van haar korset onder zijn vingers. Haar huid rook naar gardenia en oranjebloesem. 'Heb je het naar je zin?' mompelde ze, haar stem zacht en teder tegen zijn oor.

'Het is de mooiste dag van mijn leven.'

Ze bewoog een stukje achteruit om hem aan te kijken, want ze wist dat dat een leugen was. Hij keek weer in haar ogen. Glimlachend en onderzoekend tegelijkertijd – altijd.

'Te veel mensen,' gaf hij toe met een verzoenend schouderophalen.

'Ik weet het. Ik zou willen dat het altijd zo kon zijn,' fluisterde ze, en ze vlijde zich weer tegen hem aan, haar adem warm in zijn hals. 'Zoals op dit moment.'

Hij sloot opnieuw zijn ogen en wenste hetzelfde, en ze dansten verder in het maanlicht, wang tegen wang.

# 16

Haar ogen gingen open maar ze zag niets. Er hing nog een zweem van haar onrustige dromen, een floers dat nog even zachtjes op haar landde. Hij lag op een bed en ze had als een spin aan het plafond van bovenaf naar hem gekeken. Zijn armen waren achter zijn hoofd gevouwen en hij lag languit in alleen zijn lievelingsjeans, gebruind, relaxed, een zachte glimlach op zijn lippen alsof hij naar muziek luisterde, zijn lichtbruine haar uitgewaaierd over het kussen. Ze zag zijn voet meebewegen, zijn ogen sloten zich momenten lang, maar gingen weer open en richtten zich direct op haar, alsof hij haar liefdevol in de gaten hield, wist dat ze er was. Hij zag er zo kalm uit, zo gelukkig. Het was... troostend om hem te zien zoals hij was geweest voordat de kanker niet meer te stoppen viel, een nieuw beeld dat als een waas neerdaalde over haar laatste herinneringen aan hem en over de gebruikelijke dromen, waarin hij vel over been was, kaal en met een grauwe teint...

Ze had zichzelf in de droom een goede afloop toegestaan, maar hoewel ze nu uit alle macht probeerde om haar blik op zijn gezicht gericht te houden – de ronding van zijn lippen, het beginnende stoppelbaardje – zag ze het water over de vloer vloeien, waardoor die begon te glimmen. Glad werd. Ze weigerde te kijken, het te erkennen, maar toen begon het langzaam te stijgen, werd het dieper en dieper, en al snel stroomde het traag over het matras waarop hij lag. Ze probeerde iets te zeggen, hem te vertellen dat hij nat werd, maar ze kon geen woord uitbrengen, kon hem niet waarschuwen en hij leek het sluipende gevaar niet op te merken terwijl het water geleidelijk rond zijn gestalte opklom, hem toen omsloot en over zijn benen, zijn borst, zijn armen, zijn gezicht spoelde... tot hij helemaal onder water lag.

Het was die aanblik van hem, onder het wateroppervlak, naar haar omhoogstarend zonder in beweging te komen of iets te doen om zich in veiligheid te stellen waardoor ze wakker was geworden, besefte ze nu. Ze legde een hand op haar keel, die nog prikte van haar schreeuw. Te laat om hem te hulp te komen.

Met bonkend hart kroop ze terug onder de lakens, waar de onbekende geluiden van het melancholische huis haar oren toch bereikten – voetstappen op het terras voor haar raam, een raam dat openging, zacht gefluit in de leidingen... Aan de streep licht die door de massieve luiken door over de vloer trok, zag ze dat er weer een zonnige dag was aangebroken. Maar de moed zonk haar in de schoenen bij de gedachte dat ze die hier moest doorbrengen.

Dromen over Jack waren altijd de voorbode van een slechte dag, dat wist ze – ervaring was een harde leermeester. Ze haalde een paar keer diep adem en probeerde voor zichzelf na te gaan waarom ze haar bed uit zou moeten komen: het was een prachtige dag. Een mooie zomerdag op een schitterend privé-eiland in de Zweedse archipel. Ze was op een van de mooiste plekken op aarde. Ze leefde. Ze had heel veel om dankbaar voor te zijn...

Een plotseling geluid, iets wat kletterend kapotviel, maakte dat ze naar adem hapte en naar de tegenoverliggende muur keek.

En Linus. Ze moest er zijn voor Linus.

Ze gooide de lakens van zich af en sprong uit bed, schoot haar deur uit, trok zijn deur open en tuurde naar binnen. 'Gaat het, knul?' Ze probeerde niet paniekerig over te komen, maar de aanblik die haar begroette was alarmerend: hij zat volledig aangekleed op het bed, dat zo vakkundig was opgemaakt dat Måns het al opgemaakt moest hebben. Of Linus had er niet in geslapen. Maar ze had hem gisteravond zelf ingestopt.

Linus staarde naar de vloer. Ze keek ongerust de kamer rond, en in de onberispelijke eenvoud vielen meteen de overblijfselen op van de legotruck die hij hier gisteren na aankomst had gemaakt, en die nu in honderd stukjes was gesmeten tegen de muur die tussen hun kamers lag.

Ze ging de kamer binnen en deed de deur achter zich dicht. Ze woelde door zijn haar en ging naast hem op het bed zitten. 'Wat is er, kanjer? Slecht geslapen?'

Hij schudde zijn hoofd. Zijn ogen waren niet opgezet en hij zag niet bleek.

'Waarom ben je al aangekleed? Ik wilde je net wakker komen maken. Had je zó veel trek in een ontbijt?'

'Ik heb al ontbeten.'

'O.' Bell was even van haar stuk gebracht. 'O. Nou, had me dan wakker gemaakt. Dan hadden we samen naar bene...'

'Ik mocht het je niet vertellen.'

Ze fronste verwonderd. 'Van wie niet?'

'Emil. Hij heeft me vroeg wakker gemaakt en gezegd dat het ons geheim was.'

'Wat?'

'We zijn naar zijn boot gegaan om te ontbijten en...'

'Je bent met hem op een boot geweest? Met hem alleen? Mijn god, gaat het wel?' Ze zat nu op haar hurken voor hem en keek hem aan alsof ze op zoek was naar beschadigingen.

Hij knikte, maar was zichtbaar van streek.

'Wat heeft hij gedaan? Wat heeft hij gezegd?' Haar stem klonk gejaagd, haar hart ging tekeer waardoor het bloed door haar oren suisde zodat ze zijn antwoorden nauwelijks kon horen. 'Linus, vertel. Wat is er gebeurd?'

'Hij zei...' De jongen snikte en er liep een bittere traan over zijn wang, die een opstandig spoortje achterliet. 'Hij zei dat papa en Elise en Tilde niet mijn echte familie zijn.'

Bell wiegde naar achteren op haar hakken. Ze kon amper geloven dat dit echt gebeurde. Ze was nog maar vijf minuten wakker en van de ene nachtmerrie in de andere beland. 'Heeft hij dat echt gezegd?' fluisterde ze terwijl de adrenaline door haar heen werd gepompt.

Linus knikte.

Ze stond op. 'Wacht hier op mij,' zei ze grimmig.

'Waar ga je heen?' riep hij toen ze naar de deur snelde.

'Blijf hier, Linus, in deze kamer. Ik kom zo terug.'

'Maar...'

Ze beende door de gang, langs de gesloten slaapkamerdeuren en opmerkzame ogen van donkere portretten, haar blote voeten bijna onhoorbaar op de versleten vloerplanken. Haar haar wervelde achter haar aan. De gepoetste, ebbenhouten trapleuning gleed gemakkelijk onder haar hand door en ze nam twee treden tegelijk, waarna ze de ene na de andere kamer binnenviel.

Waar was hij? Waar was hij, verdomme?

Ze rende naar de kleine knusse kamer, maar daar was hij niet. Ze wierp ook een blik in de keuken, waarbij ze de kok aan het schrikken maakte, die bijna een bord liet vallen. Ze schoot weer weg, bliksemsnel, met rode wangen.

'Juffrouw Bell?'

Ze draaide zich om en zag Måns naar haar toe lopen. Hij kwam uit de richting van de salon en leek geschrokken van haar rode kleur.

'Waar is hij?' wilde ze weten, haar hoofd nog steeds van links naar rechts flitsend terwijl ze deuropeningen passeerde. Een deur aan haar rechterhand leidde naar het terras, waar de ronde tafel en stoelen verdacht leeg waren.

'Waar is wie?'

Ze had nu geen tijd voor beleefde spelletjes en getalm. 'U weet wel wie.'

'De jongen is in zijn kamer, juffrouw Bell.'

'Niet...' Ze rende langs hem heen in de richting van de salon. De dubbele deur was open en het was alsof ze er een dagdroom binnenholde: de linnen en zijden kussens op de bank opgeschud, verse witte ranonkels in een bolvorm geschikt op de salontafel, zonlicht dat binnenstroomde door de hoge ramen alsof het de kamer een frisse nieuwe tint gaf, en de geur van pas gemaaid gras.

De deuren die toegang naar links boden, naar de grote eetkamer, als ze het zich goed herinnerde, waren gesloten en ze wilde zich juist omdraaien – want waarom zou hij daarbinnen zijn, alleen in een vertrek waar dertig mensen konden zitten? – toen ze stokstijf bleef staan bij het horen van het lage timbre van een mannenstem.

'Juffrouw Bell...' zei Måns, die nu op de drempel van de salon stond.

Maar ze liet zich niet tegenhouden. Ze vloog door het grote vertrek alsof ze een trekpop aan een touwtje was en gooide, gedreven door een vlaag van verontwaardiging en woede, de deur zo hard open dat hij tegen de muur sloeg. 'Hoe dúrf je!'

Emil staarde haar stomverwonderd aan.

'Bell...'

'Een slapend kind in alle vroegte wakker maken en met je meenemen op een bóót? Alleen met jóú?'

Hij legde met een behoedzame beweging het vel papier dat hij vasthield op de tafel. 'Niet zomaar een kind,' zei hij langzaam. Behoedzaam. 'Míjn kind. Mijn zoon.'

'Je bent een vreemde voor hem! Hij kent je niet!' Ze voelde dat ze trilde van razernij en realiseerde zich dat ze haar handen tot vuisten had gebald en haar hoofd als een agressieve mannetjesgans vooruit had gestoken.

Emil staarde haar nog een ogenblik aan en keek vervolgens naar de mannen die met hem aan de tafel zaten. Bell voelde haar woede wegebben toen ze hen ook plotseling opmerkte en zich realiseerde dat ze gekleed was in slechts een AC/DC-T-shirt en een onderbroek. Haar vingers zochten de zoom en trokken die naar beneden terwijl Emil zijn keel schraapte. 'Ik geloof dat we dit beter een andere dag weer kunnen oppakken, heren.'

Bell keek onthutst toe hoe de één-twee-drie-o-god-vier mannen in keurig pak het papierwerk dat op de ovale tafel voor hen lag wegborgen. Er daalde een ongemakkelijke stilte over het gezelschap neer terwijl ze hun stoelen naar achteren schraapten en mompelend afscheid van hem namen en haar in het voorbijgaan kritische blikken toewierpen.

Bell had zich nog nooit zó gegeneerd. Ze beet hard op haar lip en staarde naar de vloer terwijl de laatste man vertrok, het leer van zijn schoenen zo glimmend gepoetst dat ze in hun oppervlak bijna onder haar eigen T-shirt kon kijken. Ze wachtte tot zijn voetstappen waren weggestorven voor ze weer opkeek. Emil leunde tegen de grote tafel en sloeg haar gade, zijn armen over elkaar geslagen. Anders dan zijn adjudanten droeg hij geen pak maar een vaalgrijze katoenen short, een framboosklerig T-shirt en die bootschoenen die geen lang leven meer beschoren waren. Zijn kennelijk dierbare honkbalpet lag naast een glas water op de tafel.

Ze keken elkaar een moment lang zwijgend aan en ze voelde dat zijn ijzige kilte zich kon meten met haar vurigheid. Hij was ook kwaad. Ze had hem in verlegenheid gebracht ten overstaan van zijn... team, of wie ze ook waren.

'Hij kent je niet,' zei ze opnieuw, nu rustiger, door opeengeklemde tanden, in een poging iets aan waardigheid terug te winnen.

Zijn wenkbrauw ging, nauwelijks zichtbaar, een fractie omhoog. 'Dat is nou juist het punt. Ik probeer hem te léren kennen. Hoe kan ik dat anders doen dan door tijd met hem door te brengen?'

'Je kunt een beetje gedúld oefenen,' zei ze. 'Hij is een tienjarig jongetje dat gisterochtend voor het ontbijt nog nooit van je had gehoord.'

'Dat is niet waar.'

'Jawél.'

Hij schudde zijn hoofd. 'Hij weet al maanden van mijn bestaan. Hij heeft me opgezocht in het ziekenhuis nadat ik wakker was geworden. Samen met zijn moeder.'

'Dat weet ik,' smaalde ze. 'Ik was erbij en ik heb de uitdrukking op zijn gezicht gezien toen jij naar hem schreeuwde en vloekte. Hij was doodsbang voor je.'

Emils blik veranderde bij haar woorden, zijn kille houding verschrompelde en hij keek snel weg. Er trok een rimpeling van pijn over zijn gelaat. 'Dat is niet eerlijk. Ik was toen niet mezelf.'

'Dat weet ik. Maar het verandert niets aan het feit dat jij hem bang hebt gemaakt. En hij wist níét wie je was. Een oude vriend, heeft Hanna heeft hem verteld. Zijn peetvader.' Ze schudde bitter haar hoofd. 'Je had zijn gezicht moeten zien toen ze hem gisterochtend de waarheid vertelde en zei dat hij de zomer hier bij jou moest komen doorbrengen. Tijdens het tochtje hiernaartoe verwachtte ik elk moment dat hij van de boot zou springen.'

Emil verbleekte zichtbaar, draaide zich om en streek met zijn handen door zijn haar. Ze zag de spieren van zijn rug onder de dunne stof van zijn T-shirt, maar ook de botten. Onwillekeurig voelde ze weer een steek van schuldgevoel toen ze dacht aan wat Christer had gezegd. 'Luister, ik begrijp dat je heel veel hebt moeten doormaken...'

'O, jij weet helemaal níéts over wat ik heb doorgemaakt,' snauwde hij.

Ze deinsde terug door de woede in zijn stem. 'Wat ik wilde zeggen is dat wát jij ook hebt doorgemaakt – hoe vreselijk ook – het nú niet om jou gaat. Niet dit stukje. Dit gaat om Linus.' Ze zag de verwondering in zijn ogen bij het horen van haar woorden, en ineens begreep ze dat alles wat tegen hem was gezegd sinds hij was bijgekomen uit die coma wél om hem had gedraaid. Zijn ongeluk, zijn trauma, zijn verlies, zijn coma, zijn herstel, zijn familie... Hij had geen idee meer wat het betekende om iemand anders op de eerste plaats te laten komen. Sinds zijn ontwaken in dat ziekenhuisbed was híj het middelpunt geweest.

'Ja, hij is je zoon, maar op dit moment alleen biologisch, en je moet dat onderscheid onderkennen en respecteren. Hijként je nog niet. Hij is bang voor je. Je hebt hem bij zijn moeder weggehaald nadat je haar hebt bedréígd, je hebt hem verteld dat de enige familie die hij ooit heeft gekend niet zijn échte familie is, en dan verwacht je simpelweg dat hij je zal zien als De Grote Man?' Ze gooide haar armen in de lucht. 'Zo werkt het niet. Jíj zult begrip en compassie en emotionele intelligentie moeten tonen, want jíj bent de volwassene en hij is het kind. Dat is wat een vader of moeder doet. Die geeft voorrang aan wat het kínd nodig heeft. En laat me je dit vertellen: op dit moment schiet je daarin tekort. En niet zo'n beetje ook. Mijn god, je nam niet eens de moeite om hier gisteren te zíjn toen hij aankwam.'

Zijn ogen knipperden, de pijn en boosheid een wervelende stortvloed. 'Je begrijpt het niet. Ik voelde me... overwéldigd.'

'Jíj voelde je overweldigd? Probeer maar eens tien te zijn en dit mee te maken.' Ze schudde haar hoofd en keek hem koud aan. 'Je hebt je zoon gisteren onbedoeld herhaaldelijk schade berokkend. En nu ben je vandaag op dezelfde voet verdergegaan.'

'Ik deed iets léúks met hem!'

'Het was niet leuk! Je blijft over zijn grenzen heen gaan en hem te hard pushen.' Ze zette een stap naar voren. 'Maar ik laat het niet toe, begrepen? Jij gaat nérgens met hem naartoe zonder mij, tenzij Linus mij zélf expliciet meedeelt dat hij het prima vindt.'

'Je hebt het recht niet zo tegen me te praten! Ik ben zijn va...' Emil hield zich in. Bells woorden over wat hij wel en niet was hingen nog in de lucht. Hij keek haar aan met een frustratie die bijna tastbaar begon te worden. 'Jij bent zijn moeder niet.'

'Nee, dat klopt. Maar ik kom er vrij dicht in de buurt, en ík ben hier haar vertegenwoordigster. Elke beslissing die jij neemt, moet in Linus' belang zijn, en anders gaat het niet gebeuren. Ik ben hier niet voor de sier! Er zit een bedoeling achter mijn aanwezigheid – waar hij gaat, ga ik ook. En als je weer probeert om zonder mij weg te glippen of hem vraagt om geheimen te bewaren, neem ik hem onmiddellijk mee terug naar zijn moeder.' Ze hoorde haar eigen stem haperen. Ze wist dat ze niet het recht had om dat besluit te nemen en de situatie voor Hanna nog erger te maken.

Hij merkte haar weifeling op. Hij leek een instinct voor zwakheid te hebben. 'Wil je dat ik er een rechtszaak van maak? Dat zou niet in Hanna's belang zijn.'

Het dreigement was koud, als smeltend ijs dat over haar ruggengraat liep, en ze wist dat hij een geduchte vijand zou zijn. Er brandden tranen in haar keel terwijl ze woedend oog in oog stonden, maar ze weigerde haar blik af te wenden. Ze zou zich niet door deze man laten intimideren. Zijn rijkdom, macht en contacten hadden geen vat op haar. Anders dan Hanna had ze niets van hem te duchten. Bell strekte zich tot haar volle, niet erg indrukwekkende lengte. 'Ik heb alleen Linus' belang voor ogen en als jij ook maar een béétje vader was, zou je…'

Door een plotseling geluid schrokken ze allebei, een rollende donder waarvan de antieke witte terrines op een halvemaanvormige tafel begon te trillen.

'Wat is dat?' fluisterde ze.

'O, geweldig,' zei Emil. Hij wendde zich af en zette zijn handen op zijn heupen terwijl het gebrul luider werd. Hij keek om naar haar en vervolgens achter haar langs. 'Heeft ze weer niet de moeite genomen om te bellen?'

'Nee, meneer,' antwoordde Måns, die Bell nu in de deuropening zag staan.

'Over wie gaat het? Wat is er aan de hand?' vroeg Bell, die bijna moest schreeuwen om over de herrie heen te komen. Het was geen donder, besefte ze nu.

Emil gaf geen antwoord. Hij liep alleen maar naar het hoge raam en keek de tuin in. De toppen van de bomen werden platgedrukt door de neerwaartse luchtstroom van een grote blauwe helikopter. Er dwarrelden bloemblaadjes over het gazon, waardoor de tuinman die hen gisteren bij de steiger had opgehaald met een donderwolk op zijn gezicht en een voet rustend op een schop stond toe te kijken hoe zijn inspanningen in slechts ogenblikken teniet werden gedaan.

Ze keken allemaal hoe de helikopter langzaam daalde en landde op een open stuk van het gazon, dat vrij was van bomen en borders.

'Wie is dat?' vroeg ze aan Måns, terwijl ze een paar stappen in zijn richting zette.

'Dat is mevrouw Stenbock,' zei Måns toen de deur openschoof en de elegante donkerharige vrouw die ze eerder had gezien uit het toestel sprong. Ze droeg een witte broek en een koraalkleurig linnen topje. Ze werd gevolgd door twee lange, slungelige tieners in jeans en met oortjes in. 'En meneer Frederik en juffrouw Sophia.'

'Je zus?' vroeg ze Emil. Ze voelde een golf van paniek door zich heen gaan en liep ook naar het raam, waar ze de drie gasten langzaam over het gras aan zag komen lopen.

'Ik zal ze gaan verwelkomen, meneer,' zei Måns plechtig, en hij glipte de kamer uit.

'Je hebt niet verteld dat er gasten zouden kunnen komen.'

Hij keek haar aan. 'Ik wist het niet. Ik denk dat ze dacht dat het fijn voor Linus zou zijn om zijn neef en nicht te ontmoeten.'

'Shit,' siste ze, nu ze zich weer bewust werd van haar net-uit-bed-verschijning nu de onverwachte bezoekers de terrastreden begonnen te beklimmen. Nog enkele seconden en ze zouden via de tuindeuren binnenkomen... Zonder nog iets te zeggen rende ze zo snel ze kon de gang door, in de wetenschap dat welke terechte verontwaardiging ze ook had uitgestraald tegenover Emil, nu totaal ondermijnd werd doordat haar billen onder haar T-shirt uit piepten. Ze holde de trap op, weer met twee treden tegelijk, en was bijna halverwege toen ze de schrille stem van de vrouw hoorde.

'Emil, vergis ik me of zag ik zojuist een halfnaakte vrouw door je gang rennen?'

# 17

'Ze is de nanny.'
'En is ze goed?'
'Ze heeft ideeën boven haar stand. Ze bemoeit zich met dingen die haar niet aangaan.'
'Bedoel je dat ze jou niet slaafs gehoorzaamt? Hemel, dat zou dan voor het eerst zijn.'
'Ze kent haar grenzen niet,' snauwde hij.
Nina wendde zich met een glimlach af van het raam. 'O, holde ze dáárom in haar bijna-blootje door je gang?'
Hij wierp haar een vernietigende blik toe. Sarcasme was zijn zus niet vreemd. 'Doe niet zo belach...'
'Emil, relax,' lachte ze. 'Ik plaag je maar wat. Maar even serieus, waarom ben je zo gespannen vandaag?'
Hij gaf geen antwoord.
Ze ging op het houten bankje zitten. Dat zat comfortabeler dan het eruitzag, want er was goed nagedacht over de verhoudingen, en de houten armleuningen voelden bijna zijdeachtig aan nadat er honderden jaren gedachteloos overheen gestreken was. 'Ga eens zitten. Ik wil het allemaal weten. Hoe gaat het tot nu toe?'
Emil keek haar aan, overspoeld door te veel emoties. Hij kon er niet één uit pikken, het niet goed duiden. 'Ik weet het niet...'
'Hoe bedoel je, ik weet het niet?'
Hij haalde zijn schouders op, net toen Måns de kamer binnenkwam met zijn gebruikelijke onberispelijke timing, een dienblad neerzette en thee begon in te schenken.
'Nou, herkende hij je?'
'Nee.'

'Helemaal niet?'
Hij schudde zijn hoofd en keek weer uit het raam. Het duurde even voordat hij zich realiseerde dat Måns hem zijn kop thee aanreikte. 'Dank je.'
'Nou, dat is ook niet zo gek. Hij was immers nog maar een jaar of drie?'
'Drie jaar en twee maanden.'
'Juist,' zei ze langzaam. 'Dan kun je ook niet anders verwachten. Al helemaal omdat Hanna het niet zag zitten om jou in zijn leven te houden, met ziekenhuisbezoekjes of foto's...'
'Ze probeerde hem te beschermen.'
Ze trok een wenkbrauw op, een van haar mooiste gelaatstrekken. Ze gaven haar gezicht iets fels en elegants, als slapende panters – zijdeachtig en gespierd. 'O. Dus we staan nu aan haar kant?'
Hij zuchtte en Nina keek hem met samengeknepen ogen aan, met die röntgenblik waarmee ze sinds hun kindertijd al dwars door hem heen kon kijken. 'Even voor de duidelijkheid, broertje van me, ik sta aan jouw kant, oké?' Ze knipoogde en ging achteroverzitten. 'Dus hoe gaat het met hem sinds hij hier is? Hij zal het wel heerlijk vinden, of niet?'
'Hij is stil. Hij doet alleen zijn mond open om antwoord op vragen te geven. En hij gunt me nauwelijks een blik waardig.'
'Nou, je ziet er dan ook niet uit... O mijn god, dat was een grapje!' zuchtte ze terwijl ze over haar kop naar hem tuurde. Hij merkte dat ze vastbesloten was om hem op te monteren met plagerijtjes en geestigheden. Zij en alleen zij had dat vermogen, al sinds ze klein waren, maar hij was nu niet in de stemming voor grapjes.
'Het is allemaal haar schuld.'
'Van wie? Hanna? O, je bedoelt de nánny?'
'Ze zit me met opzet in de weg. Ze gunt me geen tijd met hem alleen. Hoe word ik geacht om een relatie met hem te smidde...'
'Smeden.'
Hij fronste. 'Wat?'

'Smeden. Niet smidden.'
'O ja.' Hij nam de informatie in zich op en herhaalde het woord bij zichzelf. 'Nou, hoe lukt me dat als zij er steeds bij is? Natuurlijk vindt hij haar leuker. Hij ként haar.'
Nina zuchtte. 'Ga alsjeblieft zitten, Emil. Je windt je op en je weet dat dat niet goed voor je is.'
Hij ging zitten. De wanhoop maakte hem gedwee.
'Hoe gaat het met de hoofdpijn?' vroeg ze fronsend.
'Beter. Ik heb er nieuwe pillen voor.'
'En het slapen? Vertel me alsjeblieft dat het nu langer dan drie uur achter elkaar lukt?'
'Waarom zou ik nog willen slapen?'
'Emil, je slíép niet toen je in coma lag. Dat is iets heel anders. Je hebt slaap nodig.'
Hij keek naar het plafond en zag de delicate ranken van de blaadjes in het pleisterwerk alsof hij er voor de eerste keer naar keek. 'Ik ga wel slapen als ik mijn gezin terug heb. Dan kan ik rusten.'
Hij voelde dat Nina hem gadesloeg. Het was alsof er naar hem werd gestaard door de kat van een heks. De blik was intens. Had zwaarte.
'Hm. En hoe gaat het tussen jou en Hanna?'
'Je bedoelt, nu ik weet dat ze een ander gezin heeft? Hoe denk je?' Nina gaf geen antwoord, maar hij zag het medelijden in haar ogen en keek snel weg. 'Ik heb haar ervan kunnen overtuigen dat ik de relatie met mijn zoon weer moet kunnen opbouwen. Dat begreep ze.'
'O, echt? En zijn er ook woorden als "voogdij" of "rechtszaak" aan te pas gekomen of is ze er gewoon in meegegaan uit de goedheid van haar hart?'
'Doe niet zo naar, Nina.'
Ze zoog door haar tanden lucht naar binnen. 'Ik weet niet waarom je haar zo nodig moet verdedigen. Jíj hebt niet jarenlang met lede ogen moeten aanzien dat zij vadertje en moedertje ging spelen

met een andere vent terwijl je lievelingsbroer in coma in het ziekenhuis lag.'

'Nee, want ik was die gelukkige knakker in dat ziekenhuisbed... En ik ben trouwens je enige broer.'

Ze knipoogde weer naar hem en deze keer glimlachte hij. 'Je hebt haar nooit gemogen. Ook niet vóór de coma.'

'Dat is niet waar. Ik heb alleen geen vertrouwen in een vrouw die het aanlegt met een vriend van haar vriend.'

Hij rolde met zijn ogen. 'Dat is allemaal lang geleden en het is nooit serieus aan geweest tussen hen.'

'Hm, ik vraag me af of hij het ook zo zag? Hoe heette hij ook alweer?'

'Liam. En hij had er geen probleem mee. Hij is nota bene op onze bruiloft geweest.'

'Er waren heel veel mensen op die bruiloft,' zei Nina met een kreuntje. 'Ik was verbaasd dat ik er mijn oude wiskundeleraar niet tegenkwam.'

Hij grijnsde onwillekeurig. 'Geef het maar toe, Nina, je hebt haar nooit gemogen.'

'Ik geef helemaal niets toe.'

'Noem dan eens iets wat je leuk aan haar vond. Eén ding.'

'Oef.' Nu was het Nina's beurt om naar het plafond te kijken en met haar ogen de verfijnde krullen van het pleisterwerk te volgen. Ze zweeg een poos. 'Nou, ze kleedt zich goed. Ze heeft een goede smaak,' zei ze ten slotte.

'Jij hebt niets met smaak. Jij vindt dat mensen die om mode geven achterlijke lege hulzen zonder ziel zijn.'

'Wanneer heb ik dat ooit gezegd?' zei ze snuivend.

'Na de coutureshows, toen mama je voor je achttiende verjaardag meenam naar Parijs voor een jurk, en je tijdens het diner naast die vrouw moest zitten met dat verstarde gezicht die maar bleef vragen om champagne voor haar mopshondje.'

Ze gooide haar hoofd achterover en lachte bij de herinnering, haar schouderlange haar glanzend in het zonlicht. 'O ja! Dat heb ik inderdaad gezegd, hè? Hoe kan het in vredesnaam dat jij zulke dingen nog weet?'

'Het enige gunstige aan traumatisch hersenletsel: het langetermijngeheugen. Die dingen hoor je nooit. Ze hebben het alleen maar over de nadelen van coma's, waardoor ze een slechte naam krijgen, maar dingen van jaren geleden voelen voor mij als de dag van gisteren.'

Nina lachte nog harder en hij grinnikte mee. Hij moest wel lachen, want anders zou hij huilen.

'En dingen van gisteren?' vroeg ze toen ze was uitgelachen. Het was een serieuze vraag, wisten ze allebei.

Hij haalde zijn schouders op. 'Dat wisselt. Maar het wordt beter, geloof ik. De suggestie van de dokter om een dagboek bij te houden, helpt wel.'

'Maar je herinnert je nog niets van het on…'

'Nee.' Hij onderbrak haar vlug. 'Niets.'

Ze knikte en sloeg hem gade terwijl ze nog een slokje thee nam. Haar ogen gleden over hem heen als de stip van een sluipschuttergeweer.

'Wat? Waarom kijk je zo naar me?'

'Nergens om. Het is gewoon steeds weer fijn om… je wakker te zien. Dat is nog steeds bijzonder.' Ze glimlachte en gaf hem weer een knipoog. 'Dat moet je me maar gunnen, broertje.'

Ze dronken hun koppen thee leeg en zetten ze op het dienblad.

'Oké, ben je er klaar voor?' vroeg ze terwijl ze opstond.

'Waarvoor?'

'Om me voor te stellen aan het neefje dat ik zo lang niet heb gezien, en je wilde, halfnaakte nanny die haar grenzen niet kent.'

'Dat is niet grappig.'

Nina wees naar haar uitgestreken gezicht. 'Ik lach toch ook niet?'

Ouderwetse spelletjes, die werkten altijd. Ze konden van volwassenen – en zelfs tieners – weer kinderen maken. Het spelletje met de ontbijtgranendoos had geholpen het ijs te breken. Terwijl Linus en zijn grote, coole neef en nicht elkaar in argwanende stilte zaten te bekijken, had zij het keukenpersoneel gevraagd om een lege doos, die ze op de grond had gezet.

'Pak maar op zonder je handen te gebruiken,' had ze geïnstrueerd, waarna ze had toegekeken hoe de tieners verveeld en landerig vooroverbogen om de doos met hun tanden op te pakken. Ze hadden al minder laatdunkend gedaan toen ze een reep van de bovenkant had gescheurd en ze vroeg om het nog eens te doen. Vijf rondes later was de doos niet meer dan een platte rechthoek op de grond en lagen ze dubbel van het lachen.

Nu zat Bell ineengekropen tegen de muur van de schuur, wachtend tot ze gevonden zou worden, haar voeten in de zachte aarde. Hier hoefde je geen schoenen aan, het gras was zo verend en zacht dat het bijna leek alsof je over bont liep.

Ze sloot haar ogen en wachtte terwijl ze Linus in het Engels tot vijftig hoorde tellen. Ze nam graag de gelegenheid te baat om hem op een leuke manier te laten oefenen. Bovendien won ze er wat tijd mee. Hij had in de tijd die het duurde tot tachtig kunnen tellen in het Zweeds. Ze boog haar hoofd, sloeg haar armen losjes om haar knieën, blij dat ze even rust had. Ze zou een moord doen voor een kop koffie. Ze waren nu al een uur aan het spelen en ze had nog niet eens ontbeten.

'Gevonden!'

Haar ogen schoten open en ze keek in de donkere, parelende ogen van Emils imponerende zus.

'Ik dacht dat Linus de zoeker was?' sputterde ze.

'O.' Nina haalde haar schouders op. 'Nou, dan verstoppen we ons samen. Vind je het goed als ik me bij je voeg?'

In die witte jeans, dacht Bell in zichzelf terwijl Nina op de koude grond naast haar kwam zitten. Verstopt in de smalle opening tussen het tuinschuurtje en een roestende grasmaaier had een gouden greep geleken voor een paar minuten rust, maar nu voelde deze verstopplaats als de gevaarlijkste plaats ter wereld. 'Hoe heb je me gevonden?'

'Ik zag je die struiken in verdwijnen. Ik verstopte me hier ook vaak als Emil en ik vroeger verstoppertje deden.'

'O. Dus de maaier stond hier toen ook al?'

'Jazeker.' Nina knikte en haalde een pakje sigaretten uit haar Chanel-tas. 'Hier verandert nooit iets, maar dat heb je vast al wel gezien aan de staat van de badkamers.' Ze bood Bell een sigaret aan.

'Nee, bedankt. Ik rook niet.'

'Ik ook niet. Althans, niet officieel,' zei Nina met een vluchtige blik opzij en een ironische grijns. 'Dat staat ook niet echt goed op je cv, lijkt me? Nanny, roker.'

'Nee. Niet echt.'

'Heb je er bezwaar tegen als ik...' Nina aarzelde even voor ze de sigaret, die ze al tussen haar lippen had, aanstak. De vraag was duidelijk retorisch, maar Bell schudde toch haar hoofd. 'Dus...' Ze blies een wolkje grijze rook uit. 'Je lijkt je werk leuk te vinden.'

'Ja.'

'Hoelang doe je dit al?'

'Drie jaar. De Mogerts zijn de enige familie waar ik voor heb gewerkt.' Ze zag Nina verstrakken bij de klank van Max' achternaam.

Nina's ogen vernauwden zich en keken haar onderzoekend aan. 'Maar je bent eind twintig, schat ik zo?'

'Zesentwintig. Voor die tijd heb ik gereisd,' zei ze om de volgende vraag voor te zijn.

'Ah, ja. Iedereen is tegenwoordig zo... vrij en ontworteld.'

Er zat iets scherps in haar woorden en Bell keek weg. Ze hoefde haar levensgeschiedenis niet aan deze vrouw uit de doeken te doen. Wat wist zij van levenskeuzes of carrièreladders? Ze was een verwende, rijke onbekende die duidelijk nog geen dag in haar leven had hoeven werken.

'En mijn broer,' zei ze diep inhalerend, waarna ze de rook even binnenhield voordat ze die met een zucht uitblies. 'Hoe vind je hem?'

Ze vroeg zich af wat hij had gezegd. 'Hij doet toch niet óók mee met verstoppertje?' antwoordde ze koeltjes.

Nina lachte luid en ontblootte daarmee een perfect gebit. 'Ha! Mijn god, nee zeg! Ha, wat een bak.' Ze uitte haar geamuseerdheid door lachend te spreken, zoals rijke mensen vaak deden, in plaats van werkelijk te lachen. Ze nam nog een genietende trek van haar sigaret, speelde met de rook tussen haar lippen en blies kringen omhoog. Het leek een ietwat opstandige, puberale handeling voor zo'n elegante vrouw. 'Ik bedoel... gedraagt hij zich een beetje?'

'We zijn niet... Hij heeft niets geprobeerd of zo, als je dat bedoelt.'

Nina lachte nog harder. 'Ha! Nee, dat bedoelde ik niet, maar...' Ze begon te hoesten, zo hard moest ze lachen. 'Ha! O god, weet je? Ik zou je bijna vragen hem een plezier te doen door hem te bespringen, maar ik weet niet of je nu nog zulke dingen mag zeggen, al is het maar als grapje.' Haar glimlach stierf weg en ze zuchtte, plotseling met een droevige blik. Ze zweeg nog een moment, in gedachten verzonken. 'Je hebt over het ongeluk gehoord, neem ik aan?'

'Natuurlijk.' Maar alleen dankzij Christer. Hanna had haar hier in feite blanco naartoe gestuurd.

'Dan weet je dus dat hij nog steeds niet volledig is hersteld, al lijkt dat wel zo?'

'Ja.'

'Mooi zo. Want hij kan wel wat zachtheid gebruiken in deze tijd. God weet dat hij hard voor zichzelf is. Hij rijt oude wonden open, probeert háár terug te krijgen.'

Bell trok een wenkbrauw op bij het horen van haar toon. Mocht ze Hanna niet? 'Nou, als het een geruststelling voor je is: ik denk niet dat het hem zal lukken. Hanna is gelukkig met Max.'

Nina snoof. 'Helaas is het dat niet. God weet dat ik dat mens nooit heb gemogen, maar hij heeft zijn zinnen nu eenmaal op haar gezet, hij is ervan overtuigd dat zij het happy end is en dat hij haar terug zal krijgen.'

Bell gaf geen antwoord en ze zwegen een ogenblik. Nina blies nog meer kringels rook in de lucht en Bell begroef haar tenen verder in de aarde, als spijbelaars die zich verborgen hielden voor hun juf.

'Ach, je weet wat ze zeggen: waar leven is, is hoop...'

Bell beet op haar lip. Haar hoop was al een tijd geleden vervlogen, uitgedoofd als een kaars in een storm.

'En misschien moet ik gewoon blij zijn dat hij er nog ís om stomme keuzes te maken.' Nina blies een sliert rook door de smalle opening tussen haar lippen. 'Hij was dood, wist je dat, voordat hij in het ziekenhuis aankwam. Zijn hart stond al stil... God weet hoe ze hem hebben teruggehaald.'

'Dat wist ik niet,' mompelde Bell, ontdaan door de gedachte. Hij was dóód geweest? 'Mijn god.'

'Hm. En dan zou je denken dat het uiteindelijk nog goed is afgelopen omdat hij wakker is geworden, maar vervolgens kwam hij erachter dat zijn zoon een andere man "papa" noemde en dat onze vader was overleden.'

'Waren ze close met elkaar?'

Ze knikte. 'Hij was alles voor Emil, en vice versa. Echt het kind van zijn vader,' voegde ze er met een schouderophalen aan toe. 'Alles wat hij deed, deed hij om hem trots te maken.'

'Wat verdrietig.'

'Ja, hij is verdrietig, hoewel hij dat verbergt door kwaad te zijn. Natuurlijk wordt hij vreselijk boos op me omdat ik hem de hele tijd in de gaten hou. Hij vindt het maar niks, zegt dat ik me te veel met hem bemoei.' Nina spreidde haar handen alsof ze het niet begreep. 'Maar zou jij dat ook niet doen als je mij was?'

Bell glimlachte.

'Ik moet gaan.' Ze nam nog een laatste, diepe trek van de geliefde

sigaret voordat ze de peuk in de aarde uitdrukte. Ze trok haar voeten onder zich en kwam overeind. 'Wil je me een plezier doen? Heb wat begrip voor hem. Hij houdt van zijn zoon en hij wil alleen maar weer zijn vader zijn. God weet dat hij een optimist is met een halfleeg glas. Een overmoedige romanticus met heel veel plannen op basis van slechts de helft van de feiten... Het was aangenaam kennis te maken, Bell.'
'Eh... ook aangenaam kennis te maken.'
Nina barstte weer uit in een geamuseerde lach. 'Ha! Serieus?' Ze verdween door de bomen, al net zo snel als ze gekomen was, en Bell keek haar peinzend na.
Slechts de helft van de feiten?

Ze gingen weg na de lunch – een verse, extravagante tafel vol knäckebröd, eieren en gerookte viskuit, geserveerd op het terras, waarbij het uitzicht over de tuin werd overheerst door de enorme blauwe helikopter die op het gazon geparkeerd stond. De tuinman was de hele ochtend in de weer geweest met het draperen van lichtgewicht gaasdoek dat hij met tentharingen in de grond had vastgestoken in de hoop dat hij ze kon beschermen tegen verdere schade bij het onvermijdelijke vertrek van de heli. Emil zag de ergernis in zijn inspanningen wel, maar Nina was zich er totaal niet van bewust en toen ze opstond om te vertrekken, had ze een licht triomfantelijke blik in haar ogen.
'Nou, dat was een zeer plezierige ochtend,' zei ze. Ze keek eerst naar hem en vervolgens naar de kinderen. 'Het is fijn om de kids herenigd te zien. We hebben je gemist, Linus.'
'Dank u, tante Nina,' antwoordde zijn zoon gehoorzaam, met een benauwde blik.
'Ha! Wat een goede manieren. Hij is veel te beleefd, hoor,' zei ze tegen Emil, en ze gaf hem op elke wang een kus. 'Dat moet je eruit zien te krijgen.' Ze schonk hem een van haar doordringende glimlachjes.

'Nou, het was fijn je te zien, maar bel de volgende keer alsjeblieft.' Emil stopte zijn handen nonchalant in zijn zakken. 'Stel dat we vandaag weg waren geweest, dan was je voor niets gekomen...' Nina lachte alsof het idee alleen al hilarisch was.

'En kom de volgende keer per boot. Dat ding is bloedirritant.'

'Het is efficiënt, schat. Ik heb vanavond een diner in Kopenhagen en ik kan niet een hele dag over het water reizen om te kijken hoe het met mijn broertje gaat, toch?'

'Dat is niet nodig. Het gaat prima met me,' zei hij zacht.

Nina reageerde met een opgetrokken wenkbrauw, en hij was zich ervan bewust dat Bell met enige verwarring toekeek. Hij en zijn zus schakelden moeiteloos tussen belediging en genegenheid zonder dat er frictie door ontstond. Dat was altijd zo geweest. Het was een van weinige zekerheden die hij bij terugkeer had aangetroffen. Nina en Måns.

Maar Hanna en Linus...

Het was duidelijk dat zijn zoon bang voor hem was, of hem gewoon niet aardig vond – mogelijk beide. Elk antwoord was een 'ja' of 'nee', en vanochtend op de boot, tijdens hun picknickontbijt, had hij amper een woord gezegd en nog minder gegeten. Het was een absolute ramp geweest, van begin tot eind, waardoor hij zich al voor de vergeten vergadering met zijn advocaten terneergeslagen had gevoeld – en vooral voordat zíj in geagiteerde en halfgeklede toestand de trap af was gevlogen om hem de les te lezen.

Hij sloot zijn ogen en probeerde de kracht te vinden om geduldig te blijven. Kalm te blijven. Iedereen had hem gewaarschuwd dat het tijd zou kosten om de band met de mensen uit zijn leven te herstellen, maar hij had de pijn die dat met zich mee zou brengen onderschat. Het deed fysiek pijn – bovenop de andere pijnen die hij te verduren had – om zich constant te moeten inhouden. Hij wilde zijn zoon omarmen, door zijn haar woelen, zachtjes in die wangen knijpen, zijn hand vasthouden, een kus op zijn slaap geven zoals vroeger toen hij nog een slapende peuter was... Maar dat kon allemaal niet. Die privileges waren hem verboden. Er was nog geen lichamelijk contact tussen hen geweest. Een andere man – een andere vader – mocht houden van zijn zoon, zelfs zíj, de nanny, mocht hem aanraken op manieren die voor hem ongeoorloofd waren – een kneepje in zijn schouder, een knuffel voor het slapengaan – terwijl hij slechts een onbekende was met verre herinneringen die niemand anders nog had.

Dat was het moeilijkste van alles: het verschil tussen zijn beleving en die van iedereen om hem heen. In de zeven jaar dat hij afwezig was geweest, waren ze zonder hem verdergegaan. Hij was uiteindelijk niet onmisbaar gebleken, wat lastig te accepteren was, vooral omdat hij wakker was geworden met dezelfde liefde en dezelfde gevoelens van verbondenheid als zeven jaar eerder. Voor hem waren die jaren een ogenblik geweest. Een lange nacht slapen. Er was niets veranderd. En nu moest hij ze op de een of andere manier terug zien te winnen – alsof het een wedstrijd was. Hij moest bewijzen dat hij het waard was, dat hij beter, méér was dan die andere vent.

En dat onder háár waakzame blik. Iets aan haar bracht hem uit balans – haar eerlijke, onderzoekende ogen maakten hem nerveus, alsof ze in zijn duisterste hoeken licht zou kunnen werpen.

Hij zag hoe Bell en Linus beleefd – gehoorzaam – zwaaiden terwijl de helikopter opsteeg als een reuzenlibel, hoe de neef en nicht, opnieuw verveeld, een knikje gaven door het raam, hun telefoons alweer in de hand. De tuinman stond als een grensrechter aan de rand van de tuin. Hij holde langs de borders elke keer als een stuk gaasdoek los leek te raken, maar het systeem bleef intact en zodra de heli op veilige afstand was, begon hij de tentharingen uit de grond te trekken en het doek te verwijderen, zodat er weer kleur en textuur in de tuin werden gebracht.

'Nou,' doorbrak Bell de stilte die neerdaalde. 'Dat was een... onverwachte verrassing.'

'Van Nina valt altijd het onverwachte te verwachten.'

Ze keek hem met wantrouwige ogen aan. Hun woordenwisseling van vanochtend hing nog als een gekleurde rookwolk in de lucht.

'Dus...' mompelde hij, niet wetend wat hem nu te doen stond. Hij leek niets goed te kunnen doen en zijn zelfvertrouwen had een deuk opgelopen. 'Het is een mooie dag. Hoe zullen we die verder invullen?'

Hij stelde de vraag aan Bell. Zij had hem duidelijk gemaakt dat er niets zou gebeuren zonder haar toestemming, en eerlijk is eerlijk, hij was nu ook niet meer zo zeker van zijn zaak.

Ze leek erdoor verrast te zijn en haar mond vormde een fraaie 'o'. Ze keek achterom naar Linus. 'We kunnen gaan kajakken? Of zwemmen?'

Linus haalde zijn schouders op. Hij reageerde bepaald niet uitbundig, maar de uitdrukking op zijn gezicht stelde de vraag wat ze anders zouden kunnen doen. Hij oogde verveeld.

'Ik weet wat hoge rotsen waar we vanaf kunnen springen,' zei Emil.

Linus was ineens een en al aandacht. 'Echt?'

'Ja, maar ze liggen op ongeveer een uur zeilen hiervandaan. Ze zijn wel tien meter hoog.'

Zijn gezicht lichtte op. 'Klifspringen?'

'Nou, misschien is klif niet helemaal het juiste woord,' zei hij glimlachend. 'Maar het zijn wel de beste rotsen die je hier in de buurt zult vinden.'

Aan de blik in Linus' ogen te zien was de zaak beklonken.

Een half uur later waren ze op het water, hun zwemvesten omgegespt, en wapperden de opgelapte zeilen van de oude zeilboot heen en weer terwijl ze de ligplaats verlieten en weggleden. Ze passeerden de kleinere zeilbootjes die voor dagtochten werden gebruikt en langs de kustlijnen dobberden, voor anker lagen in inhammen en baaitjes, met de blikkerige klank van muziek die vanuit de radio's over de golven zweefde, en het gegil van kinderen die van de rotsen het water in plonsden waardoor hoofden – zelfs het zijne –

automatisch omkeken. Hij voelde een intense vlaag van emotie door zich heen gaan nu hij zich realiseerde dat hij hier ook deel van uitmaakte – dat hij hier zeilde met zijn zoon.

Hij keek naar Linus, die omlaagkeek naar het water. Het oppervlak was van een rijk, glanzend pauwblauw en nu en dan werd het licht schitterend weerkaatst door de rand van een rimpeling. Het water was zo helder dat er een school kleine zilveren vissen te zien was, die de ene kant op schoot en vervolgens de andere, ver onder de boot. Linus' arm bungelde over de zijkant van de boot en gleed door het water alsof hij ze zou willen aanraken. Bell genoot juist van de warmte op haar huid en richtte haar gezicht schuin omhoog, als een madeliefje dat het zonlicht zoekt. Emil probeerde niet naar haar te kijken.

Ze naderden Summer Isle aan stuurboord, en hij zag Linus opkijken terwijl ze erlangs voeren, zijn lichaam gespannen nu hij de kustlijn afspeurde om een glimp van zijn moeder, zijn zusjes of Max op te vangen, klaar om te zwaaien, te roepen... Het gelukkige gevoel dat zich in hem had verspreid verschrompelde, en met één scherpe beweging stuurde hij de boot weg, waarmee hij het uitzicht wegrukte. Hij zag dat zijn zoon zijn hoofd instinctief naar hem omdraaide en dat zijn protest in zijn keel bleef steken. Ze zeilden weg uit de claustrofobische omarming van de eilandengroep en draaiden in de richting van een horizon die zich uitstrekte – eindeloos, leeg, helder. Bijna meteen voelde hij zich bevrijd van het ritme van de normaliteit binnen de archipel, van het huis en de lange, eenzame uren, waar het alledaagse zich aan hem opdrong – wat te eten, welke kleding te dragen, wat te doen... Hij merkte dat hij gemakkelijker kon ademhalen nu de directe dreigingen even weg waren.

De horizon was scherp en precies, alsof hij met een fijne kroontjespen rond het midden van de aarde was getekend, en hij voelde een zekere trots dat hij wist – zonder het te kunnen zien – dat het water achter hen werd gemarmerd door net zo'n fijne witte ader, als een concrete markering van zijn terugkeer in de wereld. Dit was een poging waarvan de twijfelaars hem steeds hadden verteld dat die geen kans van slagen had, maar ze hadden hem onderschat. Hij had al elk feit dat ze hem hadden gepresenteerd weten te ontkrachten, hij had elk doel dat ze hadden gesteld overtroffen – en nog steeds was het niet genoeg voor de negatievelingen die zeiden dat hij niet kon terugeisen wat hij kwijt was geraakt. Hij was niet gek. Hij wist dat hij de tijd niet kon terugdraaien en het verleden niet ongedaan kon maken. Maar om te zeggen dat zijn gezin voor altijd verloren was... Nee. Ze waren niet onbereikbaar. Ze waren verleidelijk dichtbij en kwamen nog steeds dichterbij... Hij moest er gewoon in blijven geloven, ze laten zien dat hij de man was van wie ze hielden. Hij was nu niet minder. Hij was de man die hij voorheen was geweest.

Hij voelde zijn stemming weer stijgen nu ze kilometers in tevreden stilte verder door de prachtige uitgestrektheid van de Oostzee zeilden, laveerden, onder een geluidloze symfonie van blauwtinten. Hij voelde zich vermoeid maar gelukkig. Het was tegenwoordig een zeldzaam gevoel, nu pijn, verlatenheid en frustratie zijn dagen veelal vulden. Maar hier was hij in zijn element. In de rest van zijn leven moest hij spitsroeden lopen, maar op het water hoefde hij alleen maar tegen de elementen te vechten. Het was een strijd die hij zelden won, uiteraard, maar hij zou willen dat hij er dagen kon blijven, dat hij kon ontsnappen in de vertroosting van een lege zee en zijn haar uit zijn gezicht kon laten waaien, met tranende ogen en het zoute stuivende water op zijn gezicht. Hier voelde hij het sterkst dat hij leefde. Voelde hij zich wakker.

Voor en boven hem bolde het grootzeil op, strak en gewelfd tot een perfect halve ellips terwijl de kiel door het water gleed, de zee doorsneed als een schaats over glas, tot in de verte de gebroken omarming van de volgende groep rotseilandjes langzaam in zicht kwam. Hij naderde de ruige stukjes land met vakkundig gemak, de rotsspikkels die de onberispelijke perfectie van de horizon verbraken. Er zweefden meeuwen ver en verspreid boven hen, achter verre vissersboten aan vliegend in de richting van de stad. Hij herinnerde zich de route met een verbluffende helderheid. Zijn vader had hem hier altijd mee naartoe genomen toen hij klein was. Het was een van zijn 'rustige genoegens' – afzondering als luxe wanneer ze de raad van bestuur, de pers en zelfs de Sandhamn-scene wilden ontvluchten – en hij wist precies waarop hij moest navigeren.

De rotsen hier waren wild en gekarteld, ze staken als glasscherven hoog boven de zee uit. Hier woonde niemand en er gingen maar weinig mensen naartoe. De inham was smal en alleen de kleinere boten met ervaren schippers konden er veilig komen, maar Emil hield juist van deze plek vanwége de ruigheid en het isolement, de sfeer van verlatenheid en gevaar.

Hij stuurde naar binnen op precies het punt dat zijn vader hem had laten zien – tussen de vlakke rots en wat zij de 'scherpe tand' noemden – en hij deed zijn mond al open om hun vreugdevolle aankomst aan te kondigen. Maar de woorden bleven steken om wat hij daar zag.

Linus en Bell gingen rechtop zitten nu ze de luwte binnenvoeren, en nog rechter toen ook zij het zagen – een muur van zeedamp vóór hen, als stoom opstijgend boven het water, gevangen binnen de wanden van de baai.

Het was op zich geen ongewone aanblik hier – de hemel kon wolkeloos, verzengend blauw zijn, maar de verspreide stippen land verdwenen uit het zicht als de zeedampen kwamen opzetten, waardoor zelfs eilandjes dichtbij aan het oog werden onttrokken. Ze losten meestal snel weer op, sommige na slechts een paar minuten, andere na een uur of meerdere uren.

Maar dit was een dichte mist. De groenzwarte silhouetten van het eiland vervaagden snel. Emil deed zijn zonnebril af nu de nevel hen omgaf en zijn hand rustte lichtjes op de helmstok nu ze binnenvoeren, terwijl hij de snelheid nog verder terugbracht omdat zelfs de waarschuwingsstokken lastig te zien waren. Van een afstand was de mist wazig en doorschijnend, maar er binnenin was hij dicht en ondoorzichtig als een zware wolkenmassa. De eindeloze zon werd uiteindelijk verduisterd en alles leek een stukje voorwaarts te glijden, als een auto die in een andere versnelling werd gezet – de dag werd avond, de zomer werd herfst. Het leek onmogelijk om je de open lichtheid en warmte van enkele momenten eerder voor de geest te halen, want het was koel onder de sluier. Het enige geluid kwam van de boot die door het griezelig kalme water van de inham gleed.

Bell keek hem bezorgd – mogelijk zelfs beschuldigend – aan. Misschien vond ze dat hij had moeten weten dat dit kon gebeuren, maar hij sloeg geen acht op haar afkeuring. Zijn kaak verstrakte en zijn ogen bewogen snel heen en weer, op zoek naar de oriëntatiepunten die hem zouden vertellen waar ze waren. Een scheur in de bodem van de boot op deze plek was een gevaarlijk vooruitzicht. In slechts enkele minuten was de grote, romige hemel die over hen heen welfde verduisterd en verkleind, zodat de rest van de wereld was uitgewist en er niets anders bestond buiten deze boot in deze inham. Als ze een grotere boot hadden gehad, zouden ze radarapparatuur hebben om hen te gidsen, maar de twee roeispanen aan hun voeten op de vloer waren de enige reserve dat ze aan boord hadden.

Niemand zei iets. Er doemden vormen op uit de schaduw, die het volgende moment weer terugweken. Er fladderde een vogel in een boom dichtbij, waar Bell zo van schrok dat ze naar adem hapte. Een vis die naar het oppervlak kwam veroorzaakte een rimpeling en dook weer de diepte in. Links van hen dreef een vage massa langs. Of liever gezegd: zíj dreven langs. Emil zag hoog in zijn blikveld nog net de puntige toppen van dennenbomen. Ze bevonden zich in elk geval nog op de juiste plek. Hij stuurde de boot voorzichtig in de richting van de landmassa, want hij wist nog dat er voor het hoogste punt van het eiland geen rotsen lagen.

Hij wierp een blik in het water naast de boot, maar de demping van het licht maakte het onmogelijk de diepte in te schatten. Hij gooide het kleine anker toch maar uit. Als het te diep was, zouden ze verder drijven, weliswaar langzaam, want de stroming in de inham was traag. En anders konden ze hier wachten tot de mist zou wegtrekken en hij weer kon zien waar ze precies waren.

Ze staarden alle drie de nevel in, die zo dik als een fluwelen gordijn was neergedaald en zo stil als een kat was genaderd. Hij leek bijna voor ze te dansen, een levend iets wat deinde en golfde en ademde. Er waren geen randen, geen tekenen van omkrullen of loskomen om het blauw erachter te onthullen. In plaats daarvan bleef de mist maar komen in pluimen van wisselende dichtheid, terwijl een waarschuwingsstok als een totempaal in de ondiepte af en toe in beeld kwam en weer verdween. Zelfs in zijn beleving was dit isolement angstaanjagend. Er passeerden geen boten, er klonken geen enthousiaste kreten van kinderen over het water, en het had zomaar midden november kunnen zijn, zo verlaten en troosteloos deed het allemaal aan.

'Moeten we niet... teruggaan?' vroeg Bell hem behoedzaam met zachte stem. Hij wist dat ze probeerde Linus niet bang te maken, die naar hen achteromkeek als een hertje, een en al grote ogen en vluchtinstinct.

'Nee. We moeten blijven waar we zijn,' antwoordde hij. 'Het klaart straks wel weer op.'

Ze wendde zich weer af, bijtend op haar lip, en hij zag dat de vochtigheid van de mist als een glanslaagje over haar huid lag, dat de plukjes haar in haar nek donkerder begonnen te worden, dat de fladderige mouwtjes op haar schouder begonnen af te hangen.

Hij keek snel weg en zag dat Linus hem aanstaarde. Hij glimlachte geruststellend. 'Niets aan de hand, Linus, we zijn hier veilig.'

'Maar wat als het niet weggaat?'

'Het trekt echt weer op. We moeten even geduld hebben. Mijn vader zei altijd dat de gebraden vogels je niet vanzelf in de mond vliegen.' Ze bleven zwijgend over het roerloze water uitkijken, alle drie wachtend. Wachtend. Het gevoel van verwachting – de hoop op datgene wat stond te gebeuren – drukte zwaar op hem. Dit was tenslotte zijn idee geweest. Het was zijn schuld. Er gingen vijftien minuten voorbij. Twintig... Zijn ogen vielen op iets achter de schouder van zijn zoon.

Linus draaide zich om en zag een groeiende stippel blauw. De mist werd dunner en begon weg te trekken. Emil zag het lichaam van zijn zoon ontspannen van opluchting en er ontsnapte hem een lachje nu het ergste gevaar geweken leek. 'Wat was dat cool!'

Bell lachte ook nu de omgeving met de minuut minder vijandig werd en het zonlicht op de karamelkleurige rotsen scheen, waar gele sedum en paarse zeelathyrus welig tierden, bosbes- en vossenbesstruiken groeiden en sparren en elzen stonden. Haar oog viel op een steile wand van zo'n tien meter hoog, een aanblik waardoor Linus in zijn geestdrift bijna meteen van de boot sprong, zodat Bell hem bij zijn arm moest grijpen.

Binnen enkele minuten was er geen zweem meer over van de zeemist, ijl als suikerspinsel verwaaid, en Linus en Bell kleedden zich uit en sprongen zonder aarzeling in het water, allebei verheugd. In een handomdraai weer gelukkig. Hij keek de andere kant op, weigerde te kijken naar het laatste lichaam dat hij had aangeraakt, de enige vrouw die hij in acht jaar had gekend. Hij weigerde te denken aan hoe ze zich had overgegeven aan zijn handen... Ze kwamen lachend boven, genietend van de koelte terwijl ze watertrappelden en weer om zich heen keken voordat ze zich op hun rug lieten drijven en kopjeduikelden.

Emil keek toe en voelde een steek van afgunst om hun hechte band. Hij zag dat Linus' blik steeds weer terugkeerde naar Bell, als zijn reddingsboei, en hij voelde zich weer het vijfde wiel aan de wagen nu zijn zelfvertrouwen was opgelost als die mist...

'Kom je er ook in?' vroeg Bell, alsof dat zo gemakkelijk was. Alsof geluk met één enkele sprong voor het grijpen lag.

'Ik wil eerst een paar sprongen van Linus filmen.'
'O. Oké.' Ze haalde nonchalant haar schouders op.
'Cool!' riep Linus uit. Hij zag er levendiger uit dan Emil hem tot nu toe had gezien. Het was duidelijk dat het ze geen van beiden uitmaakte of hij zich bij hen zou voegen of niet.
'Is er een pad naar boven?' vroeg ze turend.
'Ja. Als je onder de struiken uit het water klimt, zie je het daarachter liggen. Het is hier en daar wel smal, dus...'
'Oké, dan ga ik eerst en kan hij me volgen.' Ze leek amper te kunnen wachten. 'Kom, Liney.'

Hij zag ze wegzwemmen, hun natte, donkere hoofden als die van zeehonden naarmate ze verder weg bewogen. Hun stemmen klonken over het water toen ze de rotsen bereikten en hij hen uit het water zag klauteren. Na een paar minuten stonden ze op de richel, de springplek waar hij als kleine jongen zo vaak had gestaan. Dit was zijn plek, hij had ze hiernaartoe gebracht en nu voelde hij zich buitengesloten. Een toeschouwer van een privémoment.

Hij hield zijn telefoon omhoog en keek naar ze door de zoomlens. Ze hielden elkaars hand vast en tuurden over de rand – ongetwijfeld om te kijken of er rotsen waren – en keuvelden erop los. Ze droeg een zwarte bikini en haar natte donkere haar hing op haar rug. Haar lichaam zag er zacht en relaxed uit in de zonneschijn, maar hij herinnerde zich hoe ze als een zwerfkat verstrakte toen ze het over haar overleden verloofde had gehad... Het was vreemd om zoiets intiems te weten over een bijna-onbekende, om een mooie vrouw in een bikini te zien, een kind aan haar zijde, en te weten dat zij, ondanks dit beeld van schijnbaar zorgeloos geluk, ook hol was vanbinnen. Net als hij.

Hij zag ze samen springen – hun hakken naar achteren, hun armen gespreid, hun haar wapperend, hun kreten schallend. Ze waren alles wat hij wilde zijn, alles wat hij wilde...

Maar nee. Die nacht met haar was niets dan een kort lichtpuntje in hun beider leven geweest. Hoewel het stilletjes belangrijk voor hem was – hem eraan herinnerde dat hij leefde, dat hij nog altijd een man van vlees en bloed was – mocht zij dat niet weten. Ze moesten in essentie vreemden voor elkaar blijven die ooit samen een nacht onder de middernachtzon hadden doorgebracht. Meer niet. Ze zou nooit meer kunnen zijn. En nu was ze alleen maar de nanny.

'Staan we erop?' riep Linus met een triomfantelijke klank in zijn nog hoge stem.

Emil haalde diep adem en realiseerde zich dat hij was vergeten te klikken.

# 18

'Goed, wat zullen we vandaag gaan doen?' vroeg Emil na het ontbijt. Dat had grotendeels in stilte plaatsgevonden, aangezien de slaap van de nacht hen op de een of andere manier een stap terug had gezet na de avonturen van gisteren. De formaliteit was in ere hersteld.

Bell kreunde inwendig. Ze had het gevoel dat ze gevangenzat in een dag die voortdurend werd herhaald. Zou het de rest van de zomer elke dag zo gaan? Moest zíj elke stap bedenken waarmee Emil zijn zoon zou leren kennen? Ze had verwacht dat hij gisteren zelf het initiatief zou nemen, maar hij leek weinig zin te hebben gehad om het water in te gaan, hoewel het zijn eigen idee was geweest. Hij had bijna verlegen geleken. Uiteindelijk had hij een paar keer gesprongen met Linus, maar ze hadden elkaars hand niet vastgehouden. Misschien dacht hij dat het voor een tienjarig jongetje niet stoer was om de hand van zijn vader vast te houden? Zelf was ze wel zo'n dertig keer met Linus die rots op geklauterd en er weer af gesprongen. Elke keer had ze een steek van angst gevoeld bij het verlies van houvast onder haar voeten en het had al haar moed gevergd om door te zetten, omwille van Linus. Maar vandaag protesteerde haar lichaam. Ze was stijf en had wat schrammen en blauwe plekken waar ze zich aan de rotsen had gestoten.

Ze keek naar Linus en probeerde zijn stemming te peilen. Hij had kringen onder zijn ogen en ze merkte aan zijn stuurse zwijgen dat hij niet goed had geslapen, dat hij hier niet wilde zijn. Was deze ochtend voor hem ook een herhaling? Zou Linus elke ochtend terugvallen in wrevel omdat hij hier tegen zijn zin moest zijn, hoe leuk of opwindend de dag ervoor ook was geweest?

Ze voelde zich uitgeput, tussen hen beiden gevangen. 'Zin in kajakken?' vroeg ze zo vrolijk als ze kon.

'Nee,' mompelde Linus.

'We kunnen gaan vissen?'

Hij schudde zijn hoofd.

'Fietsen? We kunnen naar Sandhamn gaan, dan kun je ook je skateboard meenemen als je wilt.'

'Nee!'

Ze schrok van de directheid van zijn uitval. 'Maar Linus, je bent dol…'

'Ik wil niet!' riep hij. 'Ik ben móé, waarom laat je me niet met rust?' Ze wist dat het niet de activiteiten waren waar hij geen zin in had, maar dat het ging om de persoon met wie hij ze moest ondernemen. Zijn vraag aan haar om hem met rust te laten was in feite een indirecte vraag aan Emil. Ze keek naar hem om te kijken of hij dat begreep, maar in plaats daarvan leek hij bijna blij met Linus' slechte humeur omdat het ogenschijnlijk op haar gericht was.

'Nou, we kunnen ook gewoon rondhangen en een film kijken,' opperde Emil, die bij hem in de gunst probeerde te komen.

Bell trok een wenkbrauw op. Ze had zijn dvd-collectie bekeken en met *The Flight of the Condor* en *Dambusters* schoten ze niet veel op. Linus had überhaupt nog nooit een dvd gezien, laat staan dat hij in die films geïnteresseerd zou zijn.

'We kunnen naar Sandhamn gaan,' zei hij schouderophalend, want hij leek te begrijpen wat ze bedoelde.

'Daar is toch geen bioscoop?' zei ze verwonderd.

'Nee. Maar er is een scherm in het hotel, in de vergaderzaal. Ik kan ze vragen die voor ons klaar te zetten.'

'Voor alleen ons drieën?' vroeg ze.

'Nou ja, tenzij er iemand anders is die je wilt meenemen?'

Zij en Linus wisselden een hoopvolle blik. Dat lag voor de hand, toch? Maar één blik op Emils gezicht… Er viel een lange stilte en

Bells hart brak omdat de namen van zijn moeder en zusjes die niet vulden. Linus slikte. 'Nee, meneer.'

'Oké. En welke film zullen we kijken? Welke je maar wilt.'

'Echt?' wilde Linus weten.

'Echt. Nieuw. Oud. Zeg het maar.'

Linus leek overweldigd door de schijnbaar eindeloze keuze. 'Eh...'

'Hé, is die nieuwe van de Avengers al uit?' vroeg ze hem.

'Nee. Over een paar dagen pas,' zei hij met stelligheid. Hij wist alles van zijn superhelden.

'O.'

'Oké, zou je die willen zien?' vroeg Emil.

'Ja, meneer,' zei Linus aarzelend.

'Goed dan. De nieuwe Avengers dus.'

'Je begrijpt het niet. Die is nog niet uit...' zei ze haperend.

Hij hield haar met een blik tegen. 'Het is voor hem.' Hij keek weer naar Linus en gaf hem een knipoog. 'Zullen we over een uur gaan?'

'Ja, meneer,' antwoordde Linus onzeker, met een zweem van opwinding in de woorden en in zijn ogen.

Emil glimlachte en leek een paar centimeter te groeien. 'Mooi. Dan zie ik jullie bij de steiger.'

Linus holde opgetogen van tafel om zijn tanden te poetsen en zijn schoenen te zoeken, terwijl Emil een blik over zijn schouder wierp. 'Måns?'

'Absoluut, meneer.' En de huisknecht glipte de kamer uit om de boel te gaan regelen.

Bell bleef zitten. Hij kon toch zeker niet zomaar... een privébioscoop optuigen om daar een nog niet uitgebrachte film te laten vertonen, en dat binnen een uur?

Emil kwam overeind en keek haar aan. 'Ik neem aan dat je meegaat. Waar hij gaat, ga jij ook, toch?'

'Natuurlijk.'

Hij knikte. De bitterheid in zijn ogen voelde als een koude wind. Hij had haar niet vergeven voor de confrontatie van gisteren. Ze was niet welkom. 'Ja. Natuurlijk.'

Aanleggen in Sandhamn na een paar dagen op 007 was als arriveren op de luchthaven van LA na een jaar in Alaska, of als Mardi Gras vieren na een lange winterslaap: de geluiden, de kleuren, de geur van barbecues op het strand... Alles voelde intens en heftig na de kalme, slaperige sereniteit van het leven op het privé-eiland. Midsommar was voorbij, maar de vakantie duurde voort – elke aanlegplaats in de jachthaven was bezet, net als alle ankerplaatsen voor gasten in de baai, hun zeilen strak om de mast gebonden, de tuigages rammelend in de bries. Boten kwamen en gingen als treinen in een station, mensen riepen naar elkaar over het dek. Er flaneerden vakantiegangers in badkleding en teenslippers tussen boten, stranden en bars, er renden joggers voorbij in alleen een short met een handdoek in de broeksband, er stonden kinderen ijsjes te kiezen, locals lieten hun hond uit of duwden kruiwagens vol potplanten, handdoeken en andere spullen die met de ferry uit de stad waren aangekomen voor zich uit.

Emil sprong het eerst uit de boot. Hij stak zijn hand uit naar Linus en hielp hem de steiger op. Hij stak ook een hand uit naar Bell, en het lukte haar om niet te reageren toen zijn hand haar pols omsloot.

Ze liepen over de loopplanken, grijs verbleekt door de strenge winters en hete zomers aan de rand van de Oostzee. Niemand leek haast te hebben. Vier meiden op de fiets peddelden langs en belden loom, hun tennisrackets op hun rug geslingerd, hun bruine benen op en neer bewegend onder hun korte rokjes, hun paardenstaarten zwaaiend achter hen aan.

Linus had zijn skateboard meegenomen – blij met het vooruitzicht van paden en stoepen – en begon vakkundig door de menigte te zigzaggen. Ze zag dat Emil met open mond keek hoe zijn zoon langs zoefde, en dat hij zijn arm instinctief naar hem uitstak, maar het was te laat, hij was al buiten bereik. Emil keek achterom naar haar, alsof hij om hulp vroeg, maar toen hij haar zag terugkijken, draaide hij zijn hoofd met een ruk weer terug en keek naar zijn schoenen. Ze staarde naar zijn achterhoofd. Hij liep nadrukkelijk twee passen voor haar uit, zijn honkbalpet weer op, zodat zijn gezicht werd beschermd tegen terloopse onderzoekende blikken. Desondanks merkte ze dat hij de aandacht trok, dat vrouwen met verholen interesse naar hem keken, zich niet bewust van het gecompliceerde verleden van de man. Te laat bedacht ze dat ze er niet aan had gedacht om Linus een bericht naar zijn moeder te laten sturen. Na het tumult over het ontbijt gisterochtend en Nina's onaangekondigde komst... Ze haalde haar telefoon tevoorschijn en nam wat foto's van Linus die voor hen uit skateboardde.

'Bell!'

Ze schrok op, draaide zich om en zag iemand naar haar toe rennen en over wat kajakken heen springen die op de grond lagen.

'Kris!' Ze gooide opgetogen haar armen in de lucht terwijl hij haar optilde en rondzwierde. 'Wat doe jij hier op een doordeweekse dag?'

'Ik heb vanavond een lastminuteklus voor een diner op een van de grotere boten,' zei hij trots, met een kingebaar naar het geluid.

'Niet waar!' zei ze ademloos.

'Ik ben net op weg om de vis te halen. Heb je tien minuten? Ik zou een moord doen voor een biertje.'

'O.' Haar glimlach ebde weg. 'Ik kan niet. Ik ben aan het werk.' Ze keek naar Emil en Linus, die verderop stilstonden, achteromkeken en hen nieuwsgierig gadesloegen.

'O. Ik realiseerde me niet dat jullie samen op pad waren.'

'Nee, nou, dat is wel de intentie,' mompelde ze.

'Juist.' Hij fronste. 'Gaat het wel, Hell? Je ziet er een beetje... pips uit.'

'Pips?'
'Ziekjes. Niet helemaal in orde.'
Ze schudde haar hoofd. 'Het gaat goed, hoor. Ik werk gewoon hard en de klok rond.' Ze kreunde onwillekeurig.
'Dat meen je niet echt, hoop ik.' Hij schonk haar een onderzoekende glimlach.
Ze trok haar neus op. 'Er zijn wat dramatische ontwikkelingen geweest, de laatste paar dagen,' zei ze met een zucht. 'Maar het is een lang verhaal. Ik kan het je pas vertellen als we meer tijd hebben.'
'Dit weekend, dan? Marc en Tove komen morgenavond weer.'
'Nee, ik werk het hele weekend, helaas. En het weekend daarop ook. En het weekend dáárop.'
'Hell, Bell, dat is niet normaal,' zei Kris ernstig. 'En al helemaal niet legaal.'
'Het is een heel complexe situa...'
'Hoi.'
Ze schrok nu Emil terugliep en bij hen kwam staan.
Kris keek hem aan, niet met zijn vriendelijkste blik, maar zelfs onvriendelijk zag hij er spectaculair knap uit. Aan Emils zelfbewuste, vragende lichaamstaal te zien leek hij te verwachten dat hij zou worden voorgesteld. 'Hoi?'
'Ik ben Emil. Bells werkgever.'
Bell kromp inwendig ineen. Vorig weekend was hij de beste sekspartner geweest die ze ooit had gehad, haar mysterieuze minnaar. Nu was hij haar werkgever.
'Hoi. Ik ben Kris,' antwoordde hij, met opzet zonder verder informatie te geven, zoals wat zijn relatie met haar was.
De mannen gaven elkaar een hand, maar het gebaar had een passieve agressiviteit, alsof ze hadden besloten elkaar niet te mogen.
Er volgde een korte stilte, waarin Emil keek alsof hij wachtte op iets – dat zij haar gesprek met Kris zou beëindigen, misschien? Toen zei hij: 'Linus en ik gaan wel vooruit. We zien jullie daar.'

Was hij echt hun kant op gekomen om dat te zeggen? 'Oké. Ik kom eraan.'

Kris keek hem met samengeknepen ogen na. 'Relaxte gozer,' mompelde hij.

'Ja?' Ze zuchtte.

'Emil... Emil... Hij heeft iets bekends...' zei Kris in zichzelf terwijl ze keken hoe hij Linus inhaalde en een hand op zijn schouder wilde leggen. De jongen dook weg en spoedde ervandoor op zijn skateboard, opnieuw buiten bereik. 'Dat is niet... o, holy shit, dat is toch niet Emil Von Greyers?'

Ze knipperde met haar ogen als antwoord.

Zijn ogen werden groot. 'Je weet toch wel wie hij is?'

'Ja. Mijn werkgever.'

'En telg van een van de grootste industriële families van het land.'

'Fijn voor hem,' murmelde ze. 'Geloof me, je zou het niet zeggen als je zijn boot ziet. Of zijn schoenen,' voegde ze eraan toe, hem nakijkend.

'Hoe kan het dat je voor hem werkt?' Maar het antwoord lag al in de vraag besloten. 'Híj is die vent van de coma? Hanna's ex?'

'Formeel nog niet de ex, ze zijn nog steeds getrouwd. Maar inderdaad, en hij is nu mijn nieuwe werkgever voor de rest van de zomer. Lang verhaal kort: hij wil een band opbouwen met Linus. Ik moet dat in goede banen leiden.'

'Ongelooflijk dat je niets hebt gezegd!'

'Ik weet het zelf pas een paar dagen. Maar luister, het is waarschijnlijk het beste als je het voor je houdt. Ze zijn erg op zichzelf.'

'Niet zo héél erg. Iedereen op het eiland heeft de helikopter gisteren zien arriveren.'

'O.' Ze kon zich goed voorstellen wat Emil daarvan zou vinden.

'Daar zat jij toch niet in?'

'God, nee.'

'Jammer.' Zijn ogen twinkelden ondeugend. Kris had gevoel voor de luxe dingen van het leven.

'Maar luister, ik moet gaan,' zei ze, en ze ging op haar tenen staan om hem een kus op zijn wang te geven. 'We gaan de nieuwe Avengers-film kijken.'

'Die is toch nog niet uit?'

'Nee, het schijnt van niet,' zei ze schouderophalend en ze begon achteruit te lopen. 'Doe de groeten aan de anderen. Ik laat je weten wanneer ik weg kan. Ik moet nu opschieten.'

Ze haastte zich over het plankenpad, sprong opzij voor een fietser en rende de trap op, naar de koele, met hout betimmerde hal van het hotel. Ze bleef even in de deuropening staan om zich te oriënteren. Emil had 'vergaderzaal' gezegd, toch?

Er stond een man met een extravagante blonde snor achter de balie. Ze liep naar hem toe en haalde diep adem. 'Hallo. Ik ben hier met de heer Von Greyers en zijn zoontje. Kunt u me alstublieft vertellen waar ze zijn?'

De ogen van de man vernauwden zich bij haar aanblik – hadden ze hier een kledingvoorschrift? Was haar jurkje te kort? Zat haar haar te slordig? – en stopte met typen. 'Mag ik uw identiteitsbewijs zien om dat bevestigd te krijgen?'

Haar glimlach vervaagde. 'Wat?'

'Uw identiteitsbewijs, juffrouw.'

'Dat heb ik niet bij me. Waarom zou ik dat nodig moeten hebben?'

Hij keek rond alsof hij niemand die toevallig in de buurt was aanstoot wilde geven met zijn woorden. 'Nou, ik vrees dat u niet de eerste jongedame zou zijn die beweert dat ze voor meneer Von Greyers werkt.'

Ze staarde hem vol ongeloof aan. 'Ik ben de nánny van zijn zoontje.'

'Ja, juffrouw. Dat soort dingen zeggen ze meestal.'

Ze stootte een harde, korte lach uit waar Nina een puntje aan zou kunnen zuigen. 'O mijn god! Denkt u nou serieus...'

'Het is oké, Lennart, ze hoort bij mij.'

Ze draaide zich om en zag Emil naar haar toe lopen. Hij had kennelijk in een van de stoelen bij het raam gezeten. Had hij op haar zitten wachten? Naar haar en Kris zitten kijken? Waarom?

'Waar is Linus?' vroeg ze, met warme wangen omdat hij moest hebben gehoord dat dit opgeblazen heerschap haar had aangezien voor een of andere... groupie.

Hij keek haar koeltjes aan, had zijn honkbalpet nog op. 'Al in de bioscoop. Het leek me goed jou op te wachten. De ruimte is niet zo makkelijk te vinden.'

'O. Dank je.' Opnieuw een held met tegenzin?

Er pulseerde een moment tussen hen, stil en geladen. Opnieuw stonden ze op gespannen voet met elkaar.

'Lennart, onthoud haar alsjeblieft voor een volgende keer,' zei hij zonder zijn ogen van haar af te wenden. 'Haar naam is Bell Appleshaw.'

'Zeker, meneer. En zal ik noteren dat ze de nanny van uw zoontje is?'

Emil begon kordaat weg te lopen. 'Ja, dat klopt. Ze is alleen maar de nanny.'

# 19

'Linus?' Ze ging rechtop zitten. Het gedempte licht speelde haar parten terwijl ze het halfduister in tuurde, haar hart bonkend in haar lijf. 'Ben jij dat, lieverd?'

Ze spitste haar oren, maar de stilte was net zo zwaar als de duisternis. Het was een bewolkte nacht waarin de maan zich verborgen hield en de uil van het landgoed stil in zijn boom zat. Maar er was iemand binnen geweest, dat voelde ze – het spoor dat was achtergebleven had een zekere warmte, een geur, haar zesde zintuig dat zich roerde had haar uit haar slaap gehaald.

Speelde haar geest spelletjes met haar of was ze simpelweg wakker geworden van iets buiten? Een vos die een muis ving? Ze wachtte nog een moment en luisterde goed, waarna ze de dekens van zich af gooide en naar het raam liep om een van de luiken open te duwen. Ze keek uit over de boomtoppen. De schemerige hemel welfde boven haar, het dennenbos was een inktzwarte vlek, het gazon oogde zilverig en... er stonden voetsporen in de dauw. Ze tuurde geconcentreerder naar de zwarte bomenmassa, hoorde nu takjes kraken en ving een glimp op van iets lichts – als kwikzilver. Ze bleef aandachtig staren, met opnieuw een bonzend hart. Het zou een wit hert geweest kunnen zijn.

Maar er waren geen herten op de kleinere eilanden. Dat wist iedereen.

Ze holde over de vloer naar de deur, liep de lange gang in en keek naar Emils deur aan het eind ervan. Die was gesloten en er scheen geen licht onder de kier door, zoals ze een aantal keren had gezien. Ze wierp een blik in Linus' kamer, wilde dat ze zou zien wat ze altijd zag als ze ging kijken hoe het met hem ging – Linus diep in slaap, liggend op zijn zij, zijn lichaam opgekruld als een rups, een duim in zijn mond – een gewoonte uit zijn babytijd die hij voor overdag had afgeleerd maar nog niet voor de nacht. Maar het tafereel dat haar begroette, was overduidelijk. Zijn bed was leeg en de wekker op zijn klok bliepte omdat de snoozefunctie was ingeschakeld...

'O god,' hapte ze naar adem, want ze wist precies wat er aan de hand was. Hij liep weg, wilde de boot nemen naar Summer Isle. Maar hoewel er geen wind stond, hoewel het water glad zou zijn, wist hij niet hoe hij in de nacht moest navigeren. Hij zou de waarschuwingsstokken bij de rotsen die een scheur in de bodem van de boot konden veroorzaken niet kunnen zien...

Ze vloog over de overloop en de trap naar beneden, zonder zich af te vragen of ze daarbij lawaai maakte, en schoot een paar rubberlaarzen aan die bij de achterdeur stonden. Ze waren een paar maten te groot, maar ze rende toch, al hoorde ze ze ploffen en flapperen rond haar blote benen terwijl ze in haar T-shirt over het gazon sprintte.

Het was huiveringwekkend om midden in de nacht door de bomen te rennen. Hoewel de zon en maan allebei als gedimde kroonluchters aan de hemel hingen, voelde de textuur van de lucht anders aan – welliger, zwaarder, bevolkt door piepkleine glanzende, oplettende oogjes en de veelheid van klanken uit de nachtelijke wereld. Maar ze bleef rennen, weefde een lijn door de dennenbomen tot de loodgrijze zee er in flitsen tussendoor zichtbaar begon te worden en steeds groter werd...

Ze hoorde iets achter zich. Voetstappen? Een ademhaling?

Nee. Ze kon niet stoppen. Ze zou niet stoppen. Haar fantasie ging met haar op de loop, haar kinderlijke angst kwam boven in haar eigen oppervlakkige gehijg, en ze zag nu dat Linus op de steiger stond, zijn tengere gestalte een silhouet tegen het glinsterende water. Hij droeg een roeispaan over de loopplank naar de roeiboot, die met een touw aan de ladder was vastgemaakt.

Ze wilde roepen, hem tegenhouden terwijl ze het strand bereikte, maar zijn naam bleef in haar keel steken als een mouw aan een spijker. Ze keek zwijgend toe hoe hij de roeispaan optilde, die helemaal geen roeispaan bleek te zijn.

'Bell...' Het was een fluistering, een snak naar adem, en een hand op haar schouder hield haar tegen. Ze draaide zich in paniek om naar Emil, die achter haar stond. Ook hij had zijn nachtkleding aan – alleen een pyjamabroek, geen shirt, zelfs geen schoenen – en hij had een wilde blik in zijn ogen, net als zij. 'Wat doe je? Waar ga je naartoe?'

Maar zijn vragen behoefden geen antwoord, want zijn blik viel al op de jongen achter haar, die met een witte vlag stond te zwaaien. Aan de andere kant van het water zwaaide een witte vlag terug. Een stille vorm van communicatie in het holst van de nacht. De eenzame poging van een zoon om zijn moeder te bereiken.

Bell keek hem aan met boze tranen in haar ogen en zag hem ineenkrimpen. 'Zie je nu wat je hebt gedaan?'

Emil keek gepijnigd toe hoe zijn kind de enorme vlag heen en weer zwaaide. Die was oud en versleten, met gaten erin waar de zon de vezels had afgebroken, en de voormalige tentstok woog zwaar in die kleine armen. Na een paar minuten vertraagde de beweging, werd krampachtiger, en zijn hele wezen wilde naar zijn zoon snellen om hem te helpen, zijn vader te zijn en het gewicht van hem over te nemen. Maar Bell had gelijk. Hij was er de oorzaak van dat Linus dit deed. Hij zag aan het ritmische zwaaien aan de kant van Summer Isle hoe Hanna hem miste, hoe ze probeerde haar liefde en verlangen over te brengen met een consistent, eindeloos wuiven. Geen van hen – noch Hanna, noch Linus noch Bell – wilde dat hij hier was. En zich opdringen, al was het maar om te helpen, zou hun moment van verbinding tot een abrupt einde brengen.

Hij hoorde een geluid vanaf de steiger komen. Linus kreunde omdat het gewicht in zijn armen hem te veel werd. Hij kon niet meer zwaaien met de vlag, hem alleen nog vasthouden, en na enkele ogenblikken kon hij niet meer anders dan hem neerleggen.

'Mama!' riep Linus, heftig met zijn armen zwaaiend en op en neer springend zodat de planken rammelden. 'Ik ben hier nog, mama!'

Maar aan de overkant hield het zwaaien op en werd de vlag bijna onmiddellijk onzichtbaar in zijn roerloosheid. Het was onmogelijk om Hanna van hieraf te zien, van deze afstand in het schemerige licht, en met een sluier van zeemist die over het water trok.

'Mama!'

Zijn hart trok samen bij het horen van het leed in de stem van zijn kind. Voor de duizendste keer vroeg hij zich af wat hij aan het doen was – Linus hiernaartoe slepen en hem vasthouden – tegen zijn wil.

Hij zag ook Bell verkrampen, haar schouders hoog opgetrokken, terwijl Linus hoger sprong, zijn geroep heviger werd, wanhopig, smekend. Maar Hanna was verdwenen en Linus begon te huilen bij het vooruitzicht van weer een nacht en dag zonder haar. Zou hij morgennacht weer op de steiger staan? Had hij dit elke nacht gedaan sinds hun aankomst?

Emil voelde de afwijzing als een klap tegen zijn maag. Hij hield met elke vezel van zijn lichaam van dat kind, maar zijn pogingen om een band met hem te krijgen... Wat hij deed was niet genoeg. Hij was zélf niet genoeg en hij zou dat ook nooit zijn. Hij had alles gemist, de eerste schooldag, het leren fietsen, voor het eerst samen skiën, kerstdagen, verjaardagen... en niets kon die verloren tijd goedmaken. Hij was een vreemde voor zijn zoontje, dat een andere man 'papa' noemde.

Dat waren de feiten. Dat waren de kaarten die het lot hem had toebedeeld. Hij had 'geluk' dat hij nog leefde, bleef iedereen maar tegen hem zeggen, alsof dat genoeg zou moeten zijn. Maar wat voor zin had het als hij het enige wat het waard was om voor te leven kwijt was?

Als hij 's nachts in bed lag, herinnerde hij zich sommige dingen heel goed, het was alsof hij er zo weer in kon stappen – hoe hij met Linus naar babyzwemmen ging toen hij acht maanden oud was, en de open manier waarop zijn kind hem vol vertrouwen onder water had aangekeken terwijl hij hem met sterke handen naar beneden liet zakken en Linus' oerinstinct in werking trad, zoals de instructeur had gezegd, waarna hij hem weer omhoogschepte en tegen zijn borst legde. Vader en zoon, huid op huid, wang tegen wang... Het voelde als een onvoorstelbare luxe, nu zijn zoon hem nog niet één keer had aangeraakt sinds hun hernieuwde kennismaking.

Bell haalde plotseling adem en duwde hem achteruit tussen de bomen, haar handen koel op zijn blote huid, zodat ze schuilden achter een boom op het moment dat Linus zich uiteindelijk omdraaide en over de steiger naar de kant liep. Snikkend slofte hij over het rotsige pad terug naar het huis.

Hij rook haar shampoo, want ze was maar een centimeter of tien van hem verwijderd, en hij zag hoe zij naar zijn zoontje keek. Ze hield van hem, dat was duidelijk. Dit was voor haar meer dan alleen maar werk. Ze was haar grenzen uit het oog verloren – of misschien had ze die nooit gehad? Misschien wilde ze, net als hij, zijn familie voor zichzelf.

Hij herinnerde zich hun ontmoeting – zij te zwaar beladen en vol verontwaardiging over de bakfiets. Op het eerste gezicht had hij alleen haar benen, armen en hoge knot gezien omdat haar boze, mooie gezicht schuilging achter een sixpack met bier. Maar bij de meiboom, waar ze had gelachen en gedanst met haar vrienden, had ze hem de belichaming geleken van wat het betekende om jong en vrij te zijn, om te léven, zo anders dan het meisje dat later rond middernacht in haar eentje aan het water kwam zitten...

De herinneringen begonnen onwillekeurig te stromen, wikkelden zich af als van een gevallen haspel... haar lange haar los onder hem uitgewaaierd, de middernachtzon op haar huid, het licht in haar ogen toen...

Hij hield zijn adem in nu ze zich omdraaide, slechts enkele centimeters van hem verwijderd, hem aankijkend... met verachting. 'Geen woord hierover tegen hem. Ik handel het wel af,' siste ze, en zonder nog iets te zeggen stapte ze om hem heen en volgde ze Linus op afstand om ervoor te zorgen dat hij veilig was en dat hij dacht dat zijn geheim – zijn reddingslijn – nog alleen van hem was. Emil keek haar na en voelde de wanhoop weer als een inktvlek door hem heen vloeien. Toen hij haar de trap af had horen stormen en haar over het gazon had zien sprinten, waren zijn eigen voeten instinctief ook in beweging gekomen. Niet omdat hij vreesde dat zijn zoon in het holst van de nacht zou vertrekken, maar omdat hij bang was dat zíj zou weggaan.

Bell trok haar bikini aan en smeerde zich in met zonnebrandcrème, zoals ze elke dag deed. De dagen begonnen een ritmische routine te krijgen nu de ijzige sfeer tussen vader en zoon was ontdooid. Linus' opgetogen reactie bij het zien van de hotelvergaderzaal die was getransformeerd tot privébioscoop – met leren banken, ballonnen, een emmer popcorn en natuurlijk zijn idolen op het scherm, dagen voordat de 'rest van de wereld' ze te zien kreeg – had de bril veranderd waardoor hij de man zag die beweerde zijn vader te zijn. Linus zag in hem niet langer de monsterachtige verschijning die zeven jaar na zijn hersenletsel tot leven kwam. Hij had hem de abrupte entree in zijn wereld vergeven, evenals zijn afwezigheid toen ze hier waren aangekomen. Hij had de Avengers naar een klein eiland in de Oostzee gebracht, ongeacht premières en beroemdheden en studiodirecteuren. Linus wist nu twee dingen: zijn vader was rijk. Zijn vader was machtig.

Bell wist het ook en ze zag met stille ongerustheid hoe Linus' enthousiasme met de dag groeide, in afwachting was van hun volgende 'avontuur'. Vroeger was snorkelen in nieuwe baaitjes een avontuur geweest, of het binnenhalen van de makreelnetten bij zonsondergang, maar nu ging het om jetskiën, zwemmen met seabobs, een maaltijd van McDonald's die vanuit de stad werd overgevlogen. Ze waren hier nog maar een week, maar er was al veel veranderd.

Deels was het te wijten aan de behoedzame afstand die Emil en zij ten opzichte van elkaar bewaarden. Hun confrontaties in de eetkamer en later midden in de nacht bij het strand waren geen van beiden in de koude kleren gaan zitten. Die midzomernacht behoorde toe aan een ander leven, andere mensen zelfs, en ze bevonden zich nu in een ongemakkelijke wapenstilstand als medewerkers aan een project. Hij probeerde haar niet uit zijn plannen te weren of zijn zoontje zonder haar toestemming ergens mee naartoe te nemen, en zij deed een stapje terug om vader en zoon meer gewone interactie te gunnen, zonder zich er steeds mee te bemoeien of als scheidsrechter op te treden.

Emil verwende Linus, dat zag ze wel, maar haar taak was slechts om ervoor te zorgen dat de jongen tevreden en beschermd was en zich veilig voelde – het was níet haar taak om Emil te leren hoe hij zijn ouderschap moest invullen. Hij mocht zelf weten wat voor vader hij wilde zijn, en Linus vond het wel prima. Ze gingen al gemakkelijker met elkaar om, en hoewel Linus' nachtelijke bezoekjes aan de steiger bleven doorgaan – Bell zette nu steeds haar wekker en volgde op veilige afstand – was hij gisteren in de vroege ochtend met Emil naar Sandhamn gegaan om de krant te halen – zij hoefde niet mee.

Hoe dan ook zou vandaag een grote dag worden. Emil had Linus een 'extra speciale verrassing' beloofd, maar Bell was niet enthousiast. Ze was met een knagend gevoel in haar maag wakker geworden, al kon ze niet precies verklaren waarom. Er klopte iets niet, er hing iets in de lucht – een nerveuze energie, een delicate spanning die op uitbarsten stond. Het ging allemaal zo snel met die onophoudelijke avonturen, met Emils wanhopige pogingen om elk moment perfect te maken... Ze kreeg daardoor het gevoel dat er wel iets in duigen móest vallen.

Zij en Linus ontbeten met zijn tweeën en stuurden tussen de

happen door berichtjes naar Hanna. Måns liet hun met zijn sonore stem weten dat Emil al was vertrokken voor de laatste voorbereidingen en vroeg of ze zo vriendelijk wilden zijn om hem bij de steiger te ontmoeten. Ze probeerden te raden wat voor buitengewone plannen Emil voor hen in petto had. Grotduiken? Zwemmen met dolfijnen? Jetpacken?

'Ik hoop op kiteboarden,' zei Linus terwijl ze samen over het gazon liepen, tussen de bomen doken en over het kiezelpad slenterden. 'Denk maar na, ik kan heel goed skateboarden én er staat veel wind vandaag. Het wordt vast kiteboarden.'

'God, ik hoop van niet,' mompelde ze. Hoewel het haar huiverigheid zou verklaren.

Ze bereikten de rand van het eiland en zagen Emil op de steiger zitten wachten, een silhouet als een Huckleberry Finn-figuur, met zijn rug tegen een paal. Hij zat daar op de ideale plek om Linus' mond te zien openvallen terwijl ze vanuit het bos het met dennennaalden bezaaide strand op stapten. Ook Bell bleef plotseling staan toen ze de trimaran met zwarte zeilen bewegingloos in het water zag liggen.

Ze wist genoeg over boten om te weten dat deze ultramodern was, van wereldklasse, America's Cup-waardig: vleugelzeil, zo'n zestig meter lang, de beste materialen, rompdelen van composiet... 'Holy shit,' fluisterde ze, even haar vuistregel nooit te vloeken waar kinderen bij zijn vergetend.

'Holy shit,' herhaalde Linus, die zijn voordeel ermee deed.

Ze liepen langzaam over de rammelende planken zonder hun ogen van de boot te kunnen afhouden. Die bood een bijna hypnotiserende aanblik: gestroomlijnd, krachtig, het speelgoed van een miljardair.

'Is die echt van jou?' fluisterde Linus toen ze Emil bereikten en ze allebei de in het zwart geklede bemanning de boot in gereedheid zagen brengen, de masten op en af klimmend en over de netten hollend alsof het springkussens waren.

'Nou, kijk nog maar eens goed. Zie je hoe ik haar heb genoemd?' Hij wees naar de rode letters op de romp: Linea.

Linus' adem stokte.

'Ik moest uiteraard de vrouwelijke versie van je naam gebruiken. Ik hoop dat dat oké is? Boten hebben geen jongensnamen.'

Linus staarde Emil aan, keek naar de boot en toen weer naar Emil... en hij sloeg zijn armen zo plotseling om Emils nek dat zijn vader bijna zijn evenwicht verloor en ze allebei net niet van de steiger vielen.

Bells eigen handen vlogen naar haar mond toen ze zag dat Linus zijn gezicht in de hals van zijn vader begroef, bij wie de tranen over zijn wangen liepen. Het was hun eerste aanraking en ze wist dat het om meer dan een omhelzing ging. Er kwam een muur naar beneden, het was een doorbraak, de eerste stap in hun nieuwe relatie.

'Wat fijn dat je er blij mee bent,' zei Emil met gesmoorde stem. Zoals altijd ging zijn gezicht deels schuil onder zijn pet.

'Ik hou van boten!'

'En ik hou van jou, Linus.' Hij schrok terwijl de woorden hem ontsnapten voor hij ze kon tegenhouden, als bloed dat achter een losgeraakt propje aan stroomde. Was het te snel?

Bell zag dat Linus een ogenblik geschokt keek en dat zijn kleine lichaam instinctief verstijfde terwijl hij zich losmaakte. Maar toen liet hij weer een vrolijke lach zien. 'Ik geloof bijna niet dat je een boot voor me hebt gekocht!'

Wat? Nee...

Bell zette automatisch een stap naar voren en nam daarbij ook de uitdrukking op Emils gezicht waar. Hij werd erdoor verrast en zijn tranen stopten meteen terwijl zijn mond geluidloze woorden vormde.

'Nou,' stamelde hij toen hij haar ontsteltenis zag, waarna hij zich herpakte. 'Ik wilde je laten zien hoeveel je voor me betekent, dus dat betekende dat het iets gróóts moest zijn.'

'Ik ben dol op zeilen!' riep Linus, die op en neer sprong bij de aanblik.

Emil lachte. 'Dat heb je van mij. Zodra het weer kon nadat ik het ziekenhuis had verlaten, kwam ik hiernaartoe om elke dag op het water te kunnen zijn. En daarna wachtte en wachtte en wachtte ik op jou. Dat heeft me beter gemaakt, de gedachte dat ik dit met jou kon delen.'

'Gaan we ermee varen?'

'Natuurlijk. De bemanning is er klaar voor. De omstandigheden zijn perfect. Hoe snel wil je gaan?'

'Héél erg snel!' juichte Linus, bijna overweldigd door opwinding, en Bell zette intuïtief weer een stap naar voren en legde een hand op zijn schouder, een stille aansporing om te kalmeren.

Emil keek beschuldigend naar haar hand. Ze haalde hem weg. Ze bemoeide zich er weer mee. Hij vond het hinderlijk.

'Nou, spring dan maar gauw in het rubberbootje, dan gaan we. De boot kan hier niet komen, het is te ondiep.'

'Ik eerst!' En Linus klauterde langs de kleine ladder aan de steiger omlaag en sprong in het bootje.

Emil draaide zich naar haar om en hield haar tegen. 'Je ziet er somber uit.' Hij keek haar strak aan, leek de confrontatie te zoeken. 'Heb je ergens problemen mee?'

Ze wierp een blik op Linus om zeker te weten dat hij niet meeluisterde. 'Je kunt hem niet zomaar een boot géven,' zei ze zacht.

'Dat doe ik ook niet. Het is geheel denkbeeldig. Als hij wil geloven dat die boot van hem is, is dat prima. Wat is daar mis mee?'

Ze staarde hem aan en kon de woorden niet vinden. Ze wist niet wat ze moest zeggen om haar punt te maken en ze moest te zacht praten om buiten Linus' gehoorsafstand te blijven. 'Oké dan,' gaf ze zich zuchtend gewonnen. Linus mocht niet zien dat ze onenigheid hadden. Hij vertrouwde hen allebei. Het was goed voor hem als zij ook vertrouwen uitstraalden. 'Je zegt het maar. Hij is jouw zoon.'

Emil glimlachte bij die uitspraak en keek liefdevol naar de geestdriftige jongen in de boot. 'Ja. Ja, dat is hij.'

## 20

Niet hier, zei ze tegen zichzelf. Niet hier.

Maar nu ze met haar hoofd achterover zat, vastgeklikt aan de reling, haar haren verwaaid, het uitschreeuwend van pure vreugde, begonnen de tranen ongecontroleerd te stromen. Het was allemaal te mooi, te volmaakt, te puur. Ze had zichzelf gedwongen dit gevoel te vergeten, vier jaar lang de herinnering aan de sensatie van dit scheren over het oppervlak van de wereld onderdrukt, maar nu, met de fijne zilte druppeltjes op haar gezicht en de wind die haar haren weer in strengen verwarde, was ze weer terug in de tijd. Met hem. In een ander leven...

'Huil je?' vroeg Linus met zijn warme hand op haar arm.

Ze keek hem aan terwijl de wind haar tranen wegblies. 'Nee, het is de wind maar,' jokte ze, en ze duwde haar verdriet met een stralende glimlach weg, in de wetenschap dat Jack dit moment prachtig zou hebben gevonden. Dit was hun leven samen geweest – nou ja, niet op dít exclusieve niveau, uiteraard, maar de wereld die onder hun voeten door gleed terwijl ze het zeil hesen en de giek vastzetten. Hiervoor had hij geleefd. Maar de waarheid was wreed en simpel en onvermijdelijk – hij was hier niet en zou er nooit meer zijn. Hij was dood. Ze dwong zichzelf het in haar hoofd te zeggen. *Hij is dood...*

Ze zag Emil, vastgeklikt aan Linus' andere zijde, naar haar kijken alsof hij de leugen doorzag, en ze keek weg met haar kin opstandig in de lucht en haar ogen dicht. Ze wilde dat het verleden haar met rust liet.

'Hou je vast!' riep Mats, de schipper, plotseling terwijl de boot draaide, de wind ving, en een moment later kwamen ze omhoog, op de draagvleugels, een meter boven het water. Ze schreeuwde het weer uit van geschokte verrukking nu ze naar beneden keek en zag dat ze over het wateroppervlak gleden als op schaatsijzers. Linus maakte contact met haar opengesperde ogen, ook schreeuwend en lachend alsof ze in een achtbaan zaten, en keek toen naar Emil, die op dezelfde manier reageerde. Ze zaten alle drie in een gedeelde euforische bubbel. Ze had hem nooit eerder zien lachen, besefte ze, en hij veranderde er helemaal door. Weg was het grimmige masker van lijdzaamheid dat hij zo vaak droeg.

Ze had nog nooit zoiets ervaren, zoals de boot doorzoefde, nog sneller, de bemanningsleden bedreven en efficiënt, zich niets aantrekkend van het zoute water dat hen doornat maakte terwijl ze werkten. Ze zagen er bijna dreigend uit in hun zwarte Linea-uitrusting en ze waren perfect op elkaar ingespeeld. Het leed geen twijfel dat deze boot een duizelingwekkend duur ding was, een internationale speler in de professionele scene – en een leuk speeltje voor een familie als de zijne.

Ze had nog steeds sterke twijfels over de ethische vraag of je een tienjarig kind moest laten geloven dat hij een boot bezat die vele miljoenen waard was, maar ze kon niet ontkennen dat vandaag zich snel leek te ontvouwen tot een perfecte dag. De voorspelde storm was nog nergens te bekennen, maar de wind die eraan voorafging werkte in hun voordeel en de bemanning wist het supervaartuig op vaardige wijze te manoeuvreren, zodat de zeilen bol stonden en ze kilometers ver over de uitgestrektheid van de oceaan zweefden. Ze gingen zo snel en zo ver dat ze half verwachtte de kust van Finland te zien.

Kijken naar de bemanningsleden was een masterclass in het betere zeilwerk. De mannen renden in allerijl van de ene naar de andere kant om de wind te vangen, springend over de netten, de hele tijd druk in de weer met het verzetten van de zeilen. Ze waren zowel atleten als commando's, zoals ze herhaaldelijk in het koude water werden ondergedompeld, met de zee die meedogenloos krachtig over hen heen rolde als de boot te scherp en te diep ging bij sommige bochten. Als ze niet met veiligheidslijnen vastzaten, zouden ze overboord slaan, zonder twijfel.

'Het platform van deze boot stabiel houden is moeilijker dan vliegen met een helikopter,' riep Emil over de wind naar Linus.

'Hoeveel knopen?' riep hij naar Mats.

'Tweeënvijftig!'

Bells mond viel open. Dat kon niet kloppen, toch? Kon een zeilboot die snelheid halen? Dat zou al snel zijn voor een speedboot!

'Denk erom dat er een kind aan boord is!' gilde ze. Ze kon het niet helpen, haar zenuwen begonnen weer op te spelen. Was dit wat er te gebeuren stond? Een ongeluk met Linus aan boord?

Mats draaide zich om en knipoogde naar haar. Hij was een gedrongen Australiër met een blonde baard en zijn haar in een paardenstaart. De huid van zijn brede, hoekige gezicht plooide bij het grijnzen. Hij was waarschijnlijk niet heel veel ouder dan zij, maar het leven op de oceaan verweerde meer dan alleen boten. 'Geen zorgen,' grinnikte hij. 'Alles onder controle.'

En hij leek de boot inderdaad met gemak en een instinctieve behendigheid te controleren. Hij stond letterlijk en figuurlijk stevig in zijn schoenen, gaf bevelen, trok aan het roer, nam tactische besluiten... Ze hield niet bij hoeveel minuten er voorbijgingen. Er was te veel te zien, steeds de verwachting en dan de sensatie als de mannen de boot precies daar kregen waar ze haar hebben wilden en ze weer voortvlogen, zodat ze alle drie weer opgetogen joelden. Maar uiteindelijk wierp Mats een onderzoekende blik op Emil, en toen die knikte, begon de bemanning de zeilen in te halen, zodat de boot terug in het water zakte, de snelheid van sprinten naar kruipen werd teruggebracht en ze uiteindelijk stilhielden.

Het was alsof ze uit een achtbaan stapten, hijgend en moe gebeukt door de wind. Ze dobberden op het water, er was geen land in zicht, alleen maar een diepblauw boven en onder hen.

'O mijn god, dat was ongelooflijk!' zuchtte ze tevreden terwijl de bemanning de lunch tevoorschijn haalde en ze zich los konden klikken om hun benen te strekken.

'Mijn billen zijn gevoelloos,' riep Linus, die daar enigszins verheugd over leek te zijn.

'Ja, die van mij ook,' zei Emil instemmend, en hij imiteerde zijn zoon in een vreemd dansje met aangespannen bilspieren dat kennelijk was bedoeld om de bloedsomloop te verbeteren. Bell grijnsde en sloeg ze geamuseerd gade. Er was een fysieke echo tussen hen, zoals ze stonden te wiegelen en elkaar in gekkigheid probeerden te overtreffen. Ze dacht dat zij waarschijnlijk niet beseften dat ze hetzelfde loopje hadden, of dat ze allebei hun hoofd schuin hielden, een beetje maar, als ze luisterden, of dat ze hun wijsvingers en duimen tegen elkaar roffelden als een ongeduldige tic.

'Niet de meest luxueuze lunch ooit,' zei Mats, die haar aandacht afleidde en haar een baguette en een flesje water gaf.

'O, bedankt.'

'Maar gewicht is essentieel voor de prestaties, dus we kunnen slechts een minimale lading meenemen.'

'Vooral als je drie mensen als ballast aan boord hebt,' zei ze schuldbewust.

'Emil is de baas. Geen ballast,' lachte Mats terwijl de man zelf naar hen toe kwam.

Linus – die de bemanningsleden steeds over de netten heen en weer had zien rennen– volgde hem, hollend met zijn O-benen tussen de dwarsbalken alsof hij in een trampolinepark was.

'Hebben we de, eh...'

'Jazeker,' zei Mats, die omlaag reikte en een grote fles Bollinger tevoorschijn haalde. Gekoeld.

'Hé, Linus...' Emil pakte de fles aan, schudde ermee en liet de kurk in een perfecte boog door de lucht ploppen, en de wolkjes champagne stroomden eruit, zodat Linus door een bruisende mist holde, met zijn armen naar de hemel uitgestrekt. Bell zuchtte. Elke hoop om te voorkomen dat hij al te opgewonden werd, was voor vandaag wel vervlogen.

'Dus een fles champagne wordt niet beschouwd als nadelig voor de verhouding tussen gewicht en prestatie?' vroeg ze toen Mats er een paar plastic wijnglazen bij haalde.

'Natuurlijk niet. De bubbels houden de boel licht,' grapte Mats terwijl Emil inschonk.

Bell lachte.

'Willen de jongens ook wat?' vroeg Emil aan Mats.

Mats keek achterom naar zijn bemanningsleden, zonder zwemvesten nu de boot niet voer. Ze vielen allemaal aan op hun lunch. 'Beter van niet. Ze moeten hun hoofd koel houden voor het geval we toch nog met die storm te maken krijgen.'

Bell keek naar de enorme fles. Zij en Emil werden toch niet geacht dat allemaal met zijn tweeën op te drinken?

'Die wordt pas vanavond verwacht, begreep ik,' zei Emil.

'Klopt. Maar de wind is vlageriger dan ik nu zou verwachten,' zei Mats, die een nadenkende blik op de horizon wierp. Het was nog helder, maar de scherpe streep tussen de zee en de lucht was vervaagd, de atmosfeer begon te veranderen. 'Ik trakteer ze wel op een biertje als we terug zijn.'

'Nou, op mijn kosten dan,' zei Emil. 'Zet maar op de rekening. Jullie hebben allemaal hard voor ons gewerkt vanochtend. Dat stellen we op prijs, nietwaar, Linus?'

'Hè?' riep Linus, die nog op de netten aan het spelen was.

'Bedankt, baas,' zei Mats, met een instemmend gebrom van waarderende stemmen van de mannen achter hem. 'Dat is heel sympathiek van je.'

'Je zult wel uitgeput zijn,' zei Bell terwijl Mats begon te eten en een hap van zijn baguette scheurde als een leeuw die een antilope verslindt.

'Ik ben het gewend,' zei hij schouderophalend.

'Je stopte niet tussendoor.'

'Kan ik me niet veroorloven. In een wedstrijd van twintig minuten kunnen er tot wel elfhonderd aanpassingen nodig zijn van de draagvleugels en het roer.' Hij glimlachte om de geschokte uitdrukking op haar gezicht. 'Ik heb gehoord dat je zeilt?'

Daardoor werd ze nog verder van haar stuk gebracht. 'Is dat zo?' Zijn ogen gleden vragend naar Linus, die met wijd open ogen aan de giek hing 'Hmm.'

Ze kreunde en glimlachte. 'Ik heb gezeild. Lang geleden.'

'Ah, maar je weet wat ze zeggen: eens een zeiler, altijd een zeiler.'

'Nou, ik heb dit niveau nooit gehaald. De snelheden die jullie halen, de techniek die jullie hebben... Het is allemaal heel anders dan ik heb gekend.'

'Anders, maar toch hetzelfde,' antwoordde hij schouderophalend. 'Mis je het niet?'

Ze verstijfde, want ze wilde er niet aan denken hoezeer ze het miste. Hém miste. Er viel een lange stilte, maar ze merkte het niet.

'Bell heeft over de wereld gezeild met haar verloofde, maar die is overleden,' zei Emil botweg in haar plaats.

Mats' uitdrukking veranderde van nieuwsgierig tot geschokt. 'O jee, het spijt me, dat wist ik niet!'

'Nee, natuurlijk niet. Wees gerust, het is oké,' zei ze met beverige stem, en ze forceerde een glimlach maar keek Emil boos aan, die van zijn champagne dronk alsof er niets aan de hand was. Ze wist dat hij niet met opzet wreed was, maar hij had het zo klinisch gezegd – alleen de feiten, zonder emotie. Zonder filter.

'Mag ik... vragen wat er is gebeurd?' vroeg Mats met een gezicht dat een en al bezorgdheid uitstraalde.

Ze keek hem aan. 'Kanker. Van de alvleesklier.'

Zijn gezicht betrok. 'O god. Dat is de ergste vorm. De broer van mijn beste vriend kreeg die diagnose drie weken na de geboorte van zijn dochter. Die arme kerel stierf negen maanden later. Tegen de tijd dat ze erachter kwamen, was het al te ver uitgezaaid...' Hij haalde hulpeloos zijn schouders op.

'Zo ging het ook met Jack. Hij is binnen vier maanden overleden.'
'Ook geen eerdere symptomen?'
Ze aarzelde, voelde de steek van schuld in de woorden die ze moest uitspreken. 'Eigenlijk wel een paar. Maar hij negeerde ze. Wij negeerden ze allebei.'
Haar gezicht had kennelijk iets laten doorschemeren van haar verzengende schuldgevoel, want Mats leunde voorover. 'Hé, niet doen. Het was jouw schuld niet. Ik weet hoe het voelt op het open water, het gewone leven lijkt zo... onvoorstelbaar. Je bent vrij, je ziet de wereld om je heen en het leven is mooi en grenzeloos, maar het kan ook heel zwaar zijn op de golven, en dat leidt af, er is geen genade. Je mist dingen of stelt ze uit. En wat kun je beginnen als je midden op die verrekte Stille Oceaan zit?'
Ze knikte. Ze zou het zichzelf nooit vergeven, maar ze hoorde de vriendelijkheid in zijn stem, de empathie. Daar kon zijn baas nog wat van leren. 'Hij was nog maar drieëntwintig. Ik denk dat we allebei dachten dat hij gewoon te jong en fit was om zo ziek te zijn.'
Het medeleven straalde van Mats' gezicht af. 'Waar waren jullie toen hij de diagnose kreeg?'
'Hier. In Zweden. We hadden over de Barentszzee gevaren en wilden voor de wintermaanden naar de Cariben vertrekken. We gingen voor een paar dagen naar Malmö om de voorraden aan te vullen. Hij was dol op een paar lekkernijen die je nergens anders kon krijgen.' Ze glimlachte even bij de herinneringen voordat die weer vervaagden, uitgewist door een wredere. 'Hij zakte op straat in elkaar. Ze hebben hem naar het ziekenhuis gebracht en dat heeft hij nooit meer verlaten.'
'Jezus,' mompelde Mats, die zijn hand uitstak en een hartelijk kneepje in haar arm gaf. 'Wat erg. Dat is heftig.'
'Ja.' Ze realiseerde zich dat ze haar baguette nog onaangeroerd in haar hand had. Ze dwong zichzelf een hap te nemen, maar het was alsof ze op karton zat te kauwen.
'En ben je daarom hier? In Zweden?'

'Min of meer. Ik had het fysiek niet aangekund om in mijn eentje te gaan zeilen, al had ik dat gewild, en ik wilde zeker niet zeilen met een ander.' Ze haalde haar schouders op. 'Bovendien duurde het lang voor ik de schok te boven was. Het gebeurde allemaal heel snel. Ik heb de boot verkocht en met het geld een appartementje in Stockholm gekocht, waar ik een jaar naar de muren heb zitten staren. Ik werkte niet, ging niet uit, at amper…' Ze zuchtte. 'Tot de regen op een dag met bakken uit de hemel kwam en ik besloot een wandeling te maken. Het was de eerste keer in weken dat ik buiten kwam.'

'En je wilde lopen… in de stromende regen?' vroeg Emil.

'Juist! Dat zijn de beste wandelingen!' zei ze toen ze zijn sceptisch blik zag. 'Het maakte iets in me wakker, het gevoel van de regen op mijn gezicht.'

'Het herinnerde je eraan dat jíj nog leefde,' zei Mats, die het begreep.

'Ja, precies. En ik begon daarna elke dag te lopen, zelfs als het zonnig was.'

Hij grinnikte om het ontbreken van de logica. Emil keek beduusd.

'Toen plaatste ik een advertentie voor een huisgenoot en kwam Kris, die mijn beste vriend is geworden. Hij is de broer die ik nooit gehad heb.' Ze wierp een vluchtige blik op Emil. Herinnerde hij zich de naam, de knappe jongen? Kon het hem schelen? 'Hij heeft me voorgesteld aan zijn vrienden en ik begon met ze om te gaan. En op een dag keek ik om me heen en besefte ik dat ik was geworteld en dat mijn leven in Zweden lag.'

'En je familie in Engeland?'

'Die heb ik niet. Ik was enig kind en mijn vader was relatief oud. Zijn huwelijk met mijn moeder was zijn tweede. Hij overleed toen ik dertien was en mijn moeder zes jaar later.'

Emil staarde haar aan. 'Toen je negentien was, dus.'

Puik rekenwerk, wilde ze bij wijze van grapje zeggen, maar ze hield zich in. 'Ja.'

'Daarom heb je de cijfers niet gehaald om te kunnen gaan studeren.'
Ze slikte. Tact was niet zijn sterkste kant. 'Ja...'
'Dus ben je een zeilreis rond de wereld gaan maken.' Het was alsof hij zich in zijn hoofd een beeld vormde, haar levensverhaal op een rijtje probeerde te zetten. Nou, succes ermee...
'Een betere ontsnapping is er niet,' zei Mats knikkend. 'Ik denk dat ik hetzelfde gedaan zou hebben.'
Bell glimlachte naar hem, dankbaar voor zijn steunbetuiging, en hij knipoogde terug.
'Dan blijft er nog één vraag over. We weten hoe je in Zweden bent terechtgekomen, maar hoe ben je hier beland, op zo'n sjofele boot met dit stelletje onverlaten?' grapte Mats. Maar hij wierp een onderzoekende blik in de richting van zijn werkgever, om te kijken of die aanstoot nam aan 'sjofel' of 'onverlaten'. Emils gevoel voor humor was onvoorspelbaar – niet altijd aanwezig.
'Op een dag ontmoette ik na mijn wandeling Hanna in een café. De meisjes waren nog baby's en ze had moeite om ze te voeden én dit mannetje bezig te houden,' zei ze, liefdevol door Linus' haar woelend. Die was eindelijk klaar met ronddarren en zat nu naast haar het beleg uit zijn baguette te peuteren. 'Dus ik bood aan haar te helpen en voor ik het wist, had ik een baan.'
Ze zag dat Emil was gestopt met eten, dat hij nog amper een hap van zijn baguette had genomen terwijl hij luisterde hoe zij hier verzeild was geraakt – op deze boot, in het leven van zijn familie. Het gesprek was een echo van de gedachtewisseling die ze die nacht op de kleine boot over het lot hadden gehad. 'Vreemd hè, hoe je ergens kunt terechtkomen? In geen miljoen jaar had ik dít verwacht.' Ze gebaarde naar hun eenvoudige champagnelunch, het gestroomlijnde vaartuig.
'Vertel mij wat,' zei Mats. 'Ik ben een zwerver in hart en nieren. Ik blijf nooit ergens langer dan één seizoen.'
'Nee? Waar ga je hierna naartoe?'

'Nieuw-Zeeland. Ik maak komend voorjaar deel uit van het team voor de America's Cup.'
'O, wauw! Wat fantastisch.'
'Yep. Mijn droom achterna. Ik vertrek al over een paar weken. Dan zeil ik naar Auckland om te beginnen met de voorbereidingen.' Hij keek haar aan. 'Denk je dat jij in Zweden zult blijven?'
Bell aaide Linus over zijn hoofd. 'Nou, in elk geval tot dit jochie een tiener wordt en weigert om nog in de hoek te gaan staan,' zei ze als grapje. Althans, zo was het bedoeld, maar de woorden boorden een bron van emotie aan waarvan ze het bestaan niet eens kende. Hierover praten was helemaal niet grappig.
'En als je niet meer nodig bent? Ga je dan weer reizen?'
'Misschien wel,' zei ze zonder animo, terwijl ze probeerde het paniekgevoel dat het idee alleen al in haar teweegbracht te negeren. De gedachte dat ze haar leven hier zou moeten verlaten – haar vrienden, haar kleine appartement, de Mogerts, vooral Linus... Hij keek haar aan met half toegeknepen ogen – diepgroen en gevoelvol, net als die van zijn vader.

Ze kon zich onmogelijk voorstellen dat ze hem of de anderen niet meer in haar leven zou hebben. Het was waar, ze had deze versie van het leven dat ze zonder Jack leidde niet voor zich gezien, maar ze had in de loop der tijd van een wildvreemd gezin haar eigen familie gesmeed. Zij waren alles wat ze had. Ze waren wat zij wás. Zij waren nu haar leven.

Ze keek naar Emil en zag zijn isolement als een mantel om zijn schouders liggen. Plotseling begreep ze het. Begreep ze waarom hij zo vastbesloten was zijn gezin terug te krijgen en waarom hij niet verder kon. Zijn koppige weigering om Hanna los te laten of toe te geven dat Max het van hem had gewonnen. Het draaide niet om zijn ego, of zijn wil, of de verwende grillen van een vermogend man. Het was simpel. De man die alles had, had zonder hen helemaal niets.

'Oké, alles veilig?' riep ze naar beneden.

Emil keek naar haar. 'Het is hier driehonderd meter diep! Wat denk je dat er mis kan gaan?' De bemanning lachte, uit volgzaamheid of waarachtig plezier, dat wist ze niet zeker.

Ze deinsde terug. 'Dat er net een walvis onderlangs komt?' Ze lachten harder, zelfs Emil. 'De kust is veilig.'

'Goed dan, ik ben er klaar voor,' zei ze met haar blik op de horizon en haar armen recht naar beneden.

'Wacht! Dit wordt meer dan gewoon een duik, toch? Je zei dat we wat zouden meemaken!' riep Mats uit. 'Of ga je een pinguïn imiteren?'

'Ai!' zei ze grijnzend. 'Wacht maar. En breng hém niet op ideeën!' Ze knipoogde naar Linus, die achter haar stond, en haalde diep adem. 'Oké, ik ben zover.'

'Drie... twee... één!' riepen ze allemaal en ze zette twee passen naar voren, stak haar armen in de lucht en dook...

Toen ze een moment later bovenkwam, juichten de mannen luid.

'Een contrasprong?' vroeg Emil verbaasd toen ze naar hem toe kwam zwemmen, weg van de duikplek.

'Ach ja, ik was een fractie te laat met draaien. Maar het is ook alweer vier jaar geleden, dus...'

'Waar heb je dat geleerd?'

'Ik heb drie jaar op een boot gewoond. Je op een omslachtige manier in het water begeven wordt dan een essentiële bron van vermaak, kan ik je wel vertellen.'

Ze waren aan het watertrappelen en zijn ogen staken opvallend af tegen zijn gebruinde huid en natte haar. Het was maar goed dat hij zijn zonnebril zo vaak ophad. Híj had hun nacht samen misschien terzijde geschoven, zij geenszins. Het lukte gewoonweg niet. 'Nou, je hebt de lat wel hoog gelegd,' zei hij, kennelijk onder de indruk.

'Nu ik!' riep Linus. Ze draaiden zich om en zagen hem op de rand van de boot staan.

'Wat ga jij doen?' riep ze naar boven.
'Een pinguïn!'
'Nee!' zei ze vlug. 'Het is hier te hoog, dan bezeer je je hoofd!' Maar ze was te laat. Met zijn armen tegen zijn lichaam dook hij erin, zijn hoofd naar beneden. 'Linus!' gilde ze vermanend toen hij seconden later met een triomfantelijk gezicht bovenkwam. 'Je had je lelijk kunnen bezeren!'
'Maar dat is niet gebeurd!'
'Maar het had gekund.' Haar zenuwen stonden weer op scherp. Het ene moment sluimerend, het volgende moment weer tintelend.
'Maar het is níet gebeurd. Ik ben nog heel.'
'Geweldig gedaan, joh,' zei Emil, die hen onderbrak en weer bij Linus in de gunst wilde komen, ten koste van haar. 'Oké, nu ik. Jij mag zeggen wat ik deze keer moet doen.' Hij zwom naar de boot, klom via de ladder omhoog, zijn spieren gespannen terwijl hij zich uit het water hees.
'De pinguïn!' riep Linus. 'Kijken of je net zo goed bent als ik.'
'Oké.' Emil liep naar de duikplek.
'Is dat wel een goed idee?' riep ze toen hij aan de rand ging staan en in het eindeloze blauw tuurde.
Hij keek haar spottend aan. 'Ik ben geen tien meer.'
De bemanningsleden, die op de netten zaten, grinnikten. Zij rustten uit, sommigen deden een dutje voordat de onvermijdelijke inspanningen op de terugweg weer zouden aanvangen.
'Nee, maar ik bedoel…' Ze wilde het niet hardop zeggen, er geen ding van maken waar de andere mannen bij waren. 'Je wilt geen hoofdpijn krijgen, toch?'
'Ik heb al hoofdpijn. Ik heb altijd hoofdpijn.'
Om de een of andere reden was dit aanleiding voor nog meer pret, en voor ze verder kon protesteren, dook hij naar voren, zijn lichaam als een lemmet. Het was een mooie duik en hij kwam enkele seconden later boven onder luid gejuich, maar ze dacht te zien dat de spieren van zijn gezicht lichtjes verstrakten.

'En nu samen!' riep Linus, die snel terug naar de boot zwom.
'Oké dan.'
'Vind je dat echt een goed idee?' vroeg ze weer – zachtjes – toen hij langs haar zwom.
'Bell, ben je van de antipretbrigade of zo? Ik heb plezier met mijn zoon. Kun je je erbuiten houden?'
'Ik ben gewoon bezorgd...'
'Nou, laat maar. Ik ben jouw zorg niet.' Hij knipperde naar haar. Ze zag de druppeltjes op zijn gezicht.
'Oké. Ga je gang,' mompelde ze, wegzwemmend en toekijkend hoe hij naar zijn zoon toe crawlde. Hij had gelijk. Ze reageerde overdreven op alles, zo schrikachtig als een kat.

Ze keek hoe ze keer op keer sprongen en doken, verschillende combinaties uitprobeerden – schroef, pinguïn, achterwaarts, bommetjes, zijwaarts, gehurkt, gestrekt, buiklandingen... Ze wist dat de herhaalde klappen Emils hoofd deden tollen, ze zag het elke keer als hij bovenkwam, in die fractie van een seconde als hij naar adem hapte voordat hij een glimlach opzette. Maar hij had gelijk. Ze was zijn oppas niet. Hij was een volwassen man die over zijn eigen risico's ging, een vader die door roeien en ruiten ging om een band met zijn zoon te krijgen.

En het werkte. Ze zag hoe Linus het oogcontact vasthield als hij nu praatte, dat zijn lach spontaner was, dat hij gretiger was, en dat hij – crucialer nog – een beetje vrijmoediger werd.

'Bell!' Ze keken allebei tegelijk naar haar. 'Spring eens met ons mee.'

'Echt?' vroeg ze sceptisch. Ze was al tijden aan het watertrappelen en ze had het een beetje koud. Haar huid zou langzamerhand wel rimpelig zijn. Maar ze zwom naar hen toe en klom op de boot.

'Wat gaan we doen?'

'Zeg jij het maar,' zei Linus. 'Wij kunnen niets meer bedenken.'

Ze dacht even na. 'Nou, misschien kunnen we dan de draaitol doen.'

'De wat?' zei Emil fronsend.

'Ik heb hem alleen ooit met z'n tweeën gedaan, maar met drie gaat het vast net zo goed. We moeten gewoon ver genoeg springen. Dat doen we in een kring, en dan ronddraaiend.'

Zijn frons werd dieper. 'Ronddraaiend?'

'Het is belangrijk om elkaar stevig vast te houden, anders wordt de cirkel verbroken als we het water raken. Dus hou jullie armen opzij en grijp die van mij vast, bij de elleboog, ja zo...' Ze stak haar arm uit en voelde zijn hand haar onderarm omklemmen.

'Linus?' Ze keek hem aan en wilde zijn arm net vastpakken toen ze zijn ondeugende gezicht zag, vlak voordat hij hen van de boot duwde.

Er was niet eens tijd om te gillen terwijl Emil en zij in het water terechtkwamen, waar ze onmiddellijk werden omringd door miljoenen kleine belletjes die om hen heen bruisten en sisten, en net zo snel verdwenen als ze waren ontstaan. Heel even – héél even maar – was zijn gezicht alles wat ze zag in de diepblauwe zee, zijn droevige ogen nu eens niet verscholen achter het harnas van zijn zonnebril. Weg van het geklets van de bemanning en Linus' opgetogenheid en de miljardairsboot was er slechts rust en stilte nu ze elkaar onder water aankeken. Geen afleiding, geen filters, geen plek om te schuilen.

De lucht in hun longen stuwde hen terug naar het oppervlak, waar de echte wereld in kleur en geluid terugkeerde.

'Linus!' riep ze, nu weer verontwaardigd. 'Brutale aap die je bent!'

Het weer was aan het omslaan. Het was nog onbewolkt en warm, maar de wind was aangetrokken en de heldere lucht was gedurende de middag zwaarder geworden, de anders zo messcherpe horizon was nog verder vervaagd.

Mats was er niet helemaal gerust op en had de bemanning bevel gegeven om de boot klaar te maken voor de terugkeer. Bell lag op een handdoek te zonnebaden. Ze hoefde niet bruin te worden, maar zo had ze een excuus om zich af te zonderen – zowel van de bemanningsleden als van Linus en Emil naast haar, die nu diep in gesprek waren. Of eigenlijk vuurde Linus de ene na de andere vraag op Emil af: 'Wat is een Code Zero-zeil? Kan deze boot omslaan? Is ze weleens omgeslagen? Zijn er mannen overboord gevallen? Zijn er mannen omgekomen op zee? Is er weleens iemand verdronken? Waarom ben jij niet de schipper?'

Bell luisterde met een half oor en hoorde dat Emil bij de laatste vraag stilviel.

'Kun je niet meer zeilen?' drong Linus aan.

'Ik kan wel zeilen, uiteraard, maar een vaartuig als dit is technisch en lichamelijk heel veeleisend.'

'Dus je bent niet sterk genoeg?'

Er viel weer een stilte. 'Het is niet alleen een kwestie van kracht, Linus.'

'Wat dan?'

'Nou ja, ik zou het wel kúnnen.'

Ze hoorde voetstappen.

'Je vader heeft gelijk, jongeman,' zei de stem met het Australische accent. 'Het ziet er misschien gemakkelijk uit, maar geloof me, dit is niets voor amateurs. Het is een dure boot. Ze kan vier keer sneller varen dan de wind. Je kunt haar het beste aan de professionals overlaten. Klikken jullie jezelf maar weer vast en geniet van de tocht.'

Er viel een korte stilte, waarna Emil sprak. 'Nou ja, dat hoef ík natuurlijk niet te doen.'

Bell draaide haar hoofd naar ze toe en zag Mats verstijven terwijl hij gehurkt voor Linus zat en hem zijn op maat gemaakte zwarte Linea-zwemvest aanreikte. 'Eh, nee, ik bedoelde jou niet...' Maar zijn aarzeling verraadde overduidelijk zijn onzekerheid.

'Ga jij ons dan naar huis brengen, als schipper?' vroeg Linus aan Emil, zijn groene ogen glanzend van verwondering over elke actie van zijn pas gevonden vader.

Bell voelde haar maag ineenkrimpen. Linus daagde zijn vader

niet uit, hij vestigde zijn hoop op hem, wat erger was. Ze ging rechtop zitten, weer met dat unheimische gevoel.

Emil glimlachte stijfjes. 'Zeker. Waarom niet?'

Mats keek naar Bell voor steun – alsof zíj invloed op hem had! Verschillende bemanningsleden stopten met wat ze aan het doen waren en keken op met een sceptische blik, wat laag gemurmel en gefluister. Maar als hun twijfels al tot Emil doordrongen, maakten ze hem alleen maar vastberadener.

'Ja, dat is eigenlijk een heel goed plan,' zei hij, het idee omarmend. 'Oké, Linus. Wil jij dan mijn stuurman zijn?'

Linus hapte zo diep naar adem dat Bell dacht dat hij zou gaan niezen. 'O, mag ik d...'

'Nee!' zei ze snel. Ze ging rechtop zitten, legde haar handen automatisch beschermend op zijn schouders en hield hem stevig vast. Emil keek haar aan zoals eerder, maar deze keer hield ze stand. 'Nee.'

Er ging een moment voorbij waarin ze dacht dat hij haar weer zou tegenspreken, haar zou uitdagen waar al deze mannen bij waren, maar toen – omdat hij de waanzin zag van wat hij voorstelde of omdat hij het onwankelbare verzet in haar ogen zag – gaf hij toe.

'Bij nader inzien ben je waarschijnlijk te licht, knul, het is harder gaan waaien.'

Ze keken allemaal naar de hemel, die donkerder werd. Het begon snel bewolkt te raken en ze hadden genoeg stormen meegemaakt om te weten dat ze deze niet voor konden zijn. Ze waren te lang gebleven. 'Jij kunt beter vastgeklikt bij de reling zitten, met Bell. Ik weet niet wat je moeder me zou aandoen als ik haar vertelde dat we je op zee waren kwijtgeraakt. Ze is behoorlijk angstaanjagend als ze kwaad wordt.'

Hij knipoogde en Linus lachte, en Bell zag dat hij zich leek te wentelen in de familiaire intimiteit van een dergelijk scenario. Zijn vader en moeder samen in een verhaal, samen in het echte leven?

Was dit de eerste keer dat er zo'n gedachte in hem opkwam? Ondanks alle opwinding en nieuwigheid die Emil in zijn leven had gebracht, wist Bell dat hij alleen Max als zijn vader had beschouwd. Tot nu.

'Laten we gaan,' zei Emil, die eerst Mats aankeek en toen een nadrukkelijke blik op de bemanningsleden wierp, die allemaal met tegenzin knikten dat ze hadden begrepen dat hij de leiding zou overnemen.

De sfeer was anders op de terugweg: de duizelingwekkende vreugde waarmee ze speels en overmoedig 'sneller, sneller' hadden geroepen was nu getemperd. De bemanning leek twee keer zo hard te werken, en Bell zag Emil een aantal keren een bevel schreeuwen waardoor de mannen stopten en elkaar vragend aankeken, waarna Mats het ongedaan maakte met óf een bijna onzichtbaar hoofdschudden óf een gefluisterd tegenbevel.

Emil leek het niet te merken en had zijn blik op de horizon gericht. Hij stond wijdbeens, maar naarmate de deining toenam, werd het zwaarder en zwaarder voor hem om stabiel te blijven staan. Hij had niet Mats' kracht of evenwicht. Linus zat naast haar vastgeklikt en ze wierp Mats dringende blikken toe, maar die kon alleen maar zijn schouders ophalen en voelde zich al net zo hulpeloos als zij. Emil was de baas. Dit was zijn boot.

Ze voeren in een zigzaglijn over de zee terwijl Emil worstelde om de kracht op te brengen die vereist was om met deze harde wind te werken. De mannen werden herhaaldelijk omvergeworpen en sprongen meteen weer op om vergissingen recht te zetten. Ze zeilden nu tegen de wind in en Emil ging net overstag toen de giek met gevaarlijke kracht overkwam en een van de mannen bijna raakte. Hij bukte nog maar net op tijd.

Het scheelde weinig, maar er was geen tijd om zegeningen te tellen want een nieuwe heftige windvlaag kreeg vat op de zeilen. Die was van het type waar Mats op de heenweg juist gebruik van had gemaakt, waarmee hij ze op de draagvleugels en boven het water had getild, maar ze waren nog niet de bocht uit of het zeil werd naar de lijzijde gedwongen, naar het water toe. Meteen begon de andere kant van de boot omhoog te komen.

Ze dreigden te kapseizen.

Bell gilde, haakte een arm om de reling en greep Linus vast met haar andere arm. Zij zaten vast – zij waren veilig. Maar als de boot om zou gaan, zouden ze onder water vastzitten. Niet veilig.

'Naar de loefzijde!' riep Mats, waarop de mannen allemaal over de breedte van de boot snelden, als mariniers op een commandotraining. Sterk en lenig krabbelden ze op handen en voeten over de netten en na een soepele sprongbeweging klemden ze zich aan de reling vast. Hun lichamen strekten zich in volle lengte om als tegenwicht te dienen. Bell zag hoe ze zich inspanden terwijl de top van het zeil het wateroppervlak aan de tegenoverliggende kant bijna raakte. Als het zeil ook maar één seconde onder water zou komen, zouden de snelheid en torsie het verder naar beneden duwen en zouden ze omslaan.

Linus gilde en ze greep hem zo stevig vast als ze kon. Het dek leek nu een muur onder hen en alles wat niet vastzat schoot omlaag het kolkende water in terwijl de boot gedurende enkele martelende seconden op haar zij voortgleed in een angstaanjagende, perfecte balans – het zeil vlak over het water terwijl de mannen uit alle macht achteroverbogen, zo ver als ze konden.

En toen, plotseling, was het voorbij. De mannen zegevierden en de boot kwam met een klap weer op de drijvers terecht, waardoor Bell het opnieuw uitschreeuwde. Ze had geweten dat er iets naars stond te gebeuren. Ze had het aan voelen komen. Maar er was nog geen tijd voor verwijten of bespiegelingen. De bemanning ging meteen aan de slag met het stagzeil.

'Emil!' schreeuwde Mats boven de wind uit, en hij rende naar hem toe, op zijn plek aan het roer, waar hij zich aan de kolom vastpakte om zichzelf in evenwicht te houden. Zoals hij daar midden op de boot stond, zonder veiligheidslijn, was hij kwetsbaar. 'Laat mij het overnemen, man. Dat ging nog maar net goed. De deining is nu echt te hoog.'

Maar Emil bleef naar de horizon staren en leek hem niet gehoord te hebben.

'Emil? Hoor je me? Laat mij het overnemen! Ik neem nu de leiding!'

Emil wierp hem een blik toe. 'Nee!'

Mats keek hem verbijsterd aan. 'Luister, man, je mag me voor mijn part ontslaan als we terug zijn, maar dit is een technische...'

'Ik zei nee! Ik heb mijn zoon gezegd dat ík ons terug zou brengen en dat ga ik doen!'

'Kerel, het is vanwége je zoon dat ik het overneem! Hij is tien, verdomme! Moet je hem zien!'

Emil draaide zich om en zag de uitdrukking op Linus' gezicht. De verwondering en het ontzag van nog maar twintig minuten geleden waren verdwenen en hij was verstijfd van angst.

Emils gezicht werd zachter en zijn handen lieten het roer los. 'Linus!'

Mats kwam snel in actie, stapte naar voren en klikte zich vast. 'Ga zitten nu!' riep hij voordat zijn ogen zo wijd opengingen dat ze meer wit dan bruin waren. 'Kijk uit!'

Hij greep Emils zwemvest vast en probeerde hem naar beneden te trekken terwijl hij omlaag dook, maar Emil zag alleen maar de angst van zijn zoon. Hij zag de giek niet komen en werd erdoor geraakt boven zijn linkeroor. Hij schrompelde als een herfstblad ineen.

'Emil!' schreeuwde Bell, die op haar handen en voeten naar hem toe probeerde te kruipen terwijl Mats weer opkrabbelde en een hand op het roer wist te leggen. Hij stond met zijn benen ver uit elkaar boven Emils slappe lichaam en spande zich in om de boot weer onder controle te krijgen. De wind speelde met hen alsof ze papieren zakken waren.

'Heb je hem?' riep Mats, die keek of ze Emils zwemvest had beetgepakt voordat hij hem losklikte van de roerkolom. Linus huilde nu. Bell probeerde Emil naar zich toe te trekken om Mats meer bewegingsvrijheid te geven, maar hij was buiten bewustzijn en een dood gewicht. Hij zat nu nergens meer aan vast behalve haar linkerhand. Eén grote golf zou genoeg zijn om hem uit haar greep te wrikken, waarna hij in vrije val zou raken, overboord zou kunnen slaan... Ze keek wanhopig op. De bemanningsleden sprongen weer over de netten, hypergeconcentreerd nu de deining verder toenam. Er was niemand die kon helpen.

'Kijk uit!' brulde Mats, en ze verstevigde haar greep zo hard als ze kon terwijl ze heen en weer werden geschud door een hoge golf en de voorwaartse beweging de boot naar voren wierp, waardoor ook Emil verschoof. Ze spande zich tot het uiterste in en gaf een gil nu zijn volledige lichaamsgewicht slechts door haar ene hand op zijn plaats werd gehouden. Het volgende moment was de golf voorbij, deinde de boot terug en gleed zijn lichaam recht naar haar toe, slap en bewegingloos.

'O mijn god!' hijgde ze, en ze klikte hem meteen vast aan hun reling. Ze strekte haar benen zodat ze zijn hoofd op haar schoot kon leggen om hem te beschermen tegen verdere klappen. Ze controleerde hem op verwondingen. Hij bloedde niet, voor zover ze kon zien. Geen open wonden. Maar hij was weer bewusteloos door een klap tegen zijn hoofd. O god. O god.

Linus zat te snikken.

'Emil, hoor je me?' Ze schudde zachtjes aan zijn schouders. 'Emil? Word wakker. Je móét wakker worden. Hoor je me? Linus is hier. Je zoon heeft je nodig.' Ze keek naar hem. 'Linus, praat tegen hem. Laat hem jouw stem horen. Hij moet je stem horen.'

Linus staarde naar de bewusteloze man. 'Em...' Hij stopte. 'Pap? Kun je me horen?'

Emil kreunde, zijn ogen knipperden.

Linus' adem stokte. Het had gewerkt? Hij kwam bij? 'Pap!'

'Emil?' vroeg Bell. Hij keek haar aan, nog versuft. 'Hoe heet ik, Emil? Zeg mijn naam dan.'

Hij aarzelde en er gingen seconden voorbij zonder dat er iets uit hem kwam. Toen: 'Ding-dong.'

Het was duidelijk niet bedoeld als grapje, maar ze schoot toch even in de lach. De opluchting was voelbaar. 'Ja, dat klopt. Dingdong-Bell.' Zoals hij haar hun eerste nacht samen had genoemd. Dat wist hij dus nog?

Linus greep haar bij haar arm en ze keek in zijn angstige ogen. 'Komt het goed met hem?'

'Ja, het komt vast goed met hem. Het is waarschijnlijk alleen maar een hersenschudding.'

'Maar...'

Ze wist wat hij niet kon uitspreken – dat het bijna wel erger moest zijn. Hij was niet lang geleden na zeven jaar uit een coma wakker geworden, hij kon toch zeker geen hoofdletsel erbij hebben zonder dat het rampzalige gevolgen zou hebben?

'Ik weet het, maar het komt goed.' Ze loog, want ze wist het niet.

'Hij heeft jou nog maar net terug, Linus. Hij zal je nu niet verlaten.'

Ze keek naar Mats' rug, zag de spanning in zijn schouders, hoe hij zich schrap zette tegen de wind. Het begon nu te regenen en het dek werd glad. 'Hoelang nog?' riep ze.

Mats draaide zich om en zag de patiënt verdwaasd op de grond liggen. Hij haalde hulpeloos zijn schouders op. 'Een uur?'

Een uur voor er een arts naar hem kon kijken. Ze keek naar Emil – zijn hoofd op haar schoot, zijn blik verwilderd en wezenloos – en probeerde te glimlachen.

## 21

De helikopter had wat er nog van de borders was overgebleven nu nagenoeg geheel verwoest, want de tuinman had niet de tijd gekregen om zijn voorzorgsmaatregelen te nemen. Bell zag hem rondlopen in de tuin, in zichzelf mopperend terwijl hij telkens bukte om de zwaardere bloemen te stutten en de bloemblaadjes die zich als confetti hadden verspreid – best mooi, vond ze – op te vegen.

Ze wendde zich af van het raam en liep de gang weer in, haar ogen weer gericht op de gesloten slaapkamerdeur. Ze waren daar al drie kwartier binnen. Waarom duurde het zo lang?

Ze liet zich op het beige geblokte bankje zakken en trok de handdoek dichter om haar schouders. Ze bleef maar rillen, de kou was tot in haar botten doorgedrongen. Ze wist dat ze meteen naar haar kamer had moeten gaan om haar natte kleren uit te trekken, maar ze kon niet weg, nog geen minuut, voor het geval er iemand naar buiten zou komen met nieuws over hoe het met hem ging.

Linus was in zijn slaapkamer aan het einde van de gang. Zijn deur was open en hij lag op zijn bed. Ze kon zijn benen zien, met het rode Corvette-autootje ernaast. Het arme kind was zo moe geweest dat hij meteen in slaap was gevallen. De zware terugtocht had hem, nog afgezien van de emotionele stress van die middag, totaal uitgeput. Ze dacht dat ze nooit de blik in zijn ogen zou vergeten toen Emil van de boot werd gedragen – opnieuw slap en weerloos, alles wat hij had willen bewijzen niet te zijn – en in het rubberbootje naar het eiland werd gebracht, waar de hulpverleners al klaarstonden met een brancard. Het was Mats gelukt om contact op te nemen met de kustwacht, die contact had opgenomen met Måns, die op zijn beurt dokter Sorensen had gebeld en had geregeld dat de heli haar hiernaartoe had gebracht, zodat ze hem kon onderzoeken.

Ze hoorde voetstappen de trap op komen, draaide zich om en zag Mats. 'Hej,' zei hij met een knikje. 'Geen nieuws?'

'Nog niet. Ik wacht nog steeds. Ze zijn daar al tijden binnen.' Hij ging naast haar zitten. Door zijn gewicht kwam haar kussen iets omhoog.

Ze keek hem nieuwsgierig aan. 'Ik had je hier niet verwacht. Ik dacht dat je de boot terug naar Stockholm zou brengen?'

'Klopt, maar dat doet de bemanning. We hebben net een debriefing gehad en zij zijn nu op de terugweg. Ik ben gebleven omdat ik graag wil weten hoe het met hem gaat.'

Ze zuchtte. 'Ik zou willen dat iemand ons op de hoogte kwam stellen. Dit wachten is een kwelling.'

'Ja.' Hij wierp een blik opzij. 'Luister, Bell, ik word hierom ontslagen, zeker weten. Ik neem de volle verantwoordelijkheid op me. Maar ik wil dat je weet dat het me enorm spijt.'

Ze keek hem verbijsterd aan. 'Waarom zou jij ontslagen worden? Het was jouw schuld niet.'

'Natuurlijk wel. Ik ben de schipper. Ik had hem nooit de leiding moeten laten overnemen. En ik had de weersomstandigheden beter in de gaten moeten houden. Ik heb mezelf toegestaan een leuke middag te hebben in plaats van...'

De slaapkamerdeur ging open en ze stond instinctief op terwijl Måns naar buiten kwam. Bell voelde haar hart een duikvlucht nemen toen ze zijn gezichtsuitdrukking zag. O god.

'Hij wil de jongen graag zien,' zei Måns ernstig. 'Ik zal hem even...' Maar Linus sprintte al op blote voeten door de gang. Bell was klaarblijkelijk niet de enige die met een half luisterend oor kon slapen.

'Wordt hij weer beter?' hijgde hij.

'Je vader wil je graag zien, jongeman.' Måns keek naar haar, en ook naar Mats. 'Jullie mogen ook binnenkomen.'

Bell en Mats wisselden een blik en volgden Linus. Emil lag op een bed en zag er bijna als een robot uit: er waren tientallen draadjes op zijn hoofd bevestigd en er zat een riempje om zijn kaak.

Linus verstijfde.

'Het is oké, Linus,' zei dokter Sorensen, die zag hoe bang hij was. 'Ik weet dat het er eng uitziet, maar ik heb net een EEG uitgevoerd – daarmee meet je de hersengolven en zien we de elektrische activiteit in het hoofd. En ik kan je gelukkig vertellen dat die bij je vader normaal lijkt te zijn.'

'Echt?' mompelde Linus, die niet overtuigd leek.

'Het gaat goed met me,' zei Emil, die een hand naar hem uitstak, hoewel zijn stem nog steeds lijzig klonk. Linus liep naar het bed en pakte gehoorzaam zijn hand. 'Maak je geen zorgen, het komt goed.'

'We moeten voor de zekerheid een dezer dagen een MRI-scan maken, maar alles wijst erop dat het hier gaat om een hersenschudding en niet iets akeligers.'

'Godzijdank,' fluisterde Bell met haar handen tegen haar lippen. Hij zag er heel kwetsbaar uit in dat bed, opgetuigd als een elektriciteitsnetwerk. 'Ik dacht… Ik bedoel, we dachten allemaal…'

'Dat begrijp ik. En jullie hebben er goed aan gedaan om alarm te slaan en hem zo snel mogelijk terug te brengen.' Ze gaf Mats een waarderend knikje. 'Emil heeft in dit geval veel geluk gehad.' Ze keek streng achterom naar haar patiënt. 'Hoewel hij was gewaarschuwd dat hij geen énkel risico mocht nemen – niet skiën, waterskiën, snowboarden, paragliden, parachutespringen, geen hockey of ijshockey.'

'Over zeilen hebben jullie het niet gehad,' zei Emil schouderophalend.

'Een rustige zeiltocht ter ontspanning is prima, met als voorwaarde dat je een helm draagt. Maar op wedstrijdsnelheid? Nee. Dit type letsel mag níét worden herhaald.'

'Goed, dokter,' zei Emil met een zucht, maar achter haar rug rolde hij met zijn ogen en trok hij een gezicht naar Linus, die verrast lachte.

'Hij zal onder streng toezicht moeten staan,' zei dokter Sorensen, zich met zachte stem tot Bell wendend, alsof ze zíjn nanny was. 'Ik ben bang dat hij de potentiële risico's niet serieus neemt. Zijn fysieke herstel tot nu toe is indrukwekkend en ik vrees dat hij nu denkt dat hij niet kapot te krijgen is.'

'Oké. Maar...' Bell wilde haar uitleggen dat ze niet zijn verzorgster was.

Mats liep naar het bed. 'Goed te zien dat je in orde bent, baas. Je hebt ons wel even laten schrikken.'

Emil keek hem aan. 'Dank je. En excuses.'

Mats schudde zijn hoofd. 'Ik ben degene die deze puinhoop had moeten voorkomen en als je mij wilt ontslaan, begrijp ik dat uiteraard...'

'Ik heb het je onmogelijk gemaakt,' zei Emil langzaam. Hij klonk bijna redelijk. 'Blijf, alsjeblieft. Je hebt me dit seizoen toegezegd.'

'Nou, als je het zeker weet...' zei Mats met een zeer opgeluchte lach. 'Ik weet niet hoe je het doet, man, vechten tegen steeds weer een optater. Is er iets wat ik kan doen?'

'Je kunt hem helpen door hem dergelijke risico's niet meer te laten nemen,' zei dokter Sorensen. 'Zelfs een kat heeft maar negen levens. Ik zou het op prijs stellen als je er persoonlijk voor zorgt dat hij geen voet meer op die boot zet.'

Mats trok een meesmuilend gezicht en stak zijn handen omhoog. 'Ik kan hem zeker beletten het roer weer over te nemen, dokter, maar hem van het zeilen weerhouden? Daar is een sterkere man voor nodig.' Bell keek hoe hij Emil de hand schudde. Zijn loyaliteit lag nog steeds bij de man die zijn salaris betaalde. Geld regeerde de wereld, dat was altijd zo geweest. 'Hoe dan ook, ik kwam alleen maar langs om te kijken of je in orde was. Ik zal het goede nieuws aan de bemanning doorgeven en we spreken elkaar wel als je weer op de been bent, baas.'

Emil knikte.

'Eh, Bell...' mompelde Mats, die bij het passeren even bij haar stilstond. Hij stak haar een opgevouwen briefje toe.

'Wat is dit?' vroeg ze terwijl ze het aannam. Maar hij knipoogde alleen maar en liep verder.

Ze vouwde het open en trof zijn telefoonnummer en een berichtje aan. *Als je zin hebt om eens wat te drinken...*

Ze draaide zich om, maar hij was al weg.

'Wat staat erop?' vroeg Linus nieuwsgierig.

'O, alleen maar... Ik heb hem gevraagd naar...' stamelde ze, want ze kon zo snel geen leugen bedenken. 'De naam van een tandarts.'

'Een tandarts?' Linus keek haar vragend aan. 'Waarom vraag je hém daarnaar?'

'Nou, h-hij heeft een mooi gebit, toch?'

'Pfft.' Linus keek haar aan alsof ze gek was. Ze haalde haar schouders op en durfde niet op te kijken, want ze wist dat ook Emil haar gadesloeg. Ze hoopte dat het hem – met zijn hersenschudding – plausibel in de oren zou klinken.

'Ik kan je ook wel een goede tandarts aanbevelen,' grapte dokter Sorensen met een levendig vleugje humor in haar ogen. Het was duidelijk dat zij er niets van geloofde.

Bell voelde haar wangen gloeien, maar toen draaiden ze zich allemaal om bij het geluid van rennende voetstappen door de gang. Mats, die iets vergeten was?

'Ik ben zo snel mogelijk gekomen! Is hij in orde?'

Bell knipperde verrast met haar ogen terwijl Linus een opgetogen kreet slaakte en door de kamer holde om zijn moeder in de armen te springen. 'Mama!'

## Sandhamn, juni 2009

'Hej! Waarom vier je geen feest? Het is de langste dag van het jaar,' zei hij, en hij voegde zich bij haar op het dek. 'Onze lievelingsdag.'

Ze keek achterom terwijl hij dichterbij kwam, maar ze had geen glimlach om hem te begroeten. 'Alle dagen zijn lang,' zuchtte ze, uitkijkend over de zee. 'En de nachten ook.'

Hij keek naar haar, de lichtblonde haren in de bries, haar blik op de verte gericht zoals tegenwoordig zo vaak. 'Hanna...' Met zijn handen op haar schouders draaide hij haar naar zich toe.

Ze keek hem aan, haar mooie gezicht bleek in de schemering. Ze begrepen elkaar op moleculair niveau. Het was instinctief, ingebakken. Er waren geen leugens tussen hen, niet als hun ogen contact maakten. Hij streek een lok haar uit haar gezicht en zag de donkere kringen onder haar ogen, haar ingevallen wangen. 'Je bent doodmoe.'

'Nou ja, dat heb je met een baby,' mompelde ze, bijna te moe om de woorden te vormen. 'Ik weet niet waarom we er zo verbaasd over zijn. Het stond op de verpakking.'

Hij glimlachte. 'Je hebt slaap nodig, een goede nachtrust.'

'Dat is zo ongeveer de enige luxe die we ons niet kunnen veroorloven.'

'Neem dan een nanny.'

Ze schudde haar hoofd. 'Nee. Hij is mijn kind. Ik ben zijn moeder. Ik wil het zelf doen.' Er was geen discussie over mogelijk. Ze keek weer weg, naar de boten op het water, hun lichtjes die werden weerkaatst.

Hij staarde samen met haar de nacht in en luisterde naar de feestjes die zonder hen werden gehouden. Eigenlijk had hij ook geen zin om feest te vieren.

'Het is nu anders, hè?' zei ze zacht. 'Tussen ons, bedoel ik.'

Hij keek haar aan en richtte met bonkend hart zijn blik weer naar beneden. Hij slikte, wist dat hij het haar niet kon laten zien...
'Misschien was dat te verwachten. Ze zeggen dat baby's altijd verandering brengen.'
'Het is moeilijker dan ik had gedacht.' Ze zweeg even en toen ze weer sprak, klonk haar stem gesmoord. 'Zoals alles is gebeurd... Zo snel... Zwanger worden, trouwen... We hadden nauwelijks tijd om erover na te denken...'
'Ik weet het,' zei hij knikkend. Het had elkaar allemaal in hoog tempo opgevolgd. Het een leidde tot het ander en soms was het moeilijk geweest om adem te halen.
Ze keek hem weer aan. 'Ik zal nooit spijt van hem hebben. Linus.'
'Natuurlijk niet.'
'Maar ik voel jou verder en verder van me wegglijden en dat geeft me het gevoel... het gevoel dat het einde van de wereld nabij is.'
Hij keek haar in de ogen, stak een arm uit en streek over haar haar. 'Je hebt mij voor altijd, Hanna.'
'Beloof je dat?' fluisterde ze.
'Dat beloof ik. In voor- en tegenspoed. In ziekte en gezondheid.'

Hanna stond in de deuropening, gebruind en met rode wangen, prachtig in een doorweekte donkerblauwe katoenen jurk. Ze was in de storm overgestoken om hier te komen en er vielen druppels uit haar haar op de vloer. Ze omhelsde haar zoon, maar haar blik was op haar ex gericht.
'Maak je geen zorgen, Hanna,' zei dokter Sorensen kalm, toen ze zag hoe ongerust ze was. Ze liep naar het bed en begon de elektroden voorzichtig van Emils schedel te verwijderen. 'Ik heb een EEG uitgevoerd. Het is een hersenschudding.'
'Maar Cathy, voor hem...' Ze was in de paniekmodus en haar ogen schoten alle kanten op.
'Ik weet het, de potentiële complicaties zijn veel zorgwekken-

der. We moeten hem de komende dagen nauwgezet monitoren.' Ze wierp Emil weer een strenge blik toe. 'Maar ik ben voorzichtig optimistisch dat hij hier niets aan overhoudt.'

'O, goddank,' wist Hanna uit te brengen, en ze hurkte dieper en hield Linus nog steviger tegen zich aan. Eindelijk ontspannen.

Bell zag hoe Emil het tafereel gadesloeg – zijn gezin bijeen in één kamer, voor hem, doodongerust – en ze wist dat welke werkelijkheden hen ook bij elkaar vandaan hielden – Max, de tweeling – er nog steeds liefde tussen hen bestond.

Ze vroeg zich even af wie Hanna had gebeld – Måns? – en voelde spijt dat ze dat zelf niet had gedaan. Na wat Hanna haar had verteld over hun bittere laatste ontmoeting was ze ervan uitgegaan dat ze haar niet op de hoogte hoefde te stellen.

Ze zag dat Linus zijn armen steviger om het middel van zijn moeder heen sloeg en dat zij hem een kus op zijn kruin gaf. 'Ik heb je zó gemist,' fluisterde Hanna in zijn haar voordat ze haar blik weer op Emil richtte, die zwijgend toekeek.

Bell voelde een moment van stilte tussen hen, alsof ze elkaar eerst peilden. Alsof er iets verschoof. En toen leken ze overeenstemming te hebben bereikt.

Vol tederheid maakte Hanna zich los uit de greep van haar zoon. Ze woelde zacht door zijn haar. 'Laat me je vader maar even begroeten.' Ze liep door de kamer met een uitdrukking op haar gezicht die Bell niet goed kon plaatsen. 'Gaat het?' vroeg ze, en na een moment aarzelen pakte ze zijn hand.

Emil keek ernaar en Bell zag dat hij een licht kneepje in haar vingers gaf. Hanna ging op de rand van het bed zitten alsof iets krachtigs haar lichaam had verlaten.

'Ja, het gaat goed. Al deze drukte is gênant. Ieder ander zou te horen krijgen dat hij een paracetamol en wat rust moest nemen.'

'Nou, jij bent niet ieder ander,' vermaande Hanna hem zacht. Haar ogen speurden naar verwondingen, net zoals die van Bell hadden gedaan, en ze keek toe hoe dokter Sorensen de laatste elektroden verwijderde en ze in een koffer deed. Hanna stak haar hand uit en woelde ook liefdevol door zíjn haar, zoals ze net bij Linus had gedaan. 'Zo. Dat is beter.'

Hij staarde haar aan, roerloos op zijn ogen na. Die brandden.

'Je hebt ons allemaal aan het schrikken gemaakt,' zei ze na een moment, terwijl ze met haar blik van zijn handen naar zijn gezicht bewoog. Ze klonk alsof ze moest huilen, haar stem verstikt.

Zijn wenkbrauw ging omhoog. 'Ons?'

'Mij. Linus.' Hanna perste haar lippen op elkaar, wat ze altijd deed, wist Bell, als ze bang was dat ze iets verkeerds zou zeggen. 'We hebben je nog maar net terug.'

Zijn vingers gaven weer een kneepje in de hare. 'En ik heb je gezegd… dat ik niet van plan ben jullie tweeën weer te verlaten.' Er lag een verborgen zwaarte, een dubbele betekenis, in de woorden, en Hanna sloeg haar ogen neer en knikte.

Bell fronste, verward door hun ogenschijnlijke innigheid. Hanna had haar verteld dat Emil haar amper kon aankijken, dat hij had gedreigd haar zoon bij haar weg te halen, dat hij haar voor de rechter wilde slepen en de pers erbij wilde betrekken. Maar zoals ze hier zaten, elkaars hand vasthielden en geruststellende woorden spraken, leken ze bepaald geen gezworen vijanden.

Linus bekeek ze ook nauwlettend, zijn gezicht bewegingloos maar zijn ogen intens nu hij elke blik en elk gebaar tussen zijn ouders gadesloeg. Ze hadden de vertrouwdheid van oude geliefden, fysiek op hun gemak, vooruitlopend op elkaars woorden, hun lichaamstaal een gezamenlijke dans.

Dokter Sorensen mengde zich weer in het gesprek. 'Ik zal jullie nu met rust laten, maar ik zal geregeld contact opnemen voor updates, en maandagmiddag kom ik terug voor nog wat tests.'

'Dat is prima,' zei Hanna knikkend. Haar toon suggereerde dat zij er dan ook zou zijn. Emil speurde haar gezicht af alsof hij haar in zijn geheugen prentte.

Bell bleef kijken tot hij plotseling een blik op haar wierp, alsof hij zich ineens bewust werd van haar aanwezigheid, en ze keek snel naar de vloer. Voelde zich een indringer.

'Goed.' Dokter Sorensen knikte. 'En bel me als er iets in zijn gedrag achteruitgaat – overgeven, dubbelzien, hallucinaties, overgevoeligheid voor licht, aanvallen, plotselinge woede of stemmingswisselingen, helder vocht uit neus of oren, abnormale oogbewegingen...'

'Mij kun je er wel bij hebben,' grapte Emil, en Hanna lachte.

'Dat heb je altijd al van jezelf geweten,' antwoordde ze met een lange blik.

Bell wist niet wat ze zag. Ze waren beslist aan het flirten.

'Ik heb hem al verteld dat hij midden in de nacht wakker gemaakt moet worden.' Dokter Sorensen had haar strenge stem weer opgezet. 'Het is heel belangrijk dat je wakker wordt, Emil.'

'Vertel mij wat,' zei hij lijzig, en hij gaf Linus weer een knipoog.

'Ik maak hem wel wakker,' bood Linus opgetogen aan.

'Vergeet het maar, jij gaat vannacht lekker slapen,' zei Bell voordat ze de woorden kon tegenhouden. Ze glimlachte ongemakkelijk toen beide ouders haar kant op keken.

'Nou, tot binnenkort dan,' zei de dokter. 'Dag Emil. Dag allemaal.' Ze wierp Bell en Linus een blik toe.

'Ik loop wel even mee,' zei Hanna, als de vrouw des huizes. 'Ik ben zo terug,' fluisterde ze tegen Emil.

Linus liep met ze mee, amper een halve stap achter zijn moeder, die hij niet meer uit het oog wilde verliezen. De drie liepen door de gang en hun voetstappen en stemmen vervaagden langzaam tot stilte.

Bell keek weer naar Emil. Ze voelde zich niet op haar gemak. 'Nou, ik zal je dan maar alleen laten, zodat je kunt rusten.'

'Bell...' Ze was al bij de deur toen hij riep.

Ze draaide zich om. 'Ja?'

'Zou je me wat water willen brengen?' Hij wees naar een karaf op het tafeltje bij het raam. 'Mijn evenwicht is nog niet zo best.'

'Natuurlijk.' Ze liep door de kamer en zag die nu voor het eerst bewust. In alle onrust en bezorgdheid had ze alleen mensen gezien – alleen hem – maar nu zag ze dat de muren waren bekleed met oude panelen jute behang, dat er trompe-l'oeils van bogen op een donkergrijze ondergrond waren getekend en dat de middelste panelen wit waren gelaten. Het houten bed was opgemaakt met vintagelakens met een monogram en aan het voeteneind lag een zachtblauwe deken. Een grote spiegel met glas vol spikkeltjes en vlekjes domineerde één muur, en er stonden lampen met verbleekte rode kapjes op nachtkastjes aan weerskanten van het bed. Het vertrek maakte een elegante, stijlvolle indruk, maar net als in alle andere kamers in het huis ontbrak het aan persoonlijke bezittingen, bijvoorbeeld boeken, tijdschriften, foto's, alsof alles was weggeborgen. Maar er stonden wel wat foto's op het tafeltje waar de karaf water stond.

Ze keek er onwillekeurig naar terwijl ze water in een glas schonk. Een paar waren van Linus als baby, op een andere stond Hanna in haar trouwjurk, klassiek mooi en beheerst. Ze droeg een eenvoudige japon – een recht model van satijn, blote armen – haar haar was opgestoken in een chignon, ze had een parelketting om en witte rozen in haar handen... Ze leek te luisteren naar iemand die tegen haar praatte, net buiten beeld, haar mond geïnteresseerd een klein stukje geopend, haar ogen sprankelend in het licht dat ze vingen. De grootste foto was van haar en Emil die door een wolk van confetti liepen. Hanna hield de zoom van haar jurk vast tijdens het rennen terwijl haar bruidegom haar hand vasthield en naar haar achteromkeek; ze lachten allebei. Emil zag er toen groter uit, gespierder, en zijn haar was korter. Hij zag er op dit plaatje niet uit als de man die zij kende, die zijn kleren leek te selecteren op hun staat van versletenheid.

'In augustus elf jaar geleden,' zei hij, want hij zag dat ze ernaar keek.

'Prachtige foto's. Wat een mooi paar...' Ze aarzelde, wist niet of ze de voltooide of verleden tijd moest gebruiken. Waren jullie? Zijn jullie? Waren ze weer een paar? Had Hanna geheime afspraakjes gehad met haar eigen echtgenoot? Had ze dáárom de eeuwigheidsring van haar andere partner afgedaan? Had ze twee eeuwigheden om uit te kiezen?

'De mooiste dag van je leven?' vroeg ze luchtig, teruggrijpend op een cliché.

'Alleen wij en duizend van onze beste vrienden.' Hij maakte een afkeurend geluidje toen ze zijn kant weer op kwam. 'Nee. Ik had de burgerlijke stand, een fles champagne en een hotelkamer prima gevonden.'

'Dat zeggen alle mannen,' mompelde Bell, die hem het glas overhandigde.

'Dank je.' Zijn vingers raakten die van haar terwijl hij het aannam, en hij dronk langzaam van zijn water. 'Dus heb jij haar gebeld?'

'Hanna?' Ze schudde haar hoofd en voelde zich schuldig. 'Nee, sorry. Zo helder dacht ik niet na. Ik dacht helemaal niet vooruit.' Ze herinnerde zich de paniek die ze had gevoeld bij het idee dat ook hij er niet meer zou zijn, het gewicht van zijn hoofd op haar schoot, de hele tocht terug. Mats en zijn team die zich afbeulden om zo snel mogelijk hier terug te komen. De manier waarop hij haar had aangestaard toen ze over de golven snelden, de uitdrukking op zijn gezicht, ongefilterd...

Door die hersenschudding. Ze knipperde het weg. 'Het zal Måns wel zijn geweest.'

Hij haalde zijn schouders op. 'Of Cathy.' En toen ze fronste, voegde hij eraan toe: 'Dokter Sorensen. Zij weet dat Hanna mijn echtgenote is. Zij was altijd de contactpersoon toen ik in de kliniek lag. Heb ik begrepen.'

'Juist. Nou, hoe dan ook is het geweldig dat ze hier is en dat ze er de komende dagen voor je kan zijn.'

'Hm. Misschien moet ik me zieker voordoen dan ik eigenlijk

ben.' Er kwam een donkere glans in zijn ogen. 'Het is fijn te zien dat ze om me geeft.'

Ze keek weg. Ze wilde zijn vertrouwelinge niet zijn. Ze kon niet doen alsof ze een vriendin van hem was. 'Natuurlijk doet ze dat.' Ze voelde dat zijn blik zich meer op haar focuste. 'Ik neem aan dat dit betekent dat jíj weggaat. In elk geval tijdelijk.' Ze keek hem vragend aan. 'Nou, als Hanna hier is om voor me te zorgen en... Linus te begeléíden, kun jij deze plek eindelijk ontvluchten.'

Er lag een zweem sarcasme in het woord 'begeleiden', dat haar deed denken aan hun ruzie – en dat haar eraan herinnerde dat haar aanwezigheid hier voor hem voelde als een belediging, dat zij een noodzakelijke bijkomstigheid was die hij moest verdragen bij het werken aan de relatie met zijn zoon.

'Ja, waarschijnlijk wel,' zei ze een tikje opstandig. 'En er zal iemand voor de meisjes moeten zorgen. Tenzij Max bij ze is, natuurlijk.'

Ze zag de woede door zijn ogen flitsen toen ze Max' naam liet vallen, maar ze weigerde weg te kijken. Ze mocht de waarheid toch zeker wel benoemen? Max' bestaan kon niet worden verborgen of genegeerd, al zou Emil dat misschien willen. Als hij zijn vrouw – zijn gezin – terug wilde, zou hij toch echt met Max te maken krijgen.

Zijn ogen vernauwden zich en de sfeer tussen hen veranderde, werd weer donkerder. 'Je mag hem.'

'Dat zou jij ook doen. Hij is een fijne man,' zei ze schouderophalend. 'En een geweldige vader. Hij houdt van zijn kinderen.'

'En ik niet van mijn kind?'

'Dat zei ik niet.'

'Maar je vindt me geen goede vader.'

'Dat heb ik ook niet gezegd.'

'Maar je denkt het wel.'

Ze zuchtte, pakte het lege glas van hem aan en draaide zich om. 'Ik moet maar eens gaan...'

Hij greep haar bij haar pols en ze voelde hoe koud haar huid was vergeleken met zijn hand. Ze moest haar natte kleren gaan uittrekken. Ze rilde. 'Ik heb het in je ogen gezien. Je keurt de manier waarop ik mijn zoon voor me probeer te winnen af.'
'Het is niet aan mij om dat af te keuren. Ik ben alleen maar de nanny.'
'Niet waar. Je bent niet "alleen maar" de nanny en dat weten we allebei. Je bent overal, de hele tijd.' Elk woord was doordrenkt met bitterheid en een felle woede. Dokter Sorensen had gewaarschuwd dat overgevoeligheid en stemmingswisselingen tot de symptomen van een hersenschudding behoorden, maar dit voelde als meer.

Ze slikte en werd een brok in haar keel gewaar om zijn aanhoudende boosheid. Ze voelde zich erdoor overdonderd. 'Het spijt me dat je het gevoel hebt dat ik je in de weg sta, maar ik probeer alleen maar mijn werk te doen,' zei ze met zachte stem om geen verdere ergernis te veroorzaken. Dit was duidelijk niet het moment voor nog meer onenigheid. 'Ik geef heel veel om Linus en ik wil dat hij zich goed voelt.' Ze keek hem aan met kalme ogen, weigerde om de tranen toe te laten. 'Dus mag ik alsjeblieft mijn pols terug?'

Hij keek ernaar, kennelijk verbaasd, en liet haar los precies op het moment dat Hanna weer binnenkwam.

'Hoe gaat het met de patiënt?'

Bell knikte alleen maar, probeerde zich te herpakken zonder te weten waarom ze nou eigenlijk zo van streek was. Sudderende minachting leek hun nieuwe normaal te zijn. 'Alles oké. Hij heeft net wat water gedronken.' Ze liep door de kamer en zette het lege glas terug naast de karaf op het tafeltje.

'Mooi zo. Het is belangrijk om het vochtgehalte op peil te houden.' Hanna legde teder haar hand op zijn voorhoofd en Bell zag dat ze – natuurlijk – haar ring met de aquamarijnen weer niet droeg, het witte streepje in het bruin duidelijk zichtbaar.

'Hanna, ik heb eens nagedacht...' Hanna ging op het bed zitten en draaide haar gezicht met een glimlach naar haar toe. 'Als jij hier dit weekend blijft, zal ik dan… teruggaan naar Summer Isle, ik bedoel Strommskar? Om jullie wat tijd te gunnen… als familie?'

Emil stak zijn hand uit naar die van Hanna. 'Tijd. Als familie. Alleen wij. Dat klinkt goed.'

Hanna glimlachte naar hem en dacht even na. 'Nou, mijn moeder is dit weekend op Strommskar,' zei ze vaag, zonder erbij te zeggen dat zij dus wel op de meisjes kon passen. Bell vroeg zich af waar Max dan was, of hij er óók was, razend omdat zijn partner voor het weekend hiernaartoe was gesleept vanwege alweer een medisch noodgeval van haar ex. 'Dus als je graag een weekend vrij zou willen…'

Bell fleurde meteen op. 'Echt?'

'Natuurlijk! Vind je niet, Emil? Die arme meid kan wel wat vrije tijd gebruiken. Ze heeft sinds midsommar aan één stuk door gewerkt.'

Emil keek haar aan met een ondoorgrondelijke blik. 'Absoluut. Het is geen pretje voor haar geweest om hier met ons vast te zitten.'

Als Hanna de sarcastische toon in zijn stem al opmerkte, gaf ze daar geen blijk van.

'Mag ik de boot meenemen?'

'Zeker. Maar luister, kunnen we het morgenochtend in laten gaan? Ik kan je hulp vanavond goed gebruiken. Dokter Sorensen zegt dat we hem om de twee uur wakker moeten maken en hem wat vragen moeten stellen, en ik weet niet of ik dat in mijn eentje kan doen.'

'Måns is er ook nog,' zei Emil nors.

'Dat kunnen we hem niet aandoen!' zei Hanna berispend. 'Hij is halverwege de tachtig.'

Ze klonken echt als een getrouwd stel, dacht Bell verwonderd. Ze vervielen in oude patronen, kibbelden er luchtig op los. 'Wat voor vragen?'

Hanna keek haar aan. 'O, niets bijzonders. Een praatje. Hoe heet je? Wat is je lievelingsnummer? In welk jaar leven we?' Ze haalde haar schouders op. 'Ik dacht dat we elkaar zouden kunnen afwisselen, vanaf, laten we zeggen, elf uur? Dan krijgen we allebei in elk geval vier uur slaap achtereen.'

Nou, geweldig, dacht Bell bij zichzelf terwijl ze instemmend glimlachte. Ze kreeg een vrije dag na een gebroken nacht. Super. 'Oké.'

'Zal ik elf en drie uur doen, dan neem jij één en vijf uur?'

'Eén en vijf uur, prima.' Bell liep naar de deur. 'Waar is Linus?'

'Hij is beneden gebleven om te eten. En ik heb gezegd dat hij vroeg naar bed moet. Het is voor iedereen een vermoeiende dag geweest.'

'Oké, ik ga wel even bij hem kijken.'

'Ik zou ook maar vroeg naar bed gaan als ik jou was.' Hanna draaide zich weer om naar Emil. 'Het wordt een lange nacht.'

## 22

Hè?

Ze knipperde, haar ogen nietsziend gericht op het maanlicht dat over de vloer scheen, en haar hand sloeg wild naar de wekker, zoekend naar de knop. Ze had de luiken met opzet opengelaten, in de hoop dat deze nachtelijke verplichting er gemakkelijker door zou worden, maar ondanks de volle maan en open ramen – de roep van een uil vanuit een boom in de buurt – was ze in slaap gevallen zodra haar hoofd het kussen raakte. De dramatische gebeurtenissen van de dag hadden haar uitgeput en het vooruitzicht van wat vrije tijd had een opgeluchte tinteling teweeggebracht. Ze moest hier weg, van het eiland af, weg van deze akelige situatie. Van hém.

Ze had Tove en Kris al een berichtje gestuurd, wanhopig verlangend naar het gezelschap van haar vrienden. Het was vermoeiend om Vijand Nummer Een te zijn. Tove en Marc hadden vanavond alle twee dienst, maar ze zouden morgenochtend met zijn drieën de eerste ferry nemen, en dus op tijd voor de lunch op Sandhamn zijn.

Met een diepe zucht en een gaap ging ze overeind zitten en plantte haar voeten op de vloer, haar hoofd gebogen zodat haar haren naar voren vielen. Ze kon dit. Heus. Ze hoefde zelfs niet eens helemaal wakker te worden. De man was overduidelijk in orde. Hij was immers meer dan helder geweest, had zelfs weer onenigheid uitgelokt. Ze hoefde alleen maar door de gang te lopen, hem wakker te schudden, hem een vraag te stellen en dan konden ze weer gaan slapen. Ze kon binnen een minuut terug zijn in dit bed, de lakens nog warm...

Zich nauwelijks bewust van haar omgeving, maar ergens in haar achterhoofd wetend dat er niets was om tegenaan te botsen – de voordelen van een minimaal ingericht huis – deed ze voorzichtig haar deur open en liep zachtjes over de gang. Het licht van de maan viel naar binnen door de hoge ramen die uitzicht op het gazon boden. De wereld was gehuld in spookachtige tinten grijs en wit.

Ze bleef even bij zijn deur staan en slaakte een diepe zucht. Even doorzetten. Over twintig seconden kon ze weer in bed liggen…

Ze deed de deur open en keek naar binnen. Hij lag op zijn buik, zijn armen omhoog naast zijn hoofd, één been gebogen onder het laken. Hij droeg alleen een boxershort en ze zag aan zijn ontspannen spieren en het ritme van zijn ademhaling dat hij in diepe slaap verzonken was. Ze liep op haar tenen over de vloer, al wist ze dat het belachelijk was om zachtjes te doen, aangezien ze hier juist was om hem wakker te maken.

Ze stopte aan de kant van zijn bed, keek naar hem en stak haar hand uit om hem op zijn blote schouder te kloppen. Maar ze wachtte even en liet haar hand halverwege in de lucht hangen voordat ze langzaam, stilletjes hurkte en haar gezicht op gelijke hoogte bracht met het matras. Met haar gezicht vlak bij het zijne staarde ze naar hem op een manier die anders onmogelijk was. Zonder de rancune in zijn kaak, zonder de woede in zijn ogen die steeds opdook als hij haar aankeek, was hij waarschijnlijk de mooiste man die ze ooit had gezien. In zijn gelaatstrekken zag ze Linus, dat prachtige kind.

Haar ogen namen hem in zich op en ze herinnerde zich hoe de ronding van zijn wang die nacht op de boot onder haar handpalm had aangevoeld, hoe zijn lippen van elkaar waren geweken toen ze hem zoende… Wat was het eenvoudig geweest op dat uitzonderlijke moment toen ze zich, als vreemden voor elkaar, hadden overgegeven aan een kortstondige verleiding, gewoon omdat het zo fijn voelde. Zo goed. Zo vanzelfsprekend.

Zijn ogen schoten open, de pupillen verwijd, de slaap nog als een sluier om hem heen, en ineens bedacht ze hoe wreed het was dat die ogen zeven jaar gesloten waren gebleven. Hoeveel had hij gemist? De wereld was blijven draaien zonder hem, het leven van zijn familie was doorgegaan…

'Bell.' Het woord was een uitademing, een zucht, een fragiele klank die uiting gaf aan een wens.

'Het… spijt me,' fluisterde ze, en ze probeerde zich te hervinden. Ze was zelf nog versuft, slaapdronken. 'Het is één uur. Ik kom… kijken of je in orde bent.'

Zijn ogen waren weer gesloten en ze liet haar blik nog eens over hem heen glijden, met een gulzige vrijheid die ze gewoonlijk niet had. Ze herinnerde zich hoe het had gevoeld om naast hem te liggen, zijn gewicht op haar, zijn mond op haar hals… Haar hartslag versnelde en voor ze het wist, leunde ze naar voren en gaf hem een kus op zijn slaap, zo licht als een veertje dat neerdaalt op de sneeuw.

Ze deinsde iets achteruit en zag dat hij haar aankeek. De slaap loste op en er was nu herkenning, oog in oog in het maanlicht. Er was waarheid. Ze waren iets begonnen wat nog niet af was, een vlam aangestoken die niet zou doven tot ze hem lieten branden.

'Bell.' Er lag warmte in haar naam, een behoefte kreeg vorm, en hij stak zijn arm uit, liet die naar haar nek glijden, waar zijn hand de onderkant van haar hoofd omsloot. Instinctief leunde ze ertegenaan, haar ogen halfgesloten terwijl zijn vingers door haar haren woelden. Ze kreunde zachtjes terwijl ze haar nek tegen zijn hand wreef, méér wilde…

Hij trok haar naar zich toe en zijn lippen kwamen zo dichtbij dat ze hun warmte kon voelen. Haar lichaam hunkerde naar die eerste oeraanraking tussen hen, de vonk waardoor ze beiden in vuur en vlam zouden raken. Ze wachtte erop.

En wachtte.

Ze opende haar ogen en staarde in de zijne. En wat ze zag, was geen begeerte – maar wanhoop. Hij wilde niet naar haar verlangen.

Ze voelde dat haar ademhaling oppervlakkiger werd, alsof de lucht in de kamer ijler was geworden. Hij trok zijn arm terug en de plek op haar gloeiende huid koelde meteen af.

'Bell...' Er klonk een verontschuldiging in door. Spijt. Overtuiging.

Ze waren nu allebei klaarwakker.

Ze wendde zich met een ruk af, vernederd, stond op in alleen haar T-shirt en liep weg van het bed. Zonder een woord te zeggen liep ze naar de deur, die ze zachtjes achter zich sloot terwijl de tranen over haar wangen begonnen te stromen. Er was geen vraag gesteld. Dat was niet nodig. Ze hadden allebei hun antwoord.

Ze knipperde, haar ogen nietsziend gericht op het maanlicht dat over de vloer scheen terwijl haar hand automatisch de wekker uitschakelde. De maan was verschoven en wierp lange schaduwen op de vloerplanken. De uil was nog aan het jagen.

Het was al vijf uur en ze had geen oog meer dichtgedaan. Hoewel haar bed nog warm was geweest, haar eigen afdruk nog zichtbaar was toen er weer in stapte, had ze stijf en ellendig wakker gelegen, had ze geprobeerd te verklaren wat er was gebeurd: haar willige overgave, zijn onmiskenbare afwijzing. Had ze zich verbeeld wat er in die paar momenten tussen hen had gepulseerd? Het had net zo echt en levend gevoeld als haar bonzende hart. Aan de andere kant kon ze toch niet ontkennen dat hij haar bijna elke dag had behandeld met minachting en verbolgenheid? Dat hij had gezegd dat het niets te betekenen had gehad?

Ze voelde de tranen weer biggelen, warm over haar wangen, het kussen en haar haren waren vochtig. Ze had durven zweren, in die kamer, bij dat bed, dat de rauwe emotie in die paar momenten uitdijende stilte puurder was geweest dan elk hardvochtig woord, dan elke wantrouwende blik. Maar ze had zich duidelijk vergist. Gekleed in slechts haar T-shirt, de slaap afgeschud, had ze haar verlangen naar hem getoond, maar hij had haar als een muisje aan zijn staart laten bungelen. Hij had met haar gevoelens gespeeld, zo was het en niet anders. Het was een machtsspel waarmee hij haar vernederde. Hij kon haar niet van zijn eiland schoppen, hij kon haar niet uit het leven van zijn zoontje bannen, dus had hij haar op haar knieën gedwongen. Letterlijk.

Het was vijf uur en buiten was het licht. De ongeduldige zon kwam op hoewel de maan nog door de hemel zweefde. Ze moest hier weg. Haar vrienden zouden over een aantal uren aankomen. Ze kon op ze wachten in het hotel. Zichzelf trakteren op een vroeg ontbijt, bij het zwembad liggen, een boek lezen, vergeten dat ze Emil Von Greyers ooit had ontmoet.

Ze duwde zichzelf overeind en plantte haar voeten op de vloer, haar hoofd gebogen zodat haar haren naar voren vielen. Ze kon dit. Heus. Ze hoefde hem alleen maar op zijn schouder te kloppen, hem naar zijn naam te vragen en dan kon ze weer vertrekken. Klaar.

Met bonzend hart deed ze voorzichtig haar deur open. Zachtjes liep ze over de gang. Het eerste ochtendlicht viel naar binnen door de hoge ramen die uitzicht op het gazon boden. De wereld was gehuld in perzik- en wittinten.

Ze bleef even bij zijn deur staan en slaakte een diepe zucht. Even doorzetten. Over twintig seconden zou dit voorbij zijn... Dan kon ze weggaan.

Ze deed de deur open en keek naar binnen. Hij lag op zijn rug, één arm gebogen achter zijn hoofd, één been opgetrokken onder het laken. Zijn boxershort lag op de vloer en ze zag aan zijn aangespannen spieren en het ritme van zijn ademhaling dat hij wakker was.

Bell voelde zichzelf verstarren toen Hanna zich naast hem verroerde en zachtjes kreunde. Haar blonde haar was over zijn borst gedrapeerd, haar soepele lichaam zag er bleek uit in het ochtendlicht, amper bedekt door het laken. Emil keek omlaag naar haar en toen naar Bell, het verlangen gedoofd, wanhoop in zijn ogen.

Zijn stem klonk vlak toen hij sprak. 'Het is in orde. Ik ben wakker.'

# 23

'Zo, dat doet maar!' zei Tove lachend. Ze liet een zware tas op de ligstoel vallen en maakte haar wakker met een liefdevol klopje op haar achterwerk.

'Poeh.' Bell duwde haar zonnebril omhoog en keek haar met samengeknepen ogen aan. 'Ik sliep!'

'Wordt het miljardairsleventje je te veel?' Tove spreidde een handdoek uit en trok haar zomerjurk in één beweging uit. Ze droeg een paarse bandeaubikini waarbij Bells gele stringversie maar gewoontjes afstak.

'Hoe weet jij... O, Kris.'

'Ach, schat, alsjeblieft. Ik had het zelf al uitgevogeld, hoor. Hoeveel rijke lieden die na zeven jaar uit een coma ontwaken denk je dat er zijn in Zweden?'

'O.' Ze liet haar wang op haar haar handen rusten en zuchtte vermoeid terwijl Tove met een zucht naast haar neerplofte, haar slanke lichaam glanzend in de nu al felle zon. 'Waar zijn de jongens?'

'Die komen wat later. Ze wilden eerst een stevige wandeling maken voor we ons gaan vermaken. Je kent ze. Echte puriteinen. Kunnen geen lol hebben als ze zichzelf niet eerst hebben gestraft.' Ze keek naar Bells glas cola op het tafeltje naast haar. 'O, ik hoop dat daar rum in zit,' knipoogde ze en ze nam een lange slok door het rietje. 'Fuck, serieus?!' sputterde ze een moment later, hoestend en met haar lange benen zwaaiend. 'Waarom heb je me niet gewaarschuwd?'

'Dat zou ik hebben gedaan als je me de kans had gegeven.'

Tove staarde haar aan. 'Jij drinkt nóóit rum rond het middaguur. Daar kun je niet tegen.'

Bell trok haar zonnebril weer naar beneden, in de hoop dat ze de kringen onder haar ogen kon verbergen. 'Het is zomer, toch?'

'Hm.' Tove keek haar argwanend aan terwijl ze nog een slokje nam.

Bell kwam met een zucht overeind in zithouding en pakte haar drankje voordat haar eigenzinnige vriendin het helemaal opdronk. 'Dat is van mij, hoor. Haal maar een voor jezelf.'

'Hoeveel heb je er al gehad?'

'Geen.' Bell hoopte dat ze de twee glazen op de grond onder haar ligstoel niet zou zien. 'Bovendien is het partytime, of had je dat nog niet gezien?' Ze wees op de vlaggetjes die rond het zwembad en de bar waren opgehangen; elke tafel en stoel was bezet. Er speelden nu kinderen in het zwembad, maar dat zou veranderen naarmate de dag vorderde en de volwassenen zich zouden melden. De Gotland Runt, een prestigieuze zeilwedstrijd, was aan de gang en de eerste boten zouden vanavond langs het eiland zeilen, op de terugweg naar Skeppsholmen, net buiten het centrum van de stad. 'Het is maar goed dat ik hier zo vroeg was, anders hadden we deze ligstoelen nooit gehad.'

'Hoe laat was je hier dan?'

'Zeven uur.'

'In de ochtend?' vroeg Tove verwonderd. 'Waarom was je hier zo idioot vroeg?'

Ze slaakte een vermoeide zucht. 'Dit is een cirkelredenering, Tove. Gotland. Hét weekend van het jaar. Ligstoelen…'

'Je doet raar.' Tove haalde haar schouders op, stak haar hand in haar tas en haalde er een stapeltje roddelbladen uit. 'Ik heb wat leesmateriaal voor je meegenomen. Je zult wel gék worden zonder wifi, lijkt me. Je moet toch een beetje bijblijven in de wereld.'

'En *Hänt* is daar het aangewezen tijdschrift voor, dacht je?' grapte Bell, maar ze nam het blad toch aan en bladerde het door. 'Dank je, lieverd.' Een ogenblik later legde ze haar hoofd achterover, niet in het minst geïnteresseerd in de nieuwste vochtinbrengende crème of de tweeling van Enrique Iglesias. 'Nou, vertel op. Wat heb ik gemist?'

Tove keek steels rond voordat ze zich vooroverboog. Dat was een teken dat de roddel die ze voor haar in petto had een interessante was. 'Nou, ik kan je dit maar beter vertellen voor ze hier zijn. Ik bedoel, ze zullen het je zelf ongetwijfeld wel vertellen, maar om je maar vast te voor te bereiden – Kris en Marc waren bijna uit elkaar. Nou, in feite waren ze uit elkaar. Maar ze zijn nu weer samen.'

'Wát?' Bells adem stokte. 'Maar ze zouden gaan samenwonen!'

'Ik weet het, maar Kris vond wat berichtjes op Marcs telefoon, van een of andere jonge arts, en...' Ze haalde haar schouders op. 'De boel ontplofte zo ongeveer. Kris werd ladderzat en moest naar huis worden gedragen.'

'Maar hij drinkt nooit veel.'

'En Marc staat gewoonlijk ook niet midden in de nacht op straat te schreeuwen, maar dat heeft hij wel gedaan. Het was nogal een drama.'

'Ongelooflijk,' zei Bell onthutst. 'Ik ben twee weken weg en de hele wereld is gek geworden! Ik heb Kris vorige week nog gezien en toen was er niets aan de hand.'

Tove haalde haar sproetige schouders nog eens op. 'Ik weet het niet, misschien was het een of andere reactie op de grootse plannen die ze hebben? Samenwonen, het is nogal wat. Marc zal wel in paniek zijn geraakt en even niet hebben geweten waar hij het zoeken moest. Maar het gaat nu weer goed. Ze hebben gepraat – dágenlang – en ik denk dat ze het ergste achter rug hebben.' Ze bewoog haar vinger heen en weer. 'Maar zeg niet dat ik het je verteld heb en reageer verbaasd als ze erover beginnen. Kris zal met je praten als hij er klaar voor is, maar ik denk dat ze allebei gewoon willen dat alles weer normaal is.'

Bell knikte, maar ze voelde zich rot omdat ze er niet voor haar huisgenoot was geweest. Zij wist beter dan wie ook dat Kris het uiterlijk van een god had, maar een hart zo zacht als een marshmallow. Haar eigen leven was gekoppeld aan het levenspad en de agenda van iemand anders – en wat had dat haar opgeleverd?

Tove zwaaide haar benen van de ligstoel en stond op. 'Nog eentje?'

'Oké. Maak er maar een dubbele van.'

Toves wenkbrauwen schoten omhoog terwijl ze haar voeten in een paar namaak-Hermès-sleehakken stak. 'Kijk niet zo bezorgd, Bell. Het komt goed met ze. En de timing van jouw berichtje was perfect: een weekend de bloemetjes buitenzetten is precies wat ze nodig hebben.'

'Een weekend de bloemetjes buitenzetten is precies wat ík nodig heb,' mompelde ze zachtjes terwijl Tove naar de bar bij het zwembad liep. Ze bladerde het tijdschrift verder door, stopte bij de pagina's over het uitgaansleven van de beau monde, waar haar blik om de een of andere reden bleef hangen op een koninklijk stel met tiara en sjerp. De twee droegen deftige avondkleding en stonden in een of andere rood-met-goudkleurige ruimte, en naast hen stond nog een paar, minus de kroon. Het duurde enkele ogenblikken voor ze zich realiseerde dat de vrouw met de scherpe blik die haar door de lens aankeek Nina was. Ik heb vanavond een diner in Kopenhagen, had ze gezegd. Ze had er alleen niet bij verteld dat ze ging dineren met de koning en koningin van Denemarken.

Ze dacht aan Nina's spectaculaire entree, haar onverwachte komst, haar helikopter die plotseling aan kwam vliegen. Emil had van slag geleken, maar ook gelaten door de vrijmoedige houding en de vanzelfsprekendheid waarmee ze zomaar kwam aanwaaien – zo anders dan hoe hij zich zelf gedroeg. Zij zou in elk geval nooit hebben vermoed, met zijn shabby uiterlijk in de jachthaven, dat hij de telg was van een industriële dynastie, of dat hij het type man was dat zich ophield in koninklijk gezelschap. Of dat hij zijn eigen echtgenote zou gaan verleiden.

'Kijk eens aan,' zei Tove, die terugkwam met een dienblad vol drankjes. 'Dubbel zoveel dubbele.'

'Super.' Ze was van plan dronken te worden. Heel dronken...

'En vertel eens, hoe gaat het met Hanna?' vroeg Tove. 'Hoe gaat het met onze Mogerts' o zo chique, o zo moderne familie?'

'Eh...' Bell aarzelde. 'Nou, ze grijpen eerder op het óúde terug, nu je het zo vraagt.' Haar stem klonk gesmoord.

'Hoe bedoel je?' Tove was geïntrigeerd en tuurde naar haar over haar vlinderzonnebril.

Bell slikte en dwong zichzelf de woorden uit te spreken. 'Hanna houdt er een affaire op na. Met haar echtgenoot.'

Toves mond viel open. 'Die slet!'

'Sst!' siste Bell, rondkijkend naar de mensen in hun buurt, die omkeken naar de commotie. 'Niet zo hard! Er zijn kinderen bij.'

'Sorry,' piepte Tove niet gemeend. Haar lichaam stond ineens strak van opwinding. 'Maar wat de fuck?' fluisterde ze luid. 'En Max dan?'

Bell zuchtte. 'Precies.'

'Weet je het zeker? Ik bedoel, hoe weet je het dan?'

Bell slikte opnieuw, want ze voelde de volle omvang van de situatie weer tot zich doordringen. 'Ik heb ze vannacht samen in bed gezien.'

Toves gezicht vertrok. 'O mijn god, die arme Max!'

Arme Max. 'Ja, inderdaad.'

'Weet hij...'

'Nee.' Bell schudde haar hoofd. 'Ik denk dat niemand het weet.'

'Behalve jij.'

'Ja, behalve ik.'

Tove fronste. 'En hoe kan het dat jij ze samen in bed hebt gezien?'

Bell legde haar hoofd schuin tegen de hoofdsteun. Ze wilde er niet meer over nadenken. 'O, lang verhaal,' zei ze zo nonchalant als ze kon. Haar stem klonk verstikt, ze kon elk moment gaan huilen.

'Je had je toch niet in de kast verstopt, hè?' vroeg Tove met een duivels lachje. 'Want laten we eerlijk zijn, ik zou dat doen... Wat een lekker ding is die man.'

'Zo spannend was het niet, ben ik bang,' zei Bell vlug om haar af te kappen voor ze de fysieke deugden van Emil Von Greyers zou gaan prijzen. 'Hij had een hersenschudding en...' Onwillekeurig begonnen er toch tranen uit haar ooghoeken te glijden en ze was dankbaar om de gigantische Chanel-bril die ze jaren geleden ergens taxfree had gekocht. 'Hanna en ik moesten hem gedurende de nacht een aantal keren wakker maken en toen ik aan de beurt was, heb ik ze samen aangetroffen.' De woorden roetsjten tegen elkaar aan als kinderen op een glijbaan.

Tove was even stil en sloeg haar gade. Toen boog ze zich naar haar toe en trok haar zonnebril af.

'Tove!' riep Bell verontwaardigd, maar ze reageerde net iets te laat. 'Niet doen.'

'Waarom huil je?' vroeg Tove, nu mild uit bezorgdheid. 'O god, lieverd, wat heb je gedaan?'

'Wij worden haar koppelaars.' Tove keek ernstig in het rond. 'Wij alle drie. Wij gaan vannacht voor deze vrouw een man versieren.'

Het was zo'n typische Tove-opmerking die ze als ze nuchter waren misschien meteen hadden weggehoond, maar na een dag van drankjes in de zon klonk ze bijna redelijk. Kris en Marc waren halverwege haar verhaal over Emil aangekomen, en met elk nieuw dienblad dat van de bar hun kant op was gekomen, had ze meer onthuld over wat er tussen hen was gebeurd – dat híj haar minnaar van midsommar was, de confrontaties die zij had gewonnen, de beledigingen die hij had geuit, de perfectie van gisteren overschaduwd door zijn ongeluk op de boot, zijn wrede afwijzing midden in de nacht, de manier waarop hij had laten zien dat hij zijn eigen echtgenote had verleid...

'Ja! Doe maar. Zoek een vent voor me,' zei Bell lijzig terwijl Kris, die aan het voeteneind van haar ligstoel zat, haar een voetmassage gaf. Op een bepaald moment waren ze overgeschakeld van rumcola's op mojito's. 'Lichter van kleur,' had Tove ernstig gezegd, alsof de cola de boosdoener was.

'Ik... ik kan niet goed kiezen,' ging Bell verder. 'Mijn mannenradar is stuk. Koppel me maar. Ik vind het best.'
'Ik word hier verdrietig van,' zuchtte Kris. Hij dronk zelden veel, maar als hij dat deed, werd hij er meestal somber van. 'Jij verdient iemand die om je gééft.'
'Nee. Dat nou juist niet,' protesteerde ze, heftig met haar hoofd schuddend. 'Ik wil geen liefde.'
'Natuurlijk wel,' zei Marc, wiens huid er strak uitzag na een bruinbaksessie gevolgd door een volleybalwedstrijdje in het zwembad. 'Je wilt niets liever.'
De muziek dreunde luid door de speakers, de gekleurde lampjes rond de bar waren aan en de zon schoof over de horizon zonder te kunnen ondergaan. Het was bijna tien uur en alle gezinnen waren allang naar huis. De club zat vol met feestvierders, die zich met een biertje in de hand verspreidden over de plankenpaden, en het volume van het gelach en de gesprekken steeg snel. Op elke boot in de jachthaven waren mensen, er vonden feestjes en etentjes plaats, die bijdroegen aan de festivalachtige sfeer, terwijl anderen met verrekijkers op de rotsen stonden en keken hoe de wedstrijdboten langsvoeren. Het was weer feest op Sandhamn.
'Liefde en goeie seks gaan niet vaak hand in hand,' zei Tove met een ernst die suggereerde dat ze een goddelijke wijsheid verkondigde. 'Ik bedoel, ik snap het wel als mensen het hebben over intimiteit die wat toevoegt, blablabla, maar soms is het met een onbekende gewoon beter.'
Bell sloot haar ogen en dacht weer aan het moment dat ze zich naar hem toe had gebogen en hem had gezoend...
'Hou op!' Kris bewoog haar voeten heen en weer, want hij wist precies waar ze aan dacht. 'Niet aan hém denken.'
'Nee,' zuchtte ze. 'Deed ik ook niet. Ik...' Ze had de fut niet om te liegen.
Ze huiverde lichtjes toen een zeebries over haar blote huid streek. Ze had haar bikini nog aan, waar ze alleen een korte spijkerbroek

over had aangetrokken, en ze probeerde zich te herinneren wat ze ook alweer aan had gehad toen ze hier vanochtend kwam. Dat was al zo lang geleden. Ze lag hier nu al veertien uur te drinken, te kletsen en te huilen.

'Bell?'

Ze draaiden zich alle vier om en zagen een man met een blond baardje naar haar glimlachen. Hij had een stuk of wat bierflesjes tussen zijn gespreide vingers geklemd.

'Mats?' Ze zag dat Kris en Marc hem vluchtig bekeken. Hij was aantrekkelijk, had een atletisch lijf, twinkelende ogen, een gulle glimlach. 'Mats!' riep ze, en ze krabbelde overeind, waarbij ze met haar voet per ongeluk Kris' edele delen schampte.

'Oef!'

'Jongens, dit is Mats. Hij werkt als schipper voor Emil.'

'Voor Emil?' herhaalde Marc, alsof dat tegen hem sprak. Hem medeplichtig maakte.

Ze boog over de ligstoel heen en begroette hem als een oude vriend, met een enthousiaste kus op beide wangen. 'Wat doe jij hier?' vroeg ze opgetogen. 'Ik dacht dat je zou teruggaan naar de stad.'

Hij aarzelde. Merkte hij dat ze tipsy was? Misschien lukte het haar ook niet zo goed om dat te verbergen. 'Klopt, maar ik ben net weer terug. Ik wilde graag hier naar de zeilwedstrijd kijken.'

'Met de bar in de buurt?' zei ze lachend met een blik op zijn biertjes.

Hij haalde meesmuilend zijn schouders op, alsof hij zich betrapt voelde. 'Dat was de bedoeling zo ongeveer. Wil je er een?'

'O, beter van niet, ik heb al behoorlijk wat op,' weifelde ze voordat ze het meteen toch maar van hem aanpakte. 'O, oké dan.' Ze nam een slok. 'Maar wat doe je hier?' Ze kromp ineen toen hij lachte. Dat had ze al gevraagd. God, ze was dronken. 'Ik bedoel, ik bedoel, met wie ben je hier?'

'Die groep daar.' Hij gebaarde met zijn duim naar een gezelschap van acht personen aan de andere kant van het zwembad. Het wa-

ren vijf mannen en drie vrouwen, die met elkaar stonden te praten.
'O.'
Hij wendde zich snel weer tot haar. 'Maar ze zijn niet, ik bedoel, ik ben niet...'
'Je bent niet...'
Zijn blik viel op haar mond en keerde terug naar haar ogen. 'Ik ben niet met hen sámen.'
Bedoelde hij de vrouwen? 'O.' Ze zette het flesje aan haar lippen en keek naar hem terwijl ze dronk. Alles leek een beetje te vertragen.
'En jij?' Zijn ogen gleden vragend over Marc en Kris, die beschermend vlak achter haar stonden.
'O. O nee,' lachte ze. 'Wij zijn geen... Zíj zijn een stel, namelijk.' Ze greep beide mannen zachtjes bij hun kin en duwde hun knappe gezichten tegen elkaar alsof ze hamsters waren. Ze knipperden welwillend met hun ogen.
'Aha,' grijnsde Mats, schijnbaar opgelucht.
'Ja, dit is Kris en ik ben Marc,' zei Marc terwijl ze elkaar allemaal de hand schudden. 'Wij zijn haar koppelaars.'
'Ik ook. Ik ben Tove,' zei Tove knikkend. 'En ik ben ook haar koppelaar.'
'Sterker nog, jij bent de hóófdkoppelaar, Tove,' zei Marc met een uitgestreken gezicht.
Ze keken alle vier naar Mats, die roerloos en met open mond bleef staan voordat hij in lachen uitbarstte. 'Eh...'
'Ze zitten maar wat te dollen,' zei Bell lachend en ze klopte met een hand tegen zijn borst, die ze daar vervolgens liet liggen. Hij keek ernaar, en toen weer naar haar. 'Het is een inside joke.'
'Juist. Nou, leuk,' zei hij met een glimlach. Hij zette een stap dichterbij, aangemoedigd door haar initiatief tot lichamelijk contact, en ze voelde dat de anderen zich terugtrokken nu hun gesprek wat intiemer werd. 'Nou, het is bijzonder dat ik je zo snel weer tegenkom. Ik hoopte echt dat we elkaar nog eens zouden zien,' zei hij zacht. 'Heb je mijn briefje gelezen?'

'Natuurlijk.'
'En was je van plan me te bellen?'
'Natuurlijk.'
Hij hapte quasiverontwaardigd naar adem. 'Niet waar!'
Ze lachte. 'Jawel! Echt!'
'Ik geloof er niets van!' protesteerde hij, maar hij grijnsde toch. Ze leunde naar hem toe en duwde haar rondingen zachtjes tegen hem aan. 'Maakt het wat uit? We zijn hier nou toch?'
De vraag was flirterig en hij keek haar even aan met een wedervraag in zijn ogen, die zij op haar beurt met een blik beantwoordde. Ze was dronken en het kon haar niet schelen wie het wist. Hij, de hele bar... Niets deed er immers toe. Niet echt. Ze had de eerste stap gezet en het was aan hem om daarop te reageren – of niet.
Hij boog zijn hoofd en zoende haar. Zomaar. Zo eenvoudig was het. Zijn lippen waren gebarsten en een beetje ruw, maar dat vond ze niet erg. Het was beter dan halverwege in de lucht te worden tegengehouden.
'Zet 'm op, meid!' hoorde ze Tove uitroepen, en iemand – Kris – floot tussen zijn vingers.
'Koppelaars of cheerleaders?' vroeg Mats met een grijns toen ze elkaar weer aankeken.
'Allebei!' giechelde ze. Ze was beneveld en voelde zich onnozel, alsof ze in een voortdenderende trein zat.
Hij zoende haar nog een keer, nu aangemoedigd. 'Dit wilde ik gisteren de hele dag al doen.'
'Serieus?' fluisterde ze, en ze dacht aan Emil die de hele weg terug vanaf haar schoot naar haar had liggen staren terwijl haar handen zijn gezicht wiegden en streelden, en ze hem vertelde dat het goed zou komen... Wat een giller.
Ze zag hem zo voor zich, zelfs nu, alsof hij hier was...
Hij wás hier.
'Baas!' Ze voelde Mats verbluft verstarren en zijn handen van haar middel zakken.

Hanna, Emil en Linus stonden aan de andere kant van het hek dat het bargedeelte scheidde van het plankenpad. Zo te zien aan hun nette shirts hadden ze net in het hotel gedineerd.

'Mats,' antwoordde Emil, en hij keek hem effen aan, waarna hij zich zijn manieren herinnerde. 'Dit is Hanna, mijn vr... Linus' moeder.'

'Aangenaam kennis te maken,' zei Hanna snel, en haar ogen schoten naar haar zoontje als een libel op de rivier. 'Ik geloof dat we elkaar gisteren in het huis al voorbij zijn gelopen? Het spijt me als ik in de haast onbeleefd was. Ik heb veel over je gehoord.'

'Niets dan goeds, hoop ik.'

'Natuurlijk. Ik begrijp dat Emil dankzij jou zo snel medische bijstand kreeg. Om nog maar te zwijgen van het feit dat de klap van de giek veel harder had kunnen aankomen als jij hem niet naar beneden had getrokken.'

'Maar niet snel genoeg,' zei Mats op spijtige toon, en hij keek zijn werkgever weer aan. 'Hoe gaat het nu met je? Ik had niet gedacht dat je zò vlug weer op de been zou zijn.'

'Het gaat prima, heus.'

Mats keek sceptisch. 'Echt? Je hebt nogal een optater gehad.'

'Alleen wat hoofdpijn, gaat wel weer over. Er wordt goed voor me gezorgd.' Hij drapeerde een arm om Hanna's schouder, alsof hij wilde laten zien dat zij zijn Florence Nightingale was. Bell keek weg. Kreeg zij nog enige erkenning – als degene die hem had vastgegrepen en weer veilig had vastgeklikt, zijn hoofd tegen verdere klappen had beschermd, hem op de terugtocht had vastgehouden – of had hij haar volledig uit zijn versie van de gebeurtenissen gewist?

Ze besefte dat Hanna haar niet had begroet. En dat ze weliswaar vriendelijk was tegen Mats, maar háár amper in de ogen leek te kunnen kijken? Ze moest zich hebben gerealiseerd dat ze in het bed in slaap was gevallen en dat Bell haar daar had zien liggen.

'Eh, Hanna, nog even over...' Ze trok een gezicht en hoopte dat ze de leugen overtuigend kon brengen. 'Luister, het spijt me enorm van vanochtend. Ik wilde je nog een berichtje sturen. Ik vrees dat ik door de wekker heen ben geslapen die ik voor de check om vijf uur had gezet.'

Ze voelde dat Emils blik haar als een kat besprong terwijl Hanna's gezichtsuitdrukking veranderde en de opluchting haar als bloesem in de lente overstelpte. 'O?'

Ze haalde haar schouders op, niet precies wetend waarom ze haar werkgeefster zo nodig wilde sparen. 'Ja, het spijt me. Ik bedoel, het is natuurlijk goed gegaan, maar ik heb er een slecht gevoel over.'

'Nee, nee, dat hoeft niet,' zei Hanna vlug, en ze keek Emil met een steelse blik aan. 'Het is oké. Het gaat goed met hem. Toch?'

Emil knikte en zijn verzengende ogen ontmoetten eindelijk de hare. Hij zag er knapper uit dan op elk eerder moment sinds ze hem had ontmoet: een lichtblauw overhemd dat zijn ogen optimaal deed uitkomen, een witkatoenen short met dure instappers – zowaar met een hiel. Hij leek alweer een stap dichter bij de man op de trouwfoto. Het Hanna-effect. Hij kreeg wat hij wilde: zijn oude leven terug. Eerst zijn zoon, nu zijn echtgenote.

'Bell,' zei Linus opgetogen nu de eerste beleefdheden waren uitgewisseld. 'Je had er vandaag bij moeten zijn. We zijn gaan skateboarden door de gangen en hebben gepicknickt op het verborgen strand!'

'O!' zei ze knikkend, en ze probeerde slechts één Linus te zien en minder dronken over te komen dan ze feitelijk was – om tien uur 's avonds in haar bikini tegen een knappe zeeman geleund. 'Wat jammer dat ik er niet bij kon zijn.'

'Waar was je? Je was al weg toen ik wakker werd.'

Haar glimlach bleef in stand. 'Ik was hier.'

'Wat? De hele dag?'

'Yep.' Ze knikte. 'De hele dag.' Met de bar binnen bereik...

'Nou, het is goed te zien dat je je vermaakt, Bell,' zei Hanna met een warme glimlach, weer relaxed nu haar misstap ongezien was

gebleven, genereus nu het Bell was – en niet zij – die uit haar doen was. 'Je hebt zo te zien een leuke dag gehad.'
'O, zeker. Hartstikke leuk. Had ik echt... nodig.' Ze weigerde naar Emil te kijken, hoewel ze zijn starende blik voelde als een hete naald die over haar huid trok.
Linus keek nieuwsgierig van haar naar Mats. 'Ik wist niet dat jullie verkering hadden.'
'O! Nou, nee, hij is mijn...' Er viel een lange stilte. Haar brein werkte niet snel genoeg om te bedenken wat ze moest zeggen.
'Speciale vriend?' opperde Mats beschroomd.
'Ja!' zei ze, met een vinger naar hem wijzend. 'Heel goed.'
'Wij zijn speciale vrienden, kanjer,' zei Mats met een knipoog.
'Maar ga jij dan ook naar Nieuw-Zeeland?' Er verscheen paniek in zijn ogen.
'Wat?' vroeg ze verbijsterd.
'Mats doet mee aan de America's Cup. Hij gaat daarnaartoe. Jij gaat toch niet ook weg?'
Ze staarde hem aan, een klein jongetje met twee vaders en een moeder die niet kon kiezen. 'O Liney...' Ze wilde een hand op zijn wang leggen, zoals ze zo vaak deed, maar voor ze hem aan kon raken trok Hanna hem achteruit.
'Nou, Linus, we hebben het hierover gehad. Bell heeft ook haar eigen leven. We kunnen niet van haar verwachten dat ze alles voor ons blijft opgeven.' Hanna glimlachte naar Bell en Mats. 'Excuses. We zullen jullie tortelduifjes niet langer ophouden.'
'Oké, prima,' zei Mats, duidelijk opgelucht. 'Nou, het was leuk jullie te zien. Slaap lekker, knul.' Hij gaf Linus een high five. 'Fijn je ontmoet te hebben, Hanna. Emil, hou je taai, man.' Mats stak zijn hand uit, maar zijn baas aarzelde merkbaar voordat hij hem de hand schudde.
'Tot maandag, Bell,' zei Linus met tegenzin terwijl zijn moeder hem met zich meetrok.
'Ja, tot maandag, kanjer,' zei Bell zacht. En eindelijk voelde ze dat

Emil zijn blik van haar afwendde. Haar ogen bleven hangen op het drietal dat over het plankenpad naar de ligplaats liep, waar de afgebladderde boot met de te zwakke motor klaarlag. Voor niet-ingewijden leken de drie een gewoon, zeer fotogeniek gezin. Er was niets wat erop wees dat ze dat allesbehalve waren.

'Shit,' siste Mats met zijn handen door zijn haar strijkend zodra ze buiten gehoorsafstand waren.

'Wat?' vroeg ze, terwijl ze keek hoe ze silhouetten in de lichtjes van de haven werden, waar Emil als eerste in de boot sprong en zijn hand naar Hanna uitstak. Ze zag er mooier uit dan ooit in haar jurk van rode zijde. Het was een jurk die uitstraalde dat ze vannacht weer in zijn bed zou slapen.

'Zag je Emils gezicht? Hij leek op ontploffen te staan.'

'O ja?' vroeg ze lichtjes deinend. Een onverwachte golf van triomf spoelde door haar heen.

'Heb je dat dan niet gezien?'

'Ik heb er niet op gelet.'

'Je denkt toch niet dat hij een probleem heeft met... ons?'

Ze haalde boos haar schouders op. 'Waarom zou hij? Hij heeft jou als schipper ingehuurd en ik ben de nanny van zijn kind. Wat maakt het hem uit als wij elkaar leuk vinden? Het gaat hem niks aan wat wij in onze vrije tijd doen. We zijn alleen maar zijn werknemers. Niet zijn bezit.'

Hij grinnikte verrast. 'Jij bent een pittige tante, hè?'

Ze haalde nogmaals haar schouders op en voelde de adrenaline door zich heen stromen nu de crisis voorbij was. Wat gaf het dat hij haar hier met Mats had gezien? Ze was hem niets verschuldigd – dat had hij haar zelf duidelijk gemaakt. Hij had Hanna terug en alles verliep precies zoals hij wilde.

Mats trok haar weer dichter naar zich toe nu hij de donkere glans in haar ogen zag. 'Dus wij vinden elkaar leuk?'

Ze keek hem aan en glimlachte. 'Dat dacht ik wel.'

# 24

De duisternis slokte hem op en hij viel in slaap alsof hij van een klif werd geduwd. Er was hier voor hem nooit complete rust te vinden; een deel van zijn brein – misschien het enige deel dat al die jaren alert genoeg was gebleven om hem als levend te kwalificeren – weigerde altijd zich over te geven, een eenzaam nachtlampje dat brandde in een donker huis.

Maar de spanning in zijn lijf verminderde, zijn gebalde vuisten vouwden open als herfstbladeren en de hoofdpijn die zich om zijn brein had vastgesnoerd klikte zich los voor de nacht. Het zou niet lang duren, deze onbestendige vergetelheid – de ironie dat hij na te zijn ontwaakt uit een coma leed aan slapeloosheid vond hij eigenlijk wel geestig – maar het zou genoeg zijn om de honden die naar zijn hielen hapten tot bedaren te brengen, hun genadeloze schaduwen die als lemmeten in het zonlicht over hem heen kruisten. Het ongeluk mocht dan verleden tijd zijn, het letsel geheeld, maar het gevaar bleef. Hij kon dan wel niet goed proeven en ruiken, maar zijn zesde zintuig vertelde hem dat het altijd op de loer lag.

Hij bewoog door de duisternis, waadde door haar verschillende texturen en tinten, steeds op zoek naar het stipje licht dat zou groeien als hij zich ernaartoe zou wenden. En daar zou zij dan zijn, zoals altijd, omsloten door de helderheid, haar lichte haar en zacht glanzende huid als bakens die hem de weg wezen. Zij had hem gered, hem weer tot leven gewekt...

En nu was zij hier. Ver weg, tegen zijn lichaam gedrukt, voelde hij een zijdeachtige flard van haar tegen zijn huid, het gekietel van haar adem, de warmte van haar benen verstrengeld met de zijne,

en hij viel dieper in het fluweel waar niets bestond. Geen licht, geen smaak, geen aanraking, geen geur. Alleen een geluid.
Een...
Bell.

'Hoi, hoi.'
Ze tuurde door de open deur en Max, die met een dampende kop koffie voor zijn neus de krant van gisteren zat te lezen, keek op. 'Ha, Bell!'
Hij leek blij – en verrast – te zijn om haar te zien. Hij stond op terwijl ze binnenkwam en gaf haar een kus op beide wangen. 'Lang niet gezien.'
'Inderdaad! Wauw, je hebt de boel goed bijgehouden, zeg,' zei ze verbaasd, rondkijkend in het smetteloze vakantiehuis alsof ze tien jaar was weg geweest in plaats van twee weken.
Hij wierp haar een verstrooide blik toe en ze herinnerde zich dat Hanna had gezegd dat haar moeder het weekend op Summer Isle zou zijn. 'Helemaal mijn werk, uiteraard. Koffie?'
'Ja, graag. Ik pak zelf wel,' zei ze, en ze liep naar de espressomachine.
'Ben je afgevallen?' vroeg hij haar terwijl hij weer ging zitten.
'Grappig, ik wilde jou hetzelfde vragen,' zei ze met een glimlach over haar schouder.
'Misschien.' Hij haalde een tikje ongelukkig zijn schouders op. 'Waarschijnlijk.'
'Je ziet er moe uit. Heb je de deadline voor die cliënt nog gehaald?' vroeg ze terwijl ze een cupje in de houder stopte en boven het gepruttel ven de machine uit sprak.
'Alleen ten koste van mijn geestelijke gezondheid en die van twee personeelsleden,' zei hij zuchtend. Hij ging zichtbaar afgemat achteroverzitten.
Hij zag bleek onder zijn gebruinde huid en hij had zich in dagen niet geschoren. Bell kreeg ook de indruk dat er meer grijs tussen

zijn donkere haar zat. 'Ze bleven maar wijzigingen doorvoeren nadat alles in feite al goedgekeurd was.'

'Nou, dan zal het wel goed voelen dat het eindelijk klaar is.'

'Eerlijk gezegd is het zoveel gedoe geweest dat ik niet eens zeker weet of we deze cliënt wel willen behouden.'

'O jee.' Ze nam haar koffie mee naar de tafel en ging tegenover hem zitten. Ze strengelde haar vingers om de kop heen en liet de damp even naar haar gezicht stijgen. Een stoombadje kon geen kwaad... Ze had gisteren de hele dag in bed – haar eigen bed – gelegen om te herstellen. 'En waar zijn de meisjes? Ik heb ze gemist.'

'Die slapen nog.'

Haar wenkbrauwen schoten omhoog. 'Echt?'

'Ja, Ebba denkt dat ze midden in een groeispurt zitten.'

'Is ze er nog?' Ze hoopte van niet. Hanna's moeder was een veeleisende vrouw. In haar ogen kon je niets goed doen.

'Nee, ze is gisteravond teruggegaan. Ze heeft deze week een bridgetoernooi.' Hij rolde met zijn ogen. 'Godzijdank,' fluisterde hij bijna onhoorbaar, voor het geval ze toch nog achter de bank zat te luisteren.

Ze grijnsde boven haar kop koffie en voelde iets onuitgesprokens binnensluipen en naast hem gaan zitten. Een olifantje in de kamer.

'Dus...' Max tikte lichtjes met zijn vingers op de tafel. 'Hoe gaat het op Ingarso?'

'Waar?' Er verscheen een vragende rimpel op haar voorhoofd.

'Ook wel 007 genoemd.' Hij probeerde zijn stem luchtig te houden, maar zijn ogen werkten niet mee.

'Ah, natuurlijk.' Bell glimlachte vaag om de theatrale bijnaam die de familie het eiland had gegeven. Ze vroeg zich af of hij wist dat de schuilplaats van de Bondschurk in feite een oud maar deftig feloranje landhuis was.

'Het gaat...' Ze zweeg even en vroeg zich af wat ze in vredesnaam kon zeggen. 'Het gaat wel goed met ze.'

'Wel goed?' Hij leek niet onder de indruk.

'Ja. Na een voorzichtige start. Linus was in het begin heel zwijgzaam en terughoudend. Begrijpelijk.'

Max knikte gepijnigd. Het was vast niet gemakkelijk voor hem om te horen dat de jongen die hij had opgevoed en liefgehad als zijn eigen kind nu een band met zijn biologische vader opbouwde.

'Hij hield afstand en was behoedzaam na dat bezoek aan het ziekenhuis.'

Max kromp ineen. 'Ik had haar gezegd dat het een vergissing was. Ze had hem nooit mee mogen nemen.'

'Nee, dat ben ik met je eens,' mompelde Bell. 'Maar het is ook wel moeilijk om te weten wat de juiste beslissing is in zo'n situatie. Er is niet bepaald een handboek voor, hè?'

'God nee, was dat maar zo.' Hij liet zijn hoofd in een hand vallen en streek daarmee door zijn haar. 'En nu? Noemt hij hem papa?'

'Nee, dat ben jij en dat zul je altijd zijn, Max.' Ze haalde diep adem. 'Maar ik heb hem al wel "pap" horen zeggen.'

'Zonder a?'

'Ja. Ik denk dat het… iets afstandelijker of anders klinkt? Wel warmer dan vader, maar niet papa, want dat ben jij.'

Zijn gezicht vertrok en ze stak haar arm uit om zijn hand lichtjes aan te raken. 'Hij houdt van je, Max. Jij zult altijd zijn papa blijven. Je wordt niet vervangen of zo.'

'Nee? Ik heb Emil destijds wel vervangen.' Er klonk iets hards door in zijn woorden, een heftig zelfverwijt.

Ze keek hem aan. 'Hoe gaat het met jóú?' Ze had het gevoel dat van iedereen die in dit web verstrikt zat – Emil, Linus, Hanna en hij – híj degene was die het meest over het hoofd werd gezien. Hij had geen bloedband en zelfs geen wettelijke band met Linus. Emil was Hanna's officiële echtgenoot en Linus' vader. Hij had de rechten, het medeleven, hij had geld, hij had macht…

'Met mij? O, ik… word elke ochtend wakker met de vraag of dit de dag zal zijn waarop Hanna me gaat verlaten.'

Bell keek hem verbluft aan. Wist hij ervan? Hoe was dat mogelijk? Had hij hen zaterdagavond gezien toen ze uit waren, of had hij er iets over gehoord? Ze waren nou niet echt discreet geweest.
'Wat?' vroeg hij, met een blik op haar gezicht. 'Zo verbaasd kun je daar niet over zijn, toch?'
'M-Max, Hanna houdt van je,' zei ze, struikelend over de woorden.
'Ja. Maar meer dan van hem? Sinds dat klotetelefoontje dat hij wakker was geworden, is ze... anders. Gereserveerd.'
'Ze bevindt zich in een onmogelijke situatie.'
'Wij allemáál, Bell. Geloof me, ik heb met die arme vent te doen. Waar hij doorheen is gegaan... Dat zou niemand moeten meemaken... Hij was ook míjn vriend. Jezus, hij was éérst mijn vriend.'
'Wat?'
'Ja. Voordat hij Hanna ontmoette, voordat ík haar ontmoette, waren we bevriend. Als kind al. Hier.' Hij gebaarde naar het huis, het eiland.
'Dat heeft niemand tot nu toe verteld.'
Hij haalde zijn schouders op. 'Het is ook niet zo belangrijk. Maar het ligt ook voor de hand, toch? Zijn eiland ligt hiertegenover. Zijn familie heeft vijf generaties geleden het huis op dat eiland gebouwd en mijn grootouders hebben dit stuk grond gekocht. We komen allebei al ons hele leven in de zomer naar de archipel. Ik ken hem al mijn hele leven... Nou ja, behalve de laatste tijd.'
'Waren jullie close?' Ze verschoof op haar stoel. Ze kon nauwelijks geloven dat ze dit nu pas hoorde. Hanna had er niets over gezegd, en Emil ook niet...
Hij glimlachte nadenkend. 'Toen we ongeveer acht of negen waren, roeiden hij en ik naar elkaar toe. Dan bonden we onze boten met een touw om de dollen aan elkaar en zaten we de hele dag te vissen.'
'Wat lief.'
'Ik vraag me af of je ons lief had gevonden als je zag welke smok-

kelwaar we meenamen.' Hij grinnikte. 'Chocolade en snoep toen we klein waren, maar toen we ouder werden *Penthouse*-tijdschriften, sigaretten, wiet, drank. We smokkelden flessen schnaps mee en dronken ons suf. Het was perfect. Niemand kwam ons ooit lastigvallen. De enige regel was dat we naar huis moesten als een van onze families met een witte vlag zwaaide.'

De witte vlag... Ze dacht aan de nacht dat Linus en Hanna met witte vlaggen naar elkaar hadden gezwaaid.

'Het klinkt idyllisch,' murmelde Bell, die de herinneringen als zonnestralen over zijn gezicht zag schieten. 'Het klinkt alsof jullie beste vrienden waren.'

'O, dat was ook zo in de zomer,' zei hij, en hij keek haar even aan. 'Iedereen is op deze eilandjes gelijk.' Hij kauwde op zijn lip. 'Maar in de stad is het natuurlijk anders. Zijn familie bezat – bezit nog steeds – het Grand Hôtel. Zij hadden een appartement dat twee bovenverdiepingen besloeg. En wij woonden in een krappe flat in Tensta.'

'Tensta? Dat ken ik niet.'

Hij glimlachte wrang. 'Nee, dat is een buitenwijk in het noordwesten van de stad.'

'En dan zagen jullie elkaar niet?'

'Hij zat op een kostschool in Zwitserland en zijn familie reisde veel. Hij was er eigenlijk alleen in de zomer. Ik had altijd het gevoel dat ik het hele jaar wachtte tot ik hem weer zou zien.' Hij schonk haar een gegeneerde glimlach en keek weer weg.

'Max, als jullie zulke goede vrienden waren, waarom ben je hem dan niet komen opzoeken?'

'Omdat... Hoe zou ik dat kunnen, Bell? Ik ben de rotzak die het met zijn vrouw doet!'

En nou is hij de rotzak die het met jóúw vrouw doet, dacht ze bij zichzelf, en ze zag dat hij weer een hand door zijn haar haalde. Ze baalde ervan dat ze hier middenin zat en gedwongen was te liegen, maar het was niet aan haar om hem dit te vertellen. 'Maar als jij met hem bevriend was, dan was je ook bevriend met Hanna, neem ik aan?'

'Natuurlijk. Ik ben ook op hun bruiloft geweest.'

Bell knikte. Ze begreep wel hoe het ongeveer was gegaan: Hanna totaal van slag na de prognose van de artsen, oude vrienden die elkaar steunen, troost die een toevlucht wordt, zich tot meer ontwikkelt... Maar was het schuldgevoel of een hernieuwde liefdesvonk die haar weer in de armen van haar echtgenoot had gedreven?

'Dan zal Emil toch wel begrijpen wat er tussen jou en haar is gebeurd, ook al wil hij het niet aan zichzelf toegeven?'

Hij zweeg een moment en keek haar aan. 'Je zou het me vertellen als je iets wist, toch, Bell?'

'Max...'

'Vertel me alsjeblieft niet dat ik me dingen verbeeld. Ik ben niet gek. Toen Hanna het hoorde, van het ongeluk op de boot, haastte ze zich midden in die storm weg om bij hem te kunnen zijn. En nu is ze daar het hele weekend geweest, alleen zij en Emil en Linus als gelukkig gezinnetje. Jíj kreeg het weekend vrij...'

Ze slikte en wilde dat ze die nacht nooit een voet in die kamer had gezet, dat ze niet had gezien wat ze had gezien. Onwetendheid zou heerlijk zijn. 'Voor de goede orde: ik heb zélf om die vrije tijd gevraagd. En ze zijn niet alleen, mocht je dat soms denken. Måns is er ook.'

'Gaat die ouwe kerel nog steeds mee?'

'Hij gaat nog steeds mee – langzaam, maar toch.' Ze glimlachte. 'En dan hebben we nog het keukenpersoneel, een tuinman, een fysiotherapeut... Luister, ze is daar alléén maar omdat Emil die hersenschudding heeft opgelopen. Ik denk dat ze bang was dat hij weer in coma zou raken.'

Hij wierp haar een sceptische blik toe. 'Statistisch gezien is dat niet waarschijnlijk.'

'Statistisch gezien had Emil nooit wakker kunnen worden.'

'Touché.' Met een vreugdeloze glimlach leunde hij weer achterover en staarde voor zich uit. Ze bleven zwijgend zitten, op hun gemak bij elkaar. Bell dronk haar koffie en zijn vingers tikten verstrooid op de kruiswoordpuzzel.

Hij wierp haar weer een blik toe. 'Nog even over jou, waarom ben jíj afgevallen? Daar heb je nog niets over gezegd.'

'O.' Ze kreunde en probeerde er luchtig over te doen, een reden te vinden. 'Je weet wel, liefdesperikelen. Niks bijzonders.'

'Ah.' Meelevend knikje. 'Ken ik hem?'

Ze schudde haar hoofd. 'Nee. Hij is... eh, een zeiler, schipper van een megaboot. Binnenkort gaat hij naar Nieuw-Zeeland, dat heb ik weer.'

'Nieuw-Zeeland?' zei hij met een grimas. 'Dat is pech hebben, zeg.'

'Yep. Verder weg kan niet.'

'Nou, het spijt me dat te horen, maar verspil niet te veel tranen aan hem. Naar mijn ervaring komt de ware wel op je pad, of je nou naar diegene op zoek bent of niet.' Hij wierp haar een ironische blik toe. 'Laat duidelijk zijn dat ik níét op zoek was.'

Ze schonk hem een meelevende glimlach.

'Hoe dan ook,' zei hij, om van onderwerp te veranderen. 'Genoeg over ons hartzeer. Wat is het programma voor vandaag? Hoe laat ga je terug? Ik heb een tas voor Linus ingepakt met wat kleine dingetjes die hij vergeten had...'

'Terug?' Ze stond op en bracht hun lege mokken naar de gootsteen.

'Naar 007.'

'O. Ik ga niet terug,' zei ze terwijl ze de mokken afspoelde.

'Je gaat niet terug?' herhaalde hij alsof hij het niet goed had gehoord.

'Nee.'

Hij stond op en liep naar haar toe. 'Maar Hanna heeft niet gezegd dat je níét terug zou gaan.'

'Nou, ik was daar alleen om Linus te helpen te acclimatiseren en zijn vader te leren kennen. Emil bedoel ik,' corrigeerde ze zichzelf met een verontschuldigende glimlach. 'En dat heb ik gedaan.'

'Maar hij is er nog maar twee weken.'

'Dat weet ik, maar het gaat inmiddels goed. Ze zijn nu ontspannen samen. Met Emil als een soort coole oom.' Ze wierp hem weer een verontschuldigende glimlach toe. 'Niet dat jij niet cool bent.'

'Maar heeft Linus je dan niet meer nodig?'

'Nee. Hij heeft het nu naar zijn zin en ik stond dat eerder een beetje in de weg.'

Max staarde haar aan. 'Is dat zo? Of heeft Emil zijn best gedaan je dat gevoel te geven?'

Ze schonk hem een blanco glimlach. 'Nou ja, in elk geval ga ik dus niet terug.'

'Bell, het spijt me dat ik je dit moet zeggen, maar ik denk dat je geen keus hebt. Voor zover ik weet, wil Hanna dat je daar bij Linus blijft.'

Ze zette de koppen omgekeerd op het afdruiprek en pakte een theedoek om haar handen af te drogen. 'Max, ik hou van Linus, dat weet je. En ik zou hem daar niet bij zijn vader achterlaten als ik niet oprecht geloofde dat hij zich uitstekend zal redden. Ik heb een besluit genomen. Ik kan hier voor jullie blijven werken, met de meisjes.'

'En anders?' Hij staarde haar vol ongeloof aan.

'Anders neem ik ontslag.'

# 25

'Goed zo. En met je kin naar beneden,' zei ze terwijl Tilde en Elise ijverig trappelden, hun blote billen als kleine eilandjes boven het water. Hun ademhaling klonk Darth Vader-achtig door de snorkels terwijl ze geestdriftig de zanderige bodem onder het ondiepe water verkenden, waar ze waarschijnlijk niet veel interessanters zagen dan haar feloranje gelakte teennagels. 'Zie je de vissen?'

De meisjes knikten eensgezind onder water terwijl zij langzaam met hen langs de welving van het strand liep, met in elke hand een handje, de zee helder en fris. Ze strekte haar nek bij het lopen, voelde de hete zon op haar schouders schijnen en wist dat ze weer een laag zonnebrandcrème zou moeten aanbrengen. Het weer was weer rustiger geworden na de storm aan het eind van de vorige week en de heldere hemel boven haar was strakblauw. Ze checkte haar huid op tekenen van verbranding. Haar bruine tint werd steeds dieper en de plukkerige voorste lokken van haar haar hadden karamelkleurige highlights, zodat haar ogen haar in de spiegel fel en helder aankeken.

Ze keek op bij het geluid van een boot en zag Max om de landtong heen varen met Hanna naast hem in de motorboot. Ze was gestrand bij Emil toen Bell de Nymphea had meegenomen.

De meisjes hoorden de motor ook en staken hun hoofd vragend boven het water uit, zodat Bell ze bij hun middel moest grijpen omdat ze enthousiast begonnen te watertrappelen en bijna zonken.

'Mama!' riep Tilde, het mondstuk nog in haar mond zodat haar stem werd vervormd. 'Wij zijn snorkeleurs!'

Bell glimlachte om haar woordkeus en Hanna zwaaide alleen maar, want ze kon hun gorgelende geroep niet verstaan. Max liet de boot naar de kant glijden, dichtbij genoeg om Hanna op het zand te laten springen voordat hij terugcirkelde naar de boei, waar hij de boot zou vastleggen en zelf terug zou zwemmen.

'Mama! Mama!'

Bell waadde terug naar het strand met op elke heup een meisje en zette de tweeling neer waar het ondiep genoeg was voor ze om te kunnen staan. Ze renden vooruit door het water, een grappig gezicht met hun armen boven hun hoofd en hun haar verstrengeld in de riempjes van hun snorkels, en stortten zich in hun moeders armen alsof ze drie maanden weg was geweest in plaats van een weekend.

Maar in die beperkte tijd kon er een hoop gebeuren. Wás er een hoop gebeurd. Families konden in slechts ogenblikken uiteenvallen. Had hún gezin dat lot ondergaan? Ze keek hoe Hanna haar dochters knuffelde – de toegewijde moeder. De ontrouwe echtgenote.

'Mijn lieverds!' Ze lachte en hield ze dicht tegen zich aan, haar ogen gelukzalig gesloten nu ze met hen op het zand zakte zonder dat het haar kon schelen dat haar short nat werd.

'Hanna, het spijt me, ik heb helemaal niet meer aan de boot gedacht,' zei Bell toen ze naderde. 'Die had ik naar je toe moeten brengen. Ik had hier gemakkelijk weer naartoe kunnen kajakken.'

'Geeft niks,' zei Hanna vlug. 'Het is prima. Het was geen probleem voor Max om me op te halen.'

Bell merkte iets op aan haar toon, een overdreven vriendelijkheid, de behoefte om haar tevreden te stellen. Zoet te houden.

'En hoe gaat het met Emil?' vroeg ze plichtmatig, zonder haar stem of gezicht toe te staan iets te laten zien van haar gevoelens bij alleen al het noemen van zijn naam.

Max had ingebonden zodra ze het woord ontslag in de mond had genomen: zij zou de rest van de zomer voor de meisjes zorgen en daarna gingen ze terug naar de stad. Het normale leven zou worden hervat, Emil zou op de achtergrond raken.

'Het zou goed met hem gaan als hij maar niet die hoofdpijnen had. Cathy komt later nog om hem opnieuw te onderzoeken.'

'Juist.' Bell knikte kordaat. 'Nou, hopelijk komt het allemaal snel goed.'

'Ja.'

Ze hoorde geplons achter zich en draaide zich om naar Max, die aan kwam waden. 'Zal ik koffie voor ons maken?' vroeg hij, zonder te stoppen bij het passeren, zijn mond een grimmige streep.

'Oké.' Hanna keek hem na, haar blik behoedzaam, en Bell vroeg zich af wat er daarnet was gebeurd toen hij naar de steiger was gevaren om haar op te halen. Had Emil er ook staan wachten? Zijn oude vriend, zijn nieuwe vijand.

Bell voelde een knoop van spanning in haar maag bij de gedachte aan de hele toestand – de chaos die Emil had gecreëerd met het loshalen van de draden van dit gezin door ze naar de archipel te volgen, de leugens en geheimen als schaduwen aan hen vastgehecht.

'Nou, we zijn hier de hele ochtend al druk bezig,' zei ze met een geforceerde opgewektheid, niet bereid om er weer emotioneel bij betrokken te raken. Hun problemen waren niet de hare. Zij waren haar familie niet en dit was niet haar leven. Ze leefde met hen mee – het was een onmogelijke situatie – maar het was een baan, meer niet. Dat moest ze onthouden. Ze was alleen maar de nanny, ze was hier voor de kinderen. 'Deze twee zijn supergoeie snorkelaars geworden...'

'Snorkeléúrs,' corrigeerde Elise haar, die nu tussen de benen van haar moeder zat en nat zand door haar vingers liet glijden.

'Sorry, snorkeléúrs, in slechts één ochtend. Als ik niet beter wist, zou ik zeggen dat ze zeemeermingenen hebben.'

'Ik zou best een zeemeermin willen zijn,' mijmerde Tilde.

'Ik weet het, liefje, wij allemaal,' zei Hanna, die haar een kus op haar hoofd gaf en in haar haar praatte.

Bell vond dat hun schouders er roze uit begonnen te zien. 'Ik zal ze nog een keer insmeren,' zei ze, naar de kant wadend. Het zand voelde heet aan onder haar voeten en ze holde het plankier op, waar ze in de strandtas naar de fles crème zocht.

'Meiden, ga eerst het zand maar even afspoelen,' hoorde ze Hanna achter zich zeggen, en een moment later klonk het gepiep van de leidingen toen de tweeling onder de buitendouche ging staan.

Hanna pakte een badhanddoek en ging naast haar op een stoel zitten. Samen keken ze naar de meisjes, die gilden en speelden onder de straaltjes water die in de zonneschijn flonkerden als kristal. Het was een idyllisch plaatje. De gloed van de zomer. De onschuld van de jeugd.

'Kijk nou toch. Zo close met elkaar...' mompelde Hanna weemoedig.

'Ja...' Bell voelde zich verstijven in Hanna's nabijheid. Ze wilde niet zo dicht bij de vrouw zijn die – zonder het te weten – had wat zij zelf wilde, hoewel Bell wist dat ze nergens recht op had. Dit was Hanna's familie, haar leven, haar puinhoop, haar echtgenoot... Ze kon zich amper voorstellen hoe Hanna zou reageren als ze erachter kwam dat Bell voor hem was gevallen, zelfs met hem naar bed was geweest. Niet dat ze er ooit achter zóú komen, dat geheim was in elk geval veilig. Emil had veel meer te verliezen dan zij als de waarheid boven tafel kwam. Maar god, wat een puinhoop. Zij en Hanna hadden elkaar op de tenen getrapt zonder dat te weten en ze bedacht dat dit het gevoel was dat Max ook zou hebben: verstrikt in andermans verhaal, een toeschouwer die ongewild aan de zijlijn stond.

'Hoe ging het met Linus toen je wegging?' vroeg ze. Een veilig onderwerp.

Hanna's mondhoeken gingen omlaag en ze wendde haar blik af van haar dochtertjes. Ze staarde over zee en naar een groep eenden die onstuimig spatterend naar de kant kwam. 'Zozo. Ik denk dat hij liever met mij mee hiernaartoe was gegaan. Maar toen bood Emil aan om hem later mee te nemen op een helikoptervlucht over de archipel, dus...' Ze haalde haar schouders op.

'Wauw.'

'Hm... Hij verwent hem natuurlijk.'
'Ja.'
'Ik wist dat hij dat zou doen.' Ze klakte met haar tong tegen haar gehemelte, kijkend naar de meisjes. 'Ik kan het hem niet kwalijk nemen. Ik zou hetzelfde doen. Ik zou alles doen wat ik kon om ervoor te zorgen dat mijn kind weer van me ging houden.'

Bell gaf geen commentaar. Ze liet zich hier niet in meeslepen. Ze was de nanny. Dit was een baan.

Hanna zuchtte, klemde haar handen tussen haar knieën en boog haar hoofd. 'Luister Bell, Max heeft me verteld wat je hebt gezegd. Dat je niet terug wilt. Dat je niet met Emil te maken wilt hebben.' Ze richtte haar kenmerkende koele blik op Bell. 'En ik denk dat ik weet waarom niet.'

Bell voelde haar bloed stollen, haar wangen branden. O god. O god. O god. Had Emil het haar dan tóch verteld?

Hanna keek rond om te checken of ze nog steeds alleen waren. 'Je weet het, hè?' fluisterde ze. 'Van die nacht.'

Wat? Bell knipperde met haar ogen, haar hart bonzend nu dat was opgehelderd. Dat was het enige geheim? Hij had haar niets over hén verteld? 'Ja...'

'Daarom wil je dus niet terug, omdat je loyaliteit bij Max ligt?'

Bell keek omlaag naar het plankier. 'Ja,' loog ze.

Hanna leunde naar haar toe met iets van urgentie in haar beweging. 'Bell, het is nóóit mijn bedoeling geweest om je hierbij te betrekken. Ik zou je nooit bewust in een positie hebben gebracht waarin je voor me moest liegen, of het gevoel zou hebben dat je moest kiezen.' Hanna keek haar schuin aan. 'Je zult me wel een slecht mens vinden.'

'Natuurlijk niet. Ik... weet niet wat ik zou doen als ik in jouw schoenen stond.'

'Ik hou van Max. Dat moet je geloven.'

Bell wierp haar een zijwaartse blik toe. Ze voelde een 'maar' aankomen.

Hanna liet haar hoofd voorovervallen en knikte beschaamd. 'Maar ik hou ook van Emil. Al zou ik willen van niet. Al verdient hij het niet na wat hij heeft gezegd en gedaan.' Ze zuchtte. 'Misschien is het deels wel uit schuldgevoel, ik weet het niet.'
Bell keek haar aan. 'Waarom zou jíj je schuldig moeten voelen? Hij heeft je verschrikkelijk behandeld.' 'Maar hij verdient niet wat hem is overkomen. Niemand. Hoe akelig hij zich ook gedraagt, hij heeft meer geleden en meer verloren dan wij allemaal samen. Ik begrijp zijn woede, hoe naar ik die ook vind. Hij is wanhopig.'
In peinzende stilte sloegen ze de meisjes samen gade. Ze wisten allebei dat er geen eenvoudig antwoord was, geen compromis, geen milde oplossing voor hun probleem. Iemand moest verliezen. Iemand zou pijn lijden.
'Je weet dat je zult moeten kiezen,' mompelde Bell. 'Vroeg of laat. Op deze manier blijft het voor iedereen een kwelling.'
'Ik weet het, maar hóé?' vroeg Hanna, haar stem een vertwijfelde fluistering. 'Hoe kan ik kiezen tussen de vader van mijn zoon en de vader van mijn dochters?'
Opnieuw was het een vraag die geen antwoord behoefde. 'Weet Max ervan?' vroeg Bell dus maar, op zachte toon, met een blik achterom om te checken of hij nog in de keuken was. Ze zag hem door de glazen schuifpui, waar hij het al schone aanrecht stond te boenen, zijn spieren gespannen.
'Hij heeft er niets over gezegd, maar ik denk... Ik denk dat hij wel aanvoelt dat er íéts is.' Ze lachte vreugdeloos en wreef met haar handen over haar gezicht. 'Hij is er al sinds de eerste dag bang voor.'
Bell herinnerde zich zijn gekwelde blik toen ze die winterochtend de keuken in was komen lopen. Hij had er... niet verslagen uitgezien, maar wel berustend in die eventualiteit, alsof hij verwachtte het altijd van Emil te verliezen.
'Maar het speelt niet al vanaf die eerste dag, toch?' Bell durfde het bijna niet te vragen. Haar stem haperde. Ze wilde de details

niet horen, maar aan de andere kant wilde ze juist alles weten. Wat er ook tussen haar en Emil was gebeurd, er was geen sprake van leugens, want hij had haar nooit misleid. Hij was vanaf het begin eerlijk geweest over zijn plannen om zijn gezin terug te winnen.

'God, nee. Het is een lange, glibberige glooiende weg geweest.' Hanna zuchtte en haalde vermoeid haar schouders op. 'Ik heb geprobeerd, heel hard geprobeerd, om duidelijke grenzen te stellen, maar... er ligt een hele geschiedenis, begrijp je? En omdat hij Linus' vader is, moesten we een soort nieuw partnerschap creëren. Ik kon hem niet uit ons leven bannen... Ik heb me alleen niet gerealiseerd hoe moeilijk het zou zijn om samen te zijn, maar ook apart.'

'Dat geloof ik graag,' mompelde Bell. Samen maar apart was precies waar zij de afgelopen weken met Emil haar weg in had moeten vinden. 'Jullie hebben een gelofte afgelegd en in feite is hij nog steeds je echtgenoot.'

'Dat klopt, ja,' zei Hanna langzaam. 'Maar hij is niet de man met wie ik ben getrouwd, als je begrijpt wat ik bedoel.'

Bell keek haar verwonderd aan.

'Het ongeluk heeft hem veranderd... De Emil met wie ik ben getrouwd was... anders. Geslotener, zou je kunnen zeggen.' Ze rolde met haar ogen. 'Zijn familie staat zo in de schijnwerpers, hun opinie kan beursnoteringen beïnvloeden, de carrières van politici... dus hij had geleerd nooit het achterste van zijn tong te laten zien, nooit echt zijn gevoelens te tonen, wat hem niet altijd de beste echtgenoot ter wereld maakte.' Ze zuchtte. 'Maar nu is hij anders. Hij is heethoofdiger, wispelturiger...'

'En zit je daarover in?'

'Als ik eerlijk ben... windt het me in zekere zin op,' fluisterde Hanna op vertrouwelijke toon, haar ogen glanzend van de schuldbewuste bekentenis. 'Hij is nu hartstochtelijk. Onvoorspelbaar. Als er iets positiefs kan worden gezegd over traumatisch hersenletsel, dan is het dat hij geen filter heeft.'

'Dat is niet per se gunstig,' murmelde Bell, die zelf een slechte ervaring had met die openhartigheid van hem. *Gelegenheid? Lust? Ontspanning? Alleen maar de nanny...*

'Ik weet het. Maar nu zegt hij gewoon wat hij voelt, en als een man naar je verlangt en je dat zo vertelt...'

*Zijn hand in haar haren. 'Bell.' Een fragiele klank die uiting gaf aan een wens.*

Hanna huiverde onwillekeurig en Bell wist dat ze gelijk had. Het stond haar nog helder voor de geest hoe hij diezelfde nacht naar háár had gekeken in het maanlicht, op dezelfde manier als in de midzomernacht... Het was de ongeremdheid in zijn ogen geweest waarin ze zich had verloren.

*'Bell.' Een behoefte kreeg vorm.*

'Toen ik bij hem ging kijken wachtte hij al op me...'

*'Bell.' Een verontschuldiging. Spijt. Overtuiging.*

'Ik wist het zodra ik binnenliep... Al die maanden had ik zo hard geprobeerd te weerstaan wat we allebei voelden, wisten. Ik had eromheen gedraaid, geprobeerd het te ontkennen... Ik kon gewoon niet meer doen alsof.'

*'Ik ben wakker.'*

Bell voelde een leegte in haar binnenste. Elk woord was een mes in haar hart. Ze had zijn gevoelens voor Hanna aangezien voor gevoelens voor haar. Of dat had híj gedaan. Ze wist het niet zeker, alles was in de war geraakt, zat in een ingewikkelde, stevige knoop.

'Nou,' wist ze uit te brengen, haar woorden weinig meer dan een mompeling. 'Jullie hadden allebei weer een schok te verduren gekregen. Jij dacht dat je hem misschien weer kwijt was. Dat zet de geest wel op scherp.'

'Inderdaad. Ik leef al maanden op de toppen van mijn zenuwen en ik ben zo bang geweest, zo in de war...'

'Koffie, zoals beloofd.' Ze schrokken allebei op van Max' stem en keken achterom. Hij liep door de deuropening met de koppen op een dienblad. 'Excuses dat ik jullie heb laten wachten, maar ik vond dat ik jullie even de tijd moest geven om het goeie nieuws te bespreken.'

'Goeie nieuws?' vroeg Bell na een ogenblik. Ze had zijn wrange toon gehoord en Hanna was rechtop gaan zitten om zich weer de houding van zijn kordate, liefdevolle vrouw aan te meten.

'Dank je, lieverd,' zei ze met een gespannen glimlachje terwijl hij haar een kop koffie aanreikte. 'Ik wilde er net over beginnen.'

Goed nieuws? Na 'bang' en 'in de war'?

Max fronste en zette het dienblad op het houten blok dat als buitentafeltje diende. 'Dus je hebt het haar nog niet verteld? Waar hebben jullie dan in vredesnaam al die tijd over gepraat?'

Er viel een beduusde stilte, en toen...

'Linus,' zeiden Hanna en zij in koor.

'O.' Hij ging aan de andere kant van Hanna zitten, met zijn ene enkel rustend op zijn andere knie, en pakte de verrekijker, die hij met de koffie mee naar buiten had genomen. 'Ik dacht dat ik net wat eidereenden zag,' mompelde hij.

De vrouwen wisselden een blik.

'Hoe dan ook, Bell,' zei Hanna een moment later met de doortastende efficiëntie die Bell zo goed van haar kende. Het masker was teruggekeerd, de acteurs waren terug op het toneel. 'Jij hebt Max duidelijk gemaakt dat je niet meer bij Emil wilt werken, en dat respecteren we. Linus krijgt al een band met zijn vader en zoals jij zelf al hebt gezegd, is het niet nodig dat jij daarnaartoe gaat, aangezien je hier, met de meisjes, van grotere waarde bent.'

Bell glimlachte behoedzaam. 'Maar...' spoorde ze aan, hen allebei afwisselend aankijkend. Ze wist instinctief dat er een voorbehoud zou volgen.

Hanna haalde nerveus en diep adem. 'Nou, morgen is Emil jarig en het is duidelijk dat hij... nou ja, een rottijd heeft gehad. Het wordt zijn eerste verjaardag sinds hij... god... sinds hij drieëntwintig werd...' Haar stem brak plotseling en ze duwde een hand tegen haar mond terwijl ze snikte.

Max leunde naar haar toe en wreef over haar schouder. 'Hé,' zei hij troostend.

'Het spijt me,' fluisterde ze, en er rolde een traan over haar wang.

'Soms word ik erdoor overvallen.'

'Dat is logisch,' mompelde Max, die Bell een ongeruste blik toewierp.

Bell glimlachte bezorgd terug, maar het was evident dat Hanna gebukt ging onder de stress van de schijn die ze moest ophouden. Ze zat vast in een moeras van leugens. Leidde twee levens. Dit kon zo niet doorgaan... Dat stond vast.

Hanna snufte en probeerde recht te gaan zitten. 'Sorry. Sorry.'

Bell wachtte en voelde haar eigen zenuwen opspelen. Het kon haar niet schelen dat Emil morgen jarig was. Zolang wat Hanna op het punt stond haar te vertellen maar niets met haar te maken had... Ze wilde hem niet meer zien, dat kon ze niet. De blik in zijn ogen toen hij door de slaapkamer naar haar had gekeken, toen Hanna bij hem lag... *Ik ben wakker.* Ze wilde hem nooit meer zien.

Hanna herpakte zich. 'Hoe dan ook, hij is morgen dus jarig en het ligt voor de hand dat hij zijn verjaardag met zijn familie gaat vieren. Dat wil hij graag en...' Hanna knikte en keek even naar Max. 'Ik vind dat we hem dat niet kunnen ontzeggen.'

'Natuurlijk niet,' mompelde Max met een klopje op haar hand.

'Dus jij gaat daar morgen weer heen?' vroeg Bell opgelucht. 'Nou, prima toch. Ik blijf hier wel met de meisjes en...'

'Nee, dat is het nou juist. Hij wil dat iedereen erbij is, inclusief Max en de tweeling.'

'Goed nieuws, toch?' zei Max droogjes met een grimmig gelaten gezichtsuitdrukking.

'Maar... ik dacht dat jij zei dat hij hun bestaan niet eens wilde erkennen?' Niet lang geleden had Emil nog tegen Linus gezegd dat zij niet zijn echte familie waren. Hoeveel was er sindsdien dan eigenlijk veranderd?

'Dat wilde hij ook niet – toen. Maar hij heeft tijd gehad om aan het idee te wennen en ik denk dat hij nu wel waardeert dat Max een fantastische vaderfiguur voor Linus is geweest...'

Vaderfigúúr? Geen vader? Bell zag dat het kleine onderscheid Max ineen deed krimpen.

'... en Tilde en Elise zijn Linus' zusjes, dus maken ze onvermijdelijk deel uit van zijn leven. Ik denk dat hij eindelijk de realiteit accepteert van het leven waarin hij is teruggekeerd.'

Bell keek naar haar werkgevers terwijl Max even snoof en wegkeek. Ze wist dat hij vermoedde wat er werkelijk gaande was onder deze nieuwe welwillendheid – als hij Hanna had teruggewonnen, kon Emil zich veroorloven om grootmoedig te zijn.

Hanna leek hun sceptische houding niet op te merken. 'Alsjeblieft, Bell, we hebben jou daar ook nodig. Ik weet dat je hem niet mag. Emil heeft me verteld dat je heel beschermend was naar Linus toe, en dat je vindt dat hij hem te veel verwent...'

Dat mocht dan waar zijn, maar het was verdomme niet zijn stijl van opvoeden die het voor haar onmogelijk maakte terug te keren, dacht ze bij zichzelf met een blik op haar handen, de vingers ineengestrengeld, bang dat ze zichzelf op de een of andere manier zou verraden. Ze balanceerden alle drie op de rand van een afgrond.

'Daar heb je natuurlijk gelijk in, en het is iets waar ik hem op een gegeven moment op zal moeten aanspreken. Maar morgen wordt een enorme test voor onze familie. Het is de eerste stap voorwaarts voor ons alle zes, en het zal ongetwijfeld beladen worden. Het heeft acht maanden geduurd om dit punt te bereiken en we hebben jou er echt bij nodig om een oogje in het zeil te houden, de kinderen mee te nemen als de sfeer grimmig wordt, ze met een spelletje af te leiden als hij weer erge hoofdpijn krijgt.'

Ze onderdrukte de neiging om met haar ogen te rollen. Had Emil niet laten doorschemeren dat hij de hoofdpijn overdreef om Hanna's medeleven te wekken?

'We moeten alleen morgen goed door zien te komen. Alsjeblieft,

Bell, help ons over deze volgende hindernis heen en ik beloof je dat ik je nooit meer zoiets zal vragen. Nooit.'

Dat betwijfelde Bell oprecht.

'De kinderen zullen een vertrouwd gezicht nodig hebben, iemand bij wie ze terechtkunnen als het onverhoopt uit de hand loopt.'

Ze zijn niet de enigen, dacht ze met een blik op Max' bittere uitdrukking en droevige ogen. Op de een of andere manier voelde ze dat zij allebei wisten dat morgen de dag was waarop hij wakker zou worden en Hanna hem zou verlaten.

## *Ingarso, archipel van Stockholm, 15 juni 2010*

'Wat is hij snel!' lachte hij in de deuropening terwijl hij Linus trots door de lange gang zag wankelen, amper zijn knieën buigend en met zijn armen opzij om zich tegen de muren af te zetten. De oude eikenhouten vloer glom in het vroege-avondlicht en alle kostbare spullen waren van de bovenrand van de lambrisering verwijderd, want hij zou ze kunnen omstoten.

'Hij is de snelste van de peuterspeelzaal.' Hij hoorde de trotse klank in haar stem, zag haar glanzende ogen, haar hand tegen haar mond gedrukt, haar ooghoeken klaar om zich te vernauwen nu ze zich schrap zette voor de tuimeling.

Maar die kwam niet. Linus had zijn traject veilig afgelegd, draaide zich om en liep weer terug.

'Ik geloof dat ik iets van je moeder in hem begin te zien,' zei hij.

'Vanwege het loopje?' Haar ogen glommen van schik om haar eigen grapje. 'Wat bedoel je precies?'

Hij lachte. 'Zijn mond!'

Ze keek hem opgetogen aan. 'Godzijdank ben je terug. We hebben je gemist.' Ze gaf hem een kus en omhelsde hem stevig. Ze was nog steeds slank, maar haar lichaam was zachter sinds ze de baby had gekregen. Alles aan haar was zachter. Het moederschap had haar dan wel niet getemd, maar wel wat getemperd.

'Ik heb jullie ook gemist. Vertel, praat me even bij.' Hij schudde zijn jasje uit en voelde zijn zorgen van zich af rollen. Dit was zijn eerste uitstapje hiernaartoe deze zomer, nadat hij steeds voor zijn werk had moeten reizen, en hij voelde nu al dat de kalmte van de archipel op hem neerstreek als een dikke deken.

Ze zette een glas rosé voor hem neer, waar het licht in werd gevangen. Zijn ogen vielen op de mooie roze tint, de belofte van de zomer. 'Nou, vorige week was er veel te doen over Jakob de havenmeester. Heb je over zijn ongeluk gehoord?'

Er verscheen een rimpel op zijn voorhoofd. 'Nee. Wat is er gebeurd?'

'Hij struikelde en viel in het water terwijl de ferry aanlegde.'

Zijn wenkbrauwen schoten geschrokken omhoog. 'Nee!'

'Maak je geen zorgen. Hij heeft het overleefd. De boegschroeven draaiden nog, maar de motoren waren uit. Maar hij had tegen de muren platgedrukt kunnen worden.'

'Hoe gaat het nu met hem?'

'Hij ligt in het ziekenhuis met een gebroken been. Ze hebben er metalen plaatjes en pinnen in gezet. Hij is er dus best slecht aan toe, die arme man. Zijn vrouw zegt dat hij niet goed tegen de morfine kan.'

Hij kromp ineen. 'Dat is dubbele pech hebben.'

'Ik weet het,' zei ze instemmend. 'Hij is wel heel dapper. En het schijnt dat hij alle opschudding wel leuk vindt. Zo ongeveer het hele eiland is bij hem op bezoek geweest.'

'Dan is hij voor de verandering eens het onderwerp van de laatste roddels en niet degene die ze overbrengt.'

'Zo is het.'

Ze tikten hun glazen tegen elkaar en hun ogen maakten kort contact in een zachte omhelzing. Hij voelde de ongedwongenheid over zich neerdalen die hij in haar aanwezigheid altijd ondervond. Het was zo fijn om terug te zijn. Hij had lang geleden al beseft dat zij zijn thuis was. Linus waggelde de kamer weer in en viel onelegant op zijn bips toen hij zijn lievelingsspeelgoed wilde oppakken – een modelautootje, een rode Corvette, zo te zien. Hij keek weer naar haar en zag dat ze haar blik snel van hem afwendde nu de koetjes en kalfjes waren afgehandeld. Ze was rusteloos, nerveus. 'En hoe gaat het met jou? Echt? Je klonk neerslachtig, de laatste keer dat ik je belde. Ik heb me zorgen gemaakt.'

'O, het gaat prima.' Ze beet op haar lip, haar lichaamstaal veranderde. 'Ik had jou er niet mee moeten lastigvallen, het spijt me. Je hebt het druk en...

'Hanna.' Hij hield haar tegen. 'Je hoeft je tegenover mij nooit te verontschuldigen. Dat weet je.'

Ze beet weer op haar lip en knikte. 'Ik weet het. En ik weet dat het alleen maar de hormonen zijn, dat zegt de dokter steeds.' Er vormde zich een peinzende frons in haar voorhoofd. 'Ik dacht alleen dat het nu wel voorbij zou zijn. Ik bedoel, hij lóópt al! Je zou denken dat ik er nu wel doorheen was... Ik wil me graag weer mijn oude zelf voelen, snap je?'

Hij knikte en pakte haar hand, die plat op de tafel lag. 'Dat willen we allemaal voor jou. Want je weet hoeveel we van je houden, toch?'

Eventjes gleed er een flits van haar oude speelsheid als een zonnestraal over haar heen en ze gooide haar hoofd hooghartig naar achteren. 'Nee, dat geloof ik niet. Vertel eens, hoeveel precies?'

Hun ogen ontmoetten elkaar, de verbinding vibreerde tussen hen als een gouden draad. 'Alleen maar tot aan de sterren en weer terug, voor eeuwig en altijd.'

Hij had nog nooit iets méér gemeend, maar hij wachtte op een van haar scherpe, licht spottende opmerkingen. Maar hoewel haar mond opening, keek ze weg en bleef er iets hangen wat niet werd uitgesproken. Hij fronste terwijl haar zwijgen voortduurde. 'Hanna...'

Ze keek hem weer aan met ogen die glansden van de tranen. Haar lippen trilden en ze probeerde emoties in te houden die ze niet wilde laten zien. Maar dat lukte niet. Er gleed één enkele traan over haar wang, helemaal perfect en puur op haar lichte, fluwelige huid. Zonder er bij na te denken stak hij zijn hand uit en wreef hem weg met zijn duim. 'Vertel eens. Wat is er aan de hand?'

'Wat als ik geen last heb van de babyblues?' fluisterde ze. 'Wat als er eigenlijk... iets anders mis is? Wat als het gaat om...' Ze slikte. 'Ons?'

Zijn hart begon sneller te kloppen nu hij zich realiseerde wat ze tegen hem zei, de wanhoop zag in haar blik die hem vroeg de waarheid te erkennen.

'Ik denk niet dat het beter zal worden.' Ze schudde heftig haar hoofd, overtuigd als ze was. 'Hoe hard ik het ook probeer, ik denk dat ik niet kan blijven doen alsof, zoals de zaken er nu voor staan. Ik ben niet gelukkig. Dat weet je.'

'Ik weet het, natuurlijk, maar...'

Een bekend, dreunend geluid dat als een donderwolk over het huis neerdaalde, maakte dat ze plotseling opkeken. Ze keken elkaar aan terwijl de neerwaartse luchtstroom van de helikopter de bloemen buiten al platdrukte.

Ze lachte troosteloos om de timing, maar hij zag dat ze haar vertwijfelde blik alweer onder controle bracht. 'Altijd zo verrekte stipt,' zei ze hoofdschuddend, maar onder die droge constatering hoorde hij haar wanhoop nog.

'Hanna, we moeten hierover praten...' Hij wilde haar hand weer pakken, maar ze trok hem snel terug en begon haar ogen met haar vingertoppen droog te deppen. Een paar momenten later was ze een ander mens – zonder dat er nog een spoortje van haar droefheid zichtbaar was – en keek ze hem weer aan met haar gebruikelijke zelfbeheersing. Het was ongelooflijk om gade te slaan, om te zien hoe het masker weer werd opgezet.

'Het is al oké, echt. Er valt eigenlijk niets te zeggen. Mijn besluit staat vast.' Ze duwde haar stoel naar achteren en stond op. Haar boodschap was duidelijk: de overige gasten voor het diner waren in aantocht en hun kostbare tijd samen was alweer voorbij. 'Ik ga bij hem weg.'

# 26

'Je moet je hoofd koel houden,' zei Nina, die naar hem keek vanuit de leunstoel terwijl hij door de kamer ijsbeerde.
'Dat doe ik.'
'Niet waar. Je bent net een tijger in de dierentuin, je loopt de hele tijd heen en weer. Je werkt me op de zenuwen en ik heb nu al een gin-tonic op.' Ze zag hem een achtje lopen om het bankje en de poef heen. 'Doe in elk geval die zonnebril af. Het heeft iets onrustbarends om je binnenshuis met dat ding op te zien.'
'Het is geen modestatement, Nina,' zei hij knarsetandend. Hij wilde dat ze zou ophouden hem de les te lezen. 'Die bril helpt me om...' Hij trok plotseling een grimas en sloeg dubbel met zijn hoofd tussen zijn handen. De kamer was zwart geworden, maar zijn geest zat vol kleur en onbegrijpelijke flitsen van beelden – gezichten, geluiden, pijn. En Hanna. Altijd Hanna. Haar heldere ogen, een lok van haar lichte haar, de verblindende witheid van haar perfecte gebit. En dan de duisternis die hem omgaf als de armen van een moeder, die hem meenam, hem in veiligheid bracht...

Hij kwam weer bij. Hij stond nog, weliswaar gebukt, en Nina had haar arm om hem heen geslagen met een emotie in haar ogen die hij daar nog nooit had gezien.

Angst.

'Ik bel Cathy,' zei ze, en ze voerde hem mee naar een stoel. Hij zonk erop neer zonder te protesteren en voelde dat zijn lichaam langzaam weer ontspande, zenuwuiteinde voor zenuwuiteinde. Hij kende het ritme inmiddels. De pijn die in golven kwam, zich opbouwde in een crescendo en hem dan liet vallen als een lichaam uit een vliegtuig, zonder parachute.

'Het gaat wel.'

'Kennelijk niet.'

'Ze is gisteren al geweest,' mompelde hij. 'Vlak voor jij kwam. Ze heeft de gebruikelijke tests uitgevoerd en er is niets ernstigers aan de hand. Het is gewoon nog de hersenschudding. Het gaat wel weer voorbij. Ze heeft tegen Måns gezegd waar hij op moet letten, maak je geen zorgen.'

'Nou, dat doe ik wel. Het is ergerlijk, maar het is nou eenmaal zo. En ik heb heus wel wat beters te doen dan me af te vragen of jouw hoofd elk moment kan ontploffen.' Ze snoof. 'God, dat zou de tapijten wel verruïneren.'

Door zijn pijn heen wist hij een glimlachje tevoorschijn te toveren. 'Dan zal ik proberen uit de buurt van de tapijten te blijven.'

Ze beloonde hem met een scheve glimlach, pakte haar drankje van het zijtafeltje en zakte weer neer in haar stoel. Ze keek hem aan. 'Hoe laat komt iedereen?'

'Nu ongeveer. Linus is buiten, die staat op ze te wachten.'

'Hm. Je zou bijna denken dat hij ze heeft gemist. Sentimentele knul, dus?'

'Als je met sentimenteel liefdevol bedoelt, dan ja.'

Nina nam een slokje en staarde naar de ijsblokjes, die zachtjes tinkelden. 'Best gek dat de nanny niet is teruggekomen.'

Hij keek haar aan en hoorde iets aan haar stem. 'Gek, hoezo?'

'Nou ja, jammer,' zei ze. 'Ik vond haar wel leuk. Ze had pit.'

'Dat kun je wel zeggen,' mompelde hij.

'Wat heb je gedaan om haar weg te jagen?'

'Niets.' Dat was nog de waarheid ook. Hij had niets gedaan. Haar laten gaan. Haar laten vertrekken...

Nina trok een wenkbrauw op. 'Emil, alsjeblieft. Ik ben niet achterlijk,' zei ze lijzig. 'Ze heeft duidelijk impact op je.'

'Hoe dan?' snauwde hij. 'Op wat voor manier? Wat was de impact die ze op me had?'

'Nou, ze leek je... Wat was het woord ook alweer? Je anima te vergroten.'

'Mijn wat?'

'Je weet wel, je levenskracht. Je leek meer te léven met haar in de buurt.'

'Nina, je kunt niet méér leven. Je leeft of je bent dood. Er is geen...' Hij zweeg. Hij was het levende bewijs dat er wel een middenweg was. 'Luister, als ik levendiger overkwam, was dat omdat Linus hier was. Zij is alleen maar de nanny. Het was sowieso de bedoeling dat ze maar een paar dagen zou blijven om Linus te helpen hier te wennen, tot hij en ik elkaar zouden leren kennen.'

Haar ogen knepen zich geïnteresseerd tot spleetjes. 'Weet je, dat zeg je steeds over haar.'

'Wat zeg ik steeds?'

'Dat ze De Nanny is. Alleen maar de nanny. Alsof het een bezwering is. Alsof je haar minder belangrijk maakt door haar te reduceren tot haar baan. Je probeert toch niet haar impact op je te verminderen?' Ze glimlachte tevreden omdat de cirkel van haar redenering rond was. 'Je vergeet dat ik je erg goed ken, broertje van me. Je hebt nooit geheimen voor me kunnen bewaren.'

Hij was te moe om ertegenin te gaan, de pijn putte hem uit. 'Ik weet wat je aan het doen bent, hoor.'

'O? Wat ben ik dan aan het doen?'

'Je probeert mijn aandacht van Hanna af te leiden, maar je bent te laat. We zijn weer samen.'

Nina staarde hem aan, voor de verandering met stomheid geslagen. 'Weet Hanna dat ook?' vroeg ze ten slotte.

'Hoe bedoel...' riep hij uit. 'Natuurlijk weet ze dat! Ik ben niet in de war of zo!'

'Nou, je hebt wel een hersenschudding.'

'Ik heb het me niet verbeeld. Ze lag een paar nachten geleden absoluut in mijn bed.'

'Oké.' Ze nam een langzame slok en keek naar hem, op zoek naar de piepkleine beweginkjes die haar zouden kunnen vertellen of hij loog.

'Zo verbazingwekkend is dat toch niet?' vroeg hij, beledigd door haar overduidelijke ongeloof. 'Ze is mijn echtgenote en de moeder van mijn kind.'

'Hm, maar ook van iemand anders' kinderen. Dat is nou net zo klote.'

Hij keek weg, de woorden voelden als grievende scheermesjes.

'Weet Max ervan?'

'Hij is niet gek. Hij zal het wel vermoeden. Hanna en ik zijn niet erg discreet geweest in het weekend. We hebben in het hotel gedineerd en veel mensen hebben ons daar samen gezien.' Een beeld van Bell bij de bar – een en al zachte ronding en dronken lach, bij Mats om de nek hangend – flitste door zijn gedachten en hij schudde zijn hoofd om haar eruit te werpen.

Nina fronste terwijl ze hem gadesloeg. 'Maar ze heeft nog niet het fatsoen gehad om het hem te vertellen?'

'Dat valt niet mee, Nina. Ze wacht op het juiste moment.'

'Of ze houdt alle opties nog open.'

Hij wierp haar een scherpe blik toe, weigerde daarin mee te gaan. Nina hield ervan te discussiëren zoals de meeste vrouwen graag winkelden. 'Ze weet dat we deze schijnvertoning niet kunnen volhouden. Het is tijd dat de waarheid op tafel komt.'

Er viel een korte stilte, waarin Nina de informatie in zich opnam. 'O, dus dáárom laat je ze allemaal hiernaartoe komen. Dit is jouw verjaardagscadeau aan jezelf,' mompelde ze, en ze nam nog een slokje.

'Ik...' Hij voelde weer een pijnscheut door zijn schedel trekken en hij kromp ineen. Zijn adem stokte. 'Het gaat wel,' fluisterde hij zodra hij weer iets kon zeggen, want hij wist dat ze weer angstig naar hem keek. Het duurde een minuut voordat hij voldoende was hersteld om haar weer aan te kijken. 'Het gaat goed.'

Ze sloeg hem gade en wist dat hij loog, wist dat hij haar niet zou toestaan hem te helpen. Ze keek weer naar de ijsblokjes in haar glas. 'En hoe voelt het dat je Max weer gaat zien?' vroeg ze, de ondervraging weer oppakkend alsof het ging om een handschoen die ze had laten vallen.

'Daar heb ik niet over nagedacht.'

'Dat lijkt me vrij onlogisch. Jullie tweeën waren net broers toen jullie klein waren. Ik was destijds best jaloers.'

'Max interesseert me niet. Hanna en Linus zijn mijn enige zorg. We kunnen vast wel een regeling treffen.' De woorden waren doordrenkt met bitterheid, zijn geduld raakte op door de pijn. Hij zou even moeten gaan liggen voor ze kwamen.

'Met geld, bedoel je?' Nina liet een van haar staccato lachjes horen. 'Ha! De appel valt niet ver van de boom, hè? Wat zou onze vader trots op je zijn geweest.'

Hij tilde zijn hoofd met een ruk omhoog. 'Nou, hoe denk je dat ik me voel, Nina? Hij is de enige in mijn leven die ooit in de buurt is gekomen van een echte vriend, maar toen ik wakker werd, kwam ik erachter dat hij er met mijn vrouw en gezin vandoor is gegaan! Ik dacht dat hij anders was. Ik dacht dat hij niet gaf om wie we waren en wat we hadden, maar hij is net als de rest en probeert een graantje mee te pikken. Hij kon dan misschien het penthouse of de boot niet krijgen, maar mijn echtgenote? Mijn verdrietige, bange vrouw die van de artsen te horen had gekregen dat ze een halve weduwe was? Hij heeft er geen gras over laten groeien, toch?' Zijn ogen gloeiden als lichtkogels. 'Dus vraag me nou niet hoe het voelt dat ik hem weer ga zien, en zeg niet dat hij als een broer voor me is. Ik ben hem niets verschuldigd. Hij heeft zich de beste dingen in mijn leven toegeëigend. Eu nu ik ze terugneem, zal het zijn leven zijn dat wordt verwoest. Hij wist dat dit er op een dag aan zat te komen. Dat heeft hij altijd geweten.'

Bell hield haar ogen op de steiger gericht en voelde haar hartslag versnellen terwijl ze over het water naderbij kwamen. De vlaggetjes die langs de reling waren gehangen flapperden luid en er deinden felgekleurde ballonnen aan de bomen op en neer, waaraan passanten konden zien dat er iets gevierd werd. Het weer zou veranderen, er kwam een lagedrukgebied aan vanuit Finland en er waaide al een vlagerige wind over zee. Het water had een troosteloos grijze tint. De vloedlijn lag hoger op het strand dan ze zich herinnerde – bijna tot het gras.

Tilde zat rechts van haar, Elise zat links, hun kleine lichamen ongemakkelijk in hun zwemvest gehuld. Max bestuurde de boot en Hanna was naar de voorkant gelopen, waar ze klaarstond om te springen en de touwen vast te maken. Er hing een vreemde, waakzame sfeer aan boord, en zelfs de meisjes waren voor de verandering rustig en bekeken de volwassenen met een onderzoekende blik.

Ze zagen Linus al staan zwaaien. Lang voordat hij zelf zichtbaar werd, zagen ze de witte vlag in zijn hand, die waarmee hij 's nachts over het water naar Hanna had gezwaaid, een stille communicatie tussen moeder en zoon. Hij was rafelig en vaal. Ze herinnerde zich wat Max haar had verteld over hun uitstapjes op het water toen ze jong waren, en hoe hun ouders ze naar huis hadden gewenkt met precies dit systeem. Het was bedoeld als een verwelkoming, maar vandaag leek het net zozeer een waarschuwing.

Ze zag dat ook Max het zag en verstijfde, zijn bewegingen schokkerig en abrupt nu hij de boot naar het eiland manoeuvreerde zonder een zweem van zijn gebruikelijke relaxte manier van doen.

'Zagen jullie mij?' riep Linus terwijl de boot zachtjes tegen de aanlegplaats stootte en hij de touwen greep met het instinct van iemand die op het water was opgegroeid.

Ze sprongen allemaal op de steiger en de meisjes renden naar hem toe voor een knuffel. Hij gaf zich eraan over, maar met een bijna komisch afkerige blik.

'Je ziet er gek uit!' riep Elise. 'Wat zijn dat?' Ze wees naar zijn sportschoenen – net uit de doos met dikke zolen en rood-zwarte details.

'Dat zijn Nikes. Deze kun je in Europa niet kopen. Mijn vader heeft ze voor me gekocht.'

Zijn initialen – zijn officiële geboorte-initialen – waren over de hiel aangebracht: LVG. Een agressieve daad. Bell keek even naar Max en zag aan zijn asgrauwe gezicht dat hij het ook had gezien.

'Is dat zo?' vroeg Hanna, overrompeld maar op toegeeflijke toon, en ze gaf hem een kus op zijn kruin. 'Nou, daar zal ik dan met hem over moeten praten. Dat is veel te extravagant voor een jongen van tien.'

'Ik wil ook zulke!' riep Tilde uit.

'Nou, dat kan niet. Mijn vader is rijk, daarom kan hij ze kopen, maar ik heb al gezegd dat je ze in Zweden niet kunt krijgen.' Linus haalde zijn schouders op en begon voor hen uit te lopen. Hij wees de weg.

Hanna en Max staarden hem met open mond na. Hanna wilde achter hem aan rennen, maar Max pakte haar bij haar arm en schudde zijn hoofd. 'Laat hem maar. Hij heeft veel te verwerken gehad.'

Dat klopte. Maar zou het voortaan zo gaan? Bell voelde een knoop van afgrijzen in haar maag ontstaan. Ze was nog maar vier dagen geleden vertrokken, Hanna slechts één dag. Hoeveel kon het kind zijn veranderd – verwend – in die tijd? Wat had Emil nog meer gedaan om zijn liefde terug te kopen?

Ze volgden hem door de bomen. De schaduw was welkom na de drukkende warmte. Ze liepen zwijgend in ganzenpas over het pad. Het was voor hen een kans om niet alleen even aan de zonneschijn en de hitte te ontsnappen, maar ook om hun gedachten te ordenen voor een ontmoeting die beladen zou zijn – dat was onontkoombaar.

Ze herinnerde zichzelf eraan dat dit niet háár familie was. Hun drama was niet dat van haar. Zij was alleen maar een toeschouwer, een betaalde kracht omwille van het welzijn van de kinderen. Zíj hoefde zich verder nergens druk over te maken. Maar toen ze uit het bos tevoorschijn kwamen en ze de blauwe helikopter op het gazon zag staan, de rotorbladen stil als van een rustende libel, voelde ze haar hart als een steigerend paard een sprong maken.

Hanna leek hetzelfde te voelen. 'Fuck,' mompelde ze, en ze bleef stokstijf staan bij de aanblik. 'Hij heeft niet gezegd dat zíj hier ook zou zijn.'

'Nina,' zei Max gelaten, met de vermoeidheid van een ouder die 'pubers' zegt.

De meisjes renden er meteen naartoe, aangevoerd door Linus, die het niet kon laten op te scheppen. 'We zijn daar gisteravond mee weg geweest. Heel hoog. Jullie zouden doodsbang zijn geweest.'

'Ik niet! Ik wil ook,' gilde Elise, plotseling bijna in tranen. Bell rende naar haar toe om haar in haar armen te nemen. Ze wist dat het meisje Linus' vijandigheid aanvoelde, zijn boosheid en verzet, en ze voelde een steek van spijt dat ze hem hier alleen had achtergelaten. Dit was haar schuld. Zij had toegegeven aan haar eigen gekrenkte gevoelens en haar eigen behoefte voorrang gegeven boven zijn behoefte aan haar aanwezigheid.

'Linus, dat was niet zo aardig,' zei ze streng. 'Bied alsjeblieft je excuus aan je zusje aan.'

'Nee! Ze is mijn zusje niet! Ik hoef niet aardig voor haar te zijn en jij hebt niks over mij te zeggen. Jij bent alleen maar de nanny.'

En hij sprintte weg, over het gazon het huis in, met zijn armen op en neer pompend.

Bell had het gevoel dat ze zojuist een vuistslag had geïncasseerd.

'O mijn god,' fluisterde Hanna, die hem nakeek.

'Hij trekt wel weer bij,' zei Max niet erg overtuigend. 'Hij voelt zich gewoon overweldigd. Zijn emoties zijn nu te groot om te hanteren, maar hij komt er wel. Geef hem wat tijd.'

'Ik begrijp niet hoe je hier zo kalm op kunt reageren,' riep Hanna, die Tilde met een zwaai in haar armen nam, omdat die nu ook was gaan huilen. 'Hij wijst ons af. Jou!'

'Ja. En we moeten hem laten zien dat we ongeacht wat hij zegt of doet van hem houden en hem niet zullen verlaten. Hij moet weten dat we hem niet in de steek laten. Oké?' Hij streek met een hand over haar haren om haar te kalmeren.

Bell keek toe, in de wetenschap dat hun ongedwongen intimiteit voor hen beiden onzichtbaar was. Hanna had zich laten inpakken door Emils roekeloze alles-of-niets-passie voor haar. Leek deze behaaglijke vertrouwdheid haar daarmee vergeleken saai? Zou ze die opgeven voor de opwinding – en glamour – van een hernieuwd leven als de echtgenote van Emil Von Greyers?

Ze liepen door. Max, die stijfjes overkwam en bleker zag dan ooit, had nog steeds die berustende houding, maar zij zag nu dat hij zich niet zozeer verslagen voelde, maar dat hij de situatie accepteerde. Misschien speelde het schuldgevoel over zijn liefde voor de echtgenote van zijn vroegere vriend hem parten, ondanks de verzachtende omstandigheden? Misschien zag hij zichzelf als de booswicht in deze tragedie?

'Kijk eens, papa, het is oranje!' Elise wees opgetogen naar het huis en vergat haar tranen nu ze langs de helikopter liepen en opnieuw stilstonden.

'Dat klopt,' mompelde Max, die het allemaal in zich opnam. Er was een draaimolen op het gazon gezet, met een springkasteel en een spiraalglijbaan ernaast. Toen de kinderen in beeld kwamen, verschenen er ineens jongleurs, vuurvreters, steltlopers en een looporkest, die allemaal vanuit het bos het gazon op liepen. Er hingen ballonnen aan elke boom, zodat het leek alsof het hele eiland elk moment uit de zee naar de hemel kon worden getild.

De meisjes gilden het uit van verrukking, wurmden zich uit de armen van de beide vrouwen en holden op de draaimolen af. Bell zag de tuinman ernaast staan – die was kennelijk aangesteld om het ding vandaag te bedienen. Deze keer zei Hanna niets en beet Max op zijn lip nu hij zijn dochters recht in de aanlokkelijke val zag lopen die zijn rivaal had gezet.

Nina stond op het terras te kijken en te wachten, haar ene arm voor haar lichaam en in de andere hand een sigaret. Ze blies de rook uit haar mondhoeken in slierten de lucht in en haar ogen vernauwden zich terwijl het gezelschap langzaam naderde in een verbijsterd stilzwijgen.

'Nina,' zei Hanna effen. Ze bleef voor haar op de treden naar het terras stilstaan. 'Hoe gaat het met je? Het is alweer een poosje geleden.'

'Ja hè?' teemde Nina, die een kus op elke wang toeliet voordat ze haar aandacht op Max richtte. 'Maar jóú heb ik écht lang niet gezien.'

'Fijn je weer eens te zien, Nina.'

'Heus?' lachte ze droogjes, maar haar ogen dansten. Ze keek Bell aan. 'Hallo, daar ben je weer.'

'Hallo.'

'En deze keer heb je kleren aan!'

Bells mond viel verrast open en ze zag dat Hanna snel haar hoofd naar haar omdraaide. 'Ik... Het was niet zoals het klinkt,' zei ze snel. 'Ik kan het uitleggen.'

Nu lachte Nina hartelijk 'O, alsjeblieft, niet doen! Het leven is veel boeiender als je geen uitleg geeft. Láát ze maar verbaasd staan.'

Bell keek met wijd open ogen naar Hanna en Max, en ze voelde zich vreemd genoeg tot zwijgen gebracht. Als ze nu een omstandige verklaring gaf, zou dat nog raarder overkomen.

'Mmm.' Nina glimlachte verheugd toen ze zag dat ze collectief halt hielden, allemaal in de verdediging gedrongen, onzeker over wat hun te wachten stond. 'Het wordt léúk vandaag.'

'Waar is hij, Nina?' Hanna glimlachte niet.

'Linus? Die is denk ik naar zijn slaap...'

'Emil.'

'Ik ben hier.'

Ze keken zijn kant op. Hij leunde tegen het kozijn van de openslaande deuren. Hij oogde bleek maar toch weergaloos knap en zijn ogen gloeiden terwijl hij het gezelschap op zijn terras in zich opnam. Bell voelde Max naast zich verstrakken. De lucht om hem heen veranderde, werd ijler, dunner.

Langzaam liep Emil naar hen toe. Bell dacht bij zichzelf dat hij eruitzag alsof hij pijn had. Er zat een aarzeling in zijn bewegingen, zijn gezicht had een starre uitdrukking. Ze keek even naar haar schoenen en wilde dat ze kon verdwijnen, in rook kon opgaan. Maar hij keek niet naar haar of Hanna.

De twee mannen staarden elkaar aan. Ze waren allebei ongeveer even lang, maar terwijl Max de lichte huid en zachtere spieren van een kantoorman had, oogde Emil wat taniger en gebruind. Hij zag er ouder uit dan zijn eenendertig jaar. Het leek op de een of andere manier vanzelfsprekend dat Emil degene zou zijn die de stilte zou doorbreken en het gesprek zou inleiden. Het was tenslotte zijn verjaardag, zijn huis, zijn eiland, zijn familie. Het leek een eeuwigheid te duren voordat hij zijn hand uitstak.

'Hallo, Max.'

Max schudde hem de hand. 'Emil.'

'Je ziet er ouder uit.'

'Jij ziet er goed uit.'

Er verscheen een scheef glimlachje rond Emils mond. 'Ik heb een schoonheidsslaapje gedaan.'

Max' mond vertoonde dezelfde halve glimlach, maar de humor had hun ogen nog niet bereikt en de sfeer bleef gespannen ondanks de uitgewisselde beleefdheden.

'Aardig van je dat je zoveel moeite hebt gedaan voor de meisjes,' zei Max met een handgebaar naar de minikermis op het gazon.

'Jammer dat het weer niet helemaal meezit,' zei Emil met een knikje. 'Maar ik wilde dat ze zich hier thuis zouden voelen.'

Zijn woorden klonken luchtig, hoffelijk zelfs, maar de dreiging glom als staal, vlak onder het oppervlak. Thuis. Hier. Bell realiseerde zich dat ze haar adem inhield terwijl de mannen hun blik strak op elkaar gericht hielden.

'Kom, laten we wat drinken terwijl de meisjes spelen,' zei hij plotseling met de hartelijke glimlach van een goede gastheer, en hij ging ze voor naar de grote ronde tafel op het terras. Die was gedekt met een donkergrijs linnen tafelkleed, waarop een schaal met lichtroze dahlia's stond. Ook stond er een fles champagne in een ijsemmer klaar. 'Het is tenslotte mijn verjaardag. We hebben iets te vieren. Ik heb door de afgelopen zeven keer heen geslapen.'

Måns, die door hen allen nog niet was opgemerkt, zette een paar stappen naar voren alsof hij uit het niets opdook en ontkurkte de fles op elegante wijze terwijl zij naar de tafel liepen.

'Hanna, misschien kun jij naast mij komen zitten,' zei Emil met een gebaar naar de stoel naast hem. Alle ogen draaiden in zijn richting. 'Dan weten de meisjes, als ze hun moeder naast mij zien kletsen en lachen, dat ik geen angstaanjagend monster ben.'

'Juist,' zei Hanna mat. Haar ogen gleden tussen beide mannen heen en weer, maar Max keek weg en deed alsof hij de tuin bewonderde. Bell wist dat hij deed alsof, want ze zag de spanning in zijn opeengeklemde kaken.

'Ik ga maar eens kijken bij Linus,' zei ze, zich losmakend uit de groep. Zij was immers geen gast, maar een werkneemster.

Emils ogen flitsten haar kant uit – de eerste keer sinds hun aankomst. Even dacht ze aan die nacht in de deuropening van zijn slaapkamer – *ik ben wakker* – en verstijfde ze door de brandende intensiteit van zijn blik. Het volgende ogenblik liet hij haar gaan en draaide ze zich met stokkende adem om.

'Dus, eenendertig jaar alweer,' zei Hanna met een geforceerde luchtigheid, haar stem strak van de wanhopige inspanning om vandaag zonder kleerscheuren door te komen. 'Tjonge.'

'Nou, ik ben er nog steeds niet over uit of ik dit als mijn eenendertigste of mijn vierentwintigste verjaardag moest beschouwen...' hoorde ze Emil zeggen toen ze het huis binnenstapte.

Nu ze uit het zicht was, leunde Bell tegen de muur en sloot haar ogen om bij te komen. Zo woedend als Emil haar had aangekeken, alsof hij ook háár haatte... Verachtte hij haar om haar opstandige beslissing niet terug te keren? Hij zette zijn stekels op met een vijandigheid die werd verergerd door het beleefde sausje dat hij eroverheen goot. Ze zou de voorkeur geven aan rechtstreekse minachting, kwaadheid en gebalde vuisten.

Ze trof Linus aan in zijn slaapkamer, waar hij tegen de muur naast het open raam zat. Hij had zijn hoofd op zijn knieën gelegd en rolde de Corvette heen en weer, luisterend naar het gemurmel van de volwassenen die beneden in gesprek waren, en naar de uitbundige kreten van zijn zusjes, die zonder hem plezier maakten. Er lagen tientallen boeken omgekeerd op de vloer, hier en daar waren er pagina's uit gescheurd, die om hem heen lagen.

'Hej.' Hij keek op, zijn gezicht vlekkerig van de tranen, en ze voelde haar hart breken. 'O, lieverd,' fluisterde ze, en ze haastte zich naar hem toe om hem in haar armen te nemen.

'Het gaat wel, hoor,' zei hij bokkig, maar ondertussen liet hij de omhelzing toe, mocht ze hem een kus op zijn kruin geven en hem over zijn schouders wrijven, zoals ze altijd deed als hij zich ziek voelde.

Ze bleven een aantal minuten zwijgend zitten. Ze zou hem niet pushen als hij er niet over wilde praten.

'Hoe ging het gisteren?' vroeg ze fluisterend. Het was zijn eerste hele dag hier alleen geweest, aangezien Hanna was teruggekeerd naar Summer Isle en Bell had geweigerd terug te gaan. Ze kon zichzelf nu wel voor haar kop slaan.

'Wel goed,' zei hij ten slotte met gesmoorde stem. 'We hebben geholpen de tuin klaar te maken en toen zijn we met de helikopter weg geweest.'

'Wauw, bof jij even. Ik heb nog nooit in een heli gezeten. Dat was zeker geweldig?'

'Ja.'

Ze schonk hem een glimlachje. 'Dat klonk niet erg overtuigend.'

'Ik ben alleen maar moe,' zei hij met een zucht, en hij sloot zijn ogen terwijl een paar tranen stilletjes tussen zijn wimpers door glipten.

'Ik weet het,' zei ze mompelend. Ze voelde het mes in haar hart draaien en woelde met haar vingers door zijn haar. 'Het is een vermoeiende tijd geweest. De meisjes hebben je trouwens enorm gemist.'

'Hm.'

'Ze zijn meteen in de draaimolen gegaan. Heb jij al een ritje gemaakt?'

'Nee. Ik ben tien.'

'Ah, ja. Maar de vuurvreters zijn wel cool.'

Hij zuchtte ongeduldig om haar pogingen een gesprek aan te knopen.

'We kunnen een stukje gaan lopen, als je wilt. Hier even vandaan. We kunnen gaan zwemmen aan de andere kant van het eiland.'

Zijn schouders schokten onder haar handen en ze besefte dat hij zat te snikken.

'Wat gaat er gebeuren?' vroeg hij met verstikte stem.

'Ik weet het niet, lieverd. Ik denk dat niemand het weet.'

'Mama houdt van hem.'

Ze slikte. 'Natuurlijk. Zij en je vader zijn getrouwd geweest. Ze hebben jóú gekregen. Ze zullen altijd van elkaar houden.'

'Maar ze houdt nú van hem.' Hij keek haar weer aan en ze wist dat hij op de een of andere manier wist dat zijn ouders weer een stel waren. Wat had hij gezien? O god, alsjeblieft niet hetzelfde als zij. 'En papa dan?'

Haar mond ging open, maar er kwamen geen woorden. Wat moest ze zeggen? 'Nou, dat maakt het zo gecompliceerd, want mama houdt ook van hém. Zij zijn verliefd geworden toen ze allebei verdrietig waren over je vader, en later hebben zij de tweeling gekregen. Dus het is niet de schuld van je vader, en ook niet van je papa. Niemand is de slechterik.'

Hij legde zijn hoofd weer op zijn knieën, waardoor hij er nu jonger uitzag dan tien. De tranen bleven maar opwellen in zijn heldergroene ogen.

'Moet ik kiezen?'

'Kiezen? O nee, lieverd! O nee, nee, nee, nee, natuurlijk niet. Emil en Max houden allebei heel veel van je. Er is voor beiden ruimte in jouw leven.'

'Maar er is geen ruimte in hún leven voor elkaar, toch?' huilde hij. 'Ze zijn vijanden. Ze hebben een hekel aan elkaar. En als ik kies, zal de ander ook een hekel aan míj hebben.'

'Linus, nee,' fluisterde ze vertwijfeld. 'Ze zullen nooit een hekel aan je hebben.'

Maar hij kneep zijn ogen dicht en sloot haar buiten. 'Ik wil gewoon naar huis.' Zijn stem was klein, de wens nog kleiner.

Bell verstrakte. Ze wist niet wat ze moest antwoorden. Wat als hij al thuis was?

Ze vervielen in stilte terwijl het orkest op het gazon 'The Bare Necessities' speelde en er flarden van gesprekken naar het raam zweefden als snippers verbrand papier uit een kampvuur, omhooggedreven door de vlammen.

'Nou, laat me raden. Jij bent vast... Tilde,' hoorde ze Emil zeggen. 'En jij bent Elise.'

'Nee!' De meisjes joelden opgewonden en Bell hoorde hun voeten op en neer springen op het terras.

'Ach,' zei hij, zo te horen met zijn hand op zijn dij slaand.

'Jij bent vandaag jarig,' liet Elise hem weten, voor het geval hij dat was vergeten.

'Ja, dat klopt.'

'Hoe oud ben je geworden?'

'Nou, in feite kan ik kiezen, misschien kunnen jullie me helpen. Moet ik vierentwintig of eenendertig zijn?'

'Vierentwintig!' gilde Elise.

'Oké! Dan ben ik dat. En hoe oud zijn jullie?' vroeg hij.

'Drie! Ik ben negen minuten ouder!' gilde Elise. Ze gilden wat af vandaag, waarschijnlijk ook van de zenuwen.

'Ah!' zei hij geïnteresseerd. 'En wanneer worden jullie vier?'

'Op elluf oktober.'

Hij lachte luchthartig en relaxed. 'Wat een geluk. Dat is de beste datum van oktober.'

'Genoeg, meiden, ga nou maar naar de glijbaan,' zei Hanna. Een moment later holden de meiden over het gazon en voegde ze eraan toe: 'Emil, moet je niet even gaan liggen? Je lijkt pijn te hebben.'

'Je bent zo wit als een laken,' zei Max behulpzaam.

'Nee, het gaat prima,' reageerde hij op spijkerharde toon. 'Wat ik wél wil doen, is praten.'

Er viel een oorverdovende stilte en Bell merkte dat zijzelf, boven hen gehurkt op de vloer, ook haar adem inhield. Dit was het dan. Hij ging het doen. Hij zou Max alles vertellen en het gezin uiteen laten spatten, ook al speelde de tweeling een aantal meters verderop.

Ze wilde dat ze op haar knieën kon gaan zitten en over de vensterbank kon turen om Hanna's gezicht te zien. Reikte ze naar zijn hand onder de tafel, hem smekend het niet te doen, haar meer tijd te gunnen? Want ze was er nog niet klaar voor, dat wist Bell. Ze was in de war, natuurlijk, ze balanceerde op een koord in een storm, maar om tussen hen te kiezen... Emil mocht dan zeker zijn van zijn zaak, maar Hanna was dat niet. Nog niet.

Er klonk een hap naar adem en er werd een stoel naar achteren geschraapt.

'Oké, nu is het genoeg.' Nina kwam ertussen. 'Jij gaat met mij mee. Dat praten kan wel wachten. We hebben de hele dag nog. Jij moet echt gaan liggen, al is het maar tien minuten.'

'Ik voel me goed.'

'Niet waar. Dat zie ik toch.'

Er klonken nog wat schraapgeluiden, een laag gekreun en geïrriteerd gebrom. Voetstappen die wegstierven.

Een stilte.

Toen Max' stem, kalm, afgemeten, gespannen. 'Goed dan, ga je hém mij laten vertellen wat er verdomme aan de hand is, Hanna? Of wil jij dat doen?'

*Ingarso, archipel van Stockholm, 24 juni 2010*

De pen rustte in het kuiltje tussen zijn vinger en duim, de groenblauwe inkt zichtbaar aan de voorkant van het bonnetje. Het was piepklein. Onbeduidend. Onopvallend. Maar hij wist al dat dit stukje papier met die vier woorden hun levens zou veranderen.
*Het verborgen strand, middernacht.*

# 27

Bell stopte op de overloop toen de twee donkerharige hoofden bovenaan de trap verschenen.

'Kom. Je maakte je veel te druk, dat zag ik,' hijgde Nina met Emils arm om haar schouder terwijl ze samen langzaam de treden beklommen. 'Je kreeg die boze blik in je ogen die je vroeger altijd had als je me de huid vol schold.'

'Ik wilde niet gaan schelden,' mompelde hij.

'Nee, maar je stond op het punt iets te doen wat net zo idioot is. Dus nu neem je een time-out van tien minuten om af te koelen.'

'Ik ben geen kind!'

Ze bereikten de overloop, waar Nina meteen opkeek alsof ze haar aanwezigheid voelde. Bell vermoedde dat ze de verfijnde instincten van een vechthond had. 'O. Daar ben je, Bell.'

'Ja, ik was net even bij Linus,' zei Bell, die zag dat Emils gezicht vertrok van pijn. Ze fronste. 'Is hij wel in orde?'

'Niet echt. De hoofdpijnen maken hem gek.'

'Ik ben niet gek.'

'Het scheelde daarnet niet veel,' snoof Nina. Ze keek Bell aan. 'Kun je me helpen hem naar zijn slaapkamer te brengen? Hij maakt zich expres zwaar.'

'Niet waar. Ik kan nu alleen even niet zo goed zien. De randen zijn allemaal wazig,' murmelde hij.

'Wil je zijn andere arm pakken, alsjeblieft?' instrueerde Nina haar.

Bell deed wat haar werd gevraagd en drapeerde zijn arm over haar schouder, waarbij zijn geur als een boa van bont om haar heen gleed. Ze sloot haar ogen, deed alsof hij het niet was.

'Godsamme, ik ben niet invalide. Ik hoef niet door jullie te worden geholpen bij het lopen,' protesteerde hij, en hij probeerde zijn arm van haar af te trekken.

'Nee, je hebt gelijk,' zei Nina met een blik opzij naar hen beiden. 'Je kunt het ook wel af met één van ons. Oké, ga jullie gang,' zei ze, en ze dook zelf weg. 'Dan ga ik terug naar onze gewaardeerde gasten.'

Ze keken haar na met het gevoel dat ze voor de gek werden gehouden, zonder precies te weten hoe. Of waarom.

'Nou...' zei Bell na een beladen stilte. 'Laten we je dan maar even die rust gunnen.'

'Ik hoef niet te...'

'O, hou toch op,' snauwde ze. Haar geduld met hem en zijn voortdurende geprotesteer was op. 'Je voelt je duidelijk niet goed. Aanvaard de hulp nou maar gewoon, oké?' En toen ze zijn verbijsterde gezicht zag, zei ze: 'Wat is er? Jij bent niet mijn werkgever, hoor.'

Ze liepen moeizaam door de gang naar zijn slaapkamer. Bell hield haar ogen naar beneden gericht terwijl ze over de vloer schuifelden en ze hem op de rand van het bed hielp. 'Je moet gaan liggen,' zei ze.

Hij bleef zitten.

Ze weigerde om zelfs maar in de kamer rond te kijken – ze had besloten hier nooit meer terug te keren, de plek waar ze zo vernederd was – maar liep recht naar het tafeltje bij het raam om hem een glas water in te schenken uit de karaf. 'Hier, drink op. Bij hoofdpijn is het belangrijk genoeg vocht binnen te krijgen.'

Hij gehoorzaamde en keek haar aan terwijl hij dronk. 'Je bent kwaad op me.'

'Waarom zou ik kwaad op je moeten zijn?'

Hij trok een wenkbrauw op, maar gaf geen antwoord, wat haar alleen nog maar... kwader maakte.

'Heb je pijnstillers nodig? Zo te zien wel,' zei ze kordaat zonder hem de kans te geven te reageren.

'Ik pak ze zelf...' Maar ze liep alweer de kamer door, in de richting van de badkamer. 'Prima, schend mijn privacy maar,' riep hij haar na.

Ze ging zijn badkamer binnen. Die was zeker zo groot als haar eigen slaapkamer in haar appartement, met een witte plankenvloer, een inloopdouche en een marmeren wastafel. Ze opende de deurtjes van het kastje aan de muur en bekeek de inhoud: deodorant, tandpasta, een kam, vochtinbrengende crème, verschillende vitaminen.

'Ze zitten in een zakje. Nieuw recept,' riep hij.

Ze opende de grotere kast. Haar ogen vielen op een wit papieren zakje op de bovenste plank. Ze pakte het, keek erin en vond waar ze naar zocht, maar vervolgens zag ze het enorme aantal doosjes en potjes pillen. Het leek wel de voorraadkast van een apotheek, het bewijs van de omvangrijke hoeveelheid chemische formules die nodig waren geweest om zijn lichaam weer op gang te krijgen en hem nu pijnvrij te laten functioneren. Geen wonder dat hij eigenlijk niet wilde dat ze dit allemaal zou zien. Het getuigde van zijn broosheid.

Ze dacht aan Jack. Alleen al de aanblik trok haar het verleden in, naar de medische brokstukken die zich hadden opgestapeld – meer pillen, meer medicijnen – terwijl de artsen zich hadden ingespannen om hem in leven te houden. Tevergeefs. Jack had verloren en zij had zich zonder hem verloren gevoeld.

'Op enig moment voor ik sterf aan een hersenbloeding is oké!' riep hij, waarmee ze terugkeerde in het heden.

Ze liep een ogenblik later weer de kamer in en gaf hem de pillen.

'Voor iemand die, naar ik heb begrepen, zelf een craniotomie heeft ondergaan, is dat niet bepaald een leuk grapje.'

'Ja, nou ja, ik herinner me dat niet.'

'Hanna heeft het me verteld.'

'Dan zal het wel waar zijn,' mompelde hij, waarop hij de pillen in zijn mond gooide en ze doorslikte met een slok water, ondertussen zijn ogen op haar gericht terwijl zij alle kanten op keek behalve naar hem. 'Jij bent nogal prikkelbaar vandaag, zeg. Hoe gaat het met jou en Mats?'

'Daar heb je niks mee te maken,' zei ze, en ze pakte het glas uit zijn hand – er zat nog een beetje water in – en liep terug naar het tafeltje.

'Jullie leken het zaterdagavond behoorlijk naar jullie zin te hebben.'

'Ja, goed gezien.'

'Ga je vaker met hem afspreken?'

'Daar heb je niks mee te maken,' herhaalde ze.

Hij keek hoe ze naar de deur liep.

'Ik ga bij Linus kijken,' mompelde ze, want ze weigerde mee te gaan in het spelletje dat hij met haar speelde. Hij dacht dat hij weer de kat kon zijn en zij de muis? Geen schijn van kans.

'Tussen mij en Linus gaat het trouwens goed, fijn dat je ernaar vraagt,' zei hij tegen haar rug.

Ze draaide zich om en lachte een lach waar Nina trots op zou kunnen zijn. 'Dat had je gedacht. Hij vindt je alleen maar interessant omdat je hem paait met flitsende boten en helikoptertochtjes en een privébioscoop.'

Zijn mond verstrakte. Hij vond het niet prettig om de waarheid te horen, maar ontkende die ook niet. 'Misschien. Maar dat is het enige wat ik hem kan geven dat Max hem níét kan geven. Ik heb al zijn belangrijke stappen gemist, ik was er niet bij, hij is opgegroeid zonder mij, dus nu moet ik voor ons samen speciale herinneringen creëren.'

'Maar dat is niet wat hij van jou nodig heeft. Hij wil zich veilig voelen. Hij wil door je "gezien" worden. Je kunt hem niet kopen.'

'Dat probeer ik ook niet.'

'Jawel, dat doe je wel!' riep ze uit. 'Natuurlijk wel. Jij denkt dat je alles kunt krijgen wat je wilt. Dat niets jou wordt geweigerd, dat je nooit wordt afgewezen!'

'En jij dan?' Hij sprong van het bed, zo onverwacht dat ze schrok.

'Ik heb jou niet, toch?' De woorden hadden hem kennelijk zonder zijn eigen toestemming verlaten – geen filter – en hij keek haar aan met een woede en wrok die ze niet begreep. Hij boog zich een beetje voorover, alsof er iets uit hem was getrokken en hij doodmoe achterbleef. Leeg. 'Ik heb jou niet, Bell.'
'Zoals ik het me herinner, heb jíj die beslissing genomen.' De bitterheid straalde als een fel licht van haar woorden af.
'Ja. Dat klopt.' Hij liep langzaam naar haar toe. 'Want het was de enige beslissing die ik kón nemen. De juiste. Ik wil mijn vrouw en kind terug. Ik wil jou niet willen.' Ze zag de spanning om zijn mond, de emoties die over zijn gezicht gleden terwijl hij vlak voor haar stilstond. 'Het is niet de bedoeling dat jíj het voor mij bent! Zíj was het laatste wat ik zag voor het ongeluk. Zíj was het enige waar ik aan kon denken toen ik wakker werd. Zij is de reden waarom ik me tot dit punt heb teruggevochten. Ze is de moeder van mijn kind. Ze is de enige vrouw van wie ik ooit heb gehouden. Ik kan... Ik kan gewoon niet...' Zijn ogen speurden haar gezicht af, kusten haar zonder haar te raken.
'... verliefd worden op de nanny?' maakte ze zijn zin af met een dof gevoel. Want ze begreep het wel. Een onenightstand kon geen reden zijn voor het ontsporen van een huwelijk, een gezin, een leven. 'Dat snap ik.'
'Je snapt het níét.' Zijn stem klonk schor. 'Want als ik nu mijn ogen sluit, zie ik jou. Toen ik met haar samen was, zag ik jou. Toen je niet terugkwam, miste ik je.' Hij legde zijn handen tegen zijn hoofd, de vingertoppen wit omdat hij hard tegen zijn schedel drukte, alsof de gedachten, de gevoelens, de pijn, eruit geduwd konden worden. 'Ik miste je en er klopt niets meer van. Daarvóór was het zo duidelijk wat ik moest doen. Sinds ik wakker was geworden, voelde het steeds alsof er... iets ontbrak, een deel van mij. En dat moeten zij wel zijn. Zij zijn mijn familie.' Hij liet zijn handen zakken en keek haar verslagen aan. Afgemat. 'Jij kunt het niet zijn voor mij.'

'Ik snap het,' zei ze weer, zonder zich te durven bewegen. Haar hart bonkte als een sloophamer en de schok van zijn woorden kaatste nog als het balletje van een flipperkast door haar lichaam. 'Het spijt me.'

Ze staarden elkaar aan, niet in staat elkaar te naderen, niet in staat terug te deinzen, in een ondraaglijke spanning die niet kon worden verbroken. 'Vandaag is de dag dat ik ze terugkrijg,' zei hij langzaam, vastbesloten, hoewel ze niet wist of hij haar wilde overtuigen of zichzelf. 'Ik ga niet nóg een uur wachten. Als ik straks weer beneden ben, vertel ik Max alles.'

Ze knikte en voelde zijn ogen als vingertoppen over haar huid zwerven, een vederlichte aanraking. 'Oké.'

Hun ogen maakten contact en daar was die magnetische aantrekkingskracht weer. Hij wachtte. En wachtte. 'En nu ga je me vertellen dat ze gelukkig is met hem.'

Bell slikte. 'Dat was ze ook. Maar nu is ze gelukkig met jou.'

Hij wachtte, zijn blik gefocust, vastberaden. 'En nu ga je me vertellen dat ik nooit ook maar half de vader kan zijn die Max is.'

Ze dwong zichzelf hem weer aan te kijken. 'Je houdt van je zoon. Meer heeft hij niet nodig.'

Er ontsnapte hem een geluidje, ergens tussen kreunen en smeken. 'En nu ga je me vertellen dat jij toen je met Mats was...' Zijn stem klonk hees. 'Dat je toen niet aan míj dacht.'

In een reflex keek ze weg, de leugen bleef steken in haar keel, onbeweeglijk, onuitspreekbaar. Want de waarheid was dat hij degene was geweest die ze met haar ogen dicht had gezien en die ze had gevoeld.

'Bell...' Er lag warmte in haar naam, een behoefte kreeg vorm, en hij zette een stap in haar richting.

Maar zij zette een stap achteruit. 'Nee. Je doet wat juist is,' fluisterde ze, haar ogen glanzend van de tranen nu hij haar aanstaarde, zo dichtbij maar ook zo ver weg. 'Ik kan het niet zijn.'

Hij lag op zijn bed en staarde naar het plafond, wachtend tot de pijn zou wegtrekken. Hij probeerde zijn geest tot rust te brengen, maar de hoofdpijn en zijn emoties waren samengekomen in een soort draaikolk die door hem heen wervelde, een wirwar van beelden en geluiden en gevoelens die hij niet kon beheersen of indammen.

Het weerzien met Max was moeilijker geweest dan hij had verwacht, het had gevoelens en herinneringen in hem opgeroepen die hij niet wilde. Vriendschap-jeugd-avontuur-vissen-drinken-bruiloft. Hanna.

Hanna. Altijd weer.

Hij sloot zijn ogen en ze vulde opnieuw zijn hoofd. Een flits blond. Lichte huid. Blauwe ogen. Duisternis. Het laatste wat hij zag en het eerste wat hij zag. Blauwe ogen die huilden. Lichte huid. Blond...

Zijn gedachten stopten en werden automatisch teruggespoeld. Een flits blond. Lichte huid. Blauwe ogen die huilden. Het laatste wat hij zag. Blauwe ogen die huilden...

Hij staarde naar het plafond en voelde zijn hart bonzen alsof het uit zijn borst zou barsten. Zijn lichaam geketend aan zijn geest, de pijn die door hem heen kliefde nu hij verstard op het matras lag en de herinneringen werden afgespeeld, telkens opnieuw – opeenvolgend, onophoudelijk. Gevangen. Blauwe ogen die huilden. Duisternis. Het laatste wat hij zag.

Blauwe ogen die huilden. Duisternis.
Blauwe ogen die huilden. Zwart.
Blauwe ogen die huilden. Zwart.
Blauwe ogen die huilden...
Zwarte auto.

## Ingarso, archipel van Stockholm, 25 juni 2010 – middernacht

Ze lag in zijn armen en samen keken ze naar de bijna volmaakte cirkel van de volle maan die langzaam boven hen dreef. De wanden van de krater waren gekarteld en gerimpeld als een kwal, het water glinsterde donker, slechts een paar meter bij hun voeten vandaan, ruisend over het zand als een ritmische ademhaling.

Zij was al in het water geweest toen hij aankwam, haar huid zo licht dat ze een zeemeermin had kunnen zijn. Ze hadden gezwommen, ze hadden elkaar achternagezeten en zich overgegeven, keer op keer. Die jaren van onthouding, van goed gedrag, hadden hun honger naar elkaar niet verminderd. Integendeel, ze hadden de aantrekkingskracht versterkt, en hij begreep dat hij tot nu toe maar half had geleefd, in de veronderstelling dat het voldoende zou zijn om zich in de periferie van haar wereld te bewegen.

Ze keken hoe de hemel met elke ademhaling helderder werd en hij voelde een steek van paniek. De zon begon de strijd te winnen, de dag in te kleuren en haar terug te nemen. Bij hem vandaan.

'Ik wil de tijd stilzetten,' fluisterde ze, en ze hield hem steviger vast, alsof ze zijn gedachten las. 'Ik zou willen dat dit de dag was en niet de nacht.'

Hij kuste haar lippen en wist dat hun wensen niet zouden uitkomen. Hij was een realist. Hij wist dat zij nooit de zijne kon zijn, niet echt. Het was een gevecht dat hij niet kon winnen. 'Ik ook.'

Ze keek hem aan vol zelfverwijt. 'Ik heb te lang gewacht, hè?'

Hij beet op zijn lip. Ze hadden allebei te lang gewacht, hadden vanaf het begin achter de feiten aan gelopen. 'Je hebt geprobeerd de juiste keuze te maken. Wij allebei.'

Ze keek hem weer aan en wist wat hij bedoelde. Hoewel ze het had gehad over weggaan, zat ze gevangen. Ze wisten allebei dat ze nu te veel te verliezen had. 'Ik zal het hem op een dag vertellen. Als het... veilig voelt. Het zal niet altijd zo zijn, dat beloof ik je.'

'Nee, ik wil dat je het tegendeel belooft,' zei hij terwijl hij in beweging kwam en weer over haar heen schoof. 'Ik wil dat je belooft dat het altijd zo zal zijn.'

# 28

Ze zat op de onderste tree te kijken naar de idyllische taferelen in de tuin. Linus had eindelijk zijn kamer verlaten om zich bij zijn zusjes te voegen, te geïntrigeerd door hun onstuimige gegil om boven te blijven. Ze kwamen met zijn drieën van de spiraalglijbaan af – Tilde voorop, Elise in het midden en Linus achteraan, zijn langere benen langs die van hen, zodat ze veilig zaten terwijl ze van de glijbaan gingen. Hanna wachtte onderaan om ze met gespreide armen op te vangen. Max zat nog aan de tafel en fotografeerde ze met zijn telefoon.

Het was een perfect moment. Ze leken een perfecte familie. Maar het was een illusie, niks echter dan Jack die door haar dromen spookte. Boven was een man – een echtgenoot en vader – die zich klaarmaakte om terug te nemen wat hij had verloren in al die jaren dat hij bewusteloos was geweest. En wie zou er durven beweren dat het hem niet zou lukken? Hij was de man die hier tegen alle verwachtingen in was teruggekeerd. Het was het vooruitzicht dat hij zijn gezin weer om zich heen zou hebben, niets meer en niets minder, dat hem tot leven had gewekt, en niets – Max niet, zij niet – zou dat in de weg staan. Niets.

Haar hart huiverde bij de nog verse herinnering aan wat er niet tussen hen was gebeurd en stilletjes stokte haar adem weer om wat er gebeurd had kunnen zijn. Ze trok haar schouders op tot haar oren en verborg haar gezicht in haar handen. Twee keer waren ze in die kamer bijna voor de verleiding gezwicht – maar niet helemaal. Hij had haar weten te weerstaan, en nu had zij hem weten te weerstaan, al had dat alles gevergd wat ze in zich had.

Ze keek met een wezenloze blik door de hoge ramen naar Hanna, sereen in een witte blouse en een lichtgrijze short, op zoek naar een teken dat ook zij op het punt stond van wereld te wisselen – dit waren de laatste momenten van haar en Max' leven samen – maar er was niets wat daarop wees. Hier was zij de madonna en niet de hoer, een toegewijde moeder die met haar kinderen speelde zonder een zweem van de ontrouwe echtgenote die boven naakt tussen die gedraaide lakens had geslapen.

Bell snufte en veegde met de rug van haar hand haar tranen weg. Ze wist dat ze terug naar buiten moest gaan, ze wist wat haar te doen stond. Ergens in deze bedwelmende zomer was het leven van de Mogerts dat van haar geworden en had ze zichzelf uit het oog verloren. Ze had zich verloren in een familie die niet van haar was, hoe graag ze dat ook zou willen...

'Laat je niet door hem van streek maken. Hij kan een moeilijke rotzak zijn. Altijd al zo geweest. Dat is zo ongeveer het enige wat we niet aan het ongeluk kunnen wijten.'

Ze keek op en zag Nina tegen de trapleuning staan, met haar drankje loom in de palm van een hand.

Haastig droogde Bell haar gezicht zo goed en zo kwaad als het ging. 'O nee, het gaat prima.'

'Ha!' blafte Nina. 'Je begint als hem te klinken.'

Bell gaf geen antwoord en Nina vatte haar zwijgen op als een uitnodiging om naast haar op de onderste tree te gaan zitten. Ze schoof beleefd een stukje op om ruimte te maken.

'Eerlijk gezegd hoopte ik dat je langer bij hem zou zijn gebleven.'

'Sorry?'

'O, luister, je mag het ontkennen hoor, maar ik ken mijn broer en hij is hartstikke rusteloos sinds jij op het toneel bent verschenen. Jij bent de knuppel in het hoenderhok, Bell.' Haar ogen vernauwden zich terwijl ze de Mogerts zag spelen. 'Laat me je vertellen dat ik er min of meer op rekende dat jij hem van de koers zou afbrengen die hij zo vastbesloten is te varen. Ik dacht dat jij mijn wildcard zou zijn.'

Bell gaf geen antwoord. Dat kon ze niet. Hoe kon Nina het in vredesnaam weten, van hen? Had Emil het haar verteld?

'Weet Hanna ervan?' vroeg Nina echter.

Langzaam en onzeker schudde ze haar hoofd.

'Nee.' Nina zuchtte, compassie leek haar af te matten. 'Ik zou de eerste zijn om het haar te vertellen als ik dacht dat het wat uit zou maken, verdomme, maar Emil laat zich gewoon niet sturen. Wat hem betreft kan ik de boom in.'

'Ik weet niet wat...' stamelde Bell, bang dat ze zichzelf alleen al door iets te zeggen verdacht maakte.

'Natuurlijk wel. Hij heeft een tweede kans gekregen en hij hangt zijn complete toekomstbeeld op aan valse herinneringen uit zijn verleden. Het is zo jammer. Hij heeft zo hard gewerkt om dit te bereiken. Hij denkt dat het terugwinnen van zijn leven gelijkstaat aan het terugwinnen van zijn óúde leven. Hij begrijpt niet hoe groot die misvatting is.'

Bell beet op haar lip. 'Maar hij houdt van Hanna.'

'Nee. Dat denkt hij. Hij herinnert zich niet meer hoe het echt was.'

'Hoe bedoel je?' vroeg ze fronsend.

Nina slaakte een vermoeide zucht. Het was een klank die niet bij haar paste, net als gegiechel of een gilletje. 'Omdat Hanna het laatste was wat hij zag, het eerste wat hij zag, nou ja, daarom denkt hij dat dat betekent dat ze een grote liefde deelden. En Hanna misleidt hem door hem dat te laten denken.'

'Misleidt hem?' Het was een heftig woord om te gebruiken. 'Zeg je nou dat ze geen grote liefde deelden?'

'In het begin wel. Ze waren zo verliefd als twintigjarigen nou eenmaal zijn. Hun eerste liefde en zo. Maar tegen de tijd dat hij dat ongeluk kreeg...' Haar stem stierf weg.

'Ging het niet zo goed tussen hen?'

'Zacht uitgedrukt,' smaalde Nina.

Bells frons verdiepte zich. 'Was het dan voorbij? Zouden ze gaan scheiden?'

Nina keek haar aan met laserscherpe ogen die het niet ontkenden. 'Wat hij najaagt, is slechts een idee, een vervormde herinnering.' Ze nam een slok. 'Maar misschien moet ik niet te veel zeggen, niet als zij op het punt staat mijn schoonzus weer te worden... God, wat heb ik de schurft aan discretie,' mompelde ze.

Bell keek haar zijdelings aan in een poging haar te begrijpen. Ze was direct en toch ondoorzichtig. 'Dus omdat het huwelijk op springen stond... mag je Hanna niet?'

'O, ik heb haar nooit gemogen, laat ik er niet omheen draaien. Ik heb altijd gedacht dat hij verliefder was op haar dan zij op hem. Ze had verkering met een vriend van hem toen ze hem leerde kennen. Ze was zo'n meisje dat hogerop wilde... Ik dacht dat ze met hem samen was vanwege...' Ze maakte een draaigebaar met haar handen door de lucht, om het huis aan te duiden en alles waar het voor stond: hun familie, hun fortuin, hun levensstijl.

'Maar Hanna heeft een goede baan,' protesteerde Bell. 'Ze verdient haar eigen geld. Ze heeft dat van Emil niet nodig.'

Nina lachte haar kenmerkende lach. 'O, Bell, denk je nou echt dat ze zich dat huis konden veroorloven met alleen het salaris van haar en Max?'

Bell wist niet hoe ze moest antwoorden. Ze dacht nooit na over de prijs van herenhuizen in de beste wijk van de stad. Het was iets waar ze waarschijnlijk toch nooit mee te maken zou krijgen. Bovendien had ze eigenlijk geen idee hoeveel geld Max en Hanna verdienden. Zij was er altijd van uitgegaan dat zolang je genoeg verdiende voor wat je nodig had, het extra geld, nou ja... extra was.

'Vanuit het vermogen van de familie is er na Emils ongeluk voor haar en Linus een regeling getroffen om ze financiële zekerheid te geven.' Ze trok een wenkbrauw op. 'Waarom denk je dat ze Linus' naam niet heeft veranderd?'

'Dat heeft ze wel gedaan. Hij staat op school ingeschreven als Mogert. Die naam staat ook op zijn schoolboeken en schriften...'

Nina schudde langzaam haar hoofd. 'Dat zijn geen wettelijke documenten, die zijn alleen maar voor dagelijks gebruik. Geloof mij maar als ik je zeg dat er ergens in de schoolarchieven een formulier ligt waarop hij als Von Greyers vermeld staat. Heb je zijn paspoort ooit gezien?'

'Nee.'

'Nou, daarop staat nog altijd onze achternaam. Max heeft hem nooit officieel geadopteerd, dat was immers ook lastig, gezien het feit dat Emil al die jaren formeel in leven was. Maar laten we onszelf niets wijsmaken... het heeft ook te maken met het gegeven dat hij erfgenaam is van een aanzienlijk fortuin, en die naam is de sleutel tot het geld.'

Bell zweeg een moment om het nieuws te verwerken. 'Hanna heeft me er nooit iets over verteld,' zei ze ongemakkelijk. Ze deed haar best om loyaal te blijven aan haar werkgeefster. Welke moeilijkheden ze de laatste tijd ook hadden doorgemaakt, welke tegengestelde persoonlijke belangen er ook waren ontstaan, zonder dat ze het van elkaar wisten, ze was de afgelopen drie jaar een goede werkgeefster geweest en ze waren min of meer bevriend geraakt. 'Ze heeft het sowieso nooit over geld.'

'Dat hoeft ook niet als het met bakken binnenkomt,' zei Nina schouderophalend.

'Nou, als jij denkt dat het haar alleen om geld gaat, waarom heeft ze Max dan nog niet verlaten? Emil is al een half jaar geleden wakker geworden.'

Nina keek peinzend naar de buiten spelende tweeling. 'Dat begrijp ik dus ook niet goed.'

'Je mag haar gewoon niet.'

'Nee, er is ook nog iets anders, dat weet ik gewoon. Ik kan er alleen mijn vinger niet op leggen. Ze lijkt hem vast te willen houden...'

'Ja, want ze hebben een kind samen.'

'Maar ook weer niet zó vast dat ze moeilijke besluiten heeft moeten nemen. Ze heeft zich al die tijd nergens op vastgelegd, totdat hij weer gewond raakte. Sinds die hersenschudding is ze opeens niet meer van hem weg te slaan.'

'Misschien heeft het verhelderend gewerkt, dat ze werd geconfronteerd met de mogelijkheid hem opnieuw te verliezen.' Nina wierp haar een blik toe. 'Vind je haar niet... gespannen?'

'Ik denk dat jíj haar op de zenuwen werkt.'

'Ja,' zei Nina met een plotselinge glimlach. 'Maar dat is altijd zo geweest... Nee, dit voelt toch alsof er meer aan de hand is.' Haar ogen knepen zich tot spleetjes. 'Hanna verbergt iets.'

Bell zag ze weer voor zich, samen in bed, huid op huid, hun benen verstrengeld, en ze haalde diep adem. 'Het is het schuldgevoel. Ze houdt nog van Max en ze voelt zich verscheurd. Ze heeft geprobeerd om beiden tevreden te stellen, maar ik denk dat ze nu haar keuze heeft gemaakt.'

'Dat heeft Emil in elk geval wel gedaan,' mompelde Nina.

'Wat er in hun verleden ook is gebeurd, het is nu allemaal anders en ik denk dat het ongeluk op een of andere perverse manier hun huwelijk heeft gered, áls het, zoals je net zei, destijds inderdaad niet goed zat,' zei Bell. 'Hanna heeft me zelf verteld dat Emil een andere man is dan de echtgenoot die ze kende. Gedurende het proces van zijn herstel lijken ze weer helemaal voor elkaar gevallen te zijn.'

Nina verwierp haar theorie met een driftig hoofdschudden. 'Hij is voor jóú gevallen, Bell, hij is alleen te koppig om het toe te geven omdat jij niet past in zijn "masterplan".' Ze maakte aanhalingstekens met haar vingers. 'En jij bent ook voor hem gevallen. Je kunt niet veel andere redenen hebben om hier op de trap te zitten huilen.'

Bell keek de andere kant op. Ze wilde het niet horen, want in haar hoofd klonken nog steeds die andere woorden door. *Jij kunt het niet zijn.*

Nina was duidelijk teleurgesteld. 'Je zou voor hem moeten vechten.'

*Ik wil mijn vrouw en kind terug. Ik wil jou niet willen.*

'Hij wil Hanna,' zei ze vlak. Het was een simpele en onmiskenbare waarheid. 'Hij wil Hanna en Linus – en niets of niemand kan hem tegenhouden.'

Nina verviel even in stilzwijgen. 'Hm. Nou... dat is misschien niet helemaal waar,' zei ze mompelend. 'Er is waarschijnlijk iemand die meer weet dan hij bereid is te vertellen.' Ze keek de lange, brede gang in en Bell volgde haar blik. Måns stond een perzikkleurige roos in een pot water te geven.

'Jij denkt dat Måns...' Bell keek Nina weer aan, zich afvragend waarom ze zo vastbesloten was te geloven dat er een of andere verborgen reden was voor Hanna om met Emil samen te willen zijn. Waarom kon ze niet accepteren dat ze opnieuw verliefd waren geworden? Tenslotte waren ze ooit al eens verliefd geweest.

'Hij weet mogelijk iets.'

'Praat dan met hem.'

Nina slaakte een gefrustreerde zucht. 'Hij zou me nooit iets vertellen over het privéleven van mijn broer.' Ze liet een harde en vreugdeloze lach horen. 'Ha, hij zou het alleen aan Emil zélf vertellen, als Emil hem tenminste de juiste vraag zou stellen.' Ze schudde haar hoofd. 'Zoals ik al zei, wat heb ik een hékel aan discretie.'

Ze keken hoe Måns zorgvuldig voor de plant zorgde, maar ze zagen verschillende dingen – in Nina's ogen was hij een geheimenbewaarder, in Bells ogen was hij slechts een oudere man die met geduldige vingers dode bloemhoofdjes verwijderde.

'Ik moet gaan,' zuchtte Nina een moment later. 'Ik wil niet dat Hanna zich te veel ontspant in mijn afwezigheid.' Ze kwam overeind met een vileine glimlach in haar ogen. 'Ik kan dit fiasco misschien niet tegenhouden, maar ik moet toch in elk geval mijn verzetje hebben.'

Bell keek haar na en voelde een steek van medelijden met haar werkgeefster. Maar Bell had de indruk dat Nina onder die vervaarlijke uitstraling meer een labrador dan een dobermann was. En ze hield van haar broer, dat was duidelijk.

Ze legde haar hoofd in haar handen. Ze zag er als een berg tegenop om zich weer in dat onheilspellende samenzijn te begeven, waar iedereen wachtte op het moment dat Emil naar beneden zou komen om zijn missie te voltooien. Om een einde te maken aan de driehoeksverhouding tussen hem, Hanna en Max.

Ze keek naar Max, die nog steeds stijfjes en met een grauw gezicht aan de tafel zat te kijken hoe zijn dochtertjes genoten van de privékermis op het gazon. Hij had zich in een waardig zwijgen gehuld terwijl hij werd gedwongen om de gastvrijheid te aanvaarden van de man van wie hij wist dat die hem zijn gezin wilde afpakken.

Terugpakken, zou Emil zeggen.

Ze zuchtte, vermoeid door de cirkelredenering. Er waren geen slechteriken in het spel, er was geen eerlijke manier om hieruit te komen. Er viel Max niets te verwijten, maar Emil ook niet, en alles bij elkaar genomen had hij meer verloren en pijn geleden dan wie dan ook. Ongeacht wat zijn familie en connecties en rijkdom hem konden opleveren, was het universum hem toch ook iets van een schadeloosstelling verschuldigd? Wie verdiende een gelukkige afloop meer dan hij?

Max wist dat ook, daarom was hij hier. En zij wist het ook, daarom had ze tegen al haar instincten in de slaapkamer verlaten. Daarom zou ze straks naar buiten lopen en haar ontslag indienen. Want wat het beste was voor Emil was het slechtste scenario voor haar. Ze kon niet blijven. Met hem in de buurt of vóór hem werken was simpelweg geen optie, dat wisten ze allebei, het hoefde niet eens te worden uitgesproken. Hij had een schone lei nodig om aan zijn toekomst met Hanna te beginnen, om het deze keer wél waar te kunnen maken.

En zij had een radicale breuk nodig. Ze wist hoe het was om alleen te zijn, om een gebroken hart te hebben. Ze had al eerder een liefde verloren, maar dat had ze overleefd en dat zou ze nu weer doen. De wortels waarmee ze zich na Jacks dood had vastgehecht, voelden nu als een beperking. Ze moest losbreken. Zichzelf bevrijden.

Met een langzame en vastbesloten zucht stond ze op, haar blik gericht op de mensen buiten, die inwendig nerveus waren, maar deden alsof ze zich thuis voelden. Toen liep ze de tuin weer in om te doen wat ze moest doen – zich er niet van bewust dat ze werd bekeken.

## *Ingarso, archipel van Stockholm, 25 juni 2010*

Hij liep door de bomen en hoorde de twijgjes onder zijn voeten knappen. De zee was een inktzwart lint dat in flarden zichtbaar werd. Het was nog geen vijf uur, maar de maan daalde al en in het kalme water zwom een eland tussen de eilanden door. Hij zag de roeiboot deinen aan het touw. De steiger wierp een schaduw over het zilverige oppervlak.

Hij stapte het strand op en liep vervolgens over de verweerde planken, die ritmisch rammelden in de stilte. Er was niets veranderd en toch was alles veranderd. Ze hadden drie jaar het verkeerde pad bewandeld en dat was nu gecorrigeerd, en hij voelde een solide kracht in zijn lichaam die hij nooit eerder had gekend. Hij woonde nu in zichzelf, zijn ziel was als een gewicht in hem neergezonken, had hem verankerd in de grond, de aarde, dit leven. Haar.

Hij naderde de boot en tuurde ernaar. Toen hij dichterbij kwam, viel zijn blik op iets wat op het bankje lag. Iets wits. Een envelop.

Hij keek geschrokken om zich heen, maar er kwam geen geluid uit de donkere bossen, er gluurden geen ogen vanuit de schaduwen. Hij stapte in de boot en pakte de envelop. Het door hem beschreven bonnetje zat erin, verfrommeld, maar met een precieze vouw in het midden. Zij moest het hebben laten vallen – en iemand anders had het opgeraapt.

Iemand die zijn handschrift had herkend.

Want op de voorkant stond een woord van drie letters.

Zijn naam.

# 29

'Jullie zullen vast blij zijn te horen dat mijn hoofdpijn verdwenen is.'

Het gesprek stokte en ze draaiden zich allemaal tegelijk om naar Emil, die in de deuropening naar het terras stond. Bell keek op van haar plek op een van de treden, waar ze samen met Linus en de tweeling zat. Ze mochten met het bord op schoot eten, want ze waren vandaag te opgewonden om netjes aan tafel te zitten. Ze zouden het nog geen tien minuten volhouden.

De hemel was intussen betrokken geraakt. Dikke wolken trokken schaduwen over de grond en een onheilspellende wind warrelde door hun haar en T-shirts.

'Gelukkig maar!' zei Hanna verheugd. Opgelucht. Haar opgewektheid grensde aan het maniakale. 'Kom dan maar gauw nog van je verjaardagslunch genieten. Ik vrees dat we al zonder je zijn begonnen. De kinderen werden rusteloos en er zit regen aan te komen, dus we moeten straks misschien naar binnen verhuizen.'

Hij liep naar hen toe en Nina keek hem aan. 'Je ziet er inderdaad beter uit,' zei ze met een bijna argwanende blik. 'Ik zei toch dat je moest gaan rusten.'

'Zoals altijd had je gelijk. Ik zou vaker naar je moeten luisteren.'

Zijn zus fronste terwijl hij in de stoel naast haar ging zitten, verbaasd over zijn zeldzame volgzaamheid.

'Heb ik veel gemist?' Zijn ogen gleden vluchtig over het gezelschap: Hanna, Max, haar... En snel terug naar Nina.

Bell kromp ineen. Ze werd nu al genegeerd. Ze was hier, maar ook weer niet.

'We hadden het net over de Europese verkiezingen,' zei Nina op koele toon en met een onzichtbaar rollen van de ogen.

'Aha.'

Het gesprek werd hervat. Met name Hanna leek erg in het onderwerp geïnteresseerd te zijn – Nina aanmerkelijk minder – terwijl Måns naar hen toe kwam met een bord gepocheerde zalm en komkommersalade, dat hij voor Emil neerzette. Bell zag dat Emil ernaar keek maar er geen trek in had, in de wetenschap dat zelfs als hij het kon proeven, ze hier geen van allen voor het eten waren. Hij pakte zijn vork maar hield die alleen maar in zijn hand, en ze zag dat de woorden zich in hem verzamelden als stoom in een ketel. Zijn ogen bleven tussen Hanna en Max heen en weer schieten terwijl ze allemaal probeerden wat te eten, en Bell merkte op dat de Mogerts geen oogcontact maakten of tegen elkaar spraken nu hij erbij was. Er was niets te zien van de intimiteiten, uitingen van genegenheid, aanrakingen of glimlachjes die hun leven thuis kenmerkten. Was dat uit hoffelijkheid tegenover Emil? Of omdat het voorbij was? Bell had geen idee. Iedereen was op zijn hoede, ze speelden spelletjes... Ze hadden net zo goed vreemden voor elkaar kunnen zijn, en ze realiseerde zich dat de laatste keer dat zij drieën samen hadden gegeten, Hanna de echtgenote van Emil was, en Max hun gast. Maar nu waren de kaarten opnieuw geschud en anders gerangschikt...

Emil nam een hap van de zalm, waarbij zijn starre uitdrukking de verdoofdheid van zijn zintuigen weerspiegelde, terwijl om hem heen het gesprek langzaam maar zeker verstomde. Zelfs Nina wist geen snedige conversatie op gang te houden nu hij zo onverbiddelijk zweeg. Het was onmogelijk om te doen alsof. Ze wisten allemaal dat het moment naderde. Hij wilde praten.

Emil liet zijn vork kletterend op het bord vallen en Hanna, die weer naast hem zat, verstijfde. *Nerveus*. 'Max, ik moet je mijn excuses aanbieden.'

Max stopte met eten, zijn vork bleef halverwege in de lucht hangen.

Het was niet de mededeling die de aanwezigen hadden verwacht.

'Ja, het spijt me echt als mijn recente... rampspoed problematisch voor jou is geweest. Het zal vast wel wat ongemak bij je hebben veroorzaakt dat Hanna hier het weekend verbleef. Om verpleegster te spelen.'

Het was het eerste schot, dat als een kanonskogel door de stilte over het slagveld floot. Nina zuchtte en pakte haar glas.

Max keek hem strak aan. 'Helemaal niet. Hanna is een uitstekende verpleegster. Ik ben blij dat ze heeft kunnen helpen.' Hij bracht de vork naar zijn mond, maar Bell was er bijna zeker van dat hij zijn eten ook niet meer proefde. Zijn huid was nu bijna grijs van de stress.

Er speelde een glimlachje om Emils lippen. 'O ja. Ze heeft heel... echt heel goed... kunnen helpen.' Hij wierp Hanna een blik toe om de insinuatie kracht bij te zetten. Ze probeerde niet eens te eten, maar staarde hem vol afgrijzen – smekend – aan nu ze besefte dat ze geen enkele controle over de situatie had. Ze had geen tijd meer...

'Emil...' fluisterde ze, maar Emils aandacht was alweer op Max gericht.

Max bleef kauwen, maar inmiddels wel trager. Hij keek naar Bell. 'Als de kinderen klaar zijn met eten, mogen ze wel weer gaan spelen...' zei hij zacht.

Het was alsof de dames werd verzocht het vertrek te verlaten voordat de mannen hun revolvers zouden trekken. Bell kon alleen maar zwakjes haar schouders ophalen, want de drie waren het gazon alweer op geholt, op weg naar het springkasteel. Ze hadden hun lege borden op haar schoot achtergelaten. Ze wist dat ze die naar de keuken zou moeten brengen om zich verre te houden van dit akelige tafereel, maar haar voeten wilden niet in beweging komen. Ze moest weten hoe dit zou aflopen. Als een ware masochiste zou ze toekijken hoe de man van haar dromen de vrouw van zíjn dromen terugkreeg.

Er joeg een koude wind door de tuin, die de bloemen door elkaar woelde en zout van de zee meebracht.

'Weet je,' zei Emil, die achterover ging zitten, zijn ellebogen naar buiten gekeerd en zijn vingers ineengevouwen. 'Mensen denken dat een coma van zeven jaar iets verschrikkelijks is, maar er zijn ook voordelen.'

Bell keek naar Hanna, wier lange haar half over haar gezicht hing. Geen filter, bijvoorbeeld, dacht ze bij zichzelf.

Nina verslikte zich bijna in een slok wijn en proestte. Dit was haar soort humor. 'Dat je tijd hebt om na te denken?'

'Er wordt minder nagedacht dan je zou vermoeden,' zei hij grijnzend. 'Maar het is wel rustig. Daar is veel voor te zeggen. Weg is het lawaai, het geklets, de afleiding... Dat is een van de meest vervelende dingen waar ik weer aan moest wennen: het leven is zo luid.' Hij zuchtte, liet zijn schouders rijzen en dalen, zag er beminnelijk en relaxed uit. 'Nee, meer dan wat dan ook, denk ik, word je – als je tenminste het geluk hebt om eruit te komen – wakker met Perspectief. Met een hoofdletter P. Waar gaat het om in het leven? Waarom zijn we hier? Wat doet er écht toe?' Hij spreidde vragend zijn handen en keek naar de gezichten rond de tafel, die bezorgd terugkeken. Bell besefte dat het daadwerkelijk een vraag was. 'Niet dat...' Hij gebaarde naar het huis. 'Vergeet dit allemaal...' Hij bewoog zijn kin naar de privékermis op het gazon, de geparkeerde helikopter, de grote, weelderige tuin op een klein Baltisch eilandje. 'Het draait allemaal om de liefde.'

Niemand zei iets. Ze waren het niet met hem oneens. Ze wilden alleen niet mee in dit gesprek. Nina niet, Max niet en – aan de uitdrukking van ingehouden paniek op haar gezicht te zien – Hanna niet. Ze was hier echt niet klaar voor, realiseerde Bell zich. Door de manier waarop Emil tegen haar had gesproken in de slaapkamer, zo zeker van zijn plannen, had ze verondersteld dat Hanna had ingestemd, dat ze erover hadden gepraat. Maar ze kon haar angst niet meer verbergen. Haar ogen glansden van de tranen terwijl ze van de ene man naar de andere keek. Het was nu wel duidelijk dat Emil over haar grenzen heen ging.

'En ik heb altijd van deze vrouw gehouden.' Hij pakte Hanna's hand en trok die naar zijn borst, hield hem tegen zijn hart. Bell staarde ernaar en herinnerde zich dat ze met haar hoofd op precies die plek had gelegen, één nachtje maar. 'Dat weet je, Max. Jij was een van de eerste mensen die ik vertelde dat ik het meisje had ontmoet met wie ik zou gaan trouwen! Weet je nog? Ik heb je die dag aan haar voorgesteld in Värdshus, in de tuin. Jij had je lunchpauze en wij waren de ferry af gekomen met een groepje vrienden. Het was het begin van de zomer – feest, feest en nog eens feest. Het leven was mooi, nietwaar? Weet je nog?' Hij knikte zonder zijn blik van Max af te wenden. En Max staarde terug, zodat beide mannen vastzaten in een houdgreep. 'Natuurlijk weet je dat nog. En jij was mijn beste vriend. De getuige op mijn bruiloft.'

Bell keek verrast naar Max. Hij had gezegd dat ze bevriend waren, dat hij op hun bruiloft was geweest, maar als getuige? Dat was niet zomaar een detail, dat had betekenis.

Emil tikte tegen de zijkant van zijn hoofd. 'Wat me brengt bij een ander comapluspunt: Helderheid. Met een hoofdletter H. Sommige dingen van jaren geleden kan ik me herinneren alsof ze vanochtend zijn gebeurd. Niet alles, er waren ook dingen die gewoon... buiten mijn bereik lagen.' Hij tikte weer tegen zijn hoofd. 'Vandaar de hoofdpijnen, snap je.'

Hanna perste haar lippen op elkaar, haar lichaam in de samengekrompen staat van vlak voor een nies, of een snik.

'En nu ik erop terugkijk, denk ik dat ik wist dat jij ook verliefd op haar was. Ik denk dat ik het wist,' zei hij peinzend. 'Maar ik... weigerde het te zien. Ik wilde het niet zien. Ik bedoel, mijn vrouw en mijn beste vriend.' Hij trok een gezicht. 'Wie wil dat in godsnaam zien?'

Max gaf geen antwoord, maar hij was nu wel gestopt met eten en had zijn bestek op het bord gelegd. Zijn armen lagen op de leuningen van zijn stoel en hij leunde achterover, luisterend. Wachtend. Bell kon haar ogen niet van hem afhouden. Max was al die jaren verliefd geweest op Hanna, vóór Emils ongeluk? En hij was hun getuige geweest?

'Dus misschien kan ik het je niet kwalijk nemen dat je je kans schoon zag toen ik daar lag, niet dood maar zeker ook niet levend, zeven jaar lang. Misschien zou ik wel hetzelfde gedaan hebben. In de liefde is alles geoorloofd, nietwaar, vooral als de concurrent... nou ja... een kasplantje is.'

Hanna's adem stokte. Bell kromp ineen door de wrede woorden.

'Maar alweer, de pluspunten!' Hij gaf een klap op de tafel met zijn handpalm, een bijna joviaal gebaar, ware het niet dat de blik in zijn ogen niet paste bij de woorden die uit zijn mond kwamen. 'Jij hebt voor mijn gezin gezorgd en dat is goed. Ik bedoel, ik weet dat ze in financieel opzicht meer dan goed verzorgd achter waren gebleven, dankzij Nina's inspanningen.' Hij klapte zachtjes voor Nina en ze gaf een behoedzaam knikje. Zijn woede doorspekte elk woord en ze keek nu net zo ongerust als de rest van de aanwezigen. 'Ik weet dat jullie zijn gaan samenwonen in een huis waar mijn familie voor heeft betaald, maar je was dan ook een vader voor mijn zoon. Je hield mijn vrouw 's nachts warm. Daar zou ik je dankbaar voor moeten zijn. Jij... hebt hun lijden aanzienlijk verlicht.'

'Emil...' stamelde Hanna, maar hij legde haar met een blik het zwijgen op. Natuurlijk lag er geen echte dankbaarheid in zijn ogen, maar er ontbrak ook nog iets anders. Er was geen...

Geen...

Bell huiverde verontrust om zijn staalharde manier van doen. Het voelde niet goed. Hij straalde een beangstigende berekening uit die ver verwijderd was van de passie, de wanhoop die hij boven had tentoongespreid. Hij wilde zijn gezin terug, dat begreep ze, maar waarom zou hij eerst Max de grond in boren? Hem vernederen? En waarom vocht Max niet terug, waarom verdedigde hij zich niet? Als alles wat Emil zei de waarheid was, dan nog waren er verzachtende omstandigheden. Max was geen monster.

De wind kreunde laag, als een hond die zich omdraaide, juist op het moment dat Emil een zucht slaakte. 'Maar ja, helaas ben ik op de een of andere manier – tegen alle verwachting in! – hersteld, wat natuurlijk slecht uitkwam. En nu ben ik dus terug en gaat alles weer veranderen.' De stilte dijde uit terwijl de uitspraak in de lucht bleef hangen als de rook nadat de kogel het pistool heeft verlaten. De twee mannen staarden elkaar aan. 'Want Max, je weet natuurlijk dat Hanna weer de mijne is. Je wist het al toen ze hoorde dat ik opnieuw gewond was geraakt en ze zich in die storm naar me toe haastte.'

Emil sprak zijn woorden rustig uit. Hij bleef bijna hangen bij elke zin, alsof het een scheermesje over de huid was en hij wachtte tot de druppeltjes bloed zouden verschijnen.

Bell voelde zich misselijk. Dit was misselijkmakend. Max zag er ellendig uit, elke spier in zijn lijf stond strak nu zijn ogen heen en weer gleden tussen Emil en Hanna, waarna ze op haar gericht bleven.

'Max, het is niet wat je denkt!' riep Hanna terwijl Max haar met een gebroken uitdrukking aankeek. Zijn ademhaling klonk zwaar door de inspanning die het kostte om kalm te blijven.

'Natuurlijk wel,' onderbrak Emil haar met een wrede onverschilligheid. 'Ze was heel bezorgd om me, Max. Ik stond er zelf eigenlijk versteld van hóé bezorgd ze was. Ze bleef maar checken of het goed met me ging.' Hij pakte weer haar hand en gaf er een kneepje in. 'De hele nacht, het hele weekend, is ze amper van mijn zijde geweken.' Hij glimlachte wreed naar Max. 'Uiteraard veronderstelde ik dat ze dat uit liefde voor mij deed.'

Bell spitste haar oren bij het geïmpliceerde tegendeel. Hè? Hanna hoorde het ook. Ze werd nog bleker. Als dat al mogelijk was. 'Emil, alsjeblieft, dit is niet het moment...'

Maar Emil was haar steeds een stap voor. Hij keek haar weer aan met die blik die Bell niet kon plaatsen. 'Er is geen ander moment, Hanna. We zijn hier nu allemaal samen, voor het eerst in bijna acht jaar. Er is veel veranderd.' Hij maakte een sardonisch wuifgebaar de tafel rond. 'We moeten praten, dat is duidelijk.'

'Maar de kinderen...'

'Zijn hier niet.' Hij gebaarde met zijn kin naar de meisjes, die zich nog steeds vermaakten op het springkasteel.

Ze ging achteroverzitten en staarde nietsziend naar de schaal met bloemen, maar hij pakte weer haar hand. 'Dit is toch wat je wilde? Dat ik zou zeggen wat je zelf niet kunt uitspreken. Ik weet dat je je verscheurd voelt, maar we kunnen dit niet vermijden. Iemand moet pijn lijden. Iemand hééft al pijn geleden. Zeven jaar lang was ik diegene, liggend in een ziekenhuisbed.' Hij zweeg en wachtte tot ze hem aankeek. Wat ze uiteindelijk deed, langzaam knikkend. 'Ik was zwaargewond, Hanna. Meer dood dan levend.'

Er gleed een traan over Hanna's wang. 'Alsjeblieft, hou op...' Ze keek weg.

'Jij hebt mij pijn gedaan, Hanna...'

Haar gezicht draaide snel weer zijn kant op, haar ogen zwart van paniek.

'Jij met hem. Al voordat die auto me raakte.'

Bell slikte. Ze kon het nog niet vatten. Wat?

'Ik herinnerde het me niet,' zei hij rustig, alsof hij het tegen een kind had. 'En de mensen die van me houden – ik bedoel, écht van me houden – dachten dat het liefdevol was om het me niet te vertellen, omdat ze geloven in tweede kansen en loyaliteit. Omdat ze discreet zijn...'

Bell keek op bij het woord en zag dat Nina haar al aankeek.

'En misschien zou ik er nooit aan hebben gedacht om de vraag te stellen, maar de mensen die me goed kennen, hebben me altijd... de weg weten te wijzen, ook als ik daar niet voor openstond.'

Nina keek naar Emil en Bell zag dat hun ogen elkaar ontmoetten in stille erkenning, en dat er – voor het eerst sinds haar aankomst hier – een zweem van warmte in zijn ogen glansde. Hij had hun gesprek onderaan de trap afgeluisterd. Hij had gehoord hoe Nina haar vertelde dat Måns iets over zijn verleden wist. De vraag was... had Nina geweten dat hij meeluisterde? Ze zag Nina naar hem knipogen en had haar antwoord. Ze wist precies hoe ze haar broer naar haar kon laten luisteren.

Er vielen een paar druppels regen. Ze drongen in het tafelkleed en Bell keek op naar het steeds donkerder wordende tumult aan de hemel.

'En wat bleek? De hoofdpijn die ik steeds kreeg – en veel erger na de hersenschudding – was niet willekeurig. Mijn brein was niet aan het bezwijken, zoals ik vreesde. Het reikte ergens naar. Het zocht naar herinneringen die het zwarte gat zouden verklaren dat zich in mijn binnenste bevond sinds ik mijn ogen opende. Daarom kon ik niet slapen, daarom kon ik niet... vergeven. Iets diep vanbinnen wist dat het ging om datgene waarom ik überhaupt in deze toestand was terechtgekomen.' Hij keek Hanna indringend aan. 'Weet jíj het nog?'

'Ik weet niet waar je het over hebt,' fluisterde ze, overdonderd.

'Natuurlijk wel. Er stond een sterke bries die nacht – zoals vandaag – en je had de deur niet goed dichtgedaan. Hij klapperde een beetje, niet erg, maar Måns slaapt altijd licht. En toen hij ging kijken, vond hij binnen, vlak bij de deur op de vloer, een klein stukje papier met een berichtje erop.'

Bell voelde haar adem stokken. Wat voor berichtje? Wanneer? Waar ging dit over?

'Nou, je weet hoe plichtsgetrouw Måns is. Hij zou zoiets niet zomaar negeren. Om veiligheidsredenen kunnen we geen... onverwachte gasten op het eiland hebben.' Bell keek hoe hij op zijn lip beet, hoe de emotie vat op hem kreeg. 'Stel je zijn teleurstelling eens voor toen hij las wat hij erop stond.'

'Nee...' protesteerde Hanna, heftig hoofdschuddend, haar ogen gevuld met tranen.

'O nee,' zei hij vlug met een klopje op haar hand. 'Hij was niet zozeer teleurgesteld in jóú, Hanna.' Bell zag aan haar gezichtsuitdrukking dat ze vreesde voor wat er nu zou komen. Maar op Emils gezicht... zag ze nu wat er ontbrak. Geen...

'Nee, nee, nee. Hij zei dat het hem van jou eigenlijk niet verbaasde.'

Geen liefde.

Emil wendde zijn ogen van haar af. 'Maar wel van jou, Max... toen hij jouw boot aangemeerd zag liggen.'

In één klap was er helderheid en Bell hapte zo luid naar adem dat Emil even uit zijn concentratie werd gehaald en naar haar keek. Was hij vergeten dat ze er was? Hanna barstte in snikken uit, haar hoofd verborgen in haar handen, en Max klemde zijn kaken op elkaar met een gevaarlijke kracht.

'Het had al veel eerder kunnen beginnen!' riep hij uit, met zijn handen plat op de tafel, zijn armen gekromd met de ellebogen aan weerszijden uitstekend als drakenvleugels. 'Ze is járen ongelukkig met je geweest en jij merkte het niet eens omdat je het te druk had met het bestieren van jullie imperium om indruk op je vader te maken!' Hij porde woest met een vinger in Emils richting. 'Dus ga nou niet het slachtoffer uithangen, Emil! Ik ben een loyale vriend voor je geweest. En veel langer dan je verdiende!'

Emil staarde terug met een ondoorgrondelijke blik, maar Bell zag dat iets van de bombast was verdwenen door de oprechte woede in Max' woorden. Geen ontkenning. Geen excuses. Had Emil een schuldbewuste bekentenis verwacht?

'Zij wilde scheiden en jij ook. Jij ook, tot je erachter kwam, van ons! Want dat kon je niet verdragen! Je kon het niet uitstaan dat ze van mij hield en niet van jou. En dat dat altijd al zo was geweest.'

'Altijd al?' zei Emil met een schamper schouderophalen, maar het gebaar miste de hoon van nog maar een paar minuten geleden. 'Waarom is ze dan met mij getrouwd?'

'Wat denk je zelf, verdomme! Jij had besloten dat je met haar zou trouwen en dus gebeurde het. Niets zou je tegenhouden, helemaal niets! Klinkt dat je bekend in de oren?'

Zijn razende woede deed Bell ineenkrimpen – ze had Max nog nooit horen vloeken – en ze kon de grieven uit hun verleden amper bijhouden. Ze had geen idee gehad dat hun levens in het verleden zo met elkaar verstrengeld waren geweest, geen... Ze hoorde iets achter zich ritselen en draaide zich om naar een cameliastruik met bladeren die wuifden in de wind, en een vogel die rondhipte.

'Maar laat me je dit vertellen! Ze is de afgelopen zeven jaar gelukkiger met mij geweest dat ze ooit met jou was! We zijn nu een familie. Je kunt ons gezin niet kapotmaken. Ik laat het niet toe! Hanna heeft geprobeerd je welwillend te bejegenen. Met medeleven. Maar hier houdt het op, en wel meteen.'

Emil zat zwijgend aan de andere kant van de tafel, stond Max zijn weerwoord toe. Maar naarmate zijn kalmte voortduurde, bespeurde Bell in die onverwachte generositeit iets verwarrends. Max' woorden zouden als harde klappen moeten zijn aangekomen, als alles wat hij nooit had willen horen. Hij zou logischerwijs moeten terugslaan met meer beledigingen, meer woede, meer uithalen zelfs. Max, zijn beste vriend, had een affaire gehad met zijn echtgenote. Hij had het recht om daar kwaad over te zijn. Maar dat hij zo bedaard Max zijn moment gunde...

'Heb je je nooit afgevraagd waarom ze het zo ontzettend belangrijk vond dat ik me jullie affaire niet zou herinneren?' vroeg hij na een ogenblik op beheerste toon.

'Omdat ze wist dat je er als een halve psychopaat op zou reageren, verdomme!'

Emil schudde langzaam zijn hoofd. 'Nee. Dat was het niet. Het was iets ergers.'

'Hou toch op! Je bent door haar geobsedeerd. Je hebt alles op alles gezet om haar terug te krijgen omdat je het niet kunt hebben dat ze verliefd werd op mij en dat ze nog steeds van míj houdt!'

Hij stak kalm zijn handen omhoog ter overgave. 'Je hebt gelijk,

Max. Ik was door haar geobsedeerd. Zij was alles wat ik zag. Ik weet niet waarom, ze speelde gewoon steeds door mijn hoofd – als ik wakker was, als ik sliep, áltijd. Ze was het laatste wat ik zag voordat de auto me raakte.'
'Ja-ja-ja, daar gaan we weer!' snauwde Max. Zijn geduld was op.
'Het laatste wat je zag. Het eerste wat je zag.'
'Ze was het laatste wat ik zag voordat de auto me raakte.'
Max staarde hem aan nu hij de nadrukkelijke herhaling opmerkte. Hij haalde gefrustreerd zijn schouders op, alsof hij 'en wat dan nog?' wilde zeggen.
'Daarom wilde ze niet dat ik me jullie affaire zou herinneren. Daarom kwam ze door de storm hiernaartoe toen ze hoorde dat ik nog een klap tegen mijn hoofd had gekregen, daarom week ze niet van mijn zijde. Ze was doodsbang dat ik me dingen zou gaan herinneren. Ze was doodsbang dat ik me zou herinneren waaróm zij het laatste was wat ik zag voordat de auto me raakte.' Emils ogen vernauwden zich terwijl hij de volgende woorden vertraagd uitsprak. 'Vraag me dan waarom zij het laatste was wat ik zag voordat de auto me raakte.'
'Emil...' riep Hanna uit, en ze sprong op van haar stoel. Haar stem klonk ijl en hoog, als door een rietje.
O god! Bells adem stokte en haar handen vlogen naar haar mond terwijl Max opstandig bleef zwijgen.
Emils stem klonk zacht toen hij het ten slotte uitsprak. 'Omdat zíj achter het stuur van die auto zat, Max.'
'Nee!' Het woord was een gil en Hanna wierp zich vooruit op de tafel. Het was een ontkenning en bekentenis tegelijk.
Bell hoorde weer een geluid achter zich, maar ze kon zich niet bewegen, het lukte niet te reageren. Dit kon niet waar zijn. Maar ze wist dat het waar was, want ze zag de verachting op Emils gezicht nu hij keek naar de vrouw van wie hij had gehouden... Zíj had hem aangereden? Omdat ze met Max samen wilde zijn?
Max staarde Hanna vol ongeloof aan en hij trok wit weg. 'Hanna?'

Niemand kon iets uitbrengen. Zelfs Nina niet, haar mond hing halfopen. Het drong allemaal nog niet in de volle omvang tot hen door. Het was te veel: de affaire van Hanna en Max, Hanna die een einde aan hun huwelijk had willen maken... die verantwoordelijk was voor de coma van Emil?

'Hanna, je moet iets zeggen!' zei Max dringend. Hij rende om de tafel heen en trok haar aan haar arm overeind, maar ze stond slap op haar benen, haar hoofd beefde en haar knieën begaven het bijna terwijl ze huilde en snikte. 'Is het waar? Zat jij in die auto?'

'Ja!'

Een windvlaag zwiepte haar haren omhoog als een flakkerende vlam.

'Jij hebt hem aangereden?' fluisterde Max met een asgrauw gezicht.

'Nee!' Ze keek hem met verwilderde ogen aan.

Hij fronste verward. Overweldigd. 'Maar je zei net...'

'Ik weet het! En ik zat in die auto! Achter het stuur! Want ik reed hem achterna!'

Ook Bell fronste. Was er dan nog ruimte voor nuance? Kon je het anders opvatten? Zij zat in de auto. De auto was het laatste wat hij zag...

Hanna hervond plotseling haar kracht – of woede. Haar lichaam verstijfde en ze rechtte haar rug nu de waarheid voor het eerst naar buiten kwam, zich uitstrekte, ruimte innam. Ze keek Emil aan met een blik van pure haat die Bell nooit eerder bij haar had gezien. 'Als je weer weet wat er die dag is gebeurd, dan zul je je ook herinneren wat je tegen me zei voordat je op je fiets stapte en het huis verliet. Tóch?' vroeg ze nadrukkelijk terwijl Emil haar aanstaarde.

Hij verroerde zich niet.

'Je had gedreigd mijn kind van me af te nemen! Je zei dat je me voor de rechter zou slepen en me kapot zou maken! Dat je ervoor zou zorgen dat hij me zou gaan haten!'

Bell keek afwisselend naar Hanna en Emil. Hij leek van zijn stuk gebracht door haar woorden. Het was duidelijk dat hij het zich niet herinnerde, dat hij opnieuw over slechts de helft van de herinneringen beschikte, de helft van de feiten...

'Wat voor man doet zoiets? Wat voor vader ben je dan?'

Ja, wat voor man deed zoiets? Bell vroeg het zich ook af en merkte dat ze zich in zichzelf terugtrok. Was dit niet een echo van haar eigen beschuldigingen dat hij faalde? Hij was nú een slechte vader, maar was hij dat destijds ook al? Ze slikte en zag hem met andere ogen. Er was zoveel vertroebeld door zijn ongeluk – zijn kwetsbaarheid, de oneerlijkheid van alles, de aantrekkingskracht die tussen hen bestond als die van een magneet op ijzervijlsel. Maar hij was een slechte vader en nu, naar het scheen, ook een slechte echtgenoot.

Hanna won aan kracht. 'Ik zat te snikken op de vloer, smeekte je om het niet te doen. Ik heb je gezegd dat ik je geld niet wilde. Dat ik niets van je verwachtte. En je wílde mij niet eens meer. Je wilde alleen niet dat ik met Max samen zou zijn! Je kon het niet verdragen dat wij van elkaar hielden en je wist dat je mij op de meest vreselijke manier pijn kon doen door Linus van me af te nemen. En er was geen twijfel aan dat je het zou doen. Jij verliet het huis in de zekerheid dat jouw familie, met al jullie geld en connecties, de macht zou hebben om mijn kind van me af te pakken! Zoals je dat nu ook weer wilde doen! Je hebt altijd je geld gebruikt om míj te manipuleren zoals ik seks gebruikte om jóú te manipuleren.'

Nu verbleekte Emil terwijl haar mond plotseling verkrampte en de angst werd getransformeerd tot withete woede.

'Maar het betekende niets. Maak jezelf niet wijs dat het méér was dan manipulatie, want je hebt absoluut gelijk: ik was inderdaad bang dat je je de ruzie van die dag zou herinneren, en mijn affaire met Max, maar alleen omdat het je weer zou aansporen om Linus van me af te pakken. Dus bleef ik dicht bij je en gaf ik je wat je wilde, alleen om tijd te winnen en te bedenken hoe ik je duidelijk kon maken dat we niet terug konden naar vroeger. Want ik zal mijn kind niet verliezen. Nooit. Voor geen van jullie beiden.' Ze keek Max effen aan en legde zo haar voorwaarden ook aan hém voor. Hij moest accepteren wat ze voor haar zoon had gedaan... Dit was geen verontschuldiging.

Max zweeg. Zijn emoties schoten als kleuren over zijn gezicht – boosheid en verontwaardiging doordesemd met een voorzichtige blik van mogelijk begrip. 'Wat is er gebeurd in die auto?' vroeg hij ten slotte. 'Ik wil nu alles weten.'

Hanna keek weer naar Emil en duwde haar haar achter haar oren omdat de wind het alle kanten op liet wervelen. Haar stem klonk weer kalm, de verblekende woede was eruit weggetrokken en de kleur keerde terug terwijl de tranen op haar wangen droogden. 'Ik heb je niet geraakt. Ik ben in de auto gestapt om achter je aan te gaan omdat ik wilde dat je met me zou praten, dat je zou luisteren, meer niet.' Ze kromp ineen nu ze het moment herleefde. 'Ik haalde je in bij het stoplicht en jij keek naar me door het raam. Ik riep dat je moest stoppen, ik smeekte je. Ik was wanhopig, ik wilde alleen maar met je praten. Maar in plaats daarvan reed je door rood en sloeg de hoek om. Je wiel kwam in een gat terecht net toen de tram eraan kwam...' Ze kon een snik niet onderdrukken, de verschrikking nog altijd te levendig. 'Dat gat leek een plas en je werd in één beweging op de trambaan gegooid... Je had het niet kunnen voorzien, dat zou niemand hebben gekund.'

Max sloeg zijn armen om haar heen en ze drukte zich tegen zijn borst aan, huilde zachtjes in zijn hals.

Bell geloofde amper wat ze had gehoord. De beide mannen staarden elkaar aan, allebei onthutst, allebei afgemat, en de stilte leek iets van een einde te behelzen. Zij was ervan uitgegaan dat er geen slechteriken aan dit verhaal te pas kwamen, maar in feite hadden ze allemaal iets verkeerd gedaan. Ieder van hen had zich op zijn eigen manier slecht gedragen –trouweloos.

Emil keek toe hoe Max zijn – hún – vrouw troostte. Hij zag er vreselijk eenzaam uit. Nina, die met glinsterende ogen aan de andere kant van de tafel zat, haar hand over haar mond geslagen, wist dat ze niet kon ingrijpen, dat ze haar broer deze keer niet kon redden. Dit was zijn puinhoop. Hij moest de troep zelf opruimen.

Lange tijd zei niemand iets. Toen schoof Emil langzaam zijn stoel achteruit en liep naar hen toe. Hij legde een hand op Max' schouder. En een op Hanna's schouder. Hanna keek op.

'Het spijt me,' zei hij zacht. 'Alles.' De woorden klonken zwaar van oprechtheid.

'Echt?' vroeg ze. Haar stem was schor van ongeloof, als bij een kind dat te horen krijgt dat Kerstmis kon worden herhaald.

'We komen er wel uit,' zei hij met een knikje terwijl hij Max' blik ontmoette. 'We komen hieruit. Alles is zoals het moet zijn. Dat zie ik nu.'

Bell zag dat de spanning in Max zich bevrijdde, dat er veel meer dan zeven jaar schuldgevoel in golven door hem heen spoelde, en ze wist dat ook hij had geleden – al lang vóór Emil. Maar het was voorbij. Eindelijk was de waarheid onthuld en…

Ze zag dat Emil zijn hoofd naar haar omdraaide, dat zijn zo bijzondere blik op haar bleef rusten en zocht naar… wat? Een optie? Een uitweg? Een toekomst?

Maar het drong niet tot haar door. Iets anders eiste haar gedachten op, haar aandacht bleef haken aan een detail dat in alle tumult niets te betekenen had gehad. Langzaam draaide ze zich om, keek achter zich, want haar oog was al eerder op iets gevallen – een kleine glimp rood in het lange gras bij de cameliastruik.

Ze tuurde en zag dat het een speelgoedautootje was, een Corvette.

'Bell?' Ze hoorde de bezorgdheid in Emils stem nu ze haar blik door de tuin liet rondgaan, over de glijbaan liet glijden, de draaimolen, het springkasteel… Ze voelde haar bloed stollen nu ze haar ogen weer op de aanwezigen richtte, die haar allemaal aankeken, verstard als standbeelden.

'Waar zijn de kinderen?'

# 30

Ze splitsten zich op, gingen ieder een kant uit: Hanna sprintte naar de steiger, ervan overtuigd dat ze de boot terug naar Summer Isle zouden nemen. Bell hoorde hun beverige kreten door de bomen, de namen van de kinderen die met onverholen paniek werden geroepen.

Bell wist dat Linus alles had gehoord. Hij had zich in de struik verstopt, naar elk woord geluisterd – dat zijn moeder verliefd was geworden op een andere man, dat zijn vader zijn moeder had gedreigd hem van haar af te pakken, dat zijn moeder zijn vader in een auto was achternagegaan, allebei woedend, roekeloos, het gevaar tegemoet... Hij was bang geweest dat hij zou moeten kiezen, maar nu had hij zijn keuze gemaakt – en hij had voor geen van hen gekozen. Hij had zijn zusjes meegenomen en bracht ze in veiligheid, weg van die zogenaamde volwassenen die pretendeerden van hen te houden.

Ze wist dit allemaal omdat ze hem kende. Van hem hield, feitelijk, want dat was de waarheid. Ze hield van hem alsof hij bij haar hoorde, hoewel dat niet zo was. Zij was de nanny. Alleen maar de nanny. En toch was ze altijd meer geweest dan dat. Ze hadden meer van haar gevraagd en zij had het gegeven omdat ze een familie nodig had, een thuis, toen ze alleen op de wereld was.

Ze holde door de bomen, zette zich met haar handpalmen links en rechts af tegen de stammen en rende blindelings door, langs de berken en dennen, de bosbessenstruiken en de meidoornen die over haar benen krasten.

Ze bereikte de waterkant. De zee was er plotseling als een beer die 'boe!' zei, op een veel hoger niveau dan anders, opgestuwd door de storm die eraan zat te komen. Ze tuurde om zich heen, schreeuwde hun namen, maar het was moeilijk te zien en horen. Het water werd opgezweept door de wind en de golven maakten het lastig om een kleine roeiboot of kajak te zien. O god, nee, alsjeblieft niet, geen kajak, niet in deze weersomstandigheden... Ze speurde de kustlijn af en struikelde over de rotsen terwijl ze bleef rondkijken en zich inspande om eventueel geschreeuw boven de wind uit te horen, maar er was niets...

Ze besloot aan de kustlijn te blijven en het eiland rond te lopen. Het water was het grote gevaar. Als ze maar niet het water in g...

Ze bleef abrupt stilstaan.

Ze wist precies waar ze waren.

De anderen hadden het zich ook gerealiseerd, Hanna sprintte nog steeds toen Bell haar op de rotsen aantrof, waar hun voeten in de paniek weggleden. De wind blies hun haar in het rond en verblindde ze momenten lang. Hanna's tengere gestalte stond strak van de spanning.

Ze bereikten de krater en keken langs de steile wand omlaag. Hanna gaf een schreeuw toen ze zagen dat het bassin vol wild klotsend water stond en er geen zand te zien was. Geen strand.

'Linus!' gilde Hanna, haar ogen wit als een paard op een slagveld. 'Tilde! Elise!'

Max was verder dan zij, aan de overkant, waar hij al omlaagklauterde. Emil volgde zo'n honderd meter achter hem – minder snel, minder sterk.

'Ik zie ze!' riep Max, zijn stem zwak in de wind die hen tegenwerkte en zijn woorden naar hem terugblies. 'Ze zijn veilig! Op een richel! Ze zijn veilig!'

Hanna's adem hortte, haar lichaam slap door het nieuws, overweldigd door adrenaline, en ze zakte op de grond. Bell haastte zich naar haar toe, hield haar vast. 'Het is al goed, Hanna. Max heeft ze gevonden. Ze zijn nu veilig.'

'Ik mag ze niet verliezen, Bell.'
'Ik weet het, en dat gaat ook niet gebeuren. Max haalt ze op. Het komt goed.'
'O god, mijn kleintjes,' kermde ze.
Bell keek omlaag en zag Hanna's hand op haar buik liggen. Haar moederinstinct. 'Ze zijn in orde. Maar ook dit kleintje heeft bescherming nodig. Je moet voor jezelf zorgen.' En ze legde haar hand over die van Hanna.
Hanna staarde haar aan, de vraag bleekjes op haar lippen. 'Hoe...'
'Ik zag de zwangerschapstest in je la, die dag dat je de ring kwijt was.'
Hun ogen maakten contact. Ze wisten allebei dat die ring nooit kwijt was geweest. Hanna probeerde toen al om Emil te sturen op de enige manier die ze kon bedenken, door haar liefde voor Max geheim te houden en zo tijd te winnen.
'Ik heb de test gisteren pas gebruikt. Ik wist dat bevestiging van de zwangerschap alles alleen nog maar gecompliceerder zou maken en ik had geen idee hoever ik zou moeten gaan om Emil aan mijn kant te houden...' Ze slikte beschaamd. 'Je zult me wel een verschrikkelijk mens vinden.'
'Je was wanhopig, Hanna. Dat zou iedereen in jouw plaats geweest zijn. Je beschermde je gezin.'
'Toen de test positief bleek, wist ik dat ik niet kon blijven proberen hem over te halen of te misleiden. Ik had besloten het hem na vandaag allemaal te vertellen. Ik was bereid om het in de rechtbank uit te vechten.' Er gleed een traan over Hanna's wang en ze beet op haar lip om haar emoties weer onder controle te krijgen. 'Maar ik speelde niet alleen maar toneel. Ik hou nog wel van hem, op mijn manier. Ondanks alles. Hoe zou ik hem kunnen haten? Hij heeft me mijn zoon gegeven.'
Bell beet op haar lip. 'Probeer je nu te ontspannen. De kinderen zijn veilig, Max haalt ze naar boven en je hebt Emil gehoord, het komt allemaal goed. Jullie komen er wel uit.'

Hanna schonk haar een zwak glimlachje en knikte. Ze sloot haar ogen terwijl ze samen wachtten tot de mannen – de twee vaders – de kinderen boven brachten.

Bell voelde dat ze zelf ook rilde, haar eigen lichaam onbewust ook doodop van de paniekerige zoektocht over het eiland. Ze ging op de grond zitten en deed haar ogen dicht in een poging de schok te boven te komen. Ze deed wat ze had gedaan nadat Jack was gestorven en bracht de wereld terug tot louter duisternis en geluiden. Ze luisterde naar Hanna's ademhaling, nog steeds van streek, naar de vogels die zongen, de wind die kreunde, het ritmische klotsen van de zee...

En toen nog een geluid – onverwacht, onwelkom, onnatuurlijk.

Een schreeuw.

Tijdens de laatste momenten van zijn leven werden zijn gedachten vervuld van hun gezichten. Er draaiden beelden rond en rond, van het licht dat op hun blonde haar scheen, hun hoofden lachend achterover, zijn drie meiden, zijn drie Gratiën. Ze waren een en al glans en engelachtigheid, alsof ze geen vaste lichamen waren, maar een hemelse vinding, een fonkelend cluster van sterrenstof dat in een kunstige, volmaakte vorm uit de lucht was komen neerdalen...

Bij het zien van dit alles was er veel wat hij miste – het franjeachtige zeewier dat door een langsvliegende zeemeeuw was gedropt, de glibberigheid die was achtergelaten door een hoge golf, de scherpe kreten die gebroken aan de lucht trokken en de hemel van de archipel omlaagrukten. Hij nam er niets van waar.

Voor hem was er alleen maar licht.

En daarna duisternis.

# EPILOOG

*Auckland, Nieuw-Zeeland, vier maanden later*

'Help! We hebben geen melk meer!' riep Bell in paniek.
'Maar ik heb gisteren nog gehaald!' antwoordde Mats, zijn stem – gevolgd door zijn verwonderde gezicht – verscheen in de deuropening van de kombuis.
'Ja, maar je hebt zeker nog wat shakes gehad, zowel gisteravond als vanochtend?'
Het begon hem te dagen en hij grijnsde verontschuldigend. 'O...'
Bell rolde met haar ogen, ze wist niet eens waarom ze verbaasd was. 'Ze zijn er over een paar uur al. Ik ga wel even naar de winkel. Hebben we nog meer nodig?'
'Schatje?' riep Mats. Hij zwaaide langs de korte trap en landde zachtjes als een kat. 'Nog iets nodig?'
Justine verscheen, druk doende haar haren in een handdoek te wikkelen. 'De pindakaas is bijna op.'
'Oké, pindakaas,' herhaalde Bell, die checkte of haar portemonnee in haar tas zat. Ze dacht niet dat pindakaas een essentieel ingrediënt was voor de coq au vin van vanavond, maar voor het ontbijt... 'Met stukjes noot?'
Mats trok een grimas terwijl Justine naast hem kwam staan. 'Waarom geen gewone pindakaas van gemálen pinda's? Ik wil er geen stukjes in. Pindakaas hoort smeuïg te zijn.'
'Wind je niet zo op, schatje,' grinnikte Justine, die een arm om

zijn nek haakte en hem een kus op zijn mond gaf. Ze was acht centimeter langer dan hij en daar deed ze vaak haar voordeel mee. De kus werd inniger...

'Juist ja, ik ben weg,' kreunde Bell. Het was precies tweeëntwintig dagen geleden dat de twee elkaar hadden ontmoet, en ze keek uit naar het moment dat ze een maand samen waren, want volgens Mats begon hij dan gewoonlijk wat af te koelen. 'Wees alsjeblieft klaar tegen de tijd dat ik terug ben!'

'O, dat komt met hem wel goed,' grapte Justine.

'Ai!' protesteerde Mats, en hij pakte haar op.

Bell beklom haastig de trap en sprong van de boot op de betonnen steiger. Die was breed en stabiel, wat best een weldaad was na drie maanden op zee, hoewel ze de voorkeur gaf aan het deinen van het houten type. Zoals in de Zweedse archipel...

Ze verdrong de herinneringen, weigerde ze te laten neerdalen. Ze was getraind en het was haar uitstekend gelukt om haar verleden steeds een stap voor te blijven. Ze was niet van plan het haar nu in te laten halen.

Ze keek op naar de hemel en liep snel door de jachthaven, langs de honderden glanzend witte boten, de zeilen opgerold, de masten wiegend in de wind. Het heette hier niet voor niets de City of Sails. Boven haar bolden zwarte wolken op als de rokken van heksen. De voorspelde storm arriveerde zoals verwacht.

De aanblik ervan ontlokte haar een glimlach. Ze deed haar best om elke dag te glimlachen, want ze weigerde om terug te zakken in de klauwen van de wanhoop. Ze had dit weliswaar eerder meegemaakt, maar Tove had haar weggestuurd met de wijsheid dat 'het leven niet is wat jou overkomt, maar hoe jij kiest erop te reageren'. Dus in de nasleep van die afschuwelijke laatste weken van de zomer had ze eerst gekozen voor vrijheid – en nu koos ze voor geluk. Ze waren nog niet met elkaar verweven, maar ze hoopte dat daar op een dag verandering in zou komen.

'Hoi! Hoi!' riep ze naar de steeds bekendere gezichten bij het passe-

ren van hun boten, haar hand omhoog in een vriendelijk wuifgebaar.
'Ha, Bell!'
'Hoe gaat het, Bell?'
Hun antwoorden hadden een ander accent dan die ze van de afgelopen zomers kende, maar met dezelfde zorgeloze lach en hetzelfde verwaaide haar.
Ze sloeg af naar de promenade en wierp in het voorbijgaan, lopend met lange passen, een blik door de open deur van het havenkantoor. 'Hoi, Dan,' riep ze.
'Héll?'
Ze stond abrupt stil alsof het een commando was. 'Kris?' gilde ze toen er een hoog opgebonden knotje op een buitengewoon knap mannenhoofd om de deur piepte, meteen gevolgd door Toves warrige haardos. 'Tove?'
'We waren nét jullie ligplaatsgegevens aan het opvragen!' zei Kris lachend, en hij rende naar haar toe om haar op te pakken en een dikke knuffel te geven, waarbij hij haar ronddraaide zodat haar benen zwierden. 'Jezus, wat een hoop boten hier! Het is Sandhamn in het kwadraat!'
Ze lachte opgetogen en voelde zich een klein meisje terwijl hij haar bleef ronddraaien. De Zweedse taal klonk haar als muziek in de oren. 'Maar ik had jullie de komende uren nog niet verwacht! Ik heb geen melk meer!' riep ze enthousiast terwijl hij haar neerzette en Tove haar kwam omhelzen.
'We hadden wind mee,' zei Tove in haar haar.
'Ha, die had ik ook wel kunnen gebruiken,' zei ze, en ze zette een stap achteruit om de heerlijke aanblik van hen beiden in zich op te nemen. Ze waren geen spat veranderd. Toegegeven, het was ook nog maar vier maanden geleden, maar in die tijd was haar hele wereld wél veranderd.
'Ja? Gaat het goed met je? Jullie zijn veilig overgekomen?' vroeg Kris, zoals altijd bezorgd.
'Nou, ik sta hier toch voor je?' lachte ze.

'Geen moment te vroeg wat mij betreft. Hij was er de hele tijd druk mee,' zei Tove, en ze rolde met haar ogen. 'Hij bleef maar zeekaarten checken, en windsnelheden...'

'Ach, mijn moederkloek.' Bell grijnsde en gaf een kneepje in zijn arm. 'Ik heb toch gezegd dat het goed zou gaan. Ik was in goede handen.'

'Niet letterlijk, hoop ik,' zei hij.

Ze gooide haar hoofd achterover en lachte. 'O, geloof me, nee! Dat is een gepasseerd station. Mats is momenteel helemaal weg van een bikinimodel uit Brisbane.'

'Nou, dat zou jij ook kunnen zijn. Kijk nou toch!'

'Als mijn benen wat opgerekt konden worden,' grapte Bell, met een hand een aantal centimeters boven haar hoofd. 'Ik blijf een kleintje.'

'Maar je bent zo dun!' zei Tove fronsend. 'Mocht je onderweg wel slapen?'

Bell lachte opnieuw en voelde de emotionele bevrijding in de aanwezigheid van haar vrienden. Ze had ze erger gemist dan ze zich had gerealiseerd. 'Je hoeft kennelijk slechts negenduizend-en-een-beetje zeemijlen te zeilen om een bikinilijf te krijgen. Midden op de Stille Oceaan zijn geen koffie-met-gebaktentjes!'

Kris grinnikte. 'Nou, je ziet er geweldig uit, maar dat deed je sowieso al. Rondingen zijn mooi, ik snap niet waarom vrouwen dat niet zien.'

'Jammer dat jíj dat niet ziet,' mompelde Tove.

'En Marc kon niet meekomen?' vroeg ze meelevend.

Hij pruilde sip. 'Examens voor de boeg. Maar je moet de groeten hebben.'

'Ach, arme schat.' Ze keek hem onderzoekend aan, op haar beurt bezorgd om hem. 'Maar gaat het wel goed tussen jullie?'

Kris knipoogde. 'Beter dan goed. We houden het appartement warm, verzorgen de planten en zorgen voor een voorraadje hummus wanneer je terugkomt.'

'Maar dat is niet het belangrijkste nieuws. Vertel het dan,' spoorde Tove hem ongeduldig aan.

Kris grijnsde. 'Marc heeft me ten huwelijk gevraagd en ik heb ja gezegd.'

Bell hield haar adem in. 'O, Kris!'

'De bruiloft vindt plaats in juni. Op midsommar.'

'O...' Bells mond viel een stukje open, het woord was een directe link naar haar gebroken hart. Er flitsten beelden door haar hoofd als in een stomme film. Zijn ogen. Het vuurwerk. *Ben je al onder de indruk?* De eerste beroering van zijn lippen...

Ze zag dat ze beiden naar haar keken, zagen dat ze verstijfde, alsof ze een pauzeknop had die ze konden indrukken. Moeiteloos werd ze in het verleden teruggeworpen...

'Vraag eens wie zijn getuige is,' zei Tove, die weer op 'play' drukte.

Ze haalde haar schouders op en schudde het moment van zich af. 'Wie is je getuige?'

'Die staat hier voor je,' zei Tove met een theatrale buiging.

'O mijn god!' riep Bell geschokt uit – en enorm teleurgesteld. Ze wist dat het geen wedstrijd was, maar Kris had altijd gevoeld als háár speciale vriend. 'Dat wordt de toespraak aller toespraken, dat weet je toch wel? Geen genade.'

Kris haalde hopeloos zijn schouders op. 'Wat moest ik anders? Ze wil een smoking aan.'

'Ik heb altijd al een smoking willen dragen,' beaamde Tove.

'Jullie zijn gek, allebei,' zei Bell, en ze hoopte dat haar ontgoocheling niet te merken was.

'Heb jíj weleens een smoking gedragen?' vroeg Kris met een opgetrokken wenkbrauw.

'Ik?' Haar ogen werden groot toen ze de glimlach in zijn ogen zag. Haar adem stokte. 'Ik ook? Ben ik ook je getuige?' Ze bracht haar handen verrast naar haar mond.

'Wat is dat nou voor vraag?' wilde hij verontwaardigd weten. 'Natuurlijk!'

'Nou, het is misschien niet vanzelfsprekend. Ik bedoel... ik ben nu hier, tenslotte.'

'Ja, maar toch niet voor altijd,' zei Tove een beetje paniekerig.

'Nee, maar...' Ze haalde haar schouders op. 'Er staat niets vast. Het kan vijf maanden duren. Of vijf jaar.'

'Dat lijkt me niet,' zei Kris streng. 'Ik ga mijn vriendin niet verliezen omdat Mr. Right alles verkeerd heeft gedaan.'

Bell fronste, stapte van de ene op de andere voet en haar vrolijke stemming doofde. 'Hij was Mr. Right niet.'

'Nee?'

'Hij was... Mr. Right For One Night. Meer niet.'

Kris trok een wenkbrauw op. 'Dat zei je niet toen je terugkeerde naar de stad. Je zat helemaal in de vernieling.'

'Nou ja, het was een emotionele tijd. Na alles wat er met Max was gebeurd, en met Hanna en de kinderen... kon je mij wel opdweilen.'

Ze keken haar allebei onderzoekend aan, speurend naar leugens. 'Heb je hem nog gesproken?' vroeg Tove.

Ze schudde haar hoofd. 'Een radicale breuk is het beste. Zonder twijfel.'

'En dan ook nog van halfrond wisselen. Om aan de veilige kant te zitten.'

'Precies,' zei ze, zich iets te laat realiserend dat het als grapje bedoeld was. Ze glimlachte alsnog.

'Hm,' murmelde Kris peinzend.

'Hm?' vroeg ze.

Hij keek Tove even aan. 'Kan ongemakkelijk worden,' zei hij zacht, bijna zonder zijn lippen te bewegen.

'Dat heb ik je toch gezegd,' siste Tove terug. 'Ze is koppig als een ezel. Ze gaat dit niet zien zitten.'

'Wat niet? Wat is er aan de hand?' wilde Bell weten. Ze voelde een zweem van ongerustheid. Ze vond het maar niks als ze tegen haar samenspanden.

Tove legde een hand op haar schouder. 'Beloof me dat je niet kwaad wordt, oké?'

'Heb ik daar dan reden toe?'

'Nee. Geen enkele. We hebben dit van liefde gedaan.'

'Uít liefde,' corrigeerde Kris haar. 'En omdat ze ons maar bleven lastigvallen.'

'Lastigvallen?' De pers? Waren ze erachter gekomen dat zij de nanny van de Von Greyers was geweest? Ze had even gegoogeld en gezien dat de scheiding van Hanna en Emil alle Zweedse kranten had gehaald.

Hun ogen richtten zich op een punt ergens achter haar schouder, en ze draaide zich langzaam om. Daar, twintig meter verderop, stond een man met een honkbalpet op – en naast hem een jongen met een skateboard.

'O mijn god!' riep ze, en ze zette een stap achteruit terwijl haar handen naar haar mond vlogen. Ze waren hier. Helemaal hiernaartoe gekomen.

'Hij hield létterlijk niet op met bellen,' mompelde Tove, die naar haar keek alsof ze elk moment kon omvallen. 'Ik moest wel opnemen, anders was ik gek geworden.'

In een flits begreep Bell waar haar vrienden het geld voor hun tickets vandaan hadden. Ze had kunnen weten dat ze geen bedrag op de plank hadden liggen om naar de andere kant van de wereld te vliegen om daar een vriendin op te zoeken.

'Je bent toch niet boos?' vroeg Kris, die zag dat ze wit was weggetrokken. 'We hebben geprobeerd hem af te wimpelen door te zeggen dat je met Mats samen was. Dat kon hem niet schelen. Hij zei dat hij je persoonlijk moest spreken. Dus hebben we een deal gesloten, onder voorwaarden: hij heeft beloofd bij je weg te blijven als jij hem niet wilt zien. Hij zei dat wij het jochie elke dag mee mochten nemen naar jou, en dat hij dan de omgeving gaat verkennen of zo... Zeg alsjeblieft dat je niet boos bent.'

'Nee, ik ben niet boos,' fluisterde ze. Ze zag dat Emil Linus' schouder stevig had vastgepakt om hem op zijn plaats te houden, dat Linus naar voren leunde, dat ze allebei wachtten op een teken... In een reflex spreidde ze haar armen en het volgende moment had de jongen zich losgemaakt en zelfs zijn geliefde skateboard laten vallen om naar haar toe te rennen.

'Bell!' Hij sprong in haar armen, sloeg zijn eigen armen om haar middel en legde zijn hoofd tegen haar hart. 'Ik heb je gemist.'

'Ik heb jóú gemist,' zei ze buiten adem. Ze geloofde nauwelijks dat dit gebeurde en ze drukte hem tegen zich aan, streek over zijn haar om te checken of hij er écht was. 'O god, ik heb je ontzéttend gemist! Ik... verbeeld ik het me niet? Ben je hier echt?'

Hij keek haar aan en knikte blij. 'Ja! We hebben anderhalve dag gevlogen om bij je te komen. We wilden je verrassen!'

'Nou, dat is dan gelukt!' riep ze half lachend. Er ontsnapte haar een snik van de schok toen ze opkeek naar Emil, die dichterbij was gekomen, maar nog van een afstandje toekeek met het skateboard van zijn zoon in zijn handen. Hij had zijn honkbalpet op, maar niet zijn zonnebril, dus ze kon zijn ogen zien, die ogen...

'Dus is het oké? Dit is goed?' vroeg Kris met zijn blik op de zo te zien gelukkige hereniging. 'Want wij kunnen teruggaan naar het hotel of hier bij jullie blijven. Voor steun. Als houvast. Wat jij wilt.'

'Het is oké, het is goed,' mompelde ze met een glimlach naar Linus, die stralend terugkeek. Een zonnestraal die in haar armen was beland.

'Oké. Nou, dan zien we je later en geven we jullie even de tijd,' fluisterde hij met een kus op haar slaap.

'Later, alligator,' zei Tove, en ze raakte haar arm lichtjes aan.

Bell keek weer naar Linus, zich er amper van bewust dat haar vrienden wegliepen. 'Wat ben je gegroeid! Mijn hemel, het is ongelooflijk hoe je bent gegroeid! Ga eens rechtop staan.' Ze schatte de afstand tussen zijn hoofd en haar kin in. 'O mijn god, een halve hals te gaan! Je kwam tot hier, de laatste keer dat ik je zag!'

'Ik weet het!' lachte hij opgetogen. 'Pap denkt dat ik langer dan hij zal worden.'

'Nou, daar kon hij weleens gelijk in hebben.'

Ze keek weer vluchtig naar Emil, met snel kloppend hart. Hij was weer een paar stappen genaderd. Hij was de halve wereld over gereisd om de laatste paar meter afstand te houden? Maar ze kon ook nog niet met hem praten. Nog niet. Ze had even tijd nodig om zich te herpakken, om te verwerken wat er gebeurde.

'Hoe was jullie reis?' vroeg Linus, die haar hielp haar aandacht weer op hem te richten.

'O, lang! Vermoeiend! We rusten nu uit. We hebben er uiteindelijk negen weken over gedaan. Zoals we vreesden kwamen we terecht in de windstilte van de ITCZ.'

'De wat?'

'De intertropische convergentiezone. Weet je nog dat ik je daar eens over heb verteld? Die ligt dicht bij de evenaar.'

'O.' Linus knikte nadenkend, zich er duidelijk niets van herinnerend. 'Weet je?!'

'Wat?'

'We hebben economyclass gevlogen. Dat heeft pap nog nooit gedaan. Maar het moest van mama. Alleen dan mochten we op vakantie. En we hebben de hele tijd films gekeken. Zonder te stoppen, hè?'

'Ja, dat klopt,' zei Emil met een zucht.

Bell glimlachte onwillekeurig bij die gedachte. Ze zag nu hij dichterbij stond dat hij er moe uitzag.

Er vielen een paar dikke regendruppels op de grond – zwaar, stevig – en ze keek naar de lucht. Ze schatte dat ze minder dan een minuut hadden...

'Waar is Mats? Ik wil hem graag spreken.'

'Die, eh... is bezig,' zei ze vlug. 'Maar geen zorgen. Hij is straks wel beschikbaar.'

Linus keek haar behoedzaam aan. 'Heb je nog verkering met hem?'

'Dat heb ik nooit gehad, Linus. Hij was mijn speciale vriend, weet je nog?'

'Bell, ik ben geen baby meer. Ik weet dat dat een andere manier is om te zeggen dat jullie verkering hebben.'

'O!' Ze probeerde beteuterd te kijken. 'Nou, voor míj betekent het dat hij een soort beste vriendin is, maar dan een man. Meer dan een gewone vriend, maar ook weer niet helemaal als een broer.'

'Hm.' Hij haalde zijn schouders nonchalant op. 'Ik krijg een broertje!'

'Ja, wat is dat geweldig, hè?' Ze stak haar hand uit voor een high five.

'Mama zegt dat ik mag helpen zijn naam te kiezen.'

'Cool. Hoewel Blofeld me geen goed idee lijkt. Of Oddjob.'

Hij lachte. 'Papa heeft de kattennamen gekozen, ik niet. En ik ben trouwens bijna elf.'

'Ja, jeetje,' zuchtte ze, en ze woelde door zijn haar. 'Kun je een beetje rustiger aan doen? Ik voel me oud door jou.'

Hij keek haar weer aan en liet zijn hoofd weer tegen haar aan vallen. 'Ik heb je gemist.'

Vanuit het niets welden er tranen op. 'En ik heb jóú gemist,' zei ze met gesmoorde stem. 'Heel erg.'

Ze schrokken op van een plotselinge donderslag. Aan de hemel werd een emmer omgekeerd. De regen begon dubbel zo hard te vallen, de regendruppels kletterden op de grond, op de boten en op hen... Linus gaf een verrukte gil en holde naar de relatieve beschutting van de luifels bij het café naast het havenkantoor. Maar Emil en zij verroerden zich niet en bleven in de regen naar elkaar staan staren. De hemel was donker geworden, de wolken waren bijna zwart, en toch had het licht een bijna gloeiend effect zodat alles verzadigd en dieper zichzelf leek.

Ten slotte kwam hij in beweging en overbrugde de laatste afstand tussen hen met een aarzeling in zijn ogen. 'Hoi...'

'Hoi.'

'Ik hoop dat je het niet erg vindt dat we zomaar... langskomen.'
Langskomen? Hij had hetzelfde gevoel voor understatement als zijn zus. 'Nee, natuurlijk niet.' Ze keek in de ogen die haar zoveel problemen hadden opgeleverd. Hartzeer. 'Het is een leuke verrassing.' Ze slikte en keek weg. 'Hoe gaat het met Max?'
'Wel goed. Vrijwel volledig hersteld.'
'O, wat fijn om dat te horen!' zei ze opgelucht, en ze keek hem weer aan. De mogelijkheid om met Mats zuidwaarts te zeilen was qua timing perfect geweest, want ze kon niet blijven, geen minuut langer, ze kon niet nóg een tragedie verdragen, maar zodra Stockholm uit het zicht was verdwenen, had ze het zichzelf kwalijk genomen dat ze was vertrokken terwijl hij er zo beroerd aan toe was.
'Ik voelde me zo schuldig...' Ze maakte de zin niet af – niet dat dat nodig was. Hij kende de reden waarom ze was weggegaan en een ogenblik lang zweeg hij en las de onuitgesproken woorden in haar ogen. 'Het bleek zijn hart te zijn, niet zijn hoofd...'
Ze keek hem verbaasd aan. 'Maar die val... Zijn hoofd sloeg tegen de rotsen.'
'Ja, maar hij viel omdat hij een hartstilstand kreeg. Al die stress... Hij bleek een onontdekte hartkwaal te hebben.'
Ze kromp ineen bij de herinnering aan die afschuwelijke dag, en waar Emil hem aan had blootgesteld. Hij had het fatsoen om er nu beschaamd bij te kijken. 'Gelukkig was de helikopter op het eiland,' zei ze op neutrale toon.
'Ja.'
'En jij natuurlijk. Jij hebt hem gereanimeerd. Zijn leven gered.'
'Hij zou voor mij hetzelfde hebben gedaan.'
Ze keek hem aan en zag de kalmte in zijn ogen terwijl hij sprak over de man die met zijn ex-vrouw ging trouwen. 'En Hanna? Hoe gaat het met haar?'
'Die bloeit op. Ze heeft verlof genomen om voor Max te zorgen en tijd met de tweeling door te brengen voordat de baby komt.' Hij zei het met een soepel gemak, alsof hij het over een tante of een

gezamenlijke kennis had. 'Je moet de groeten hebben. Ze mist je wel. We missen je allemaal.'
O. Was hij daarom hier? Was dit een charmeoffensief om haar terug te laten keren in haar oude baan? 'Nou, ik geloof dat ik voorlopig even klaar ben met nanny zijn,' zei ze kortaf, en ze keek de andere kant op. Ze voelde plotseling sterk de behoefte om bij hem weg te lopen, om Kris op te zoeken. Ze wilde dit allemaal niet, het ging prima met haar. Redelijk prima.

'Bell...'

Ze keek hem weer aan, haar hart gepijnigd door alleen al zijn aanblik. 'Je had ook gewoon een e-mail kunnen sturen. Daar hoefde je echt niet voor in een vliegtuig te stappen om anderhalve dag te reizen. Ecónomyclass.'

Hij aarzelde en zag hoe gespannen ze was. 'Nou, dat schijnt goed voor me te zijn. Hoewel mijn rug er anders over denkt.'

Ze raakten doorweekt, maar ze leken het geen van beiden op te merken. Hij zette een stap dichter naar haar toe, maar zij zette instinctief een stap achteruit.

'Bell, ik ben hier niet om je te vragen terug te keren als onze nanny,' zei hij, haar gedachten lezend. 'En ook niet omdat ik heb toegegeven aan Linus' dagelijkse smeekbedes dat we je moesten gaan opzoeken. Ik ben tegenwoordig een strenge vader. Ik stel grénzen.' Hij trok lichtjes een wenkbrauw op en klonk nogal als zijn zus. 'Ik hanteer ook een strikt zakgeldregime, tot Linus' grote spijt.'

Ze keek hem aan en voelde dat hij probeerde luchtig over te komen. Monter.

'Denkt hij nog steeds dat hij eigenaar is van die boot?'

'Ik vrees van niet.'

'Nou, dat klinkt positief.'

'Dat vond hij zelf niet.'

Ze glimlachte onwillekeurig, maar trok haar gezicht meteen weer in de plooi. 'Luister, Emil...'

'Ik weet dat je dit misschien niet wilt geloven,' onderbrak hij haar snel toen hij de klank in haar stem hoorde. 'Maar de situatie is nu een stuk positiever. Er zijn positieve ontwikkelingen die in de zomer nog onmogelijk leken.'

'Mooi zo. Daar ben ik blij om.'

'Die bijna fatale val van Max heeft een hoop helderheid gegeven. Plotseling was al dat andere niet meer belangrijk. Het draaide alleen om ego en angst en halve herinneringen, dat weet ik nu. Hanna en ik... We zijn in relatietherapie gegaan.'

Ze fronste. 'Relátietherapie? Maar...'

'Om "onze relatie af te ronden en te proberen een andere band op te bouwen".' Hij maakte de aanhalingstekens met zijn vingers en kreeg een bijna-glimlach in zijn ogen.

'O.' Het klonk allemaal heel heilzaam en verstandig. 'En heeft het gewerkt?'

Hij knipperde met zijn ogen. 'Ja. We brunchen weleens.' Die ironische toon die hij met Nina deelde zweefde in de hoekjes van zijn woorden.

'Oké.'

'En we praten over jou. Veel. Dat we jou hebben meegesleept in die akelige toestand. We wilden het goedmaken met je, maar we wisten niet waar je naartoe was gegaan.'

'Ik kon niet blijven.'

'Ik weet het. En ik dacht dat ik wist hoe verlies voelde – tot jij verdween.'

De woorden pelden haar verdedigingsschil af, de laagjes die ze zo ijverig had geprobeerd te sluiten. 'Emil...'

'Ik moest je vrienden zowat smeken om me te vertellen waar je was. Toen ze dat niet deden, heb ik ze omgekocht.' Hij haalde zijn schouders op. 'Dat is niet iets wat mijn Nieuwe Ik zou goedkeuren, maar ik was wanhopig. Tove noemt me haar stalker, maar ik heb het idee dat ze het best leuk vindt om er een te hebben...'

Het was een grapje, maar het lukte haar niet te glimlachen. Haar emoties spoelden door haar heen en de glimlach in zijn ogen stierf ook weg. 'Toen ze zeiden dat jij met Mats was...'

'Niet op die manier.'

'Dat weet ik nu.' Zijn ogen brandden. 'Maar ik had het je niet kwalijk kunnen nemen. Zoals ik je heb behandeld... je heb afgewezen, weggeduwd, deed alsof je niets betekende terwijl je in werkelijkheid álles was. Ik joeg een idee na, iets waarvan ik diep vanbinnen wist dat ik het niet wilde, maar het was alles wat ik kende...' Hij zette weer een stap naar voren en deze keer deinsde ze niet achteruit. 'Ik voelde me erg alleen nadat ik écht wakker was geworden. Ik herinnerde me die eerste ontmoeting met Linus niet en ik begreep niet waarom hij niet kwam. Ik wist dat er iets mis was, maar niet wat. Hanna bleef maar excuses aandragen, zei dat ik eerst verder moest herstellen, dus richtte ik me daar volledig op. Mijn gezin terugkrijgen, gezond genoeg worden zodat ze zich weer bij me zouden voegen... Dat werd mijn hele leven. Mijn enige doel. Het was onmogelijk me voor te stellen dat er een andere weg kon zijn. En zelfs toen jij er was en me liet zien... Ik durfde er niet op te vertrouwen.' Hij slikte. 'Pas toen het te laat was en ik alles had verpest.'

Er gleden stroompjes regen over zijn wangen en ze wist waar hij naartoe wilde.

'Emil, ik begrijp het, heus,' zei ze mistroostig. 'Ik begreep het eerder ook al. Maar zelfs nu het tussen jou en Max en Hanna goed gaat, is het te gecompliceerd voor mij om er weer in te stappen. Hanna was mijn werkgeefster. Linus was het kind dat ik onder mijn hoede had. Ik kan... niet om mijn nannyrol heen.'

'Jawel.'

'Nee.'

'Ja, ze weten al...' flapte hij eruit. 'Ik heb het Hanna verteld. Van ons. Welke gevoelens ik voor je heb.'

Bells mond viel open. 'Wát heb je gedaan?' zei ze stomverbaasd. 'Waarom zou je dat doen?' Ze wierp een blik op Linus, die aandachtig naar hen keek vanaf zijn plek onder de luifel.

'Nou, ten eerste moest ik uitleggen waarom Linus en ik de wereld over wilden vliegen om je op te zoeken. Ten tweede vond ik dat ze op de hoogte moest zijn voordat ik alles wat in mijn macht lag – en dat is nogal wat – in het werk zou stellen om je mee terug te nemen.'

Het was kennelijk weer een grapje, om tijd te winnen terwijl zij het nieuws dat Hanna het wist tot zich door liet dringen. Hanna wist ervan. Ze streek met haar handen over haar – natte – gezicht. 'Shit! O mijn god, hoe reageerde ze?' zei ze huiverend, want ze wilde het wel, maar eigenlijk ook niet weten.

Hij haalde langzaam adem. 'Aanvankelijk geschokt, natuurlijk. Maar toen...' Hij haalde zijn schouders op. 'Na een tijdje zei ze dat ze het wel voor zich zag.'

'Vóór zich zag?' herhaalde ze, perplex, door haar vingers naar hem turend.

'Ons. Samen. Ze denkt dat we bij elkaar passen. Ze weet om te beginnen dat jij mijn slechte gedrag niet zult tolereren. En ze weet dat Nina jou graag mag, wat bijna een wonder mag heten, want ze gruwt van de meeste mensen. En ze weet dat je van Linus houdt.'

'Nou, natuurlijk. Maar...'

'En dat Linus en ik allebei van jou houden.'

Het was een simpele uitspraak die desondanks een hele wereld omvatte. Ze staarde hem in zwijgende verwondering aan, zonder zich nog bewust te zijn van de regen die langs haar hals bleef stromen terwijl hij nog een stap dichterbij zette en er eindelijk geen afstand meer tussen hen was. Ze hielden van haar? Híj hield van haar?

Hij kromde zijn vinger en streek er zachtjes mee over haar wang. 'Bell, ik weet dat ik geen goede partij ben. Ik zal nooit perfect worden. Ik was al vóór het ongeluk een man met gebreken en dat zal ik altijd blijven, hoeveel therapie ik ook volg. Ik verdien jou niet, maar ik zal alles doen wat ik kan om te probéren je te verdienen.'

Hij haalde zijn schouders op. 'Kun je me niet een kans geven?'
Kon ze dat? Ze vroeg het zich af terwijl ze in zijn adembenemende ogen keek. Hij was geen gemakkelijke keus. Hij was moeilijk en koppig en hij had geen filter. Maar ze had die midsommar iets gevoeld toen zijn hand haar achterhoofd had omvat en zijn lippen de hare raakten. Op dat moment van volmaakte stilte had ze begrepen dat haar hart sinds de dood van Jack een bang, wild fladderend vogeltje in een kooi was geweest, en hij was een warm paar handen om haar heen. Hij had haar tot leven gewekt en ze waren nu allebei ontwaakt.

'Hé,' zei ze zacht, want ze realiseerde zich iets.

'Wat is er?'

'Je spreekt Engels.'

Er verscheen een glimlach op zijn mooie lippen en in zijn ogen. Die ogen... 'Ben je al onder de indruk?'

Ze nam zijn pet af, legde haar handen op zijn wangen en zoende hem. Ze zoende hem terwijl de regen van hun neus en wimpers en over hun wangen droop. Ze zoende hem en wist dat er voor haar hart nu geen weg meer terug was. 'Ik hou ook van jullie allebei,' fluisterde ze, en ze zag hoe zijn ogen gloeiden en ze voelde zijn vingers om haar middel. De vlam tussen hen begon te flakkeren en daarna te dansen.

Linus schoot onder de luifel vandaan en maakte een triomfantelijk vuistgebaar, waarvan ze beiden schrokken omdat ze hem heel even vergeten waren. 'Pap wil graag dat je zijn vriendin wordt, maar hij heeft me gezegd dat ik mijn mond erover moest houden!'

Ze lachte. 'Je hebt het heel goed geheimgehouden. Ik zou het nooit hebben geraden.'

Emil stak zijn arm naar hem uit en ze omhelsden Linus. Even bleven ze op een kluitje staan – een gezinnetje. Hij keek op naar de hemel, die behangen leek met gordijnen van water, sloot zijn ogen en voelde de regen op zijn gezicht. 'Weet je?'

'Wat?' zei ze glimlachend.

'Ik vind dat we een wandeling moeten gaan maken.'
'In de regen?' vroeg Linus verwonderd, zijn ogen glanzend omdat de logica ontbrak. 'Natuurlijk! Dat zijn de beste wandelingen.' Hij legde zijn handen om haar hoofd en gaf haar nog een kus. Hij bewoog een stukje achteruit, zijn ogen helder brandend. Vurig. 'Het herinnert je eraan dat je lééft.'

# Woord van dank

Mijn trouwe lezers zullen weten dat ik elke locatie waar ik over schrijf bezoek, en dat ik gewoonlijk van tevoren voldoende research verricht om te weten wat ik wil zien voor ik ernaartoe ga. Deze keer ging het anders. Ik heb een aantal goede vrienden van Zweedse afkomst en zij hebben me in de loop der jaren zoveel verhalen verteld dat ik wist dat ik een boek wilde schrijven dat zich zou afspelen in Stockholm. Dat is een van de coolste steden ter wereld, zo jong, kleurrijk en 'tech'... Wat ik niet had verwacht, was dat ik verliefd zou worden op het natte gedeelte ernaast, bespikkeld met kruimeltjes land. De archipel was een openbaring voor me – die is vast verlaten in de winter, maar gedurende de zomermaanden is het er heerlijk en schitterend geïsoleerd! Prachtige oude huizen op rotsige stukken grond, regatta's, naaldbossen, picknickplekken en natuurlijk kleine vakantiehuisjes. Als je eerder een boek van me hebt gelezen, weet je dat ik dol ben op gammele hutten, of die nu op een berg, bij een fjord of aan een strand staan. Ik heb genoten van de Zweedse zomerbeleving en voelde een oprechte spijt dat die geen deel uitmaakte van mijn eigen levensverhaal. Ik hoop dat ik iets van de rustieke puurheid en eenvoud heb weten over te brengen. Als je er zelf niet naartoe kunt, krijg je via dit boek hopelijk toch het nodige van de sfeer mee.

Het verhaal van Emil is gebaseerd op een echt nieuwsverhaal dat bijna te mooi leek om waar te zijn. Ik heb me verder verdiept in het fenomeen traumatisch hersenletsel, en een dergelijk herstel is helaas een grote zeldzaamheid die grenst aan het wonderbaarlijke, maar het is mogelijk en die gedachte wekte mijn interesse: stel je voor dat je wakker wordt, een vreemde in je eigen leven bent geworden en iedereen van wie je hield zonder jou is verdergegaan... Het is huiveringwekkend en tragisch en ik wist werkelijk niet hoe ik die vraag kon beantwoorden. Maar mijn redacteur Caroline Hogg en mijn agent Amanda Preston zagen allebei al snel de aantrekkingskracht van het onderwerp, en zij hielden me op de rails toen de zenuwen telkens toesloegen, en ze kwamen met observaties en suggesties die het verhaal aanscherpten en verfijnden. Ik zou echt geen boek de wereld in kunnen sturen zonder dat zij er eerst hun blik op hebben geworpen. Dank aan allebei.

Ook ben ik veel dank verschuldigd aan het team van Pan als geheel – de redacteuren en persklaarmakers die onvermoeibaar de puntjes op de i zetten zodat het verhaal echt en authentiek aanvoelt, de afdelingen marketing en advertising die ervoor zorgen dat de lezers weten dat het boek is verschenen, de salesteams die ervoor zorgen dat de boeken daadwerkelijk op de plank in de winkel komen te staan, de vormgevers die ervoor zorgen dat lezers het boek pakken terwijl er duizenden alternatieven zijn... Jullie begrijpen me wel. Al met al is er een hoop werk mee gemoeid en ik ben dankbaar dat al deze getalenteerde mensen aan mijn kant staan en niet die van de concurrentie!

Dit is ook een goede gelegenheid om mijn vrienden te bedanken. Ik ben vrijwel onbereikbaar als ik aan het schrijven ben. Ik zeg nee tegen de meeste dingen, ik bel niet en vergeet op berichtjes te reageren. Ik begeef me onder de radar, gedraag me als de slechtste vriendin ter wereld, en het is altijd weer een opluchting dat ze me, als ik de echte wereld weer betreed, zonder verwijten toestaan verder te gaan waar we gebleven waren.

Ten slotte, boven alles, dank ik mijn familie. Zij vormen mijn kloppend hart en hoewel ik mijn dagen doorbreng met het creëren van nieuwe werelden, zou er zonder hen voor mij niets bestaan. Ze zijn mijn begin, mijn midden en mijn einde. *The End.*

# Lees ook *Een Noorse winternacht*, een ijzig avontuur onder het noorderlicht

Bo leidt een leven waar vele anderen van dromen. Samen met haar vriend Zac krijgt ze betaald om te reizen en haar sprankelende avonturen te delen met haar online volgers. De kerstdagen komen eraan en Bo verheugt zich op hun volgende trip: een reis naar de besneeuwde Noorse fjorden, waar ze een paar weken zullen verblijven in een pittoresk landhuis onder het romantische Noorderlicht. Maar omgeven door de bevroren watervallen en sneeuwwitte bergen komen er scheurtjes in de relatie en drijven er diep verstopte geheimen naar boven. Bo kan de confrontatie met zichzelf niet langer uit de weg: is dit wel wie ze is?

# Een mysterieus avontuur in de zonnige straten van Madrid

Charlotte moet voor een belangrijke klus naar Madrid. Mateo Mendoza, erfgenaam van een enorm Spaans landgoed, heeft gevraagd of ze hem wil helpen een kwestie met zijn vaders testament op te lossen. Zoals bij de meeste families met geld, macht en privileges is niet alles altijd wat het lijkt, en achter de merkkleding en prachtige huizen van de Mendoza's schuilt een overvloed aan geheimen, verraad, schandalen, rivaliteit en liefdesverdriet. Tijdens haar zoektocht wordt Charlotte ingehaald door haar eigen verleden, en komt alles waar ze zo hard voor heeft gewerkt op het spel te staan.

# Familiegeheimen en intriges aan de ruige Ierse kust

Ottie, Pip en Willow komen na de dood van hun vader samen in het familiekasteel. Daar horen ze tot ieders verrassing en ontsteltenis dat Willow, de jongste dochter, het kasteel erft. Waarom zij? Willow vertrok drie jaar eerder naar Dublin en is vervreemd geraakt van haar familie. Als ze aankondigt het kasteel te verkopen, lijkt dat dan ook de ultieme wraak. Haar beslissing drijft Ottie en Pip tot het uiterste: Pip riskeert alles om haar eigen toekomst veilig te stellen, en Ottie neemt een beslissing die levens kan ruïneren. De zussen moeten hun verleden onder ogen zien als ze elkaar niet voorgoed willen verliezen.